NIEMAND HÖRT DICH

WEITERE TITEL VON D.K. HOOD

DETECTIVES KANE UND ALTON SERIE

Sie sagt kein Sterbenswort

Schenk mir Blumen

Niemand hört dich

Zeit zu sterben

IN ENGLISCHER SPRACHE

DETECTIVES KANE UND ALTON SERIE

Don't Tell A Soul

Bring Me Flowers

Follow Me Home

The Crying Season

Where Angels Fear

Whisper in the Night

Break the Silence

Her Broken Wings

Her Shallow Grave

Promises in the Dark

Be Mine Forever

Cross My Heart

Fallen Angel

Lose Your Breath

D.K. HOOD

NIEMAND HÖRT DICH

Übersetzt von Cornelius Hartz

bookouture

Herausgegeben von Bookouture, 2022

Ein Imprint von Storyfire Ltd.
Carmelite House
50 Victoria Embankment
London EC4Y 0DZ

www.bookouture.com

ISBN: 978-1-80314-370-5
eBook ISBN: 978-1-80314-369-9

Für meine Leserinnen und Leser,
denen ich herzlich danke.

PROLOG
DAMALS

Halt. Hör auf, du bringst sie noch um! In ihrem schmutzigen Käfig unter dem Bett presste die beide Hände gegen die Ohren und rollte sich zu einer Kugel zusammen. Aber das half weder gegen ihre üblen Sprüche noch gegen den Gestank von ranzigem Männerschweiß, der ihr in der Nase brannte. Sie packte die dünne Decke etwas fester, und ihre Ellbogen drückten sich in den kalten Holzfußboden. Die unpolierten Bretter kratzten an ihrer nackten Haut, sie hatte schon wunde Stellen an Knien und Hüften. Sie zitterte vor Angst, während Jodies Schreie durch die Lücken zwischen ihren Fingern an ihr Ohr drangen.

Sie selbst war als Nächste dran.

Das Bett über ihrem Kopf quietschte, Staub rieselte ihr in die Augen und nahm ihr den Atem. Das Ritual war immer das gleiche. Die Männer bellten Befehle, dann kam das ›Klick, Klick, Klick‹ einer Kamera, begleitet von Blitzlicht. Jedes Mal, wenn sie in den Keller kamen, holte Bobby-Joe sie aus dem vergitterten Gehege und steckte sie in den Käfig unter dem Bett. Sobald sie es satthatten, Jodie zu quälen, war sie an der Reihe zu leiden.

Sie war das Eigentum dieser Männer.

Sie hörte noch ein paar Flüche, dann war kurz alles still. Im nächsten Moment fiel Jodie zu Boden. Ihr Kopf rollte auf sie zu und starrte sie mit großen und unbeweglichen grauen Augen an. Die Kette des goldenen Medaillons, das Jodie so liebte, hatte ein hässliches rotes Muster an ihrem Hals hinterlassen. Sie starrte entsetzt zurück. Das Mädchen, das sie gekannt hatte, existierte nicht mehr. Ihr offener Mund war zu einem hämischen Grinsen verzogen und der violette Farbton ihrer Lippen erinnerte sie an den Mund eines der Clowns, die sie an diesen fürchterlichen Ort gebracht hatten. Von Angst gepackt, presste sie sich eine Faust vor den Mund, um den Schrei zu dämpfen, der über ihre Lippen zu dringen drohte. Denn Mädchen, die schrien, passierten schlimme Dinge.

»Krass, Bobby-Joe, jetzt hast du sie umgebracht.«

»Halt die Klappe, Ely. Verdammt, jetzt muss ich mir 'ne andere Blonde suchen.«

»Heb sie hoch, Ely.«

»Ich fass bestimmt kein totes Mädchen an.«

»Amos. Schnapp dir ihre Füße. Wir legen sie da drüben hin.« Als er Jodie hochhob, kam Bobby-Joes schweißnasses Gesicht in ihr Blickfeld.

Ely bückte sich und sah sie an. »Sei bloß brav, Kleine. Halt die Klappe, und tu, was ich dir sage.«

»Das wird sie schon, wenn sie nicht will, dass ich mein Messer nehme und ihre Mutter besuchen geh.« Bobby-Joe kicherte, kniete sich hin und grinste sie an. »Du bist gerade unsere Hauptattraktion geworden.«

»Was machst du mit der anderen?« Chris warf ihrer Freundin einen sorgenvollen Blick zu, dann schaute er weg. »Wir können sie ja schlecht hier liegen lassen, die wird uns alles vollstinken.«

»Wickel sie in Plastik, wir begraben sie wie die anderen bei

Craig's Rock. Ich sag Stu, er soll Ersatz besorgen, sobald er eine findet.«

»Bei Craig's Rock werden sie schon von Viechern angefressen.« Ely grunzte und ließ eine Rolle Plastikfolie auf den Boden fallen. »Für die Nächste müssen wir uns was anderes überlegen. Wie wär's mit dem Haus vom alten Corkey? Das ist von hier aus bergab, das geht einfacher. Und unter den Dielen ist genug Platz für mindestens sechs oder noch mehr.«

»Klingt nach 'nem guten Plan.« Bobby-Joe langte in den Käfig, legte ihr seinen Arm um die Taille und zerrte sie heraus.

Sie wehrte sich nicht und versuchte auch nicht, wegzulaufen. Ihre Beine waren ohnehin zu schwach. Sie fiel mit dem Gesicht voran auf das Bett. Voller Panik hielt sie den Atem an. Sie wollte schreien, aber sie drückte ihren Mund gegen das Kissen und schloss ihre Augen.

Ich werde überleben. Entschlossen, mindestens noch einen weiteren Tag zu überstehen, biss sie sich fest auf die Unterlippe. In ihrem Kopf wiederholte sie immer wieder: *Ich bin dreizehn Jahre alt, meine Mutter heißt Daisy und mein Vater heißt Luke. Ich wohne in Black Rock Falls, Montana. Ich bin hier seit 140 Tagen.*

»Vergiss sie. Ist schon spät.« Amos packte Bobby-Joe an der Schulter. »Wir müssen die andere heute Nacht noch begraben. Wir können morgen wieder frisch neu starten.«

»Hab sie schon eingepackt, so kann sie unter die Erde.« Ely kicherte. »Ich bin echt fix und fertig. Wenn wir die verbuddelt haben, brauch ich erstmal eine Pause.«

»Na klar. Wir brauchen noch Werkzeug. Ihr tragt sie, und ich hol die Schippen.« Bobby-Joe riss sie vom Bett hoch und steckte sie zurück in den Käfig. »Kommt schon, bringen wir's hinter uns. Schnappt euch eure Taschenlampen und einer von euch nimmt noch seine Flinte mit. Ich habe keine Lust, mich mit einem Bären anzulegen.«

Ihre Schritte und Stimmen verklangen, und Stille legte sich über das Haus.

Sie starrte voller Staunen auf die Käfigtür. Das Schloss und die Kette lagen auf dem Fußboden. Trotz ihrer Angst, einer von denen würde sie erwischen, drückte sie gegen die Gitterstäbe. Die Tür öffnete sich mit dem vertrauten Quietschen. Ihr Herz klopfte ihr bis zum Hals, als sie hinauskroch. Sie sah sich im Keller um.

Der Raum war leer.

Panisch starrte sie auf die Kellertreppe. Die Tür war nur angelehnt, und aus dem darüberliegenden Raum fiel Licht herein. Sie hielt kurz inne, dann bewegte sie den Kopf hin und her und horchte, ob sie ein Geräusch vernahm. Ob die Dielen knarrten.

Aber alles war still.

Habe ich genug Zeit, um zu entkommen? Ein altes schwarzes T-Shirt und ein Paar Socken lagen auf dem Boden. Sie schnappte sich das T-Shirt und zog es an, genauso die Socken. Sie schlug die Bündchen um und zog sie über die Fußsohlen, um ihre Füße besser zu schützen. Ihre Beine zitterten, als sie Zentimeter für Zentimeter die Treppe hochschlich. Oben angekommen, fand sie sich in einer Vorratskammer wieder und spähte von dort durch die Tür hinaus. Sie holte tief Luft und schlüpfte in die Küche. Der Tisch war mit Bierflaschen, Wasserflaschen und Schokoriegeln übersät. Sie sah sich nervös um, aber es schien sich niemand mehr in der Hütte zu befinden. Es waren nur ein paar Schritte bis zur Hintertür. *Ich kann es bis zur Tür schaffen.*

Mit vor Angst verkrampftem Magen schlich sie zur Tür und drehte den Knauf. Er ließ sich drehen, es war nicht abgeschlossen. Sie wich zurück, ihre Knie zitterten vor Angst. Draußen war es stockdunkel, wenn sie jetzt die Tür öffnete, würde der Lichtschein sie sofort alarmieren. Verzweifelt suchte sie nach dem Schalter. Sie schaltete das Küchenlicht aus und wartete, bis sich ihre Augen an die Dunkelheit gewöhnt hatten, dann horchte sie wieder. Als von draußen kein Geräusch kam, nahm sie sich einen Schokoriegel und eine Flasche Wasser vom Tisch und öffnete die Tür.

Ihr Herz schlug so stark, dass sie fürchtete, es könne ihr die Rippen brechen. Sie duckte sich, schlüpfte durch die Tür und schloss sie sanft hinter sich. Zwei Stufen ging es hinunter. In der Dunkelheit sah sie das unruhige Licht der Taschenlampen im Wald. Links von sich hörte sie Wasser rauschen, und sie nahm einen vertrauten Geruch wahr. So roch ein Wasserfall, der von einem Gebirgsbach gespeist wurde. *Black Rock Falls. Ich weiß, wo ich bin.*

Sie wandte sich vom Wald ab und rannte auf das Geräusch zu. Sie ignorierte die Steine und die abgebrochenen Zweige, die ihr durch die Socken in die Fußsohlen stachen. Letzten Sommer hatte sie mit ihrer Familie ganz in der Nähe gezeltet, das Gelände war ihr vertraut. Sie musste nur den schmalen Pfad finden, der am Wasserfall entlangführte. Er würde sie bis zum Fuß des Berges hinabführen. Voller Angst, dass sie feststellten, dass sie fort war, zuckte sie bei jedem Geräusch zusammen, aber sie blieb nicht stehen. Das Tosen des Wassers wies ihr den Weg. Bald wich der dichte Kiefernwald einem schmalen, von Felsen gesäumten Weg. Und obwohl der Mond die Szenerie in ein gespenstisches Licht tauchte und der Pfad von Steinen übersät und durch die ständige Gischt des Wasserfalls rutschig war, schlug sie alle Vorsicht in den Wind und rannte los. *Bloß weg hier.* Ihre Kehle war trocken, ihr Brustkorb hob und senkte sich rasch. Plötzlich verlor sie den Halt, stürzte und rutschte den steilen Abhang hinunter. Sie ließ das Wasser fallen und griff nach einem großen, stacheligen Strauch. Sie bekam ihn zu fassen und konnte so gerade noch verhindern, dass sie über den Rand des Wasserfalls stürzte. Sie lag keuchend da, eine Hand umklammerte noch immer den Schokoriegel, und seufzte erleichtert auf, als die Wasserflasche an ihre Seite rollte. Es kam ihr vor, als wäre sie bereits stundenlang gerannt, sie musste dringend einen Moment ausruhen, um wieder zu Atem zu kommen. Flach auf dem Rücken liegend, starrte sie in den sternenübersäten Himmel, dann übertönte ein Geräusch das Rauschen des Wasserfalls. Sie lauschte. Jedes einzelne Haar auf ihrer Haut richtete sich auf, als sie laute Stimmen vernahm und hörte, wie sich jemand den Weg durch das Unterholz bahnte. Sie rappelte sich auf und von weiter oberhalb regneten ein paar kleine Steine auf sie herab, die ihr über den Rücken rollten. Sie drehte sich um und fühlte wieder ihr Herz in der Brust schlagen. Der unstete Schein von Taschenlampen erhellte den Berg hinter ihr. *Sie kommen.*

Angsterfüllt kauerte sie sich unter den Strauch und rollte sich um den holzigen Stamm. Sie war dem Wasserfall so nah, dass sein eiskaltes Wasser ihr über die Beine spritzte. Schritte und schweres Atmen verkündeten die Ankunft von zwei Männern, die so dicht bei ihr standen, als würde sie die Hand danach ausstrecken und sie berühren können. Ihr Puls pochte ihr in den Ohren, als sie den Atem anhielt. Zu verängstigt zum Atmen. Sie zog ihren Kopf ein. Licht streifte die obersten Zweige des Strauchs.

»Wenn sie hier längsgerannt ist, dann ist sie garantiert über diese steile Kante gefallen.« Bobby-Joe trat gegen die losen Steine. »Das ist echt steil und gefährlich hier.«

»Ja, und da hinten war ein Haufen frische Bärenscheiße. Ich glaub kaum, dass sie so weit gekommen ist, und wenn, dann frisst sie der Bär, bevor es hell wird.« Chris hielt seine Taschenlampe wieder Richtung des Weges, der den Berg hinaufführte. »Wir gucken uns nochmal in deiner Hütte um. Schick Ely und Amos besser nach Hause, falls sie bei deren Hütten vorbeischaut und um Hilfe bittet.«

»Guter Punkt.«

Die Schritte verklangen. Sie wartete noch, bis die Lichter nicht mehr zu sehen waren, dann kroch sie aus ihrem Versteck und stolperte den Hang hinab. Als der Morgen dämmerte, erreichte sie eine Hütte in der Nähe des Wasserfalls. Aus Angst, sie könne einem der Männer gehören, schnappte sie sich nur ein paar Kleidungsstücke von der Wäscheleine und stahl ein paar Eier aus dem Hühnerstall. Nachdem sie sich im Gebüsch umgezogen hatte, ging sie zurück zu den Wasserfällen. Um nicht zu riskieren, von diesen Monstern erwischt zu werden, hielt sie sich vom Pfad fern und versteckte sich den ganzen Tag über, um sich auszuruhen.

Krank und ausgehungert erreichte sie ein paar Tage später den Highway. Sie hielt einen Schulbus an und sagte dem bereits etwas älteren Fahrer, dass sie sich verlaufen habe. Auf der Fahrt nach Black Rock Falls kaute sie ständig an ihren Nägeln. Bobby-Joe wusste, wo sie wohnte, und wenn sie ihn verriet, würde er ihre Mutter umbringen. Sie würde es niemandem erzählen. Sie würde behaupten, sie sei weggelaufen, dann würde nie jemand davon erfahren. Als sie aus dem Fenster schaute und den Berg erblickte, lächelte sie zum ersten Mal seit langer Zeit. *Ich bin frei.*

1

JETZT

Dienstag, Woche eins

Amos Price öffnete die Papiertüte und überprüfte was er am Montagnachmittag eingekauft hatte. Die Vierzehnjährige, die er im Netz kennengelernt hatte, bestand darauf, dass er heute eine Flasche Bourbon und ein paar andere Dinge mitbringen sollte. Es hatte ewig gedauert, bis der Dienstag kam. Er grinste, er konnte sein Glück immer noch kaum fassen. Die Aufregung jagte ihm einen Schauer durch den Körper. Ihre Eltern arbeiteten, und sie schwänzte die Schule, um mit ihm allein zu sein. Wochen hatte er gebraucht, sie dazu zu überreden, sich mit ihm zu treffen. Sie hatten Stunden um Stunden in einem Gaming-Chatroom verbracht. Sie glaubte, er sei achtzehn, und wollte ihn unbedingt kennenlernen. Gestern Abend hatte er ihr die Nummer seines Wegwerf-Handys gegeben, und sie hatte ihn angerufen. Wie süß ihre Stimme geklungen hatte, so jung und unschuldig. Er parkte in einiger Entfernung von der Adresse, die sie ihm gegeben hatte und griff sich die Papiertüte. Die nächsten Häuser waren ein ganzes Stück entfernt. Als er sich überzeugt hatte, dass niemand auf der Straße war, ging er zur Haustür. Sie war offen, genau wie sie gesagt hatte, und er betrat das Haus. »Ich bin's, Pete!«

»Ich bin hier oben.« Er erhaschte einen Blick auf den Rücken eines Mädchens am oberen Ende der Treppe. Sie hatte Zöpfe, die mit rosafarbenen Bändern zusammengebunden waren. »Ich bin gleich unten.«

Getrieben von seiner Begierde nach ihr, ging er auf die Treppe zu. »Ich komme zu dir.«

»Nein, ich möchte dich mit meinem Outfit überraschen. Geh in die Küche, ich habe dir etwas zu trinken hingestellt – Cola mit Eis. Ich hoffe, du hast den Whiskey mitgebracht?«

Er nickte und lächelte in ihre Richtung. »Klar, ich hab alles dabei, worum du mich gebeten hast.«

»Super. Trink einen Schluck. Ich bin gleich bei dir.«

Zögernd ging Amos in die große Küche und stellte seine Papiertüte auf dem Tresen ab. Nervös und voller Vorfreude, holte er die Flasche Bourbon heraus, gab einen Schuss in die Cola und leerte das halbe Glas.

Auf der Treppe hörte er Schritte. Dann kam sie mit einem Handy in der Hand und einer Sonnenbrille auf der Nase in die Küche und blieb in der Tür stehen.

Durch die Nachmittagssonne, die durch das Fenster hinter ihr ins Zimmer fiel, konnte er ihr Gesicht nicht erkennen. »Komm näher, damit ich dich richtig sehen kann.«

»Ich will erst ein Foto von dir machen. Du bist doch gar nicht achtzehn. Warum hast du mich angelogen?« Sie hielt ihr Handy hoch und schoss ein Foto, blieb aber im Türrahmen stehen.

»Du hättest mich bestimmt nicht treffen wollen, wenn ich dir gesagt hätte, wie alt ich wirklich bin. Ich wollte dich aber unbedingt kennenlernen. Du bist etwas Besonderes und wir haben uns doch so gut verstanden.« Amos nahm noch einen Schluck von seinem Drink. Er lächelte. »Sieh mich an, ich bin ganz harmlos. Ich hatte schon ziemlich viele Freundinnen in deinem Alter.«

»Das glaub ich.«

Seine Hände zitterten und seine Brust fühlte sich eng an. Viele Mädchen machten erstmal einen Rückzieher, aber er hatte Mittel und Wege, sie zu bändigen. Er konnte ihr ein paar Pillen ins Glas geben. »Komm her und trink einen Schluck, dann können wir uns besser kennenlernen.«

»Trink erstmal aus.« Sie kam näher. Im Sonnenlicht, das sie von hinten beleuchtete, sah es aus, als trüge sie einen Heiligenschein. »Ist der Drink gut?«

Sein Herz pochte und er stützte sich auf dem Tresen ab, um aufzustehen, aber seine zuckenden Beine gaben nach, und er setzte sich wieder. »Wie heißt du?«

»Ach, ich bin niemand.« Sie trat näher heran und ließ das Licht auf ihr Gesicht fallen.

Sie war nicht größer als ein Meter sechzig und hatte den schlanken Körper eines jungen Mädchens, aber jetzt aus der Nähe sah er, dass sie mindestens zwanzig sein musste. In seinen vernebelten Geist meldete sich eine Erinnerung. »Sag mal, kennen wir uns nicht?«

»Ich bin Santa Muerte, und es ist Zeit für dich, zu sterben. Die Cola war vergiftet. Dein Tod wird langsam und schmerzhaft sein.«

Furcht erfasste sein pochendes Herz. Er versuchte zu sprechen, aber seine Zunge fühlte sich so geschwollen an, als ob sie seinen ganzen Mund ausfüllte. Seine Kehle schnürte sich zusammen, er konnte kaum noch atmen.

»Bleibt dir die Luft weg? Schreit jeder Zentimeter in dir vor Schmerzen? Das ist gut. Ich wünschte, das würde wochenlang dauern, aber du bist meine Zeit nicht wert.« Sie nahm das Glas und ging zur Haustür. »Mach's gut. Wir sehen uns in der Hölle.«

Qualvolle Schmerzen breiteten sich in seinen zitternden

Gliedern aus. Er rutschte vom Stuhl und schlug hart auf dem Fußboden auf. Eine Ameise kam über das polierte Holz auf ihn zu gekrabbelt, ein paar ihrer Freunde folgten ihr. Er versuchte, sich zu bewegen, sie fortzuwischen, aber ein dunkler Nebel senkte sich auf ihn nieder. *Ach du, Scheiße.*

2

MITTWOCH

Es war später Nachmittag. Sheriff Jenna Alton stieg aus ihrem Fahrzeug und ließ die intensiven Farben des Herbstes auf sich wirken. Die gesamte Landschaft war mit Farbtönen von grün bis goldbraun durchzogen und in der Luft lag der süße Duft von Wildblumen. Sie liebte den Herbst und hatte eigentlich ein paar Tage ihres längst überfälligen Urlaubs außerhalb der Stadt verbringen wollen, aber jetzt waren ihre Pläne schon wieder dahin. *Es ist wie ein Fluch.* Sie starrte in den blauen Himmel und seufzte. Es war immer das Gleiche. Sobald sich das Leben in Black Rock Falls normalisierte, geschah wieder irgendetwas, das ihre Pläne durchkreuzte, wobei in ihrem Leben ohnehin nichts jemals wieder normal sein würde. Wegen Todesdrohungen hatte sie ihr Leben als DEA-Agentin Avril Parker aufgegeben und eine neue Identität als Sheriff von Black Rock Falls angenommen. Ihre Erfahrungen als Drogenfahnderin waren ihr bei der regelrechten Flut von Morden, die sie in ihrer kurzen Zeit hier bereits miterlebt hatte, von geringem Nutzen gewesen, und obendrein hatte sie sich zunächst mit zwei unerfahrenen Grünschnäbeln und ihrem alten Deputy Duke Walters herumschlagen müssen. Aber sie musste auch zugeben, dass sich Deputy Rowley nach dem Verlust von Daniels als echter Gewinn erwiesen hatte. An dem Tag aber, als zwei Ex-Marines zu ihrem Team gestoßen waren, war dann wirklich die Sonne aufgegangen.

Nach einem qualvollen Start hatte sich herausgestellt, dass ihre rechte Hand, Dave Kane, ein untergetauchter Agent vom Special Forces Investigation Command in Washington D.C. war. Kane war sowohl ein hervorragender Profiler als auch ein exzellenter Scharfschütze. Der nächste Bonus kam in Gestalt von Shane Wolfe, einem Witwer mit drei Töchtern, der der neue Rechtsmediziner der Stadt war und über unglaubliche Computerkenntnisse verfügte. Wolfe hatte sich in Black Rock Falls gut eingelebt und war zu einem wesentlichen Bestandteil ihres Teams geworden. Ihre neuen Deputys stärkten ihr den Rücken und machten ihr das Leben ein wenig leichter.

Jenna betrat das Haus im Ranch-Stil, das im Schatten von Kiefern und Ahornbäumen stand. Sie hielt sich die Nase zu und erspähte durch die Küchentür den aufgedunsenen Körper eines Mannes mittleren Alters, der ausgestreckt auf den polierten Holzdielen lag. Seine Augen traten aus dem bläulich angelaufenen Gesicht hervor. Sie wandte sich an Deputy Kane und hob eine Augenbraue. »Der liegt da schon eine Weile, oder?«

»Dem Geruch nach zu urteilen, bestimmt.« Kanes Augen wurden schmal. »Der Eigentümer ist das nicht«, sagte die Maklerin. »Das Haus steht zum Verkauf.«

»Warum ist es hier so warm?« Sie wandte sich an Deputy Wolfe, ihren Rechtsmediziner. »Was meinen Sie, was mit dem passiert ist? Soweit ich sehen kann, gibt es keine Anzeichen für einen Kampf. Wäre das Haus nicht unbewohnt, hätte ich gedacht, der war gerade dabei, seine Einkäufe auszupacken und ist tot umgefallen. Naja, ich überlasse den mal Ihnen, Wolfe. Wir schauen uns den Rest des Hauses an.«

»Der Thermostat ist auf dreißig Grad eingestellt.« Wolfe

tippte mit einem behandschuhten Finger auf das Gerät an der Wand. »Soll ich ihn runterdrehen, Ma'am?«

»Ja, und öffnen Sie die Fenster.« Sie wandte sich an Kane. »Wir durchsuchen das Haus.«

Sie nahm ihre Ausrüstungstasche und folgte Kane durch das mit Liebe zum Detail eingerichtete Erdgeschoss. Sie stiegen hinab in den Keller, fanden aber nichts Interessantes, genauso wenig wie in den drei Schlafzimmern im Obergeschoss. Im Badezimmer tropfte der Wasserhahn und hinterließ kleine Spritzer im Waschbecken.

»Das ist schon ungewöhnlich, dass alles andere hier so perfekt und unberührt aussieht. Ich werde den Waschtisch mal nach Fingerspuren einstauben.« Sie holte das Set mit dem Spurensicherungspulver aus ihrer Tasche und warf Kane einen Probenbehälter zu. »Entfernen Sie den Siphon unter der Spüle und sichern den Inhalt.« Sie wartete, bis er die Aufgabe erledigt hatte.

»Sieht sauber aus.« Kane hielt den Plastikbehälter hoch und runzelte die Stirn. »Ich glaube nicht, dass jemand hier war.«

Jenna staubte den Waschtisch und den Wasserhahn ein, um Fingerabdrücke sichtbar zu machen. »Nur ein paar verschmierte Fingerspuren. Wenn hier Reinigungskräfte zugange waren, haben die wahrscheinlich ihre Abdrücke hinterlassen. Trotzdem war der Wasserhahn nicht ganz zugedreht. Als hätte jemand in aller Eile das Waschbecken benutzt.«

»Könnte auch ein Versehen gewesen sein.«

»Könnte sein.« Sie ging voran die Treppe hinab und berichtete Wolfe von ihrem Fund. »Ich möchte wissen, wie dieser Mann ins Haus gekommen ist und was er hier gemacht hat. Schauen Sie mal in seine Taschen, ob er einen Schlüssel dabeihat.« Sie wandte sich ab. »Kane, kommen Sie. Wer hat die Leiche gefunden?«

»Alison Saunders. Sie ist die Maklerin, die in Mr. Davis'

Agentur arbeitet und anscheinend auch die Freundin von Deputy Rowley ist.«

Jenna folgte Kane nach draußen. »Ich habe mich schon gewundert, dass sie ausgerechnet den vollheult.«

»Ich nehme an, es war ein ziemlicher Schock für sie, in einem Haus, das sie heute Abend einem jungen Paar verkaufen wollte, eine Leiche zu finden.« Kane zuckte lässig mit den Schultern. »Vielleicht kann sie trotzdem Licht ins Dunkel bringen, wie der Typ ins Haus gekommen ist.«

»Vielleicht war er ein Interessent?« Jenna ging auf Deputy Rowley zu, bei dem eine junge dunkelhaarige Frau stand, die einen eleganten Rock, eine Bluse und darüber einen Blazer trug. »Miss Saunders? Ich bin Sheriff Alton. Sind Sie in der Lage, mir ein paar Fragen beantworten?«

»Gerne, aber bitte nennen Sie mich Alison.« Sie tupfte sich mit einem Taschentuch die roten Augen ab und warf Rowley einen jammervollen Blick zu.

»Wann haben Sie den Toten gefunden?«

»Vor ungefähr zwanzig Minuten. Ich habe sofort Jake angerufen.«

Nicht 911? Jenna holte Notizbuch und Stift hervor. »Kennen Sie den Verstorbenen?«

»Nein, und er war auch noch nicht da, als Mr. Davis hier am Montag das Haus inspizierte. Ich weiß nicht, wie er hineingekommen ist. Die Tür war abgeschlossen als ich ankam.« Alison blinzelte mit ihren langen, feuchten Wimpern. »Ich bin hergekommen, um sicherzustellen, dass die Teppiche gereinigt worden sind, bevor ich das Haus den Kunden zeige.«

»Wie viele Leute haben einen Schlüssel zum Haus?«

»Gute Frage.« Alison tippte sich mit einem roten Fingernagel auf die Unterlippe. »Bisher war das Haus immer vermietet. Wir haben einen Generalschlüssel für die vermieteten Häuser und zwei Extraschlüssel im Büro, und der Besitzer hat auch einen

Satz. Einen habe ich dabei. Einen habe ich dem Schreiner gegeben, Adam Stickler, und einen den Putzleuten. Das ist der Haushaltsservice *Clean as a Wink*, der auch hier in Black Rock Falls ansässig ist. Wir nutzen die ständig, die sind sehr zuverlässig.«

Jenna machte sich Notizen. »Hat die Firma den Schlüssel wieder zurückgegeben?«

»Die behalten einen Generalschlüssel für ihren eigenen Gebrauch, aber sie waren hier am Montag schon fertig, bevor Mr. Davis zur Inspektion kam. Ich glaube, sie waren da, nachdem der Schreiner am Freitag weg war. Er meinte, dass im Garten noch einiges erledigt werden müsste.« Alisons braune Augen fixierten Jenna. »Wie ist der Mann denn gestorben? Herzinfarkt?«

»Ich weiß es nicht. Die Todesursache wissen wir erst, wenn der Rechtsmediziner die Leiche untersucht hat.« Jenna steckte Notizbuch und Stift wieder ein. »Die Besichtigung von heute Abend müssen Sie leider absagen. Wir haben noch bis morgen hier zu tun. Und wenn wir den Tatort geräumt haben, müssen Sie die Putzleute noch einmal holen, um den Geruch loszuwerden.«

»Mein Gott, niemand wird das Haus jetzt noch kaufen. Wir müssen die Käufer über alle Todesfälle in den Häusern informieren.«

»Wem gehört die Immobilie eigentlich?« Kanes Blick wanderte über das Haus und dann zurück zu Alison.

»Maple Lane 3 ist eine von sieben Immobilien in unseren Büchern, die Mr. Rockford gehören. Ich habe ihn vor Kurzem kennengelernt, daher weiß ich, dass er nicht der Tote im Haus ist. Mr. Rockford ist nach Texas gezogen, nachdem sein Sohn ins Gefängnis musste. Mr. Davis verkauft alle seine Häuser für ihn.« Alison sah sie an, als trüge sie die Last der ganzen Welt auf ihren Schultern. »Deshalb bin ich zum Arbeiten zurück nach Black Rock Falls gezogen. Seit diese Teenager letzten

Sommer ermordet wurden, sind hier ziemlich viele Immobilien auf dem Markt.«

Jenna stieß einen langen Seufzer aus. Sie hatte den Rockford-Fall noch gut in Erinnerung. »Haben Sie nach der letzten Inspektion noch irgendwelche Handwerker kommen lassen, um etwas zu reparieren?«

»Soweit ich weiß, waren alle Reparaturen fertig.« Alisons zierliche Finger zitterten auf dem Ordner, den sie in Händen hielt. »Ich müsste Mr. Davis fragen, ob er jemanden rausgeschickt hat.«

»Rufen Sie mich an, wenn Sie das herausgefunden haben.« Kane lächelte mitfühlend und reichte ihr seine Karte. »Meine Handynummer steht auf der Rückseite. Sie können mich jederzeit anrufen.«

Jenna starrte ihn an und wandte sich dann wieder Alison zu. »Gut. Das ist alles, was ich im Moment brauche. Sie sollten besser wieder an die Arbeit gehen.«

»Ich bin mir nicht ganz sicher, ob ich Auto fahren kann.« Alison sah verzweifelt aus. »Ich zittere immer noch.«

»Sie hatten einen schlimmen Schock.« Jenna wandte sich von ihr ab und sagte zu Rowley: »Fahren Sie ihren Wagen in die Stadt und geben Sie mir Ihre Schlüssel. Ich werde Ihren Wagen zurück zur Dienststelle bringen. Wenn Sie beim Maklerbüro sind, fragen Sie mal nach, ob Davis irgendwelche Handwerker zum Haus geschickt hat.«

»Ja, Ma'am.« Rowleys Mund verzog sich zu einem Lächeln, als er ihr die Schlüssel reichte. »Danke schön.« Er geleitete Alison zu ihrem Fahrzeug.

»Sheriff. Auf ein Wort.« Deputy Wolfe kam mit einem großen Beweismittelbeutel aus dem Haus. »Das Opfer ist Amos Price, neunundvierzig Jahre alt, wohnt laut Führerschein in den Bergen am Sunset Ridge. Nach dem, was ich in dieser Tüte hier gefunden habe, nehme ich an, dass er zu einem romantischen

Intermezzo hier war, allerdings hatte er auch ein Beruhigungsmittel in der Tasche.«

Jenna hörte sich die Liste der Gegenstände an, die bei der Leiche gefunden wurden. »Aha. Todeszeitpunkt? Todesursache?«

»In diesem Fall ist es ziemlich schwierig, den Todeszeitpunkt anhand der Körpertemperatur zu bestimmen. Ich würde sagen, ungefähr achtundvierzig Stunden, aber da jemand die Heizung hochgedreht hatte, könnte ich um einige Tage danebenliegen. Rein nach der Körpertemperatur wäre er nur ein paar Stunden tot, aber die ist ja künstlich erhöht. Und nach der Verwesung zu urteilen, könnte er Dienstagnachmittag gestorben sein, aber da möchte ich mich noch nicht festlegen. Der Leichnam ist aufgebläht, daher muss ich mit der Todesursache bis zur Autopsie warten. Vielleicht ein Herzinfarkt, aber im Moment bin ich mir da nicht sicher.« Wolfe zog seine Atemschutzmaske herunter und kratzte sich an den blonden Bartstoppeln. »Da ich Mord zurzeit nicht ausschließen kann, werde ich das ganze Haus nach Fingerabdrücken einstauben und eine komplette Untersuchung durchführen. Dann brauche ich noch die Fingerabdrücke der Immobilienmakler, da beide Zugang zum Haus hatten.«

»Okay.« Jenna starrte dem abfahrenden Auto hinterher. »Ich werde Rowley anrufen. Er soll Stickler, Saunders und Davis erkennungsdienstlich erfassen.«

»Ich frage mich, ob der ramponierte Truck, der ein Stück die Straße runter geparkt ist, dem Opfer gehört.« Kane rollte die Schultern und ging auf das Fahrzeug zu. Er holte sein Handy hervor und tippte das Autokennzeichen ein. Dann drehte er sich zu ihr um und rief: »Ja, der gehört ihm.«

Jenna wandte sich an Wolfe. »Irgendwelche Schlüssel an der Leiche?«

»Ja.« Wolfe kramte im Beweismittelbeutel und holte mit behandschuhten Fingern ein Schlüsselbund heraus. »Ich habe sie an der Haustür ausprobiert. Zum Haus hier gehören sie nicht. Haben Sie Handschuhe?«

Jenna holte zwei Paar aus ihrer Tasche und warf Kane eines zu. »Wir sollten das Fahrzeug überprüfen.« Sie schritt hinüber zum Pick-up Truck.

»In Ordnung.« Kane ging neben ihr und betrachtete aufmerksam ihr Gesicht. »Darf ich Sie etwas fragen.«

»Klar doch.«

»Wissen Sie, ich habe mit Rowley darüber gesprochen, wie schlecht man hier in der Stadt an einige abgelegenere Ecken hinkommt. Er meinte, es wäre doch ganz sinnvoll, wenn wir uns Pferde anschaffen. Sie nutzen die Ställe bei sich doch gar nicht, und der Paddock ist mit Gras überwuchert.«

Sie nickte. »Klingt gar nicht verkehrt, aber der Stall ist ziemlich heruntergekommen.«

»Das kriege ich schnell repariert – ein paar neue Scharniere an die Türen, dann wird das schon. Können Sie reiten?«

Jenna warf ihm einen Seitenblick zu. »Ich glaube schon. Als Kind bin ich viel geritten.«

Sie fand es schön, dass Kane im Cottage ihrer Ranch wohnte. Sie verbrachte viel Zeit mit ihm. Er war zuverlässig und klug und gab ihr immer Rückendeckung. Oft wechselte er das Thema, um die Stimmung aufzuhellen, wenn sie sich einen besonders üblen Tatort angesehen hatten. Mit diesen Ablenkungen trug er ein Stück weit dazu bei, dass sie ihre Menschlichkeit nicht verlor. »Das wäre allerdings nicht ganz billig. Können wir nicht Pferde mieten, wenn wir sie brauchen?«

»Dann haben wir das Problem mit der Verfügbarkeit.« Kane zuckte mit den Schultern. »Für die laufenden Kosten kann ich gerne aufkommen. Und bei den ganzen Wäldern und Bergen hier im County kann es immer sein, dass wir auf Pferde angewiesen sind. Als wir unseren letzten Mord untersucht haben, sind wir auf der Suche nach Indizien meilenweit auf irgendwelchen Bergpfaden herumgestapft. Mit Pferden hätten wir es viel einfacher gehabt. Soweit wir wissen, hat Amos Price oben in den Bergen gelebt, und falls er keine Familie hatte, müssen wir sein Grundstück überprüfen. Einige Ranches liegen ganz schön weit ab vom Schuss und Nachbarn sind dünn gesät.« Kanes Lippen wurden schmaler. »Vielleicht liegt seine Hütte am Ende eines mehrere Meilen langen Pfades.«

Sie dachte über seine Worte nach, dann zuckte sie mit den Schultern. »Das glaube ich kaum. Er hatte einen Truck, und dafür, dass er ständig meilenweit gelaufen sein soll, sieht er ein wenig zu übergewichtig aus. Aber wenn Sie ein paar Pferde kaufen möchten, habe ich nichts dagegen.«

»Ich werde am Sonntag zu Gloria gehen und den Stall reparieren.« Kanes Mundwinkel zuckten, als er den Pick-up des Opfers erreichte und die Tür öffnete.

»Gloria?«

»Ja, Rowley meint, Gloria Smithers ist die beste Adresse in der Stadt, wenn man ein Pferd kaufen will. Ich hatte mich schon mit ihr getroffen, und aktuell hat sie wohl ein paar Tiere da.« Kane ließ einen ganzen Berg Müll aus der Tür fallen, setzte sich seine Maske auf und steckte seinen massigen Oberkörper in den alten Pick-up. »Mann, dieser Typ war vielleicht ein Schwein. Auf dem Müll hier drin wächst zentimeterdicker Schimmel.«

Jenna hielt sich die Nase zu. »Wie können Menschen nur so leben?«

»Was haben wir denn da? Nehmen Sie das mal, ich sehe mich hier weiter um.« Kane sah sie über die Maske hinweg an, reichte ihr ein Gewehr und beugte sich dann wieder in das Auto hinein. Einen Augenblick später hatte er eine Papiertüte in der Hand und schaute hinein. »Diazepam. Hmm, das muss das gleiche sein, das Wolfe in seiner Tasche gefunden hat. Ich frage mich bloß, warum man vor einem Date ein Beruhigungsmittel nimmt.«

Jenna blickte ihn skeptisch an. »Naja ... vielleicht, um sie zu betäuben? Das scheint mir nicht allzu abwegig, wenn man bedenkt, dass er sich im Haus von jemand anderem befand.«

»Wirklich?« Kane legte seine Stirn in Falten. »Wenn Sie merken, dass ein Typ Sie unter Drogen setzen will, würden Sie dann einfach abhauen oder würden Sie die Polizei rufen?«

»Ich würde es erst gar nicht darauf anlegen, mit einem völlig Fremden allein zu sein.« Jenna legte eine Hand auf den Griff ihrer Waffe und seufzte. »Vielleicht ist sie nicht aufgetaucht und er hat sich zu Tode gelangweilt, während er auf sie gewartet hat.« Sie zuckte mit den Schultern. »Auf dem Tresen stand doch eine Flasche Bourbon – vielleicht war es am Ende gar kein Date. Vielleicht hat er sich umgebracht. Mit Diazepam und Alkohol würde das gehen.«

»Ich habe noch nie gehört, dass jemand Kondome, Gleitmittel und eine Schachtel Pralinen mitnimmt, um sich das Leben zu nehmen.« Kane sah sie verschmitzt an. »Sie etwa?«

Jenna schnaubte. »Ich schätze, es gibt immer ein erstes Mal.« Peinlich berührt blickte sie sich um. »Großer Gott, es ist wirklich nicht sehr professionell, so etwas zu sagen. Der arme Mann ist tot. Wahrscheinlich ermordet, und wir albern hier herum.«

»Finde ich nicht. Ich stelle nur Fakten fest.« Kane sah sie über die Schulter hinweg an. »Wussten Sie, dass es gar nicht ungewöhnlich für uns Menschen ist, an einem Tatort zu lachen?«

Sie begegnete seinem Blick. »Nein, aber bestimmt erzählen Sie mir gleich, warum das so ist.«

»Es liegt nicht daran, dass man den Tod lustig findet. Es ist eher ein emotionales Ventil, das einen vor überwältigenden Ängsten schützt.« Er verschwand wieder im Inneren des Pickups. »In unserem Beruf ist es bestimmt besser, hin und wieder zu lachen, als an einer Posttraumatischen Belastungsstörung zu leiden.« Er stieg wieder aus und sah sich etwas an, das in seiner Handfläche lag.

»Was haben Sie da?«

»Einen USB-Stick, der lag im Handschuhfach. Vielleicht verrät uns der mehr über ihn, als dass er Fastfood und Bourbon mochte.« Kane warf den Müll zurück in den Wagen und schloss die Tür ab. »Er war jetzt für einige Tagen hier und wohnt oben auf dem Berg. Das ist ziemlich abgelegen da, vielleicht hat er irgendwelche Tiere auf seinem Grundstück, die versorgt werden müssen.«

»Stimmt, die meisten da oben haben welche. Wir fahren zurück in die Dienststelle und fragen Walters, ob er ihn oder seine Verwandten kennt. Vielleicht hat er Familie, die sich um die Tiere kümmern können. Ich schaue auch mal, wer in der Nähe wohnt und frage dort nach.«

»Verstanden.« Kane nahm die Maske ab und lächelte. »Wenn wir kein Glück haben bei Walters, freue ich mich schon auf eine Spazierfahrt in die Berge. Spektakuläre Aussicht und so viel Frieden und Stille, wie man sich nur wünschen kann. Mit dem Navi sollten wir das Haus des Opfers finden können.«

Jennas Urlaubspläne mussten warten, aber der Gedanke, einen Vormittag lang die frische Bergluft zu genießen, klang zugegebenermaßen auch nicht schlecht. »Gut, können wir dann jetzt bitte aufhören zu träumen und wieder an die Arbeit gehen?«

3

DONNERSTAG

Früh am nächsten Morgen lehnte sich Kane in seinem Bürostuhl zurück und starrte auf den Inhalt des USB-Sticks, den er in Amos Price' Wagen gefunden hatte. Er wandte den Blick ab. Die Fotos widerten ihn an. Fast ein Jahr war es her, dass Jenna ähnliche Bilder auf dem Handy des Sohnes des Ex-Bürgermeisters gefunden hatte, aber dessen Vater hatte das Notebook zerstört und damit alle Hinweise auf einen möglichen Kinderpornoring in der Gegend beseitigt. Aber selbst das FBI, das eingeschaltet worden war, konnte mit seinen umfangreichen Ressourcen nichts herausfinden. Er war bislang davon ausgegangen, dass Josh Rockford allein gehandelt hatte und dass das Problem jetzt, wo er im Gefängnis saß, beseitigt war. *Zu früh gefreut.*

Mit diesem Fund hier stachen sie in ein potenzielles Wespennest. Wenn Price etwas mit Kinderpornos zu tun hatte, dann war er vielleicht nicht der Einzige hier, und doch war nichts ans Licht gekommen, seit er nach Black Rock Falls gezogen war. Er stand auf und marschierte in Jennas Büro. »Sorry, Ma'am. Ich habe neue Informationen im Fall Amos Price.«

»Kommen Sie rein und nehmen Sie Platz.« Jenna strich sich eine Strähne ihres glänzenden Haars aus dem Gesicht und lächelte ihn an. »Was haben Sie herausgefunden?«

Kane verzog das Gesicht. »Bilder von Kindern. Sie scheinen alle von der Kamera seines Handys zu stammen. Somit war er also daran beteiligt. Ist immer dasselbe Kind, wie's aussieht.«

»Hmm, hat er sie irgendwem geschickt?«

»Nee.« Kane ließ sich auf einen Stuhl vor ihrem Schreibtisch fallen. »Es ist wie im Fall Josh Rockford – er war clever genug, die Bilder nicht mit seinem Handy zu verschicken. Ich vermute, dass alles, was wir brauchen, irgendwo auf einem Rechner gespeichert ist. Wenn die Nachricht von seinem Tod durchsickert, haben wir vielleicht das gleiche Problem wie bei Rockford – einer seiner Freunde wird die Festplatte nehmen und sie vernichten.«

Jenna tippte mit ihrem Stift auf den Schreibtisch. »Diese miesen Kerle tauchen überall auf. Aber bevor wir anfangen, Chatrooms nach möglichen Verdächtigen zu durchforsten, werde ich mich noch einmal mit dem FBI in Verbindung setzen, ob sie auf diesem Gebiet Ermittlungen laufen haben.«

»Ja, wenn wir eine verdeckte Operation ruinieren, käme das nicht allzu gut an.«

»Nicht nur das. Ich möchte sie auch gerne mit einbeziehen. Sie haben die nötigen Ressourcen und wissen, wo sie im Internet suchen müssen.« Sie seufzte.

Es klopfte. Deputy Wolfe stand in der Tür.

»Ah, Wolfe, Sie kommen genau richtig.« Jennas Lächeln war ehrlich. Sie schätzte es sehr, ihn in ihrem Team zu haben. »Was hat die Autopsie ergeben?«

»Nicht viel, fürchte ich.« Wolfe nahm seinen Hut ab und kratzte sich an seinem dichten blonden Haar. »Für die Todesursache müssen wir den toxikologischen Bericht abwarten. Das Problem ist, diesen Bericht bekommen wir erst in etwa zwei bis drei Wochen. Vielleicht verrät uns der Mageninhalt etwas. Er hatte kurz vor seinem Tod noch einen Drink. Abgesehen von Bourbon und Cola roch der Magen stark nach Zigaretten, aber seine Lungen waren sauber. Ich glaube nicht, dass er geraucht hat.«

Kane runzelte die Stirn. »In seinem Wagen habe ich keine Zigaretten gefunden.«

»Oder eine leere Coladose im Haus.« Jenna kaute auf ihrer Unterlippe. »Wenn er kurz vor seinem Tod noch Whiskey-Cola getrunken hat, was ist dann mit dem Glas und mit der Coladose passiert?«

»Ganz genau. Alles, was ich gefunden habe, deutet auf eine Vergiftung hin, und den Verrenkungen seiner Gliedmaßen nach zu urteilen, war es ein sehr schmerzhafter Tod. Sein Körper kollabierte buchstäblich unter den schmerzvollen Verkrampfungen. Es gibt eine ganze Reihe sofort wirkender Gifte, zum Beispiel Arsen, Strychnin und natürlich einige Schlangengifte. Aber abgesehen davon, dass sie ziemlich schwer zu beschaffen sind, hinterlassen sie Spuren. Bisswunden zum Beispiel, blutende Augen, Bluthusten. Das war hier ziemlich subtil. Wegen des Tabakgeruchs habe ich das Labor gebeten, speziell nach Nikotinsulfat zu suchen. Das ist ein Pestizid und hochgiftig. Es würde genau die Symptome hervorrufen, die ich beim Opfer festgestellt habe. Es ist farblos und Bourbon könnte den Geschmack überdecken.«

Kane rieb sich den Nacken. »Dann könnte es also Mord gewesen sein?«

»Ausschließen will ich das nicht.«

»Wenn ja, dann haben wir schon ein Motiv.« Jenna runzelte die Stirn. Ihre dunklen Augenbrauen trafen sich in der Mitte. »Er hat Bilder von Kindern auf seinem Handy, und es scheint, dass er sie selbst aufgenommen hat. Ich kann im Umkreis von ein paar Meilen um Mr. Price' Hütte niemanden finde. Und von den Leuten, die ich angerufen habe, will sich keiner auf sein Land wagen. Wir sollten zunächst einmal dreierlei tun. Erstens: schnell zu seiner Hütte fahren und seinen Computer sicherstellen, um herauszufinden, ob noch jemand beteiligt ist. Wenn wir Hinweise finden, überlassen wir sie dem FBI, das dann weiterermitteln wird. Wir müssen uns auf die Mordermittlung konzentrieren und das Kind auf den Fotos identifizieren. Kann gut sein, dass Price sterben musste, weil die Eltern das Gesetz selbst in die Hand genommen haben.«

»Ja.« Wolfe verengte seine blassen Augen zu Schlitzen. »Wenn ich herausfinden würde, dass sich jemand an einem meiner Mädchen vergreift, dann wäre ich wahrscheinlich auch versucht, ihm einen Besuch abzustatten.«

»Wir gehen hier ganz korrekt und nach dem Gesetz vor, Deputy Wolfe.« Jennas Miene verhärtete sich. »Egal, um wen es geht, verstanden?«

»Ja, Ma'am.« Wolfe rieb sich den Nacken. »Übrigens würde ich behaupten wollen, dass Gift als Mordwaffe meistens von Frauen verwendet wird.«

»Er hatte eine offene Flasche Bourbon herumstehen, aber ich habe sie untersucht und kein Gift gefunden. In einem Küchenschrank standen Gläser, aber offenbar waren alle unberührt. Ich werde sie trotzdem mitnehmen und auf Rückstände untersuchen lassen, aber ich bezweifle, dass ich da etwas finden werde. Der Siphon unter der Küchenspüle war ebenfalls sauber. Unser Täter hat das alles sehr gut geplant.«

»Vorschläge?« Jenna wandte ihre Aufmerksamkeit Kanne zu. »Wie ist er zum Beispiel ohne Schlüssel in das Haus gekommen?«

»Daran arbeite ich noch, Ma'am. Aber wieso ist er überhaupt dorthin gegangen?« Kane begegnete Jennas intensivem Blick. Er hob die Schultern. »Vielleicht, um sich mit einem Mädchen zu treffen?«

»Das wäre eine Möglichkeit.« Jenna kratzte sich an der Wange. »Gehen wir mal davon aus, dass das der Fall war. Was wissen wir darüber, wie sich solche Leute an Mädchen oder Jungen heranmachen?«

»Pädophile neigen dazu, sich Opfer auszusuchen, die einsam sind und deshalb besonders verletzlich. Sie chatten online mit ihnen, oft stundenlang.« Kane seufzte. »Das FBI hat Agenten, die sich in Chatrooms als Kinder ausgeben, um diese Kerle zu ködern. Die Täter benutzen Gaming-Chats und Gruppen in Sozialen Medien und tun so, als wären sie Teenager. Sie suchen sich ein Pseudonym aus, posten das Foto eines gutaussehenden Jungen und fangen ein Gespräch an. Sobald das FBI sie so weit hat, dass sie zugeben, Sex mit einem minderjährigen Mädchen oder Jungen haben zu wollen, arrangieren sie ein Treffen und nehmen sie fest.«

»Was mich daran zweifeln lässt, dass das FBI hier tätig war, denn sonst wäre Price kaum umgebracht worden. Aber ich denke mal, wenn ein Mörder einen Pädophilen in den Tod locken will, funktioniert dieser Plan genauso gut. Das sollten wir im Hinterkopf behalten.« Jenna verzog die Mundwinkel. »Wenn man bedenkt, was Price bei sich hatte, wird er damit gerechnet haben, dass er Sex haben würde. Notfalls hätte er sein Opfer auch überwältigen können.«

»Da frage ich mich, wie oft er das vorher schon getan hat.« Kane lehnte sich so weit in seinem Stuhl zurück, dass dieser wie aus Protest knarrte. »Wie gesagt, es dauert einige Zeit, bis man einen Jungen oder ein Mädchen online so weit hat, und dann braucht er Zugang zu einem Haus. Und da müssen wir uns wieder fragen: Woher wusste Price, wann das Haus leer stehen würde, und wie ist er hineingekommen?«

»Das ist die Frage.« Jennas Blick verengte sich. »Eines dürfte klar sein: Er hatte einen Schlüssel. Finden Sie heraus, woher er den hatte.«

Kane räusperte sich. »Ja, Ma'am. Sobald wir von seiner Hütte zurück sind.«

»Wir wissen von diversen Leuten, die einen Schlüssel

haben könnten. Alison erwähnte, dass Handwerker im Haus waren. Vielleicht hat sich einer von denen einen Zweitschlüssel anfertigen lassen.« Jenna ließ den Blick über ihre Deputys schweifen. »Eines noch, bevor wir aufbrechen. Wolfe, ich möchte, dass Sie und Rowley alle Akten heraussuchen, die wir über Opfer von Kindesmissbrauch in dieser Gegend haben. Schauen Sie in den Archiven nach. Während des Rockford-Falls sind uns keinerlei Beschwerden untergekommen, also sollten Sie die nationale Datenbank durchsuchen. Prüfen Sie auch das Register der vermissten Personen, vielleicht wurde das Mädchen auf den Fotos ja irgendwann in den letzten Jahren als vermisst gemeldet. Ihr solltet hier auch ein paar Jahre zurückgehen bei eurer Suche.«

Kane rieb sich das Kinn. »Das ist kaum zu schaffen. Wir sprechen hier von Hunderttausenden vermissten Kindern. Ich schlage vor, wir fangen mit den Nachbarstädten an und arbeiten uns von da aus voran.«

»Genau.« Wolfe sah Jenna säuerlich an. »Wir wissen ja nicht einmal, ob er sich mit einem Kind treffen wollte oder ob er sich überhaupt mit jemandem treffen wollte.« Wolfe sah ziemlich verärgert aus.

»Nun, mit weiteren Spekulationen werden wir warten müssen, bis wir uns Price' Computer angesehen haben.« Jenna nahm das Telefon und rief Deputy Walters an. »Walters, haben Sie Mr. Price' Familie ausfindig gemacht?« Sie hörte eine Weile zu, dann schüttelte sie den Kopf. »Geben Sie mir mal die Koordinaten seines Hauses.« Sie machte sich Notizen. Dann bedankte sie sich, beendete das Gespräch und schob Kane den Block hinüber. »Price hat keine lebenden Verwandten. Walters meint, die unbefestigte Straße zu Price' Hütte müsste um diese Jahreszeit befahrbar sein. Schauen Sie mal, ob wir das Gebiet mit dem SUV erreichen können. Anscheinend führt eine andere Straße oben auf der Nordseite zu ein paar Hütten, die Einheimische mieten, wenn sie an den Black Rock Falls angeln wollen, aber vor Kurzem hat ein Steinschlag die Straße blockiert. Das Wasser von dort speist den Black Rock Lake, ein riesiges Gebiet auf der anderen Seite des Berges. Offenbar zeigt das Navi die Straßensperrung nicht an.« Sie stand auf. »Ich bin sicher, Ihr SUV hat genug PS, um den Berg zu erklimmen.«

»Na klar, das schafft der mit links.« Kane konnte sich ein Lächeln nicht verkneifen. »Ich informiere mich über die Straßenverhältnisse und stelle die Ausrüstung zusammen. Sind Sie oder Wolfe mit von der Partie?«

»Ich komme mit.« Jennas Augen blitzten auf. »Wolfe, Sie koordinieren währenddessen bitte die Suche nach dem Opfer auf den Fotos und nach Fällen von Kindesmissbrauch hier oder in den nächstgelegenen Städten. Informieren Sie das FBI, dass wir möglicherweise einen Pädophilen-Ring haben, der hier in der Gegend aktiv ist. Die kennen die üblichen Treffpunkte dieser Leute und können den entsprechenden Teil der Ermittlungen übernehmen. Sorgen Sie auch dafür, dass das FBI uns auf dem Laufenden hält.« Sie warf Wolfe einen Blick zu. »Bevor Sie anfangen, könnten Sie bitte noch Rowley losschicken, dass er die Gläser vom Tatort sicherstellt. Ich habe ihm beigebracht, wie man kriminaltechnisches Beweismaterial korrekt sicherstellt.«

»Ja, Ma'am.« Wolfe nickte ihr knapp zu, nahm seinen Hut und ging zur Tür. Kane folgte ihm.

Jennas Stimme begleitete sie nach draußen. »Seien Sie bitte beide in zehn Minuten abfahrbereit.«

———

Im Nebenraum war Rowley in ein Gespräch mit Alison Saunders vertieft, der jungen Frau, die die Leiche gefunden hatte.

Kane näherte sich Rowleys Arbeitsplatz und räusperte sich. »Gibt es ein Problem?«

»Wie man's nimmt.« Rowleys Wangen röteten sich. »Alison wollte wissen, wann sie endlich ein Reinigungsteam ins Haus schicken darf.«

»Ich will Jake keine Schwierigkeiten machen.« Alisons große braune Augen wanderten über sein Gesicht. »Ich wollte nur wissen, wann ich wieder ins Haus kann und ob der Mann ermordet wurde.«

Kane warf Rowley einen Blick zu. Der Deputy war normalerweise sehr diskret und professionell. »Und was hat Deputy Rowley Ihnen gesagt?«

»Dass Sheriff Alton Mr. Davis Bescheid gibt, wenn sie die Ermittlungen abgeschlossen hat.«

Kane entfuhr ein Seufzer der Erleichterung. »Na, dann haben Sie ja Ihre Antwort. Im Moment haben wir noch keine Ahnung, woran der Mann gestorben ist. Wenn also Mr. Davis Sie dazu drängt, Informationen von Rowley zu erhalten, dann sagen Sie ihm, er soll sich gefälligst an Sheriff Alton wenden.«

»Oh, sicher.«

»Wenn das alles ist, Miss Saunders ... Deputy Rowley wird jetzt woanders gebraucht.«

»Wir sehen uns später.« Alison strahlte Rowley an und ging zur Tür.

Kane sah ihr nach. »Ich muss Sie sicher nicht daran erinnern, dass Sie keine Informationen weitergeben dürfen, auch nicht an Ihre Freundin. Könnte sein, dass wir einen Mordfall haben, da darf nichts durchsickern.«

»Nein, Sir. Ich erzähle ihr überhaupt nichts.« Rowley schluckte, und sein Adamsapfel wippte auf und ab. »Was hat Deputy Wolfe bei der Autopsie herausgefunden?«

»Noch nichts Genaues.« Kane senkte seine Stimme, sodass er beinahe flüsterte. »Wir glauben, dass der Tote in eine Art Kinderporno-Ring verwickelt war. Wolfe wird die Untersuchung koordinieren, wer die Kinder auf den Fotos sind und das FBI einschalten. Suchen Sie alle gemeldeten Fälle von Kindesmissbrauch heraus, und überprüfen Sie Price' beruflichen Werdegang. Finden Sie heraus, ob er in den letzten Jahren mit Kindern gearbeitet hat. Wir müssen auch wissen, ob er Kinder aus einer anderen Stadt hergebracht hat. Durchsuchen Sie also die Datenbanken der anderen Countys nach vermissten Kindern oder Meldungen über irgendwelche verdächtigen Vorgänge.«

»Okay. Ich kümmere mich darum, sobald ich in der Maple Lane die Beweisstücke eingesammelt habe, die Wolfe braucht.«

»Okay. Ich fahre mit Sheriff Alton auf den Berg und durchsuche Price' Hütte.«

»Dann sollten Sie auf jeden Fall ein Gewehr mitnehmen.« Rowleys Gesicht verzog sich zu einem Grinsen. »Da oben neigen die Leute dazu, erst zu schießen und dann Fragen zu stellen.«

»Na wunderbar.«

4

Als der Adrenalinrausch des Tötens verflog, machte er einer Welle der Zufriedenheit Platz. Sie schaute sich in ihrem Haus um. Alles war sauber und ordentlich, alle Oberflächen waren auf Hochglanz poliert. Sie liebte Sauberkeit. Nichts ärgerte sie mehr, als wenn etwas nicht an seinem Platz war oder wenn irgendwo Staub herumlag.

Und jetzt hatte sie noch eine ganze Menge aufzuräumen.

Sie öffnete den Schrank im Gästezimmer und starrte auf die Fotos der Monster. Wie um zu bekräftigen, wie entschlossen sie war, den Planeten von diesen Bestien zu befreien, hatte sie die Fotos der Männer an die Innenseite der einen Tür und an die der anderen Bilder der vermissten Mädchen geklebt, die sie aus Zeitungen ausgeschnitten hatte. Sie fuhr mit den Fingern über die jungen Gesichter. *Ich werde euch zu eurem Recht zu verhelfen, das verspreche ich euch.*

Sie blickte die Fotos der Männer finster an. Die Wut ließ ihr die Galle in die Kehle steigen. Oh ja, sie hatte herausgefunden, wie diese Monster hießen und wo sie wohnten. Jetzt würde sie dafür sorgen, dass sie nie wieder einem Mädchen wehtun konnten. Auf Amos Price war sie gekommen, als sie von einer Kinderparty gehört hatte, auf der sich ein Clown seltsam verhalten hatte. Wie oft Eltern wohl unangemessene Berührungen ignorierten und weghörten, wenn sich ihre Kinder darüber beschwerten, dass jemand sie angefasst hätte und sie sich schämten, zuzugeben, dass ausgerechnet ihrem Kind so etwas passiert sein konnte? Sie hatte ihm Einhalt geboten. Dem Monster, das sich hinter einem aufgemalten Lächeln versteckt hatte.

Ein Gefühl der Genugtuung durchströmte sie, als sie das Bild von Amos Price von der Holztür nahm und in Fetzen riss. Sie ging ins Badezimmer und spülte das zerrissene Foto in der Toilette hinunter. Der Anblick von Amos Price, wie er sich im Todeskampf krümmte und die Angst in seinen Augen, als sein Leben aus seinem Körper entwich, hatten die dunkle Seite in ihr wieder zum Leben erweckt. Sie hatte sein Leid genossen. Sie hatte es fast schmecken können und wünschte sich nur, es hätte noch etwas länger gedauert. Das Verlangen, den nächsten Mann in ihr Netz zu locken, hatte längst Besitz von ihr ergriffen.

Ein zwingendes Bedürfnis, zu jagen und zu töten.

Wer ist der Nächste? Sie ließ ihren Blick über die Fotos schweifen, dann ließ sie die Fingernägel über das Bild eines der Monster gleiten. »Bist du bereit zu sterben?«

5

Kanes leistungsstarker SUV erklomm Meile um Meile die kurvigen Bergstraßen. Jenna stieß einen Seufzer aus. Ein endloses Panorama von intensiver Schönheit. Kiefernwälder bedeckten die Hänge majestätischer Berge, Regenbögen tanzten in der Gischt brodelnder Flüsse und tanzender Wasserfälle. Die Aussicht war atemberaubend. »Oh, ist das schön. Ich wünschte, ich hätte mich früher schon einmal hier hochgewagt. Ich kann gar nicht glauben, dass ich das bisher verpasst habe.«

»Es ist wirklich sehr schön hier, aber ganz allein sollte man sich nicht hierherwagen.« Kanes große Hände umklammerten fest das Lenkrad, als er durch eine enge Kurve fuhr. »Rowley erwähnte, dass die Bergbewohner, wo auch immer sie sich verstecken, dazu neigen, erst zu schießen und dann Fragen zu stellen.« Er grinste sie an. »Und dann sind da noch die Schwarzbären und die Luchse. Ich schätze, Sie würden für die ein prima Abendessen abgeben.«

»Sie hätten das Problem wohl nicht.« Sie grinste zurück. »Sie bestehen ja nur aus Knorpel.«

»Danke.« Kanes Augen funkelten. »Das nehme ich mal als Kompliment.«

Jenna starrte auf das Navi. »Price' Hütte muss etwa hundert Meter weiter auf der rechten Seite sein.«

Das Auto holperte über den Feldweg und schaukelte hin und her. Die Bäume standen dicht an der Straße und ließen im Stakkatotakt immer wieder das Sonnenlicht hindurch.

»Da rechts. Sehen Sie das Schild? *Privateigentum*.«

»Jawoll.« Kane riss das Steuerrad herum und lenkte den Wagen gekonnt durch eine Kurve und wich anschließend einer Kuhle in der Straße aus. »Kein Wunder, dass sein Truck so ramponiert war. Im Winter hier herumzufahren, muss die Hölle sein.« Er deutete mit dem Kinn nach vorne. »Da ist das Haus.«

Jenna betrachtete die Blockhütte. Sie war größer als sie erwartet hatte. Ein Holzschuppen und eine kleine Scheune gehörten dazu. Ein alter Jagdhund kam aus der Scheune getrottet, um sie zu begrüßen. Er war erbärmlich mager, unter dem Fell zeichneten sich die Knochen ab. »Sie hatten Recht mit den Tieren. Ich bin gespannt, was er in seiner Scheune hat.«

»Ich denke mal, dort sollten wir zuerst nachsehen.« Kane stieg aus dem Auto. Er hob die Augenbrauen. »Also, Vieh rieche ich keines.« Er trottete in Richtung Scheune.

Jenna tätschelte dem alten Hund den Kopf. »Keine Sorge, wir besorgen dir etwas zu essen.«

»Sein Wassereimer ist leer.« Kane klang wütend. »Ein Jagdhund wird nicht in ein paar Tagen so dünn. Hier oben hätte er sich was zu fressen fangen können.« Er bückte sich, nahm den Eimer und füllte ihn am Hahn eines Regenwassertanks. »Na komm, alter Junge, hier hast du.« Er wandte sich um und schob das Scheunentor auf. »Leer.«

»Okay, dann sehen wir uns mal im Haus um.« Jenna zog Latexhandschuhe an und holte dann ein Schlüsselbund aus der Tasche. Sie stieg auf die Veranda, öffnete die Tür und trat einen Schritt zurück. »Mann, stinkt das hier!«

»Aber wenigstens nicht nach Tod. So riecht es bei Leuten,

die sich nicht waschen.« Kanes Mund verzog sich zu einem Grinsen. »Scheint so, als hätte Amos Price für Körperhygiene nicht viel übriggehabt.« Er trat ein. »Warten Sie da. Ich mache erstmal ein paar Fenster auf.«

»Ich schaue mir die anderen Zimmer an.« Jenna betrat einen Raum, der offenbar als Schlafzimmer diente. Sofort fiel ihr Blick auf eine Reihe Perücken auf dem Nachttisch.

Sie öffnete den Kleiderschrank und starrte auf bunte Clownskostüme. Ihr lief es kalt den Rücken herunter. Widerlich. Als Kane den Raum betrat, drehte sie sich um und verzog das Gesicht. »Er war ein Clown. Ich hasse Clowns.«

»Jetzt ist er ein toter Clown.« Kanes blaue Augen fixierten ihr Gesicht. »Das ist eine richtige Phobie, oder? Clowns, meine ich.«

»Ja, und John Wayne Gacy hat das Ganze nicht gerade besser gemacht.« Sie schauderte. »Falls Sie es vergessen haben sollten, der war Massenmörder und hat kleine Jungs umgebracht.«

»Das werde ich wohl kaum so schnell vergessen, auch wenn ich es gerne würde.« Kane drückte sanft ihren Arm. Seine warme Hand fühlte sich angenehm auf ihrer Haut an. »Sind Sie okay?«

»Ja, alles gut.« Sie wandte sich ab, ging den Flur hinunter und betrat ein Wohnzimmer mit Kamin, ein paar alten Sofas und wenig sonstiger Einrichtung. Hinter einer offenen Tür fand sie eine Küche. Das Spülbecken war voller Geschirr. »Ich schaue mal, ob ich Futter für den Hund finde.«

Sie war keine drei Schritte gegangen, als sie ein Geräusch vernahm. »Haben Sie das gehört?«

»Was?«

Ein weiterer winziger Laut ließ Jenna erstarren. Sie neigte ihren Kopf von einer Seite zur anderen. Ein unheimliches Gefühl überkam sie, als würde ein Geist aus seinem Grab heraus mit ihr sprechen wollen. »Ich dachte, ich hätte eine Stimme gehört – gruselig, eine Art Winseln. Hören Sie mal.«

»Vielleicht der Wind. Oder eine Katze. Ich hatte mal eine Siamkatze, die hörte sich an wie ein schreiendes Baby.«

Jenna horchte angestrengt. Da war das Geräusch wieder. Sie bekam eine Gänsehaut. »Das klingt wie ein Kind.«

Hinter ihr lief Kane den Flur hinunter und stieß mehrere Türen auf, bis er mit seinem massigen Körper vor einer Tür stehenblieb, die mit einer Holzlatte verriegelt war. »Oh nein, nicht schon wieder ein Keller. Ich habe echt keine Lust mehr auf dunkle Keller.« Sein Bizeps wölbte sich, als er das massive Stück Holz hob, das die Tür versperrte. »Hier käme nicht mal ein Bär durch.« Er warf Jenna über die Schulter einen Blick zu. »Meinen Sie, er hält sich vielleicht einen Panther als Haustier?« Er runzelte die Stirn. »Einen sehr hungrigen Panther?«

Wieder war das Wimmern zu hören. Jenna rasten alle Horrorfilme durch den Kopf, die sie je gesehen hatte. Mit realen Gefahren konnte sie umgehen, mit gruseligen Situationen weniger. Sie zwang ihren Verstand, rational zu denken. »Es kann kein Geist sein, der würde einfach durch die Wand gehen.«

»Ich dachte gar nicht an einen Geist, aber manche Leute glauben, dass es Häuser gibt, in denen ein Geist gefangen ist.« Kane zuckte mit den Schultern. »Ich glaube eher, es ist eine große Katze.«

»Dann hätte ich lieber einen Geist.« Jenna bewegte sich mit dem Rücken zur Wand auf den Türrahmen zu. »Öffnen Sie die Tür einen Spalt, und machen Sie sich bereit, sie sofort wieder zuzuknallen, wenn es wirklich ein verdammter Panther ist. Ich habe mal gehört, dass die ziemlich seltsame Laute von sich geben.«

»Ja, die klingen, als wenn jemand schreit oder heult. Ich klemme mal lieber meinen Fuß hinter die Tür.«

Sie kam noch ein wenig näher. »Hier spricht Sheriff Jenna Alton. Ist da unten jemand?«

Ein dünnes, zittriges Stimmchen hallte aus der Dunkelheit empor. »Ja, ich bin hier unten.«

Es klang so geisterhaft, dass Jenna ein eisiger Schauer über den Rücken lief. Alle Härchen in ihrem Nacken stellten sich auf. »Sind Sie allein?«

»Sind Sie wirklich von der Polizei?«

Jenna nickte Kane zu, der öffnete die Tür noch ein paar Zentimeter. »Ja, ich bin hier mit Deputy Kane.«

Jenna musste würgen, so intensiv war der Gestank von Kloake, der aus der Dunkelheit aufstieg. Sie drehte sich um zu Kane. Auf keinen Fall würde sie diesen Keller im Dunkeln betreten. »Sehen Sie irgendwo einen Lichtschalter?«

»Ja, hier bei der Tür«, flüsterte er. »Seien Sie vorsichtig, Jenna, wir haben keine Ahnung, wer da unten ist. Vielleicht ist es seine verrückte alte Mutter.«

Jenna zog ihre Glock 22 aus dem Holster. »Öffnen Sie die Tür.«

Sie hielt sich mit einer Hand die Nase zu, machte einen Schritt nach vorn auf einen kleinen Treppenabsatz und blickte hinunter in den Keller. Dort standen ein großes Doppelbett und ein Käfig, und im Käfig hockte ein zehn- bis zwölfjähriges Mädchen, gekleidet in dreckige Lumpen. *O mein Gott!*

6

Jenna steckte ihre Waffe ins Holster. Mit ein paar Schritten war sie unten und ging auf den Käfig zu. »Es ist okay, du bist jetzt in Sicherheit. Wie heißt du?«

»Zoe. Zoe Channing.«

Jenna näherte sich dem Mädchen. »Alles wird gut.« Sie wandte sich um zu Kane. »Sie ist die vom Foto.«

»Das sehe ich.«

Sie rüttelte an der stabilen Metalltür, dann drehte sie sich wieder zu ihrem Kollegen um. »Besorgen Sie etwas, um sie hier rauszuholen, und bringen Sie Wasser mit.«

Als sie über sich Kanes Schritte durchs Haus poltern hörte, lächelte Jenna Zoe an. »Ich hole dich hier raus. Wo wohnst du?«

»In Helena.«

»Ein schönes Städtchen.« Jenna ging neben der Tür in die Hocke. »Wie lange bist du schon hier?«

»Lange. Viele Wochenenden lang. Ich weiß nicht mehr, wie viele.« Zoe schlang ihre schmutzigen Arme um ihre Knie und zuckte zurück.

Warum misst sie die Zeit in Wochenenden? Jenna stand auf

und sah sich den Raum genauer an. Sie fand einen Stapel Wolldecken auf einem Regal, zog eine heraus und reichte sie dem Mädchen durch die Gitterstäbe. »Hier, darin kannst du dich einwickeln. Deputy Kane wird gleich die Tür aufbrechen und dich rausholen.«

»Kann ich duschen?« Zoes eingefallene Augen blickten sie flehend an. »Amos hat mir nicht erlaubt, mich zu waschen. Sie erlauben mir immer erst, mich zu waschen, wenn sie wieder gehen.«

»Sie?« Jenna starrte sie an.

»Ja, Amos hat jedes Wochenende drei Freunde mitgebracht.« Ihr kleiner Körper bebte. »Als er jetzt weggegangen ist, hat er gesagt, dass er eine Freundin für mich mitbringt. Frischfleisch, hat er gesagt.«

Die Erkenntnis, warum das Mädchen speziell die Wochenenden erwähnt hatte, traf Jenna mit der Wucht einer Eisenstange. Eine nahezu überwältigende Welle des Ekels erfasste sie, aber es gelang ihr, Zoe weiterhin freundlich anzuschauen. »Amos kann dir nichts mehr tun, er ist tot.«

Auf der Treppe waren Kanes Schritte zu hören, und sofort zuckte Zoe zusammen. Ihre Augen waren voller Angst. Jenna langte durch die Gitterstäbe und nahm ihre Hand. »Schon okay, Kane ist mein Deputy, und er ist hier, um dir zu helfen, genau wie ich. Wir werden die Männer schnappen, die dir das angetan haben.« Sie nahm die Wasserflasche, die Kane ihr reichte, und gab sie dem Mädchen.

»Mein Vater ist Rechtsanwalt. Er sagt immer, böse Männer kommen ins Gefängnis.« Ihre braunen Augen fest auf Kane gerichtet, öffnete sie die Flasche und trank hastig.

»Oh, keine Sorge, die kommen ins Gefängnis. Geh von der Tür weg, ich hole dich raus.« Mit entschlossener Miene schob Kane ein Brecheisen zwischen die Türscharniere. Das Metall knarrte und ächzte, aber im nächsten Moment fiel die Tür scheppernd zu Boden.

Jenna bot Zoe ihre Hand an. »Komm mit.«

Das junge Mädchen wich zurück, ängstlich weiteten sich ihre Augen. Jenna hob eine Hand und bedeutete Kane, sich fernzuhalten. »Ich glaube, sie hat erstmal genug von Männern. Ich kümmere mich um sie. Wir bringen sie ins Krankenhaus. Rufen Sie vorher an und sorgen Sie dafür, dass sich dort eine Ärztin um sie kümmern wird, okay?« Sie runzelte die Stirn. »Den Hund werden wir auch mitnehmen müssen. Den geben wir im Tierheim ab.«

»Ja, Ma'am.« Kane runzelte die Stirn. »Ich habe in einem der Zimmer ein Notebook gesehen. Ich packe das ein und durchsuche noch einmal schnell die Hütte, während Sie sie zum Auto bringen.«

»Klar, schnappen Sie sich, was Sie können, aber Zoe hat für uns Priorität.« Sie wartete, bis Kane fort war, dann half sie dem Mädchen auf die Beine. »Ich bringe dich ins Krankenhaus. Die Ärzte werden dich untersuchen, dann kannst du duschen.«

»Ich habe Hunger. Ich habe nichts zu Mittag bekommen.«

Jenna stützte das Mädchen und half ihm die Treppe hinauf. »In meinem Auto habe ich Energieriegel und Orangensaft. Hier würde ich lieber nichts anrühren.«

»Ich mag Energieriegel.« Zoes Miene hellte sich auf. »So ein Glück, dass Sie mich gefunden haben.«

»Finde ich auch.« Jenna führte sie in die Küche. »Setz dich eine Minute hin und trink das Wasser. Du bist gleich hier raus.«

»Können Sie bitte den Hund füttern?« Zoes Lippe bebte. »Amos hat das lustig gefunden, wie er langsam verhungerte. Ich bin so froh, dass er tot ist.«

Das bin ich jetzt auch. »Er war kein netter Mann, oder? Wir füttern den Hund, keine Sorge.«

Jenna blickte den Flur hinunter und sah Kane mit einem Notebook, einigen externen Festplatten und zahlreichen DVDs in einem großen Beweismittelbeutel aus einem Raum herauskommen.

»Haben Sie Hundefutter gefunden?«, fragte Jenna.

»Noch nicht.«

Jenna runzelte die Stirn. »Hier muss doch irgendwas sein, das wir dem armen Kerl geben können. Schauen Sie mal im Gefrierschrank nach.«

»Ja, Ma'am.« Darin fand Kane tatsächlich ein paar Steaks und steckte sie zum Auftauen in die Mikrowelle. Er stellte sich neben Jenna, sein Gesicht war von Verzweiflung gezeichnet. »Zoe, ich verspreche, dass wir die Männer schnappen werden, die dir das angetan haben.«

Zoe lehnte sich an Jenna. Ihre großen Augen wanderten über Kanes Gesicht, als schätzte sie ab, wie gefährlich er war. »Vielleicht sollten Sie sie einfach erschießen.«

7

Kane hatte Mühe, die Wut zu unterdrücken, die in ihm brodelte. Aber es ging nicht anders, er musste vor dem Mädchen ein ruhiges, professionelles Auftreten an den Tag legen. Jeder Anflug von Aggression würde dafür sorgen, dass sie noch mehr Angst vor ihm hatte. Er knirschte so fest mit den Backenzähnen, dass ihm der Kiefer schmerzte. Der Anblick der Schrammen im Gesicht des Mädchens machte ihn rasend. Amos Price mochte tot sein, aber drei andere widerliche Schweine liefen weiterhin frei herum. In diesem Moment hätte er sie mit bloßen Händen in Stücke reißen können. *Was musste man für ein Mensch sein, um einem Kind so etwas anzutun?* Er wartete, bis der alte Hund die Steaks vertilgt hatte, dann hievte er ihn auf die Rückbank seines SUV. Jenna hatte Zoe, die ihre Energieriegel aß, in eine Decke gewickelt und in den Wagen gesetzt. Als er sich auf den Fahrersitz gleiten ließ, merkte er, dass Zoe zusammenzuckte. Von dem, was sie hatte durchmachen müssen, erholte man sich nicht mehr. Sie würde wohl noch jahrelang unter den Folgen zu leiden haben. Er hatte genug über psychopathische Mörder gelesen, um zu wissen, was Missbrauch in der Kindheit mit der Psyche eines

Menschen machte. Im Rückspiegel warf er einen Blick auf Zoe. Sie schien einigermaßen normal zu kommunizieren, was nach einem solch anhaltenden Trauma eher ungewöhnlich war. Er hatte schon Kinder erlebt, die sich völlig in sich zurückzogen und jahrelang kein Wort mehr sprachen. Mit denen, die das Trauma verdrängten, nahm es in der Regel ein schlimmes Ende.

»Sagen Sie noch Wolfe und Rowley Bescheid, bevor wir aufbrechen. Sie sollen herkommen und alles durchsuchen. Wir müssen herausfinden, wer noch beteiligt ist. Und teilen sie ihnen mit, dass wir das Mädchen auf dem Foto identifiziert haben.«

»Okay.«

Er setzte sich mit Wolfe in Verbindung, brachte ihn auf den neuesten Stand und organisierte ein forensisches Team, mit dem Wolfe die Hütte durchsuchen konnte. Da sie von Zoe wussten, dass noch weitere Männer beteiligt gewesen waren, brauchten sie Beweismaterial. Falls die Männer DNS-Spuren hinterlassen hatten, würde Wolfe sie finden. Er würde Hand in Hand mit den Ärzten im Krankenhaus arbeiten und deren Ergebnisse mit den Mitteln seines eigenen Labors noch einmal überprüfen.

»Ich benachrichtige ihre Eltern.« Jenna warf ihm einen besorgten Blick zu, dann drehte sie sich auf dem Beifahrersitz um. »Zoe, weißt du eure Telefonnummer auswendig?«

»Ich weiß die Nummer von meinem Vater.« Zoe rieb sich mit einem schmutzigen Finger die Nase, als würde sie nachdenken und nannte ihr dann eine Telefonnummer. »Das müsste richtig sein. Mein Kopf fühlt sich so komisch an.«

»Alles gut. Ich werde ihn schon erreichen.« Jenna hob beide Augenbrauen, warf Kane einen vielsagenden Blick zu und wählte die Nummer. »Verschwinden wir von hier.«

Er fuhr den Berg hinunter, holperte über die löchrige, unebene Straße und war erleichtert, als sie endlich den

Highway erreichten. Dann raste er mit Blaulicht über den schwarzen Asphalt in Richtung Black Rock Falls General Hospital.

Jenna hatte Mr. Channing kaum mehr mitgeteilt als dass seine Tochter am Leben sei und sie sie ins Krankenhaus bringen würde.

Als sie aufgelegt hatte, sagte Kane: »Er wird eine ganze Weile brauchen von Helena hierher.«

»Er meint, er organisiert einen Hubschrauber. Vorher fährt er noch nach Hause, um seine Frau abzuholen.« Jenna lehnte sich im Sitz zurück, sie sah blass aus. »Wenn wir da sind, werde ich das Krankenhaus informieren, dass er dort auf dem Helikopterlandeplatz landen wird.« Sie runzelte die Stirn. »Es ist sechs Monate her, dass sie verschwunden ist.«

Jesus Christus! Kane räusperte sich. »Da sie jetzt gerade mit Ihnen spricht, sollten Sie sie vielleicht nach den anderen Männern fragen, die sie vorhin erwähnt hat. Im Krankenhaus wird man ihr garantiert ein Beruhigungsmittel geben, sobald wir da eintreffen.«

»Ja, okay.« Jennas Mundwinkel sanken. Sie holte Notizbuch und Stift hervor und drehte sich in ihrem Sitz um. »Zoe, wie heißt der Hund?«

»Ich weiß nicht. Amos hat ihn immer nur ›Mistköter‹ genannt.« Zoe kaute auf ihrer Unterlippe und zuckte mit den Schultern.

»Ah, okay. War er schon hier, als du hergekommen bist?«

»Nein, Amos meinte, er hat ihn vor etwa drei Wochen aus dem Tierheim geholt.« Zoe nippte an ihrem Orangensaft und seufzte. »Er ist kein Mistköter. Ich mag ihn. Als Amos ihn im Keller eingesperrt hat, hat er sich neben mich gesetzt und mir zugehört. Ich glaube, er hat verstanden, was ich ihm erzählt habe, denn er mochte Amos nicht und hat ihn immer angeknurrt.« Sie rieb sich die Nasenspitze. »Sie bringen ihn doch nicht wieder ins Tierheim, oder? Ich glaube nicht, dass es ihm dort gefällt.«

Ein Anflug von Mitleid erfasste Kanes Herz. »Nö.« Er blickte Jenna an und zuckte mit den Schultern. »Ich kümmere mich um ihn. Aber erstmal müssen wir wissen, wie er heißt. Das Tierheim wird eine Akte über ihn haben.«

»Erst Pferde, jetzt ein Hund?« Jenna warf ihm einen besorgten Blick zu. »Was kommt als Nächstes, Kühe?«

Kane zuckte mit den Schultern. »Keine Ahnung. Ich werde meine Vermieterin um Erlaubnis bitten müssen, aber ich glaube, sie wird bestimmt schwach werden, wenn ich ihr von dem Hund erzähle.«

Der Stanton Forest grenzte an den Highway. Dunkelgrüne Kiefern ragten in den Himmel wie stumme Riesen, die die Straße zu den Wasserfällen bewachten. Er blickte hinter sich auf den schönen sonnenbeschienenen Berghang. Dass diese majestätische Schönheit solche Grausamkeiten verbergen konnte, machte ihn traurig. »Nicht mehr lange.«

Jenna warf ihm einen wissenden Blick zu. »Zoe, erinnerst du dich an die Namen der anderen Männer, die dich besucht haben?«

»Nee.« Zoe stopfte sich einen weiteren Energieriegel in den Mund und kaute.

»Okay. Wie viele Männer hast du gesehen?«, fragte Jenna im Plauderton. »Waren es jedes Mal gleich viele?«

»Ja. Drei und Amos, wie ich schon sagte.«

Kane konnte nicht länger schweigen und atmete tief ein. »Weißt du noch, wie sie aussahen?«

Zoes Blick verengte sich. »Ich will nicht mit Ihnen reden.«

»Okay, er wird ab sofort kein Wort mehr sagen.« Jenna warf ihm einen Blick zu, der ausgereicht hätte, um ganz Black Rock Falls Lake einzufrieren. Dann lächelte sie wieder Zoe an. »Was für eine Haarfarbe hatten sie?«

»Ich weiß nicht, wie sie aussahen. Die hatten immer Masken auf.« Sie kratzte sich an ihrer Wange, auf der Tränen Spuren in der Schmutzschicht hinterlassen hatten. »Einer kam gestern Morgen vorbei, ganz früh. Er wollte wissen, wo Amos ist. Er hat mich nicht rausgelassen, aber er hat mir etwas zu essen dagelassen.«

Interessant. Kane warf Jenna einen Blick zu. »Vielleicht wohnt er in der Nähe, sagen wir mal in einem Radius von fünf Meilen, wenn man bedenkt, wie spärlich die Hütten hier oben verteilt sind.«

»Ja, das wird ein gewaltiges Unterfangen, den ganzen Berg nach ihnen abzusuchen.« Jenna richtete ihre Aufmerksamkeit wieder auf das Mädchen und lächelte es an. »Erinnerst du dich an irgendetwas anderes bei den Männern? Narben oder Tätowierungen?«

»Einer hatte eine Spinne mit rotem Rücken auf der Hand. Der war böse.« Zoes Unterlippe zitterte. »Einer hatte eine Narbe am Bauch, unten rechts. Ich mag nicht mehr über sie reden.«

Jenna warf dem Mädchen ein strahlendes Lächeln zu. »Ich bin so stolz auf dich, dass du mir das alles erzählt hast. Ruh dich jetzt einfach aus, wir sind bald im Krankenhaus, und deine Eltern sind auf dem Weg.«

»Ob sie böse auf mich sind, weil ich weggelaufen bin?«

»Nein.« Jenna reichte ihr noch eine Flasche Wasser. »Ich habe mit deinem Vater gesprochen, und er ist heilfroh, dass es dir gut geht.«

»Das ist gut, und wenn Sie noch einmal mit ihm sprechen, sagen Sie ihm bitte, dass es dumm von mir war, wegzulaufen, weil er meine toten Fische im Klo runtergespült hat. Wahrscheinlich war es wirklich eine dumme Idee, sie im Garten zu vergraben.«

Jenna warf Kane einen tragischen Blick zu, und er sah, wie sich ihre Augen mit Tränen füllten. Sie räusperte sich und mit leicht brüchiger Stimme sagte sie: »Das werde ich tun.«

8

Ely Dorseys Tag konnte kaum noch schlimmer werden. Sein Kumpel war verschwunden, und das schon seit drei Tagen.

Er war zu ihm nach Hause gefahren, aber sein Truck hatte nicht vor der Hütte gestanden. Also hatte er sich mit dem Schlüssel unter dem Blumentopf neben der Haustür Zutritt verschafft. Das Mädchen hatte ihm gesagt, dass er sei seit Dienstag nicht mehr da gewesen wäre. Langsam hatte er sich Sorgen gemacht. Er hatte dem Mädchen etwas zu essen gegeben und war wieder gegangen. Nachdem er von einem öffentlichen Telefon aus Amos' Handynummer angerufen hatte und niemand rangegangen war, war er wieder nach Hause gefahren und wusste nicht, was er tun sollte.

Er hatte bis zum späten Nachmittag gewartet und dann beschlossen, an dem Haus vorbeizufahren, wo Amos sich mit dem neuen Mädchen treffen wollte. Amos' Truck war ein Stück vom Haus entfernt geparkt. Zu seinem Entsetzen sah er, dass die Eingangstür mit Tatortband versperrt war.

Sofort machte er sich auf den Weg zurück zum Haus seines Freundes, um das Mädchen zu holen. Er nahm die alternative Route, parkte sein Fahrzeug am Rand einer alten Holzfällerstraße und ging die halbe Meile zu Fuß den Berg hinunter zu Amos' Hütte. Er war heilfroh, dass er diese zusätzlichen Vorsichtsmaßnahmen ergriffen hatte, als er feststellte, dass die Hütte plötzlich von Polizisten nur so wimmelte. Amos war nicht der Hellste. Er hätte ahnen müssen, dass sein Kumpel früher oder später Mist bauen würde.

Ely stützte sein Fernglas auf dem Rand eines Felsens ab und blickte hinunter auf die Hütte. Die Fahrzeuge der Deputys standen nun schon seit Stunden vor dem Haus, aber von Amos oder dem Mädchen war nichts zu sehen. Ein ängstliches Grummeln kam aus seinem Magen. Falls die Eltern des neuen Mädchens früher nach Hause gekommen wären und Amos im Haus erwischt hätten, hätte die Polizei ihn verhaftet. Und in dem Fall wäre eine Hausdurchsuchung die logische Folge gewesen.

Er rieb sich das Kinn und ließ sich wieder auf seine Fersen abrollen um nachzudenken. Im Haus gingen die Polizisten mit Plastiktüten ein und aus. Man musste kein Genie sein, um sich auszumalen, dass sie DNS und Fingerabdrücke sammelten. Er seufzte erleichtert auf. *Sie werden nichts finden.* Er und seine Freunde waren sehr vorsichtig gewesen, und keiner von ihnen hatte je ohne Handschuhe Amos' Hütte betreten. Nach jeder Sitzung wuschen sie das Bettlaken und wischten die Plastikfolie darunter mit Bleichmittel ab. Nach dem letzten Schock gingen sie kein Risiko mehr ein. Amos lebte zwar wie ein Schwein, aber jedes Wochenende, wenn er und die Jungs das Liebesnest wieder verließen, war der Keller blitzsauber. Sie verbrannten sogar die den Papierbehälter aus dem Staubsauger; nichts überließen sie dem Zufall.

Und das Mädchen, das in Amos' Keller eingesperrt gewesen war, würde sie auch nicht identifizieren können. Seit damals eines von Bobby-Joes Mädchen entkommen war, waren sie besonders vorsichtig, trugen Handschuhe und Clownsmasken. Aber die Deputys würden eh nichts aus ihr herausbekommen. Sie hatte viel zu große Angst, dass sie ihre Familie umbringen würden, wenn sie sie jemals verriet.

———

Es war schon spät, und so kletterte er in seinen SUV und machte sich auf den Weg zurück zu seiner eigenen abgelegenen Hütte, die unter einem Überhang lag und sich hinter Bäumen versteckte. Er kam gerade rechtzeitig zum Abendessen. Missy klapperte in der Küche herum und bereitete das Dinner vor. Mit ihren achtzehn Jahren war sie inzwischen zu alt für ihn, aber sie erfüllte ihren Zweck. Sie kochte und putzte, ohne zu murren. Sie sagte sogar, dass es ihr Spaß machte, sich um ihn zu kümmern. Trotzdem ließ er die Kette mit der gepolsterten Metallmanschette an ihrem Bein befestigt, falls sie doch mal auf den Gedanken kommen könnte, zu fliehen.

Er starrte in ihr dünnes Gesicht und seufzte. Wehmut erfasste ihn. Die ganze Woche über war er davon ausgegangen, dass in Amos' Haus ein neues Mädchen auf ihn warten würde. Jetzt sah es so aus, als müsste er sich selbst die Mühe machen, eines zu finden. Er widerstand dem Drang, Bobby-Joe oder Chris anzurufen. Sie hatten alle vereinbart, nur von Angesicht zu Angesicht oder über öffentliche Telefone miteinander zu kommunizieren. Jederzeit konnten die Cops einen von ihnen verhaften, genau wie jetzt Amos. Sie achteten darauf, keine Spuren zu hinterlassen, denen die Cops folgen könnten.

Nachdem er zu Abend gegessen hatte, ging er in sein Zimmer und öffnete sein Notebook. Dank dem neuen Funkturm auf dem Berggipfel hatte er jetzt endlich auch hier schnelles Internet. In einer der Teenie-Online-Gruppen oder in einem der zahlreichen Gaming-Chatrooms würde er mit Sicherheit geeigneten Ersatz finden. Er meldete sich auf einer der Webseiten an. Nachdem er eine Weile durch die Posts gescrollt war, fand er einen interessanten Beitrag. Ein junges

Mädchen beklagte sich, dass ihr Date nicht gekommen war. Mit ihren vierzehn Jahren klang sie perfekt. Er schrieb ihr. Zu seiner Freude antwortete sie ihm sofort.

Im Laufe des Gesprächs wurde ihm plötzlich klar, dass es sich um das Mädchen handeln musste, das Amos bereits seit Wochen umgarnt hatte. Er wusste genau, was jemand wie sie hören wollte und erzählte ihr eine Lüge nach der anderen. Wenn er eines im Laufe der Jahre perfektioniert hatte, war das seine Überredungskunst. Er versprach ihr das Blaue vom Himmel herunter und sagte ihr, bei ihm sei sie sicher, denn er sei ein echt netter Junge. Er gab ihr die Nummer seines Wegwerfhandys und wartete gespannt darauf, dass sie anrief.

Der Klingelton erklang. Er atmete tief durch. »Hallo.«

»Hier ist Needy Girl. Da du mein erster Freund sein wirst, wüsste ich gerne deinen richtigen Namen. Dein Vorname genügt mir.«

Beeindruckt von ihrer sanften Mädchenstimme, sagte er: »Ely«, ohne an die Konsequenzen zu denken.

»Oh, das ist aber ein schöner Name.« Sie kicherte. »Bis bald!«

9

FREITAG

Jenna war deprimiert. Sie starrte aus ihrem Bürofenster und hoffte, dass das, was sie draußen sehen könnte, ihre Laune aufhellen würde. Im Herbst erwachte die Stadt immer zu neuem Leben, und die Einwohner stürzten sich mit Begeisterung auf die vielen Events. Das Fall Festival war in vollem Gange. Am Freitag gab es eine Kunstausstellung im Gemeindehaus und eine Parade auf der Hauptstraße. Die Bürgersteige füllten die üblichen Stände mit Kunsthandwerk und selbstgebacken Kuchen und Keksen.

Sie wünschte sich, sie müsste nicht drinnen hocken, und außerdem machte ihr der Gedanke zu schaffen, dass eine Gruppe von Kinderschändern in ihre Stadt gekommen war oder, schlimmer noch, vielleicht schon seit Jahren direkt vor ihrer Nase ihr Unwesen trieb. Jenna fuhr sich mit beiden Händen über das Gesicht und stöhnte.

Ihr Leben als Sheriff war von Anfang an kompliziert gewesen. Als sie sich bereiterklärt hatte, in dieses hinterwäldlerische Städtchen hier zu ziehen, war sie davon ausgegangen, es allenfalls mit Nachbarschaftsstreitereien und Falschparkern zu tun zu bekommen. Nachdem sie ihr Dasein als verdeckte Ermittlerin der DEA aufgegeben hatte, um mit neuem Gesicht und neuem Namen im Zeugenschutzprogramm ein neues Leben zu beginnen, hatte sie sich auf eine schöne ruhige und gemütliche Zeit gefreut. Aber dieses verschlafene Nest Black Rock Falls barg anscheinend mehr Geheimnisse als das Labyrinth von Kreta. Es schien fast, als würden sich in den malerischen Straßen regelmäßig zwielichtige Gestalten, Mörder und Verbrecher herumtreiben.

Angesichts der aktuellen furchtbaren Verbrechen wusste sie die Effizienz ihrer ranghöheren Deputys zu schätzen, auch wenn sie sich noch am Anfang ihnen gegenüber erst durchsetzen hatte müssen. Sie hatte sich die individuellen Fähigkeiten der beiden hochqualifizierten Männer zunutze gemacht. Inzwischen arbeiteten sie Hand in Hand nahtlos als Team zusammen. Bald würden neue Deputys eintreffen. Und auch, wenn sie ihr eine Menge Arbeit abnehmen würden, wäre sie dem Ärger, der damit verbunden war, gerne aus dem Weg gegangen.

Stimmen vor der Tür erinnerten sie daran, dass gleich die Dienstbesprechung beginnen würde, in der sie sich betont gut gelaunt geben würde, damit Kane nicht gleich merkte, wie mies ihr wirklich zumute war. Sie waren im Laufe des letzten Jahres enge Freunde geworden. Seine unglaubliche Kompetenz als Profiler funktionierte auf allen Ebenen, was auch bedeutete, dass sie für ihn ebenfalls zu einem offenen Buch geworden war. Es klopfte an ihrer Tür, worauf sie sich bewusst aufrecht hinsetzte. »Herein.«

Die Deputys traten ein und nahmen mit Ausnahme von Walters Platz. Sie hatte ihn abgestellt, den ganzen Tag auf der Schwesternstation des örtlichen Krankenhauses Wache zu schieben. Obwohl Zoe auf einer speziellen Abteilung lag, die das Sheriff's Department eigens für Opfer von Verbrechen oder verletzte Häftlinge reserviert hatte, wollte sie die Sicherheit unbedingt noch einmal erhöhen. Sie fürchtete, dass der Rest des Pädophilen-Rings inzwischen wusste, dass Zoe verschwunden war, und sie wollte gar nicht wissen, wie weit diese Männer gehen würden, um sie daran zu hindern, sie zu identifizieren.

Jenna ließ den Blick über ihre Deputys schweifen und faltete die Hände auf dem Schreibtisch. »Ich habe wegen Zoe den Sheriff in Helena angerufen. Er teilte mir mit, er habe bereits, als sie als vermisst gemeldet worden war, das FBI-Schnelleinsatzteam für Kindesentführungen hinzugezogen. Die Agenten fanden keine Spur von ihr und meinten, es sei, als habe sie sich in Luft aufgelöst. Er schickt uns die Akten und sagt dem FBI Bescheid, das sich dann bald zwecks Akteneinsicht bei mir melden wird. Da Zoe nach Helena zurückkehren soll, sobald sie aus dem Krankenhaus entlassen wird, habe ich den Vorschlag gemacht, dass die mit ihrem Fall betrauten Agenten dort zuhause mit ihr sprechen, statt jetzt schon hierher zu kommen und sie noch mehr zu stressen.«

Kane zuckte mit den Schultern. »Ich glaube ohnehin nicht, dass sie denen irgendwelche relevanten Informationen über den Mord an Price erzählen kann.«

Sie nickte. »Deputy Wolfe, haben Sie etwas zu berichten?«

»Nun, ja und nein.« Wolfes Augen leuchteten auf. »Ich habe doch den starken Tabakgeruch in Mr. Price' Mageninhalt erwähnt. Ich hatte da so eine Vermutung, also habe ich einen Test speziell auf Nikotinsulfat durchgeführt und der fiel positiv aus.«

Interessiert beugte sich Jenna vor und kritzelte eine Notiz in ihr Buch. »Können Sie kurz erklären, was das bedeutet?«

»Nikotinsulfat ist eine klare Flüssigkeit und wird unter anderem als Pestizid verwendet. Es ist eine hochgiftige Substanz und führt zu einem ganz grausamen Tod. Niemand würde es absichtlich einnehmen. Aufgrund dieses Befundes stufe ich seinen Tod als Mord ein.« Wolfe seufzte. »*Wie* er die Substanz eingenommen hat, ist mir jedoch ein Rätsel. In der

Flasche Bourbon, die er bei sich hatte, war sie nicht. Wir haben weder ein Glas noch eine leere Coladose gefunden, die darauf hindeuten würde, dass er das Gift im Haus getrunken hat. Wenn er das Gift jedoch früher eingenommen hätte, hätte er es auf keinen Fall noch bis zum Tatort geschafft.«

»Maggie ist nicht nur eine großartige Rezeptionistin, sie ist auch sehr findig, wenn es um Recherchen geht. Ich werde sie bitten, herauszufinden, ob man es irgendwo in der Stadt bekommt. Bei einer so ungewöhnlichen Substanz erinnert sich der Ladenbesitzer vielleicht daran, ob er eine Flasche davon an jemanden aus der Gegend verkauft hat.« Sie räusperte sich. »Haben wir einen Todeszeitpunkt?«

»Keinen schlüssigen. Die Heizungswärme im Haus hat die Verwesung so stark beschleunigt, dass sich der Todeszeitpunkt nicht wie üblich anhand der Körpertemperatur des Opfers errechnen ließ. Offensichtlich hat der Mörder den Thermostat hochgedreht, damit sich später nicht genau nachvollziehen lässt, wann die Tat genau geschehen ist. Es kann aber wohl nur zwischen Mr. Davis' Inspektion und Miss Saunders' Besuch im Haus gewesen sein.«

»Was ist mit Fingerabdrücken? Wer war noch im Haus?«

»Amos Prices Fingerabdrücke haben wir an der Haustür, am unteren Ende des Treppengeländers und am Küchentisch gefunden. Miss Saunders' Fingerabdrücke waren an der Haustür und am Türrahmen zur Küche. Die anderen Fingerabdrücke stammen von den Reinigungskräften und einem Handwerker. Die beiden Frauen, die zwei Tage zuvor im Haus saubergemacht haben, haben ein Navi in ihrem Wagen. Sie haben sich im Laufe der zwei Tage nachweislich in der unmittelbaren Umgebung aufgehalten. Es handelt sich um ein Mutter-Tochter-Gespann, Rosemarie und Lizzy Harper.«

»Der Handwerker ist ein Schreiner.« Kane sah sie aufmerksam an. »Adam Stickler ist vor zwei Monaten in die Stadt gezogen. Vorher wohnte er in Blackwater. Vor acht Jahren ist seine Schwester Jane auf dem Heimweg von der Schule spurlos verschwunden. Einiges spricht dafür, dass sie entführt wurde. Der Sheriff von Blackwater hat damals eine umfassende Untersuchung veranlasst. Das FBI wurde ebenfalls eingeschaltet, aber einige Hinweise von Leuten, die meinten, sie am Tag ihres Verschwindens gesehen zu haben, führten zu nichts, und schließlich wurde das Ganze ad acta gelegt. Stickler hat also ein Motiv und war in der Gegend.«

»Was für ein Motiv? Sie brauchen ein bisschen mehr als das, um mich zu überzeugen, Kane.«

»Ich weiß ein Motiv.« Kane holte ein Dokument aus einem Aktendeckel und schob es ihr über den Tisch zu. »Die Sache verlief nachher im Sande, aber seine Mutter hat Anzeige gegen Price erstattet, weil er auf einer Geburtstagsparty Kinder unsittlich berührt hat. Jane Stickler war ebenfalls auf einem Kindergeburtstag am Wochenende, bevor sie verschwand. Für das FBI war Price der Hauptverdächtige.« Kane legte eine Fotokopie einer Zeitung auf den Schreibtisch. »In den *Blackwater News* wird in diesem Zusammenhang sein Name erwähnt.«

Jenna seufzte. »Wenn Jane auf einer Feier war, dann hätte man doch gegen jeden dort ermittelt. War Price denn auch da?«

»Ja, und er wurde befragt, war aber sauber. Der Sheriff durchsuchte seine Wohnung und fand nichts, aber wir haben jetzt einige wichtige Informationen, die den Ermittlern damals noch nicht vorlagen: Es ist mehr als ein Mann beteiligt. Er könnte Jane also auch woanders versteckt haben.«

»Okay, wir müssen mit Stickler sprechen. Er wird damals ungefähr vierzehn gewesen sein, Vielleicht hat er gewartet, bis er älter war, um zuzuschlagen.« Jenna schaute in ihre Notizen. »Ich habe Lizzy Harper überprüft, eine der Putzfrauen. Sie hat einen Schlüssel zum Haus und ebenfalls ein Motiv. Sie hat drei Jahre im Jugendgefängnis gesessen, weil sie ihren Vater erstochen hat, der sie missbraucht hat. Das war vor knapp sechs Jahren. Sie hat einen siebenjährigen Sohn, den ihr Vater gezeugt hat. In den Zeitungsberichten von damals tauchte die Vermutung auf, dass noch andere beteiligt waren. Die Gerichtsakten zu ihrem Fall sind unter Verschluss, sodass wir uns nur auf die polizeilichen Erkenntnisse der ersten Ermittlungen und auf die Berichte in den Lokalzeitungen stützen können. Falls ihr Vater Teil des Pädophilen-Rings war, will sie sich möglicherweise an den Tätern rächen. Sowohl Harper als auch Stickler wussten, dass das Haus leer steht.« Sie hob den Blick. »Die Frage ist, wie wurde er zu dem Haus gelockt?«

»Wenn er aktiv nach einem Kind gesucht hat, zum Beispiel online, hat man ihn vielleicht mit seinen eigenen Waffen geschlagen.« Kane räusperte sich. »Das FBI ist schon seit Jahren in Chatrooms aktiv, um Pädophile aufzuspüren. Das kennt man ja sogar aus dem Fernsehen. Man muss kein Genie sein, um sich als Kind auszugeben und ihn dorthin zu locken.«

»Ja, da haben Sie recht.« Jenna hob eine Augenbraue. »Aber so zu tun, als wäre man ein junger Teenager, ist schon schwieriger. Die haben ihre ganz eigene Sprache.« Sie seufzte. »Wobei die ja auch nicht alle ihre Opfer über das Internet kennenlernen, oder? Ich habe von Fällen gelesen, in denen Familienmitglieder oder enge Freunde beteiligt waren.«

»Sie dürfen nicht vergessen, wie gerissen diese Verbrecher sind.« Kane ergriff mit einer seiner großen Hände die Armlehne des Stuhls. »Sie arbeiten oft in Bereichen, in denen sie mit Kindern zu tun haben oder gehen einem entsprechenden Hobby nach. Price hat als Clown gearbeitet, um Zugang zu Kindern zu bekommen. Pädophile erschleichen sich das Vertrauen der Eltern und machen sich dann an die Kinder heran. Einer der häufigsten Fälle ist der Mann, der mit einer Witwe oder einer alleinerziehenden Mutter anbändelt. Er tut so, als ginge es ihm um die Mutter, und hinter ihrem Rücken missbraucht er die Kinder. Er wird zu dem Vater, den sie nie hatten, und die Kinder vertrauen ihm. Die meisten Opfer schweigen, weil sie nicht wieder ohne Vater sein wollen oder weil er ihnen droht, sonst ihre Mutter zu töten. Das Problem ist, dass Pädophile sowohl allein als auch in Gruppen agieren, was es schwierig macht, sie zu fassen.«

»Das weiß ich doch alles, Kane.« Sie tippte mit ihrem Stift auf den Tisch. »Alles mündet doch in die Frage: Warum hat sich Lizzy Harper ausgerechnet jetzt, Jahre später, an Price gerächt? Was hat sie plötzlich dazu veranlasst, Price zu töten?«

»Harper arbeitet als Haushälterin. Ich nehme an, dass sie zum Beispiel auch nach Kindergeburtstagen aufräumt.« Wolfes Blick verhärtete sich. »Wenn sie als Kind missbraucht wurde und dann einen Mann sieht, der sich auf einer Geburtstagsparty an Kinder heranmacht – vielleicht hat sie das wütend genug gemacht, um ihn zu töten. Immerhin hat sie ihren Vater umgebracht. Natürlich wäre das ziemlich extrem. Normalerweise wollen sich die Leute nicht einmischen, oder denken, dass sie überzogen reagieren würden oder sich dabei schämen, ein solches Verhalten zu melden.«

Sie schluckte. In ihrem Hals schmeckte es nach bitterer Galle. »Ich kann immer noch nicht glauben, dass Menschen so verantwortungslos sein können.« Sie warf einen Blick auf ihre Notizen. »War er der einzige Clown hier in der Stadt?« Jenna ließ ihren Blick über die Männer schweifen.

»Nein, ich habe es überprüft.« Rowleys braune Augen verengten sich. »Es gibt zwei Clowns, die normalerweise die Hüpfburg aufstellen, wenn wir ein Stadtfest haben. Also mindestens einmal im Monat. Die Kinder lieben das Ding.«

Noch mehr verdammte Clowns. »Wem gehört denn diese Hüpfburg?«

»Der Stadtverwaltung.«

»Rufen Sie dort an und finden Sie heraus, wer diese Clowns sind.« Jenna fuhr sich mit beiden Händen durchs Haar. Sie hasste diesen Fall. Wenn es um Kindesmissbrauch ging, fiel es ihr schwer, einen kühlen Kopf zu bewahren und professionell zu bleiben. Nicht zuletzt, weil Kane und Wolfe jedes Mal, wenn sie über den Fall sprachen, vor Wut kochten. Sie wusste, dass Kane auf ihren Befehl hin töten würde, wenn es gerechtfertigt wäre, aber diese Verantwortung gefiel ihr ganz und gar nicht.

»Sagten Sie nicht, dass Zoe noch weitere Männer erwähnt hatte?« Rowleys Stift schwebte über seinem Notizbuch. »Haben wir irgendwelche Hinweise darauf, wer die sein könnten?«

Jenna lächelte ihn an. »Gute Frage.« Sie wandte sich Wolfe zu. »Haben Sie in der Hütte irgendwelche Spuren gefunden, die wir verwerten können?«

»Nein. Soweit ich das beurteilen kann, haben in der Hütte nur Price und das Mädchen gewohnt.« Wolfes blasse Wimpern bedeckten seine Augen, während er in seinen Notizen blätterte. »Alle Fingerspuren stammen entweder von ihm oder von Zoe. Falls dort noch andere gewesen waren, waren sie extrem vorsichtig und trugen Handschuhe. Ich kann mir nicht erklären, wieso der Keller so makellos sauber war. Klar, der Käfig, in dem er das Mädchen gefangen hielt, war in einem ekelhaften Zustand, aber der Rest des Raumes machte den Eindruck, als sei er erst kürzlich gereinigt worden. Die Laken auf dem Bett im Keller waren frisch gewaschen und auf der Kunststoffunterlage konnte man Bleichmittel riechen. Wenn man bedenkt, was für ein Schweinestall der Rest des Hauses ist, warum hat er dann ausgerechnet den Keller geputzt und den Käfig schmutzig gelassen?«

»Das kann uns nur ein Mensch erzählen.« Kane lehnte sich in seinem Stuhl zurück und streckte seine langen Beine aus. »Sie werden noch einmal mit Zoe sprechen müssen, Ma'am.«

»Das werde ich, sobald ich die Erlaubnis ihrer Eltern und die Freigabe des Arztes habe. Aber wenn die Kerle Masken getragen haben, wird sie sie kaum wiedererkennen können.« Jenna tippte sich mit der Spitze ihres Stifts auf die Unterlippe. »Vielleicht hat er, ich meine Price, da gar nicht selbst geputzt.

Wenn an den Wochenenden seine Freunde da waren, wie Zoe uns erzählt hat, haben die vielleicht dafür gesorgt, dass sie ihre Spuren verwischen.«

»Genau.« Kanes Augen blitzten auf. »Die würden kaum riskieren, ihre DNS zu hinterlassen, oder?«

»Allerdings hat Amos ihr nicht erlaubt zu duschen, seit seine Freunde wieder weg sind.« Jenna machte sich Notizen. »Meinen Sie nicht, er hätte sie gezwungen, sich zu waschen, wenn er sich um die DNS-Spuren Sorgen gemacht hätte?«

»Wir müssen auf die Ergebnisse der medizinischen Untersuchung warten.« Wolfe schaute ernst drein. »In dem mündlichen Vorabbericht, den ich von dem Arzt im Krankenhaus erhalten habe, heißt es, dass Price sie über einen langen Zeitraum sexuell missbraucht hat. Wir wissen, dass sie seit sechs Monaten vermisst wird, das würde also passen.« Er seufzte. »Wir können nur herausfinden, was ihr genau passiert ist, wenn wir sie fragen. Hoffen wir, dass sie reden wird.«

»Ich kann mir nicht vorstellen, dass Price ihr nur an den Wochenenden etwas angetan hat, wenn seine Freunde da waren.« Jenna stieg die Hitze in die Wangen. »Er hatte seinen ekelhaften Fetisch doch die ganze Zeit griffbereit. Wir wissen, dass er sie nur hat duschen lassen, wenn die anderen kamen. Falls sie wirklich die Wohnung geputzt haben, hätten sie doch auch dafür gesorgt, dass das Mädchen sauber ist. Ich gehe davon aus, dass man an ihr nur Spuren der Vergewaltigung durch Amos Price finden wird, und ich wette, für sein Bett gilt das Gleiche.«

»Ich habe Samenflüssigkeit in seinem Bett gefunden. Es wird allerdings einige Zeit dauern, bis die DNS-Tests zurückkommen.« Wolfes Blick aus seinen grauen Augen begegnete Jennas. »Ich sage Ihnen Bescheid, sobald sie da sind.«

Sie richtete sich auf und sah ihn an, dann wandte sie ihre Aufmerksamkeit wieder Kane zu. »Wenn wir diese Bestien finden, erwarte ich, dass Sie sich beide professionell verhalten.

Bringen Sie sie her, damit wir sie verhören und herausfinden können, wie weit sich dieser Pädophilen-Ring ausgebreitet hat. Ich möchte nicht hören, dass die Männer sich der Verhaftung widersetzt und sich dabei das Genick gebrochen haben. Haben Sie mich verstanden?«

»Natürlich.« Kanes Lippen wurden schmal. »Wie wollen Sie vorgehen?«

»Raus auf die Straße. Irgendjemand muss den Mann kennen, der auf der Hand eine Tätowierung von einer Schwarzen Witwe hat. Nehmen Sie Leute unter die Lupe, die Ferienlager leiten, Pfadfinderführer, Prediger, alles, was mit Kindern zu tun hat.«

»Untersuchen wir auch den Mord an Amos Price?« Rowley warf ihr einen besorgten Blick zu. »Oder konzentrieren wir uns jetzt nur auf den Pädophilen-Ring?«

»Wir werden an beiden Fällen arbeiten.« Sie kaute auf ihrer Unterlippe und dachte nach. »Ich will alles über Lizzy Harper und ihre Mutter wissen. Aber gehen Sie behutsam vor. Kane, rufen Sie zuerst Lizzys Mutter an und finden Sie heraus, was Sie können. Wie Wolfe erwähnt hat, morden vor allem Frauen mit Gift. Wir müssen wissen, ob Lizzy und ihre Mutter in den Fall verwickelt sind.«

»Und anschließend eine Befragung durchführen?« Kane machte sich ausgiebig Notizen.

»Ja, so schnell wie möglich.« Jenna setzte sich wieder auf ihren Stuhl. »Ich werde versuchen, Einzelheiten über Lizzy Harpers Fall herauszufinden, aber dafür ist ein Gerichtsbeschluss erforderlich, wofür wir im Moment nichts gegen sie in der Hand haben. Ich will alles an Informationen, was Sie über sie herausfinden können. Wir müssen wissen, ob außer ihrem Vater noch jemand in ihren Missbrauch verwickelt war.«

Sie wandte sich an Rowley. »Besorgen Sie mir eine Liste der Handwerker, die die Immobilienmakler für das Haus angeheuert haben, und suchen Sie Mr. Stickler auf. Bitten Sie ihn zur Befragung her und beobachten Sie seine Reaktion. Falls er den Eindruck macht, dass er etwas zu verbergen hat, rufen Sie Kane zur Verstärkung.«

»Haben Sie eine Aufgabe für Walters, mit der er sich im Krankenhaus die Zeit vertreiben kann? Er hat ein Notebook dabei.« Kane begegnete ihrem Blick mit hochgezogenen Brauen. »Sonst spielt er nur den ganzen Tag Solitär.«

Jenna dachte einen Moment lang nach und nickte dann. »Ja, rufen Sie ihn doch bitte mal an. Ich möchte, dass er die Datenbank von Montana durchforstet, ob es in den letzten zehn Jahren ähnliche Fälle gab.«

»Ja, Ma'am.«

Als die Deputys gegangen waren, klopfte die Rezeptionistin Maggie an ihre Tür. Ihre großen braunen Augen schauten besorgt drein. »Kann ich Ihnen etwas bringen, Sheriff? Sie sehen völlig erschöpft aus.«

Jenna rang sich ein Lächeln ab. »Mir geht's gut, danke. Ich bin nur etwas überarbeitet. Gibt es sonst noch etwas?«

»Die neuen Deputys sind alle untergebracht. Sie kommen später am Nachmittag vorbei.«

Und ich dachte, der Tag könnte schlimmer nicht mehr werden. Jenna ließ sich in ihren Stuhl sinken und rieb sich die Schläfen. »Danke schön.«

10

Vor Jennas Büro sah Kane Wolfe an und verzog den Mund. »Wenn der Kerl mit dem Tattoo hier in der Gegend wohnt, dann kommt er doch garantiert regelmäßig in die Stadt, um einzukaufen. Oder zumindest, um in Aunt Betty's Café zu essen. Ich finde, wir sollten mit den Geschäften anfangen.«

»Ja, und wir werden dabei schneller sein, wenn wir uns aufteilen.« Wolfe kratzte sich an den blonden Bartstoppeln. »Wobei, falls Sie vorhaben, zum Triple Z zu fahren und Fragen zu stellen, sollte ich wohl besser mitkommen.«

Das Triple Z war eine Biker-Kneipe ein paar Kilometer außerhalb der Stadt, in Richtung Berge. Ohne Verstärkung betrat man dieses Lokal besser nicht.

Er grinste Wolfe an. »Ja, vielleicht sollten wir es dort zuerst versuchen. Nichts hellt meine Laune mehr auf, als wenn sich erwachsene Männer beim Anblick einer Polizeimarke in die Hose machen.«

»Sie meinen, dass wir die Leute damit einschüchtern?« Wolfes sonnengebräuntes Gesicht verzog sich zu einem Grinsen. »Stimmt, manchmal erreicht man mit einem wütenden

Blick mehr als mit guten Worten. Und im Triple Z kennt uns noch keiner.«

Kane lachte prustend und ging in Richtung Tür. »Wir nehmen meinen Wagen. Ich setze Sie auf dem Rückweg wieder hier ab. Wenn Sie dann den Norden der Stadt übernehmen, kümmere ich mich um den Süden. So können wir die meisten Geschäfte abklappern und uns um zwölf bei Aunt Betty's zum Lunch treffen.« Er griff nach seinem Mobiltelefon. »Ich rufe Walters an und sage ihm, was er tun soll, dann können wir uns auf den Weg machen.«

»Klingt nach einem Plan.« Wolfe starrte auf sein Handy. »Während der Fahrt werde ich schauen, was ich über Lizzy Harper und ihre Mutter herausfinden kann.«

»Wenn Sie ihre Telefonnummer finden, fahre ich rechts ran und spreche mit ihr.«

Während Kane seinen SUV durch den Verkehr navigierte, fragte er sich, warum die Einwohner von Black Rock Falls jeden Feiertag im Kalender mit einem Stadtfest begingen, wobei er sich schon vorstellen konnte, dass die Besucher aus den Nachbarstädten die hiesige Wirtschaft ankurbeln konnten. Er rieb sich den Bauch und war froh, dass sein Sixpack nicht unter seinem übermäßigen Verzehr der Süßigkeiten und selbstgebackenen Kekse litt, die er in rauen Mengen an den Ständen entlang der Straßen kaufte. Das intensive morgendliche Training, das er gemeinsam mit Jenna absolvierte, hielt ihn in Form, und ihre diesbezüglichen Fähigkeiten hatten sich enorm gesteigert. Nachdem sie im vergangenen Winter von diesen Psychopathen entführt worden war, hatte sie sich sehr verändert, und sie arbeitete hart daran, ihre Flashbacks zu überwinden. Seit er sie in Mixed Martial Arts trainierte, hatten sie eine enge persönliche Beziehung zueinander aufgebaut. Dass sie sich darauf geeinigt hatten, in ihrer Freizeit nie über die Arbeit zu sprechen, trug dazu bei.

Während er das Auto lenkte, ließ er den Blick schweifen.

Der Stadtpark war übersät mit bonbonfarbenen Festzelten, und es gab auch eine Hüpfburg. Beim Anblick zweier Clowns, die Ponyführen für Kinder veranstalteten, sträubten sich ihm die Nackenhaare. Er fuhr in eine Parklücke. »Clowns.« Er sah Wolfe an. »Haben die eigentlich einen Berufsverband oder sowas?«

»Man braucht zumindest eine Lizenz und eine Versicherung, um in Black Rock Falls Ponyreiten anzubieten.« Wolfe sah von seinem Handy hoch. »Wir sollten überprüfen, wer sich in letzter Zeit eine Lizenz als Clown hat ausstellen lassen. Vielleicht finden wir heraus, ob Price irgendwelche engen Freunde hatte.«

Ich muss mir mal wieder die städtischen Verordnungen vornehmen. »Ja, gute Idee. Suchen Sie weiter, ich schaue mir die beiden da mal an.«

Er stieg aus dem Auto und ging auf die Schlange der Kinder zu, die mit Eintrittskarte in der Hand darauf warteten, auf ein Pony steigen zu dürfen. Als der Clown wieder den Anfang des Parcours erreicht hatte, tippte er ihm auf die Schulter. »Kann ich Sie mal kurz sprechen?«

»Hier sind Kinder, die warten.« In den bernsteinfarbenen Augen des Mannes blitzte ein Anflug von Zorn auf, der so gar nicht zum übergroßen Lächeln in seinem weißen Gesicht passen wollte.

Kane bedeutete ihm, mitzukommen und ging mit ihm ein Stück zur Seite, sodass sie aus der Hörweite der Kinder waren. »Es wird nicht lange dauern.« Er holte Notizbuch und Stift hervor. »Wie heißen Sie?«

»Warum? Ich habe nichts verbrochen.« Der Clown hatte einen französischen Akzent. Seine Augen wurden schmal.

»Das habe ich auch nicht behauptet, aber Sie arbeiten mit Kindern, und in dieser Stadt braucht man eine Lizenz und eine Versicherung, um Ponyreiten zu veranstalten. Und die Lizenz müssen Sie auf Verlangen vorzeigen können.« Kane richtete sich auf. »Und jetzt beantworten Sie bitte meine Frage. Sie wollen doch nicht, dass ich Ihnen Handschellen anlege und Sie vor den Augen der Kinder ins Sheriff's Office schleppe, oder?«

»Ich habe eine Lizenz.« Er zog einen seiner weißen Handschuhe aus, öffnete den Reißverschluss seines Kostüms und griff hinein. »Mein Name ist Claude Booval und mein Partner ist mein Bruder Pierre. Unsere beiden Namen stehen auf der Lizenz.«

Kane notierte sich die Namen und Adressen der Brüder. »Wo waren Sie diese Woche?«

»Während des Herbstfestes sind wir jeden Tag von neun bis achtzehn Uhr hier im Park. Wir wohnen im Black Rock Falls Motel. Und bevor Sie fragen, nein, wir haben das Motel zu keinem Zeitpunkt verlassen. Unsere Mahlzeiten haben wir uns vom Zimmerservice bringen lassen.«

Sie haben also nichts mit dem Mord an Price zu tun, könnten aber dennoch in den Pädophilen-Ring verwickelt sein. »Würden Sie bitte auch Ihren anderen Handschuh ausziehen?«

»Wozu?« Booval sah ihn überrascht an.

»Ich untersuche einen Vorfall, in den ein Clown verwickelt ist, der die Tätowierung einer Spinne auf der Hand hat.« Kane sah den Mann aufmerksam an. »Kennen Sie jemanden hier in der Stadt, auf den diese Beschreibung zutrifft?«

»Nein.« Booval zog seinen anderen Handschuh ebenfalls aus. »Sehen Sie? Keine Tattoos.«

Kane blickte auf und sah den anderen Clown auf sie zukommen.

»Pierre Booval?«

»Stimmt was nicht?«

Claude stieß einen theatralischen Seufzer aus. »Zeig ihm deine Hände. Er sucht einen Clown mit einem Tattoo.«

»Na klar.« Pierre zog die Handschuhe aus. Kein Tattoo.

Enttäuscht versuchte Kane einen neuen Ansatz. »Kennen Sie einen Clown namens Amos Price? Oder andere Clowns, die auf den Stadtfesten im Umkreis auftreten oder hier in der Nähe wohnen?«

»Wir haben mit den anderen Entertainern wenig zu tun, wissen Sie, wir konkurrieren ja meistens um Arbeit.« Claude zuckte mit den Schultern. »Viele sind an einem Tag Clowns und am nächsten Tag Elfen. Für uns ist das mehr ein Beruf als eine Gelegenheit, uns zu verkleiden. Nur bei den Rodeo-Clowns ist das etwas anders.«

»Um Rodeo-Clowns geht es mir nicht, sondern um Clowns, die mit Kindern arbeiten.«

»Ah, ich nehme an, jemand aus unserem Berufsstand hat sich unprofessionell verhalten?« Pierres knallroter Mund verzog sich auf groteske Weise. »Wir wissen, dass es Kinderschänder gibt. Die ruinieren unseren Ruf. Aber es sind nicht immer Clowns. Ein Zauberer hat einmal unsere Schwester Angelique von einer Geburtstagsfeier weggelockt. Sie war drei Tage lang verschwunden, aber es gelang ihr, aus dem Haus zu entkommen, als der Verbrecher schlief. Er hat sieben Jahre Gefängnis bekommen.«

In Kanes Gehirn schrillten alle Alarmglocken. »Wann war das?«

»Vor acht Jahren, in Blackwater. Sie war erst zwölf.« Pierre sah ihn traurig an. »Sie war danach nie mehr dieselbe, und trotz mehreren Jahren Therapie schläft sie immer noch mit einem Messer auf dem Nachttisch.«

»Deshalb muss ich diesen Mann finden.« Kane sah die Männer an. »Wie hieß dieser Zauberer?«

»Stewart James Macgregor.«

»Danke.« Er kritzelte den Namen in sein Notizbuch. »War noch jemand beteiligt?«

»Das wissen wir nicht. Angelique hat nie mit uns darüber gesprochen, was sie durchmachen musste. Als sie floh, half ihr eine Frau, die gerade mit ihrem Hund vor Macgregors Haus

Gassi ging. Sie brachte unsere Schwester zur Polizei und konnte das Haus identifizieren.«

»Sie kommen beide aus Blackwater?« Die Adresse auf der Lizenz sagte ihm nichts. »Wohnen Sie jetzt immer noch dort?«

»Nein, wir kommen zehn Meilen östlich von hier, im Süden des Countys. Wir haben dem pensionierten Bürgermeister Rockford vor drei Monaten eine kleine Ranch abgekauft. Angelique wohnt noch bei unseren Eltern in Blackwater.« Er seufzte. »Und bevor Sie fragen, im Moment übernachten wir hier in der Stadt, weil unser Auto gerade repariert wird. In der Autowerkstatt Miller, falls Sie das überprüfen möchten.«

»Okay, danke.« Kane zückte zwei Visitenkarten und reichte sie den Männern. »Sollte Ihnen ein Mann mit einer Tätowierung einer Schwarzen Witwe auf der Hand auffallen, rufen Sie mich an. Sollten Sie irgendwo hören, dass jemand, der mit Kindern arbeitet, sich unsittlich verhalten hat, rufen Sie mich an. Ihre Namen werde ich aus allen Ermittlungen heraushalten. Ich will nur diesen Kerl schnappen.«

Nachdem beide Männer die Visitenkarten entgegennahmen und nickten, ging Kane zurück zu seinem Wagen. Er setzte sich hinter das Lenkrad, drehte den Schlüssel und sah Wolfe an. »Da ist noch eine Frau, die als Kind missbraucht wurde. Sie heißt Angelique Booval. Der Vorfall ereignete sich vor acht Jahren in Blackwater. Es muss ein Gerichtsverfahren gegeben haben. Der Täter hieß Stewart James Macgregor. Schauen Sie mal, was Sie herausfinden können.«

»Sollen wir sie mit auf die Liste der Verdächtigen setzen?«

Kane lenkte den Wagen zurück auf die belebte Straße und fuhr aus der Stadt hinaus. »Ich denke mal, jeder, der ein Motiv hat, kommt infrage. Angelique Booval hat einen Knacks bekommen, als Macgregor sie entführt hat. Wenn ihr aufgefallen ist, dass Price sich Kindern gegenüber unsittlich verhält, hat sie sich vielleicht rächen wollen.«

Wolfe hob die blonden Augenbrauen. »Na, das ist ja interessant.« Er blickte auf das Display seines Handys. »Ich habe herausgefunden, wo Macgregor vor seiner Verhaftung zuletzt gearbeitet hat. Ich habe die Firma gegoogelt. Offenbar ist Macgregor genau wie Price bei der Firma Party Time beschäftigt. Die vermitteln in mindestens drei Städten in der Umgebung, unter anderem hier und in Blackwater, Clowns, Zauberkünstler, Weihnachtsmänner und alle möglichen anderen Gestalten für Kinderpartys und Feste. Eben habe ich die Liste der Mitarbeiter auf deren Webseite mit dem Register für Sexualstraftäter abgeglichen und bis auf Macgregor sind alle sauber.« Er hielt ihm den Handybildschirm entgegen. »Sehen Sie, Stu Macgregor ist immer noch als Straßenunterhalter buchbar, nur nicht mehr für Kinderpartys. Er gilt als ›Sexualstraftäter mit geringem Risiko‹. Ich glaube nicht, dass er viel Arbeit bekommt.«

»Das ist interessant.«

»Ja, und ich habe die Nummer von Rosemarie Harper.« Wolfe schaute ihn an. »Wollen Sie jetzt mit ihr sprechen?«

»Ja.« Er hielt am Straßenrand und nahm Wolfes Telefon.

Es tutete ein paar Mal, dann meldete sich eine Frau.

»Spreche ich mit Rosemarie Harper? Sehr gut, hier ist Deputy Kane vom Black Rock Falls Sheriff's Department. Ich muss Sie einige Dinge fragen, die streng vertraulich sind.«

Er stellte ihr seine Fragen und hörte eine Weile zu. Dann beendete er das Gespräch und gab Wolfe sein Handy zurück. »Das ist zu verrückt, um es jetzt alles zu erzählen. Ich erkläre es Ihnen, wenn ich es dem Sheriff mitgeteilt habe.« Er lenkte den SUV zurück auf den Highway und beschleunigte.

»Meinetwegen.« Wolfe steckte das Handy ein und lächelte. »Das Wort ›vertraulich‹ ist mir durchaus ein Begriff.«

Etwa fünf Meilen außerhalb der Stadt lenkte Kane den SUV auf den Parkplatz der Triple Z Bar und fuhr in eine Parklücke. Er drehte sich auf seinem Sitz um und starrte auf sein

Handy. »Ich frage mich, wie viele der Angestellten von Party Time vorbestraft sind.«

»Ich werde das überprüfen, sobald wir wieder in der Dienststelle sind.«

»Nach dem, was wir über Price wissen, hat er nicht allein gehandelt. Es ist mehr als wahrscheinlich, dass er das schon lange gemacht hat. Er könnte auch in die Entführung von Angelique Booval verwickelt gewesen sein, wobei sie nur einen Mann erwähnt hat – Stu Macgregor. Wir können wohl davon ausgehen, dass beide pädophil waren, vielleicht haben sie zusammengearbeitet.« Kane öffnete die Autotür. »Er hat auf den Stadtfesten hier und in Blackwater gearbeitet. Vielleicht hat Miss Booval ihn im Kostüm gesehen, und das hat eine Erinnerung getriggert. Dennoch, so ein Mord erfordert einiges an Planung.«

»Könnte auch sein, dass sie ihn schon vor Jahren wiedererkannt hat und entsprechend Zeit hatte, den Mord zu planen.« Wolfe schnaubte. »Über so etwas kommt man nicht schnell hinweg.«

Kane ging voraus und betrat das Triple Z. Aus dem Augenwinkel sah er, wie mehrere Gestalten durch die Hintertür verschwanden und grinste. Er hatte Wichtigeres zu tun.

»Was darf's sein?« Der Mann hinter dem Tresen wischte mit einem schmutzigen Lappen über die Theke und wich seinem Blick aus.

»Informationen.« Kane richtete sich auf. »Haben Sie einen Kunden, der eine Schwarze Witwe auf die Hand tätowiert hat?«

»Selbst wenn, würde ich Ihnen das sicher nicht auf die Nase binden.« Der Barmann schnaubte angewidert. »Wir verpfeifen unsere Kumpels nicht.«

»Gut, dann muss ich mich eben selbst umschauen.« Kane drehte sich um und ließ seinen Blick durch den Raum schweifen. Er trat einen Schritt an Wolfe heran. »Wir teilen uns auf und sehen uns um. Auch wenn ich bezweifle, dass wir etwas finden.«

Nachdem sie alle acht Männer befragt hatten, die in der Bar saßen, kehrten sie zum Fahrzeug zurück, wo sich eine Frau gegen die Tür lehnte. Sie trug enge, abgeschnittene Jeans, eine Bluse, die mehr offenbarte, als sie verdeckte und rote Stöckelschuhe.

Kane tippte an seinen Hut. »Wollen Sie mit mir sprechen, Ma'am?«

»Sie haben doch nach einem Tattoo mit einer Schwarzen Witwe gefragt?«

»Genau. Wissen Sie, wer so eines hat?«

»Nichts ist umsonst.« Sie streckte ihre Brust vor und zwinkerte ihm zu. »Fünfzig Mäuse.«

Kane entfuhr ein bellendes Lachen. »Zwanzig.« Er zog einen Schein aus der Brieftasche und ließ ihn in der Luft baumeln: »Mehr ist nicht drin.«

»Okay. Vor ein paar Jahren, sechs Jahre vielleicht, kam hier öfter eine Biker-Gang aus Blackwater her, die hießen Black Widows. Die hatten alle so ein Tattoo an der Hand.« Sie zeigte mit einem rotlackierten Fingernagel auf die Stelle zwischen Daumen und Zeigefinger. »Genau hier. Aber in den letzten Jahren habe ich keinen von denen mehr gesehen.« Sie schnappte sich den Zwanziger, drehte sich um und stolzierte davon.

Kane rieb sich das Kinn und starrte ihr hinterher. »Anscheinend führt uns jeder einzelne Hinweis nach Blackwater.«

11

Sie schlenderte durch den Park. Mit ihrer Zuckerwatte wirkte sie, als sei sie bloß einer der vielen Besucher des Stadtfestes. Sie blieb an der Ponyreitbahn stehen. Der Geruch von Hotdogs und Pferdemist erfüllte die Luft. Vorhin hatte sie Deputy Kane gesehen, wie er sich mit den Clowns unterhalten hatte. Er hatte ihnen seine Karte gegeben, gelächelt und war dann wieder abgezogen. Sie hatte ihm nachgestarrt, worauf eine Welle des Hasses sie durchfuhr. Vielleicht gehörte er ja selbst zu den Ungeheuern. Von einem Mann in so mächtiger Position würde man das nie erwarten. Er war nicht verheiratet und traf sich auch nie mit Frauen. Das machte ihn zu einem idealen Kandidaten. Vielleicht sollte sie ihm eine Weile folgen und sich ansehen, was er heute in der Stadt so tat. *Ich habe Sie auf dem Schirm, Deputy Kane, ich beobachte Sie.*

Sie brauchte einen Vorwand, um sich der Ponyreitbahn zu nähern und Kane im Auge zu behalten. Sie blieb neben einem Clown stehen, der gerade ein Kind auf ein kleines, braunes Pony hob. Sie berührte die Mähne des Pferdes und täuschte Interesse vor. »Wie lange sind Sie noch hier? Ich würde gerne mit meiner kleinen Schwester zum Ponyreiten vorbeikommen. Sie liebt Clowns.«

»So lange wie das Herbstfest dauert.« Der Clown hatte einen französischen Akzent.

»Ah, danke.« Sie lächelte warmherzig. »Für die Kindergeburtstage meiner Schwester haben wir früher immer Clowns engagiert. Machen Sie auch Kinderpartys?«

»Manchmal, aber wir bevorzugen die Stadtfeste.« Er deutete auf die Schlange wartender Kinder. »Ich habe zu tun.«

»Oh ja, natürlich.« Sie lächelte, aber es kribbelte unter ihrer Haut.

Sie sah zu Kane hinüber, während sie sich langsam ihren Weg zurück durch die Menge bahnte. Auf der anderen Seite der Ponyreitbahn nahm sie neben einer entnervten Mutter mit drei aufgedrehten Kindern Platz. Von hier aus konnte sie Kane gut im Auge behalten. Als er zu seinem Wagen ging, stand sie auf, entschlossen, ihm zu folgen. Sie musste wissen, was er vorhatte und wer auf seiner Liste der Verdächtigen stand. Als sie zu ihrem Auto ging, schaute sie auf die Uhr. Vor lauter Vorfreude bekam sie an den Armen eine Gänsehaut. Bald würde sie sich mit dem nächsten Mann auf ihrer Liste treffen. Er war ihr sofort ins Netz gegangen. Sie hatte ihn mit seinen eigenen Waffen geschlagen, sein Ego gefüttert, und der Trottel hatte sich sofort bereiterklärt, sich mit ihr zu treffen.

Bis zum Morgengrauen würde ein weiteres Monster tot sein.

12

Jenna sah ihre beiden neuen Deputys aufmerksam an. Als Cole Webber, achtundzwanzig, mit braunem Haar und braunen Augen sich vorstellte, vernahm sie einen leichten Neuengland-Dialekt. Er war von Boston nach Black Rock Falls gewechselt. Einen weiteren erfahrenen Deputy mit an Bord zu haben, war definitiv von Vorteil.

Sie betrachtete den Mann, der vor ihr stand, und spürte sofort, welches Selbstbewusstsein er ausstrahlte. Sie reichte ihm die Hand. »Willkommen in Black Rock Falls. Bitte nehmen Sie Platz.«

»Ich freue mich, hier zu sein, Ma'am.«

Dann wandte sie sich Paula Bradford zu, eins siebzig groß, mit blondem Haar und grünen Augen. Sie war noch ganz neu bei der Polizei, sechs Monate zuvor hatte sie in Helena angefangen. »Es ist ein großer Schritt für Sie, zuhause auszuziehen und hierherzukommen.« Sie schüttelte der Frau die Hand.

»Ich komme aus einer Großfamilie und freue mich sehr auf die Ruhe und Einsamkeit einer Kleinstadt, Ma'am.« Paula lächelte und setzte sich. »Danke, dass Sie die Unterkunft arrangiert haben. Meine Wohnung ist sehr schön.«

»Ja, vielen Dank.« Webber warf ihr einen unsicheren Blick zu. »Wobei mir mein Nachbar erzählt hat, dass das Haus vorher einem Deputy gehörte, der im Dienst getötet wurde?«

Jenna räusperte sich. »Ja, Pete Daniels war ein geschätztes Mitglied unseres Teams. Aber er ist nicht in dem Haus gestorben. Seine Familie hat die Immobilie unserer Dienststelle geschenkt.«

»Sind die Täter hinter Gittern?«

»Sie sind tot.« Jenna dachte an das Knirschen der Knochen, als sie ihren Angreifer mit dem Absatz ihres Schuhs getötet hatte. Ein Messer an ihrer Kehle, ein Schuss aus einer Waffe, Blut in ihrem Gesicht. Ihre Hände begannen leicht zu zittern, sie ballte sie zu Fäusten.

»Jenna?« Kanes besorgte Stimme durchbrach die schrecklichen Bilder, die als Endlosschleife in ihrem Kopf abliefen.

Sie blinzelte, sah, wie er den Türrahmen ausfüllte, und bemerkte dann erst den verwirrten Gesichtsausdruck ihrer neuen Deputys. *O Gott, wie lange war ich diesmal weggetreten?* Sie unterdrückte die furchtbaren Erinnerungen und rang sich ein Lächeln ab. »Deputy Kane, das sind Cole Webber und Paula Bradford. Sie fangen morgen an. Dieses Wochenende müssen alle Überstunden machen. Würden Sie Wolfe bitten, die beiden auf den neuesten Stand zu bringen? Und ich hätte gerne ein Update von Ihnen, sobald Sie fertig sind.«

»Ja, Ma'am. Ich habe inzwischen mit Rosemarie Harper gesprochen.« Kane bedachte sie mit einem besorgten Blick, dann stellte er einen Pappbecher Kaffee und eine Papiertüte von Aunt Betty's Café vor sie auf den Schreibtisch. »Ich habe Ihren Lunch mitgebracht.«

Sie warf einen Blick auf die Uhr, es war schon nach zwei. »Danke, ich hatte viel zu tun.« Sie sah ihre beiden neuen Deputys an. »Wir sehen uns morgen früh.«

Als sie die Tür hinter sich geschlossen hatten, bedeckte Jenna ihr Gesicht mit beiden Händen. Die Flashbacks von ihrer

Entführung und dem Moment, als sie beinahe gestorben wäre, hatten bereits ein wenig nachgelassen, aber offensichtlich lauerten sie nach wie vor in ihrem Unterbewusstsein und warteten nur auf eine Gelegenheit, zum Vorschein zu kommen. Sie ärgerte sich, dass sie sich vor ihren neuen Deputys eine solche Blöße hatte, aber Kane würde sie decken. Er war wirklich ihr Fels in der Brandung.

Sie lehnte sich in ihrem Bürostuhl zurück und nippte am Kaffee, dann warf sie einen Blick in die Tüte und lächelte. Putenbrust auf Roggenbrot, ihr Lieblingssandwich. Als sie den ersten Bissen genommen hatte, ging die Tür auf. Kane kam wieder herein und ließ sich auf einen Stuhl fallen. Sie nahm noch einen Schluck Kaffee und lächelte ihn an. »Danke. Ich habe gar nicht gemerkt, wie spät es schon ist.«

»Alles okay mit Ihnen, Jenna?«

Sie machte eine ausweichende Handbewegung. »Wir haben über Petes Tod gesprochen und ich hatte einen Flashback. Ich hoffe, der hat nicht zu allzu lange gedauert.«

»Ach, das glaube ich nicht.« Kane verzog den Mund zu einem halben Lächeln. »Webber dachte, die Trauer über Petes Tod hätte sie gepackt. Er macht sich Vorwürfe, dass er das Thema angesprochen hat. Uns allen tut es leid, was mit Pete passiert ist, aber Sie sollten wegen der Flashbacks und Alpträume wirklich mal jemanden aufsuchen. Posttraumatische Belastungsstörungen sind kein Mythos, man muss sie behandeln.«

»Sie müssen gerade reden. Neulich sind Sie vorm Fernseher eingenickt, dann aufgewacht und haben mich an der Kehle gepackt, falls Sie sich erinnern.«

»Das war ein Albtraum und keine PTBS.« Kane grinste sie an. »Ich war nicht in Afghanistan. Ich habe mich gegen Zombies verteidigt. Ich sollte mir keine Zombiefilme anschauen. Wenn Sie das nächste Mal rüberkommen, um mit mir einen Film zu gucken, suche ich ihn aus, okay?«

»Klar.« Sie leckte Mayonnaise von ihren Fingern und sah ihn an. »Lassen wir mal die Filme und unsere Traumata beiseite. Was haben Sie heute sonst noch herausgefunden?«

Kane berichtete ihr von der Schwester des Clowns, der Firma Party Time, bei der sowohl Macgregor als auch Price angestellt waren sowie seinem Besuch in der Triple Z Bar. »Wir haben außerdem rund die Hälfte der örtlichen Geschäfte überprüft und die Kellnerinnen in Aunt Betty's Café befragt. Susie Hartwig kannte jemanden mit dem Tattoo. Sie hat letzten Sommer beim Rodeo mit einem blonden Kerl getanzt, der so ein Tattoo hatte, kann sich sonst aber an nichts erinnern. Sie meint aber, dass sie ihn seither noch einmal in der Stadt gesehen hätte. Sie sagte, dass er ziemlich grob war und unangenehm roch. Er hatte seltsame Augen. Ich habe sie gebeten, ihn genauer zu beschreiben, aber sie konnte sich nur erinnern, dass er um die fünfzig war und einen Bierbauch hatte.«

»Na gut, das ist immerhin ein Anfang.« Jenna stieß einen Seufzer aus. »Ich bin noch nicht weitergekommen. Die Akten von Lizzy Harpers Gerichtsverfahren sind tatsächlich unter Verschluss.«

»Dafür habe ich noch ein bisschen was.« Kane legte die Stirn in Falten. »Ich habe Rosemarie Harper angerufen und ihr gesagt, dass wir in einem ähnlichen Fall wie dem ihrer Tochter ermitteln und ihre Hilfe brauchen. Zuerst wollte sie nicht so recht heraus mit der Sprache, aber als ich erwähnte, dass mehr als ein Mann involviert zu sein scheint, wurde sie gesprächiger. Sie hat vor Kurzem herausgefunden, dass ihr Mann *doch* nicht der Vater von Lizzys Sohn ist. Das Kind wurde vor einem Jahr krank, es hat eine genetisch bedingte Krankheit. Der Arzt hat einen DNS-Test durchgeführt, bei dem er herausfand, dass das Kind einen anderen Vater hat. Da Lizzy sich weigert, außer ein paar groben Details irgendetwas darüber zu erzählen, was sie durchmachen musste, ist das für ihre Mutter der Beweis dafür, dass sie von mehr als einem Mann missbraucht wurde.«

»Das ist beängstigend.« Jenna biss in ihr Sandwich. »Gibt es sonst noch etwas?«

»Seit dem Mord an ihrem Vater ist Lizzy in Behandlung und nimmt Medikamente gegen Verhaltensstörungen. In dem Zeitraum, in dem Price gestorben sein muss, war sie in der Gegend. Die Harpers wohnen nur einen Block vom Tatort entfernt.«

Jenna seufzte. »Das sind alles nur Indizien. Ich brauche Beweise.«

»Beweise habe ich keine, aber eine Theorie. Viele Leute in der Stadt nehmen den Reinigungsservice der Harpers für Kindergeburtstage in Anspruch. Es ist anzunehmen, dass sie hier und da auf Clowns gestoßen sind, die da aufgetreten sind. Möglich wäre das, und da man Price' Kontaktdaten im Internet finden kann, hat Lizzy sich vielleicht als eines der Kinder ausgegeben, vor denen er als Clown aufgetreten ist und sich mit ihm im Haus verabredet.«

Jenna nickte. »Denkbar ist das. Sie hatte auch einen Generalschlüssel für das Haus. Aber wie hat sie ihn dorthin gelockt? Wusste sie von den Online-Chatrooms, die Sie erwähnt haben?«

»Klar, wenn sie einen Fernseher hat, wird sie um die Gefahren wissen, die von solchen Chatrooms für Kinder ausgehen.« Er legte die Stirn in Falten. »Es ist kein Geheimnis, dass sich Triebtäter online als Kinder ausgeben. Allein auf Facebook gibt es so viele Gruppen, dass das FBI sie gar nicht alle überwachen kann. Sie bräuchte nur einen Benutzernamen zu verwenden, der signalisiert: ›Komm und hol mich!‹, und sie würden alle anbeißen.«

Jenna nippte an ihrem Kaffee und beobachtete Kane über den Rand des Bechers hinweg. »Das Problem ist weit verbreitet. Ich habe heute recherchiert, wie häufig solche Fälle sind, und es gibt buchstäblich Tausende allein in unserem Bundesstaat. Es ist wie eine Epidemie.«

Von der Tür her fiel ein Schatten in den Raum. Sie sah auf und erblickte Rowley. »Was gibt's?«

»Ich habe Mr. Stickler im Verhörraum.« Rowleys Augenbrauen hoben sich. »Er ließ sich problemlos herbitten, scheint aber keine Ahnung zu haben, warum Sie ihn sprechen wollen.« Er ging zum Schreibtisch und legte ein Blatt Papier vor sie hin. »Hier ist die Liste der Handwerker, die die Immobilienagentur für die von ihr verwalteten Objekte einsetzt. Die, die am Tatort gearbeitet haben, habe ich gekennzeichnet.« Ihre Blicke begegneten einander. »Und noch etwas fand ich interessant: Rockfords Immobilien werden alle vermietet und von eben jener Agentur verwaltet. Man kommt überall mit demselben Generalschlüssel hinein. Der Reinigungsdienst hat einen der Schlüssel und Stickler ebenfalls.«

»Okay, danke.« Sie warf Kane einen Blick zu und stand auf. »Ich notiere diese Infos kurz auf dem Whiteboard und trage sie später in die Akte ein. Wir müssen unverzüglich mit Mr. Stickler sprechen.« Sie kritzelte ein paar Notizen auf das Whiteboard und verließ dann eilig den Raum.

Im Verhörraum saß Stickler, die Hände auf dem Tisch gefaltet. Er wirkte nervös. Ein leichter Schweißgeruch wehte Jenna entgegen, als sie den Raum betrat. Stickler war Anfang zwanzig, schlank und muskulös.

Jenna setzte sich und lächelte ihn an. »Danke, dass Sie hergekommen sind. Das ist Deputy Kane.« Sie machte eine Handbewegung in Kanes Richtung. »Haben Sie etwas dagegen, wenn wir das Gespräch aufzeichnen?«

»Worum geht es denn eigentlich?« Stickler schaute grimmig drein. »Ich habe nichts verbrochen.« Mit zitternden Fingern wischte er sich ein paar Schweißperlen von der Oberlippe. »Okay, nehmen Sie das Gespräch auf, aber ich möchte, dass klar ist, dass Sie mir nicht meine Rechte vorgelesen haben.«

Du siehst aus, als hättest du etwas zu verbergen. Sie schaltete das Aufnahmegerät ein. »Sie sind nicht verhaftet, Mr. Stickler. Dies ist kein Verhör, wir unterhalten uns einfach nur. Wenn ich Sie verhaften würde, würde ich Ihnen Ihre Rechte vorlesen. Was Sie uns heute erzählen, wäre vor Gericht als Beweismittel gar nicht zulässig.« Sie lächelte. »Fürs Protokoll: Es ist vierzehn Uhr dreißig, und mit Mr. Adam Stickler im Raum befinden sich Sheriff Jenna Alton und Deputy David Kane. Mr. Stickler hat sich freiwillig bereiterklärt, sich heute mit uns zu unterhalten.« Sie warf einen Blick auf ihre Notizen, dann hob sie den Blick und schaute Stickler an. »Miss Alison Saunders vom Immobilienbüro hat in dem Haus Maple Lane 3 die Leiche eines Mannes entdeckt. Gehe ich recht in der Annahme, dass Sie dort kürzlich gearbeitet haben?«

»Eine Leiche?« Alle Farbe wich aus seinem Gesicht. »Irgendwer, den ich kenne?«

»Beantworten Sie einfach nur die Frage.« Kane verschränkte die Arme vor der breiten Brust und starrte ihn an.

»Ja, ich sollte an den Küchenschränken neue Griffe anbringen. Letzte Woche war ich damit fertig, Freitagvormittag.«

Jenna lehnte sich vor. »Waren Sie vor den Reinigungskräften da? Ich meine, sah es im Haus so aus, als wäre es für eine Inspektion gereinigt worden?«

»Nein, ich war definitiv vor den Putzleuten da. Miss Saunders hat mir gesagt, ich muss bis Mittag weg sein. Ich bin gegen elf gegangen.«

»Können Sie uns sagen, wo Sie zwischen Freitag letzter Woche und Mittwoch dieser Woche waren und was Sie getan haben?«

»Klar, am Samstag habe ich drüben in Blindman's Peak auf dem Dach des alten Mr. Starkey gearbeitet. Da war ich den ganzen Tag. Den Sonntag habe ich bei meinen Eltern verbracht. Von Montag bis Donnerstag war ich wieder drüben, um Mr. Starkeys Dach fertig zu reparieren.« Stickler blickte sie misstrauisch an. Er holte sein Handy hervor und scrollte durch den Bildschirm. »Ich kann Ihnen die Nummern geben, dann können Sie das überprüfen.«

Jenna notierte sich die Telefonnummern. »Kennen Sie einen gewissen Amos Price?«

»Nö.« Stickler starrte sie an. Ein Anflug von Zweifel blitzte in seinen Augen auf. »Moment mal, *doch*, den Namen hab ich schon mal gehört. Na klar, das war der Clown, den meine Eltern damals für die Geburtstagsfeiern meiner Schwestern anheuerten, als wir noch in Blackwater wohnten.« Seine Augen verengten sich. »Ich bin der Älteste von sieben Geschwistern, sechs Mädchen und ich.«

»Amos Price wurde tot in dem Haus in der Maple Lane gefunden.« Kane rieb sich die dunklen Bartstoppeln am Kinn. »Wussten Sie, dass er pädophil war?«

»Nein!« Ein Ausdruck purer Verzweiflung glitt über Sticklers Gesicht. »Jesses Maria, glauben Sie, dass er etwas mit dem Verschwinden meiner Schwester zu tun hat?«

Jenna füllte ein Glas mit Wasser und schob es ihm hinüber. »Das ist noch unklar. Wussten Sie, dass Ihre Mutter Anzeige gegen ihn erstattet hat, weil er sich unsittlich verhalten hat?«

»Nein, ich weiß nur, dass die Polizei kam, als Jane weg war. Schätze, sie haben gegen ihn ermittelt. Ich habe keine Ahnung – ich war da ja noch ein Kind.«

»Okay.« Jenna lehnte sich in ihrem Stuhl zurück, sie tat betont lässig. Er hingegen kam ihr ein wenig zu aufgewühlt vor. War das echt, oder spielte er es bloß, um seine Schuld zu verbergen? »Wie lange ist es her, dass Ihre Schwester verschwunden ist?«

»Acht Jahre.« Stickler hob den Kopf, sah sie mit rotgeränderten Augen an und schniefte. »Wenn er jetzt tot ist, finden wir sie nie mehr wieder, oder?« Er nahm das Glas und trank einen Schluck.

»Unsere Aufgabe ist es, sie zu finden. Wir werden unser Bestes tun. Aber wir brauchen Ihre Hilfe.« Kanes Miene verhärtete sich. »Wir müssen wissen, ob Price Freunde hatte. Erinnern Sie sich, ob er mit einem anderen Clown zusammengearbeitet hat, oder haben Sie ihn mit irgendwem gesehen?«

»Ja, ich weiß noch, da waren ein Zauberer, der nannte sich der Große Dungini, und noch ein Clown.« Stickler starrte ins Leere, dann richtete er seinen Blick wieder auf Kane. »An andere Namen kann ich mich nicht erinnern.« Er setzte sich auf. »Ich kann ja mal meine Eltern fragen. Bestimmt haben die auch noch Fotos. Die haben auf den Kindergeburtstagen immer alles geknipst und Videos gedreht. Schätze aber, es ist nicht leicht, jemanden zu identifizieren, der sich als Clown geschminkt hat.«

»Okay, danke. Sie haben uns sehr geholfen, und alles, was wir an Fotos und Videos bekommen könnten, wäre eine große Hilfe. Es ist 14:50 Uhr, die Befragung ist beendet.« Jenna schaltete den Rekorder aus. »Deputy Kane wird Ihnen seine Karte geben. Wenn Ihnen irgendetwas einfällt, das uns weiterhilft, rufen Sie ihn bitte an.«

»Mach ich.« Stickler steckte die Karte ein. »Kann ich jetzt gehen?«

»Ja.« Jenna zog ihre ID-Karte Ausweis über den Scanner an der Tür, die sich mit einem Klicken öffnete. Sie deutete in Richtung Rowley. »Mein Deputy wird Sie hinausbegleiten.«

Nachdem sie die Tür hinter ihm geschlossen hatte, wandte sie sich an Kane. »Wie ist Ihr Eindruck?«

»Seiner Reaktion nach zu urteilen, als er erfuhr, dass Price tot ist, ist er sicher nicht der Mörder.« Kane zuckte mit den Schultern. »Das Problem ist, dass er wütend ist und glaubt, dass seine Schwester noch am Leben ist, was nach so vielen Jahren doch ziemlich unwahrscheinlich ist. Er hat bestätigt, dass da noch ein anderer Clown war. Stu Macgregor, der Große Dungini, und Price haben einmal zusammengearbeitet, und wir wissen, dass sie bei Party Time angestellt waren. Da Price zum Zeitpunkt der FBI-Untersuchung sauber war, gehe ich davon aus, dass die Medien von Macgregors Fall erfahren haben. Und falls Stickler wusste, dass die beiden Männer zusammengearbeitet haben, könnte er darauf gekommen sein, dass Price seine Schwester entführt hat. Ich hoffe, Stickler glaubt nicht, dass Macgregor ebenfalls darin verwickelt ist und sich jetzt rächen will.«

»Oh, das hoffe ich auch.« Jenna runzelte die Stirn. »Wir haben gerade schon genug Sorgen.«

13

Den nächsten Kinderschänder in die Falle zu locken, hätte nicht einfacher sein können. Begleitet von ein paar besorgten Bemerkungen, dass sie sich daheim aus dem Haus schleichen müsse, ohne dass ihre Eltern es merkten, überredete sie ihn, sich ein Zimmer im Black Rock Falls Motel zu nehmen. Der Ort war perfekt, denn dort stiegen je nach Anlass alle möglichen Leute ab. Von notgeilen Rodeo-Cowboys, die One-Night-Stands hatten, bis hin zu Eishockeyfans, die ihre Mannschaft unterstützten. Mit anderen Worten: Man konnte ein Zimmer schon ab zwei Stunden mieten und der Besitzer akzeptierte alle Kunden, die durch die Tür kamen. Außerdem liebten Männer wie er Motelzimmer, weil sie so viel DNS enthielten, dass es später schwierig werden würde, irgendwem irgendetwas nachzuweisen.

Sie schrieb ihm, er solle den Zimmerschlüssel unter dem großen Baum neben dem Schultor vergraben und verabredete sich mit ihm für sieben Uhr abends im Zimmer. Sie beobachtete heimlich, wie er den Schlüssel fallen ließ und mit Erde bedeckte. Dann wartete sie, bis sein SUV um die Ecke bog, bevor sie ihn holen ging. Als sie an der Schule vorbeikam, ließ sie aus der Papiertüte, die sie auf dem Arm hatte, ein paar Orangen zu Boden fallen. Sie fand den Schlüssel sofort und steckte ihn zusammen mit den Orangen in die Tüte.

Als sie an diesem Abend nach Hause gekommen war, checkte sie ihre Nachrichten, tätigte ein paar notwendige Anrufe und verwandelte sich dann in einen jungen Teenager. Sie warf einen Blick in den Spiegel: Sie war schlank, ein Meter siebenundfünfzig groß und hatte flache Brüste. Aus der Ferne ging sie durchaus als junges Mädchen durch. Tagsüber sah sie dank der Absätze an ihren Schuhen und der geschickten Frisur mindestens wie ein Meter siebzig aus. Ihr gepolsterter BH gab ihr ein üppigeres Aussehen, und wenn sie dann noch Make-up trug, sah sie so alt aus, wie sie war: einundzwanzig Jahre.

Nachdem sie sich OP-Handschuhe übergestreift hatte, zog sie sich einen Kapuzenpulli über und ging durch ihre Küche in die Garage. Sie hatte sich einen weißen Mittelklasse-Ford zugelegt. Von denen gab es so viele in der Stadt, dass er niemandem auffallen würde, wenn sie ihn in der von Bäumen gesäumten Straße nahe dem Motel abstellte. Das Black Rock Falls Motel war perfekt gelegen. Es gab keine Überwachungskameras, die die Privatsphäre der Gäste bedrohten, und die Besitzer ließen sie in Ruhe. Die spektakulären kupferfarbenen Ahornbäume bedeckten den Innenhof mit fleckigen Schatten, so dass niemand mitbekäme, wie sie sich dem Zimmer näherte.

Als sie um halb sieben ankam, stieg sie aus dem Auto, platzierte den Autoschlüssel auf einem der Reifen und betrat den Parkplatz des Motels. Sie achtete darauf, dass sie im Schatten blieb. Der Mistkerl hatte ihre Anweisungen befolgt und ein Zimmer im hinteren Teil des Gebäudes genommen, jenes, das am nächsten an den Bäumen lag. Sie blickte sich um, lief über den Hof und schloss die Tür auf.

Sie atmete erleichtert auf, als sie feststellte, dass das Zimmer leer war. Falls er ein paar seiner Freunde mitbrächte, hätte sie allerdings ein Problem. Sie zog ihren Mantel aus, nahm den langen metallenen Fleischspieß aus ihrer Tasche und schob ihn unter das Kopfkissen. Diesmal würde sie kein Gift nehmen.

Dieser hier verdiente eine Sonderbehandlung.

Sie schaute auf die Uhr, löschte das Licht, sah aus dem Fenster und wartete auf seine Ankunft. Um fünf Minuten vor sieben hielt ein SUV vor der Tür. Das Licht schimmerte auf seinem kahlen Kopf, als er sich der Tür näherte. Ihr Herz pochte. Er war ein großer, massiger Typ und schien auch in der Lage, ihr das Genick zu brechen, als wäre es ein dünner Zweig. Scheiterte ihr Plan, so wäre sie ihm praktisch wehrlos ausgeliefert.

Als er das Motelzimmer betrat, ging sie schnell ins Badezimmer. Sie stand im Schein der Straßenlaterne, der durch das Badezimmerfenster fiel. Er würde nur ihre Silhouette sehen. Wenn sie ihn glauben machen wollte, dass sein Date ein junges Mädchen war, musste sie dafür sorgen, dass ihr Gesicht im Schatten blieb. Bei dem Gedanken, dieses Ungeheuer zu vernichten, erfasste sie eine Welle der Vorfreude, die ihr Kraft einflößte. Sie würde ihre Rolle spielen und ihn für alles bezahlen lassen.

»Bist du hier drin?« Seine Stimme klang aufgeregt und für so einen großen Mann ganz schön schrill. Sie holte tief Luft, um sich zu beruhigen und kicherte. Sie mochten es immer, wenn sie kicherte. »Ja, ich bin hier. Hast du die Sachen mitgebracht, die du kaufen solltest?«

»Klar.« Er hielt eine Papiertüte hoch. »Aber wozu die Strümpfe und die Augenbinde? Ich will nicht, dass du Strümpfe trägst, ich mag meine Mädchen natürlich. Kann ich das Licht anmachen, damit ich dich ein bisschen besser sehen kann? Du siehst wirklich hübsch aus.«

»Noch nicht, ich bin schüchtern.« Sie drehte sich eine Haarlocke um den Zeigefinger, tat scheu und achtete darauf, dass er ihr Gesicht nicht sah. »Du siehst älter aus als auf dem Foto. Ich dachte, du bist achtzehn.«

»Ich rasiere mir den Kopf, damit ich älter aussehe.« Er warf ihr einen traurigen Blick zu. »Okay, ich habe ein bisschen geschummelt, aber ich wollte dich unbedingt kennenlernen.«

»Ist schon okay.« Sie kicherte wieder. »Du spielst doch gerne Spiele, oder?«

»Na klar doch. Was für ein Spiel willst du denn spielen?«

»Ich habe eine Schwester, die ist achtzehn, und die habe ich mit ihrem Freund beobachtet. Sie sollte mich babysitten und dachte, ich schlafe. Ich wollte, dass du die Sachen mitbringst, weil ich das gerne nachmachen würde, was die gemacht haben.«

»Das hört sich lustig an. Was haben sie denn gemacht?«

»Na ja, meine Schwester hat ihm die Hände und Füße mit Strümpfen an das Bett gefesselt und ihm die Augen verbunden.« Sie kicherte, als er ein lustvolles Stöhnen von sich gab. »Dann ist sie auf ihn draufgestiegen. Sah aus, als ob es Spaß macht.«

»Oh ja, natürlich, das kriegen wir bestimmt hin.« Seine Stimme zitterte. Er entledigte sich seiner Kleidung und holte die Sachen aus der Tüte. Er riss eine Kondompackung auf und lächelte sie an. »Warum ziehst du dich nicht aus, kommst her und fesselst mich.«

Angewidert von seinem lüsternen Blick, schüttelte sie den Kopf. »Erst die Augen verbinden. Ich bin so schüchtern. Nächstes Mal können wir dann dein Spiel spielen, okay?«

»Klar, ich kenne ganz viele Spiele, die wir spielen können.« Er legte die Augenbinde an und legte sich auf das Bett. »Das wird dir jede Menge Spaß machen.«

»Ich kann es kaum erwarten.« Sie bückte sich, nahm seine zusammengeknüllten, stinkenden Socken und legte sie aufs Bett, dann schaltete sie das Radio ein und drehte es laut. »Ich will nicht, dass uns jemand zuhört.«

»Gute Idee.«

Sie bewegte sich flink, fesselte erst seine Fußknöchel und setzte sich dann mit gespreizten Beinen auf seinen dicken Bauch, um seine Handgelenke an den Latten des Kopfteils zu befestigen. Sein schweres Atmen und sein Stöhnen bereiteten ihr eine Gänsehaut. Sie zog den Metallspieß unter dem Kissen hervor. Nachdem sie sich vergewissert hatte, dass er sich nicht würde befreien können, beugte sie sich vor, schaltete die Nachttischlampe ein und nahm ihm die Augenbinde ab. »Sieh mich an.«

Ihm stand die nackte Angst ins Gesicht geschrieben. Er begann zu zittern. »Wer zur Hölle bist du?« Er warf sich herum und versuchte krampfhaft, sie von sich zu schleudern. »Bist du ein Bulle?«

»Wohl kaum. Ich bin hier, um dich zu töten.« Sie drückte ihm die Hände auf die Brust, spürte, wie sein Herz gegen ihre Handflächen pochte und starrte ihm in die entsetzten Augen. »Wie fühlt es sich an, wenn man weiß, dass man sterben wird?«

»Nicht, wenn ich dich zuerst umbringe, Du Schlampe.«

»Viel Glück.« Während sie sich das erbärmliche Häufchen Elend anschaute, das unter ihr zitterte, verflog ihre Angst. Sie hatte kein Mitleid für ihn. Sie hasste Männer wie ihn. »Ich werde dich auf die schmerzhafteste Weise töten, die man sich vorstellen kann. Deinen Kumpel habe ich auch schon getötet.«

»Warum?« Sein Gesicht war jetzt dunkelrot.

Sie hielt inne und starrte ihn an. »Warum? Wegen all der kleinen Mädchen, die du belästigt hast. Karma ist ein Arschloch, oder?«

Sie genoss es, wie er sich unter ihr wand und wie seine Augen aus den Höhlen traten. Sie hatte ihm genauso viel Angst eingejagt, wie er immer seinen Opfern. »Dein Freund ist ganz langsam gestorben. Bei dir wird es schneller gehen, aber es wird viel mehr wehtun.«

»Du musst mich nicht töten. Ich gebe dir Geld, alles was ich habe.« Tränen traten ihm in die Augen. »Was willst du?«

»Gerechtigkeit.« Sie nahm die Socken in die Hand. »Mach den Mund auf.«

Zu ihrer Überraschung gehorchte er. Sie schob ihm die Socken in den Hals und drückte fest zu.

Dann holte sie tief Luft und stieß ihm den Metallspieß ins Ohr. Als seine dumpfen Schreie den Raum erfüllten, fühlte sie *nichts*. Keine Reue, kein Mitleid, dass sie dem sich windenden Mann so unglaubliche Qualen zufügte. Ihr Kopf war leer. Er war Ungeziefer, und sie war der Kammerjäger. Sie beugte sich hinunter und starrte ihm in die Augen, in denen das Leben langsam erlosch. »Stell dich nicht so an.«

Als sein Körper erbebte und sie in seinen Augen nur noch das Weiße sah, zog sie den Spieß heraus und wischte ihn am Kissen ab. Sie steckte ihn in eine Plastiktüte, nahm eine Rolle Klebeband heraus und tupfte mit einem Streifen sorgfältig das Laken ab, wobei sie eine Unzahl von Haaren entfernte. Nachdem sie sich vergewissert hatte, dass keine Spur von ihr übrig war, leerte sie seine Brieftasche, damit es wie ein Raubüberfall aussah, sammelte ihre Sachen ein und schlich zur Tür hinaus. *Verrotte in der Hölle.*

14

SAMSTAG

Am nächsten Morgen nach ihrem üblichen Training saß Kane in Jennas Küche und trank Kaffee. Der Jagdhund saß zu seinen Füßen. Ein Anruf im Tierheim hatte ergeben, dass er Duke hieß. Es hatte sich dabei auch herausgestellt, dass der Hund, den er für alt gehalten hatte, erst fünf war. Zudem hieß es, dass er ein hervorragender Spürhund wäre. Nachdem er genug zu trinken, ein paar anständige Mahlzeiten und ein Bad bekommen hatte, sah er richtig gut aus.

Kane lächelte Jenna an. »Ich hoffe, dass ich morgen Zeit finde, die Pferde zu kaufen. Die könnten sich bei dieser Ermittlung noch als ziemlich nützlich erweisen.« Er lehnte sich in seinem Stuhl zurück. »Ich habe gestern Abend den Zaun des Paddocks repariert und die Boxen im Stall hergerichtet. Ich muss nur noch Futter und Stroh besorgen.« Er runzelte die Stirn. »In der Stadt stehen auch ein paar Pferdeanhänger zum Verkauf.«

»Ist das nicht alles ganz schön teuer?« Sie sah ihn über den Kaffeebecher hinweg an. »Ich meine, Sie haben ja schon ein Vermögen für Fleisch für Duke ausgegeben, mehr, als Sie für sich selbst ausgeben. Seine Tierarztrechnung muss auch irre hoch sein.«

Er grinste sie an und tätschelte Duke den Kopf. »Nein, alles gut, ich habe Geld. Ich konnte Duke auf keinen Fall ins Tierheim zurückschicken, zumal er ein Spürhund ist. Er wird eine große Bereicherung für uns sein, sobald ich ihn wieder fit gemacht habe. Ich mag ihn gerne um mich haben. Und Ihnen geht es bald bestimmt genauso.«

»Er guckt so traurig, natürlich mag ich ihn. Ich hoffe nur, dass Deputy Duke Walters nicht beleidigt sein wird, weil der Hund so heißt wie er.«

Er kicherte und rief den Hund, der sofort angetrottet kam. »Nein, ich habe es ihm schon gesagt, und er meinte, dass er das schon gewohnt ist. Anscheinend ist Duke ein beliebter Name für Jagdhunde.«

Auf dem Tisch vibrierte ihr Handy. »Sheriff Alton. Ja, Mr. Ricker. Was, Sie haben einen Notfall? Was ist denn los?« Sie warf Kane einen ungläubigen Blick zu. »Fassen Sie nichts an, schließen Sie die Tür zu dem Zimmer ab und bleiben Sie mit Rosa im Büro, bis wir da sind. Ich werde so schnell wie möglich jemanden rüberschicken.« Sie unterbrach die Verbindung und rief Rowley an. »Können Sie schnell zum Black Rock Falls Motel rüberfahren? Die Putzfrau hat eine an eines der Betten gefesselte Leiche gefunden. Halten Sie die Stellung und sichern Sie den Tatort, bis wir da sind. Ich rufe Wolfe an.«

Kane stand auf. »Ich übernehme Wolfe, Sie machen sich fertig für die Arbeit.«

»Okay, dann fahren Sie doch schon einmal zum Motel. Warten Sie nicht auf mich.« Sie warf ihm einen wehmütigen Blick zu. »Warum sterben die Leute immer an meinem freien Tag?«

»Pech.« Er ging zur Tür, blieb dann stehen und blickte nochmal zu ihr zurück. »Möchten Sie, dass ich mich um diesen Fall kümmere?«

»Der zweite Todesfall in einer Woche? Auf keinen Fall, ich muss da selbst vor Ort sein.« Jenna schüttelte ihr rabenschwarzes Haar. »Ich hoffe, es ist nicht schon wieder Mord. Langsam fürchte ich, dass Black Rock Falls eine Hochburg für Mörder wird.«

Keine halbe Stunde später bog Kanes schwarzer SUV auf den Parkplatz des Motels ein und parkte neben Wolfes Fahrzeug, an dessen Tür ein Schriftzug prangte, der ihn als Rechtsmediziner von Black Rock Falls auswies. Als Rowley mit bleichem Gesicht und grimmigem Ausdruck aus dem Büro trat und ihm entgegenkam, nahm Kane ihn beiseite. »Wie ist die Lage?«

»Mord.« Rowleys braune Augen verengten sich. »Da ist ein Typ in einem der Zimmer ganz hinten, der mit Nylonstrümpfen ans Bett gefesselt ist. Aus seinem Ohr rinnt Blut. Wolfe ist schon da. Er meint, ich solle Sie gleich hinschicken, wenn Sie da sind.« Er warf einen Blick über Kanes Schulter. »Ach, da ist ja auch Sheriff Alton.«

»Haben Sie die Aussagen von Mr. Ricker und Rosa entgegengenommen? Ich nehme an, sie hat die Leiche gefunden, als sie im Zimmer saubermachen wollte?«

»Ja, das Zimmer war gestern gebucht. Ricker dachte, für einen romantischen Abend. Die meisten Leute nehmen diese Seite vom Motel, wenn sie nicht gesehen werden wollen. Der SUV, der draußen parkt, gehört Ely Dorsey.«

Kane schrieb etwas in sein Notizbuch. »Aha. Sind auf dieser Seite des Motels noch mehr Gäste abgestiegen?«

»Nein, und Ricker sagte, dass er außer Dorseys Wagen keine anderen Fahrzeuge gesehen hat, die hier geparkt waren. Aber Rosa hat auf ihrem Nachhauseweg eine weiße Limousine bemerkt, die ein Stück weiter hinten auf der Straße geparkt war, ein neueres Modell. Sie meinte, dass da sonst kaum jemand parkt, weil einem da von den Bäumen immer Beeren auf den Lack fallen.« Rowley hob sein Kinn an. »Als sie heute Morgen zur Arbeit kam, war das Auto wieder weg.«

»Hat sie gesagt, wann sie das Auto bemerkt hat?«

»Gestern Abend gegen sieben.« Rowley räusperte sich. »Sie arbeitet in zwei Schichten: morgens und dann noch einmal abends von sechs bis neun.«

Kane kratzte sich nachdenklich an der Wange. »Wissen wir, um wieviel Uhr das Opfer angekommen ist?«

»Er hat vormittags den Schlüssel abgeholt und für eine Übernachtung bezahlt. Ich habe seine Hütte in den Bergen mit der Karten-App auf meinem Handy gefunden. Sie liegt etwa eine Meile vom Haus des letzten Mordopfers entfernt. Kann gut sein, dass sie sich kannten, aber meistens bleiben die Leute in den Bergen ja für sich.« Rowley nahm den Hut ab und strich sich mit der Hand durch sein unordentliches Haar. »Ricker zufolge hat Dorsey gesagt, er wäre wegen des Herbstfestes in der Stadt.«

»Ich frage mich, ob die beiden Toten einander kannten.« Kane rieb sich das Kinn. »Warte mal, *Ely* Dorsey. Verdammte Scheiße, ich glaube, der Name stand auf der Liste der Angestellten von Party Time! Er könnte also mit unserem letzten Opfer zusammengearbeitet haben.« Er sah Jenna an, die sich ihnen näherte.

»Also, was haben wir?« Jenna trat an seine Seite.

»Wieder ein Mord, Ma'am. Er hat das Zimmer unter dem Namen Ely Dorsey gebucht. Ein Mann mit diesem Namen arbeitet auch für Party Time. Ob er das ist?«

»Das können wir schnell herausfinden. Ich schaue mal im Internet nach.« Sheriff Alton warf den beiden einen verärgerten Blick zu, zückte ihr Handy und suchte die Webseite von Party Time. »Ja, da gibt es wirklich einen Clown mit diesem Namen. Hier ist sein Foto.«

»Das ist er!«, rief Rowley.

Jenna schnaubte. »Vielleicht tut uns ja jemand einen Gefallen.«

Kane betrachtete sie aufmerksam. Sie schien extrem aufgewühlt. »Wie meinen Sie das?«

»Ach, kommen Sie schon, Kane.« Sie funkelte ihn an. »Zoe hat von vier Besuchern gesprochen. Falls Ely Dorsey einer von ihnen war, dann erledigt gerade irgendjemand unsere Arbeit für uns.« Ihre Augen blitzten vor Zorn. »Glauben Sie mir, wütende Menschen nehmen das Gesetz gerne selbst in die Hand. Jemand, der missbraucht wurde, könnte herausgefunden haben, dass diese Männer Kindern wehgetan haben. Und sie würden es den Kindern gerne ersparen wollen, in einem Prozess als Zeugen auszusagen. Fragen Sie jede Frau, die vergewaltigt wurde. Sie würde den Täter am liebsten tot sehen, damit er nie wieder jemandem etwas antut. Als die Männer, die mich angegriffen haben, starben, fühlte ich nichts, absolut nichts – *nichts* als Erleichterung.«

»Ich bin sicher, die meisten Frauen würden Ihnen zustimmen. Und die meisten Männer auch.« Kane stieß einen langen Seufzer aus.

Jenna presste sich die langen Finger an die Schläfen. »Wenn jemand die Namen der Kinderschänder kennt, könnte er sich an ihnen rächen. Zoe hätte Ely unmöglich identifizieren können, weil die Männer Masken trugen. Wir sollten auf jeden Fall versuchen, seine Komplizen zu finden und zur Strecke zu bringen.«

»Hoffen wir, dass uns das gelingt, bevor unser Mörder sie zur Strecke bringt.« Rowley schaute zu Boden. »Die Leute da oben in den Bergen sind eine eingeschworene Gemeinde. Da verrät keiner den anderen.«

»Vielleicht ändert sich das, wenn sie erfahren, dass Ely ebenfalls ermordet wurde. Das wird ihnen gehörig Angst einjagen.« Jenna hob ihr Kinn und setzte einen entschlossenen Blick auf. »Die Opfer von Pädophilen sind jung, aber der Mörder oder die Mörderin ist sicherlich kein Kind. Vielleicht ein naher Verwandter eines Opfers, der auf Rache aus ist. Falls ein Pädophilen-Ring in unserer Stadt aktiv ist, müssen wir ihn ausschalten. Sieht so aus, als müsste ich noch einmal beim FBI anrufen.«

»Über Price hatten sie nichts in ihren Akten.« Kane zuckte mit den Schultern. »Ich habe es überprüft, er stand auf keiner Liste von Sexualstraftätern und war zumindest hier im Bundesstaat auch nicht vorbestraft.«

»Jetzt, wo er tot ist, hat das FBI ja ohnehin keinen Fall mehr, aber ich werde sie trotzdem auf dem Laufenden halten.« Jenna stieß einen verzweifelten Seufzer aus. »Sie haben im Moment landesweite Ermittlungen laufen, und mit etwas Glück geht ihnen auch der Rest des Pädophilen-Rings ins Netz.«

Kane schüttelte den Kopf. »Dank dem Internet kann so ein Ring überall im Land operieren. Es wird verdammt lange dauern, herauszufinden, wer alles darin verwickelt ist.«

»Dann gehen wir ihren Freunden auf die Nerven, bis einer von ihnen auspackt. Irgendjemand muss doch etwas über diese Männer wissen. Die Leute tratschen, auch wenn ich vermute, dass Kinderschänder ihre Vorlieben in der Regel geheim halten.« Jenna warf ihm einen wütenden Blick zu. »Sie haben zusammengearbeitet. Es muss noch eine Verbindung geben. Irgendwer hat beide gekannt. Finden Sie ihn.«

Kane senkte die Stimme, um sie zu besänftigen. »Wir arbeiten alle rund um die Uhr an dieser Sache, Jenna.«

»Ich weiß, aber ich will endlich Ergebnisse.« Jenna fuhr sich mit der Hand durchs Haar und blickte Rowley an. »Welches Zimmer ist es?«

Rowleys Miene verfinsterte sich. »Hier entlang, Ma'am.« Er ging voraus. »Wolfe ist schon bei der Arbeit. Dieser Mord ist anders als der letzte.«

»Okay.« Jenna ließ die Schultern sinken und schaute Kane an. »Waren Sie schon am Tatort?«

»Nö. Bin gerade erst angekommen.« Kane schnappte sich die Tatorttasche vom Rücksitz seines SUV und folgte ihnen. »Wolfe wird jetzt daran arbeiten.«

Die Tür des Motelzimmers stand offen, als sie dort ankamen. Kane stellte seine Tasche draußen ab, wo sie sich auch die Schutzkleidung überzogen.

Kane blickte sich um. »Das hier ist der perfekte Ort, um jemanden zu ermorden. Keine Überwachungskameras zu sehen, Bäume als Deckung. Hier sieht einen keiner kommen und gehen.«

»Der perfekte Ort, um jemanden zu ermorden, aber auch für illegalen Sex mit einer Minderjährigen.« Jenna legte die Stirn in Falten. »Da der Mörder oder die Mörderin das Zimmer weder gebucht und noch den Schlüssel an der Rezeption geholt hat, muss Ely ihn in seinem Auto mitgenommen und vom Parkplatz aus ins Zimmer geschleust haben. Oder der Täter kam in der weißen Limousine.«

Kane warf einen Blick durch die Tür und nickte Wolfe zu. Das nackte Opfer war ans Bett gefesselt, trug ein Kondom und hatte eine Art Knebel im Mund. Eine Augenbinde saß auf seiner Stirn. Das Gesicht des Mannes war tiefblau verfärbt. »Ist da beim Sexspiel etwas schiefgegangen?«

»Nein, sicher nicht. Es handelt sich um ein Tötungsdelikt und vielleicht sogar Raubmord: Seine Brieftasche ist leer.« Wolfe blickte ihn über seine Gesichtsmaske hinweg an.

»Darf ich auch mal sehen?« Jenna warf ihm einen fragenden Blick zu, dann schaute sie ins Zimmer. »Okay, alles klar. Was haben Sie bei seinen persönlichen Gegenständen gefunden? Irgendetwas, das ihn mit dem Fall Price in Verbindung bringt?«

»Ja und nein.« Wolfe näherte sich ihr mit einer Papiertüte in der Hand und hielt sie auf, damit sie hineinschauen konnte. »Pralinen und Wein, Kondome. Seine Brieftasche und seine Kleidung sind hier. Kein Bargeld. Könnte eine Prostituierte gewesen sein. Aber wenn, dann trug sie Handschuhe. Auf der Brieftasche habe ich nur die Fingerabdrücke des Opfers gefunden. Im Zimmer sind Hunderte weitere, viel zu viele, um sie zu untersuchen.«

»Prostituierte ermorden ihre Kunden normalerweise nicht, das ist schlecht fürs Geschäft. Und sie tragen auch keine Handschuhe.« Jenna seufzte. »Irgendwelche vorläufigen Erkenntnisse?«

»Er hat eine Narbe auf der rechten Seite, so hat Zoe einen ihrer Angreifer beschrieben. Aber Narben von Blinddarmoperationen sind nicht gerade selten. Ich bin mir noch nicht hundertprozentig sicher, aber ich glaube, jemand hat ihm so etwas wie eine Stricknadel ins Ohr gestochen. Nach der Autopsie werde Ihnen eine genaue Todesursache nennen können.« Er seufzte. »Für Sado-Maso wäre das wohl ein wenig zu krass, aber da unser Opfer offensichtlich davon ausgegangen ist, dass Sex stattfindet und seine Brieftasche leer ist, schlage ich vor, dass wir uns unter den hiesigen Prostituierten umsehen.«

»Da bin ich anderer Meinung.« Jenna räusperte sich. »Mir ist hier im Ort keine Professionelle bekannt, die Hausbesuche macht, die arbeiten alle ganz diskret im Cattleman's Hotel. So lange ich hier bin, haben wir nie Grund gehabt, eine von ihnen zu verhaften. Man kann ihnen nie nachweisen, dass sie für Sex Geld nehmen.« Sie kaute auf dem Ende ihres Stiftes. »Dieser Mord hier ist viel komplexer. Wir wissen, dass der Mann als Clown gearbeitet hat und Kollege von Amos Price bei Party Time war. Wir haben keine Hinweise darauf, dass er in den Pädophilen-Ring verwickelt war, es sei denn, Zoe kann ihn identifizieren. Falls sie ihn identifizieren kann, können wir davon ausgehen, dass es sich um Selbstjustiz handelt. Vorschläge?« Sie schaute Kane besorgt an. »Zwei Morde in einer Woche. Ich will die Möglichkeit nicht ausschließen.«

Kane räusperte sich. »Falls er ein Komplize von Price war, stimme ich Ihnen zu. Der Mörder könnte die Tat als Raubmord inszeniert haben, um uns auf eine falsche Fährte zu führen.«

»Vielleicht hat das hier aber auch gar nichts mit dem Mord an Price zu tun. Ich bin gespannt, was Wolfe bei der Autopsie herausfindet.« Jenna warf Kane einen beunruhigten Blick zu. »Verdächtige?«

»Kommt darauf an.« Kane blätterte in seinen Notizen. »Wenn wir für den Moment von Selbstjustiz ausgehen und die Frauen einbeziehen, die als Kinder missbraucht wurden, passen sowohl Lizzy Harper als auch Angelique Booval ins Profil. Sie sind zwischen achtzehn und fünfundzwanzig Jahre alt und aufgrund einer Entführung oder eines anderen traumatischen Erlebnisses mit einem Mann mental labil. Wir sollten aber auch berücksichtigen, dass diese Männer herumgefahren sind und daher auch Kinder in anderen Städten zu ihren Opfern zählen könnten. Mag sein, dass jemand von außerhalb hergekommen ist, um sie zu töten.«

»Sie meinen, die Mörderin wurde als Kind von ihnen missbraucht und will sich nun als Erwachsene rächen?« Jenna tippte sich nachdenklich mit dem Stift auf die Unterlippe. »Ja, das könnte Sinn machen.«

Kane wandte sich an Rowley. »Wir brauchen Informationen über etwas, das zehn Jahre zurückliegt. Können Sie sich an etwas Ähnliches erinnern, das damals hier im Ort passiert ist?«

»Ja, natürlich.« Rowley nickte. »Es gibt noch eine Person in Black Rock Falls, die wir in Betracht ziehen sollten. Das ist Jahre her, aber damals erzählten die Leute, wie eine Lehrerin hier an der Grundschule einen Nervenzusammenbruch hatte, der durch ein Trauma in ihrer Kindheit ausgelöst wurde. Ich bin mir nicht ganz sicher, was damals passiert ist. Sie arbeitet immer noch, aber alle hier im Ort wissen, dass sie Männer hasst.«

Kane holte sein Notizbuch hervor. »Name?«

»Miss McCarthy. Ich glaube, ihr Name ist Patricia oder Pattie. Ich bin mir nicht ganz sicher, wo sie wohnt, aber ich vermute, sie hat wohl ein Haus in der Nähe vom Stanton Forest beim College. Alle Lehrer scheinen da in der Gegend zu wohnen. Ich habe gehört, dass sie ihr Haus nur selten verlässt, außer, um zu unterrichten.«

»Okay. Gute Arbeit.« Jennas Gesicht hellte sich auf. »Rowley, Sie fahren zurück in die Dienststelle. Legen Sie eine Fallakte für unser neues Opfer an und protokollieren Sie die Befragungen des Motelbesitzers und der Frau, die die Leiche gefunden hat – das hat Priorität. Danach suchen Sie weiter nach Fällen von Kindesmissbrauch oder Fällen, wo Kinder verschwunden sind, hier und in anderen Countys. Gehen Sie acht bis fünfzehn Jahre zurück. Bradford und Walters sollen Ihnen helfen. Teilen Sie die Countys untereinander auf, dann geht es schneller. Wenn heute eine Katze auf ein Auto pinkelt oder jemand eine Ruhestörung meldet, soll sich Webber darum kümmern. Er hat genug Erfahrung, um kleinere Fälle selbständig zu bearbeiten.« Sie holte tief Luft und pustete sich beim Ausatmen die Ponyfransen aus der Stirn. »Ich stelle mein Auto bei der Dienststelle ab und fahre dann mit Kane wieder in die Berge, um mir das Haus des Opfers anzuschauen. Vielleicht finden wir da ja etwas, das ihn mit dem Pädophilen-Ring in Verbindung bringt.«

»Ja, Ma'am.« Rowley tippte an seinen Hut und joggte hinüber zu seinem Streifenwagen.

Kane rieb sich den Nacken. »Wenn Zoes Angaben stimmen, stehen vielleicht noch zwei weitere Pädophile auf der Liste. Wir müssen schnell herausfinden, wer noch beteiligt ist, bevor die Mörderin noch einmal zuschlägt.«

»Ja.« Jenna hob eine schwarze Augenbraue. »Ich schätze, wir sollten mal die Clowns unter die Lupe nehmen.«

15

Jenna kaute frustriert an ihren Fingerspitzen. Sie hatte sich so darauf gefreut, heute endlich einmal abschalten zu können, aber daran war nicht mehr zu denken. Sie nippte an ihrem Kaffee To Go und sah die Landschaft an sich vorbeirauschen, während Kanes SUV die Meilen fraß. Montana war von inspirierender Schönheit. Es gab so viele verschiedene Ausblicke, von üppigen Kiefernwäldern bis hin zu atemberaubenden, nicht enden wollenden Bergpanoramen. Sie mochte die Menschen hier, und eigentlich war ihr Leben perfekt ..., bis wieder ein Killer in die Stadt kam und den Frieden störte.

Die Straße vor ihnen wurde schmaler und Steine kullerten den Hang hinunter. Sie klirrten gegen die Türen, als sie vorbeifuhren. Obwohl Kane jetzt langsamer fuhr, lief ihr ein Schauer über den Rücken. Auf der einen Seite des Pfades klaffte eine tiefe Schlucht, auf der andere standen dicht an dicht die Kiefern. Falls ihnen ein Auto entgegenkommen würde, würden sie kaum ausweichen können. Die Hinterräder des SUV gerieten plötzlich ins Schlittern, drehten durch und schleuderten Steinchen gegen die Bäume.

Kanes sah sie besorgt an. »Sie sind kreidebleich. Alles okay mit Ihnen?«

Sie klammerte sich an den Sitz. »Schauen Sie lieber auf die Straße. Mir geht's gut.«

»Keine Sorge, ich fahre ständig unter solchen Bedingungen. Mein Auto wird nicht den Berg hinunterrutschen, das verspreche ich Ihnen.« Er lächelte und zeigte seine strahlend weißen Zähne. »Na ja, jedenfalls nicht auf dem Weg nach oben. Wenn wir nachher wieder runterfahren, kann es schon etwas rutschiger werden.« Er gluckste und zeigte auf den Bildschirm des Navi. »Die Hütte ist gleich hinter der nächsten Kurve.«

Sie warf ihm ihren schönsten sarkastischen Blick zu. »Ich bin begeistert.«

Sie bogen in eine breitere, unbefestigte Straße ein, die schon lange keine Planierraupe mehr gesehen hatte. Über die tieferen Schlaglöcher hatte jemand Bretter gelegt. Das trockene Holz knarrte und ächzte, als sie darüberfuhren. Das Haus des Mordopfers war eine kleine, grob gezimmerte Blockhütte mit Veranda. An einer Seite war ein rostiger Wassertank angebracht. Neben einem Stapel Brennholz stand ein Baumstumpf, aus dem ein Beil ragte. Das Ensemble sah so aus, als befände es sich dort schon seit der Zeit der ersten Siedler. Jenna war verblüfft. »In dieser Hütte wohnt tatsächlich jemand?«

»Scheint so.« Kane brachte den SUV zum Stehen. »Die Leute leben ja hier oben, um sich aus der Gesellschaft auszuklinken. Deswegen ist das hier auch nicht besonders schick.«

»Gütiger Himmel, ist das eine Satellitenschüssel?« Sie deutete auf das Dach. »Das ist dann wohl frei nach dem Motto: Alle Annehmlichkeiten, aber bitte keinen Komfort.«

»Ja, und jetzt, wo der Sendemast auf dem Berg steht, wird der Handy- und Internetempfang hier wohl besser sein als in der Stadt.« Er schaute sie an. »Darf ich vorausgehen, Ma'am?«

Es gefiel ihr, wenn er darauf anspielte, dass sie den höheren Dienstrang hatte. Er hatte einige Zeit gebraucht, um sich daran zu gewöhnen, dass er nicht das Sagen hatte. Aber auch, wenn er ihr größten Respekt zollte: Manchmal sah sie ihm an, dass er es kaum erwarten konnte, die Führung zu übernehmen. Sie reichte ihm ein Paar Handschuhe und zog sich dann ihre eigenen über. »Gerne, nur zu.«

Sie trat zurück und ließ Kane den Vortritt. Er hämmerte an die Tür. Als keine Reaktion kam, nahm sie den Schlüssel, den Wolfe bei der Leiche gefunden hatte, schloss die Tür auf und öffnete sie. »Sheriff's Department, ist jemand zuhause?«

Jenna hörte ein Klirren, wie von einer Kette. Sie duckte sich von der Tür weg und presste ihren Rücken gegen die raue Holzwand. »Was war das?«

»Vielleicht hat er da drinnen seinen Hund angekettet.« Kane warf einen prüfenden Blick durch ein Fenster, sah sie an und schüttelte den Kopf.

»Ist da jemand?«

Ein leises Schlurfen war von drinnen zu hören, dann Stille. Der Wind heulte durch die Bäume und ließ Jenna die Nackenhaare zu Berge stehen. Sie rückte näher an Kane heran. »Seien Sie vorsichtig, eine Schrotflinte würde hier direkt durch die Wände gehen.«

»Verstanden.«

Die Bäume knirschten, und ein Windstoß wirbelte ihr Blätter um die Füße. Jenna senkte ihre Stimme und flüsterte: »Ich bin sicher, dass drinnen jemand ist. Ich kann die Dielen knarren hören.«

»Wenn Sie nicht wollen, dass ich das Feuer eröffne, dann geben Sie sich zu erkennen!« Kane näherte sich der Türschwelle. »Sie haben drei Sekunden, dann komme ich rein.«

»Nicht schießen!«

Jenna erschauderte. Das klang wie die Stimme einer

verängstigten Frau. »Ist gut. Wir tun Ihnen nichts. Kommen Sie mit erhobenen Händen heraus.«

»Kann ich nicht.« Ein Schluchzen. »Ich bin an die Wand gekettet.«

»Heilige Muttergottes.« Kanes erstaunter Blick traf den ihren. »Lassen Sie mich das machen, Jenna.«

Instinktiv wollte sie protestieren, aber im Zweifelsfall war Kane in der Lage, einer Ameise die Fühler abzuschießen. Sie nickte. »Okay.«

»Geben Sie mir Rückendeckung.« Er trat durch die Haustür, seine Glock in der Hand. »Sind Sie allein?«

»Ja.«

Jenna blieb mit dem Rücken zur Wand stehen, und Kanes Schritte donnerten durch die kleine Blockhütte, während er die Zimmer überprüfte und immer wieder »Gesichert!« rief.

Jenna trat ein und starrte eine magere junge Frau mit blassem Gesicht und dunklen Ringen unter den Augen an. Sie trug nichts weiter als ein langes, zerlumptes T-Shirt mit dem Namen eines örtlichen Bierherstellers. Aus dem Augenwinkel bemerkte sie, wie Kane eine Decke aus einem Schrank holte und auf sie zukam. Sie nahm ihm die Decke ab und näherte sich dem Mädchen. »Ich bin Sheriff Jenna Alton aus Black Rock Falls, und das hier ist Deputy Kane. Du bist jetzt in Sicherheit. Wie heißt du?« Sie legte dem Mädchen die Decke über die Schultern.

»Jane Stickler.« Sie starrte ängstlich auf die offene Tür. »Er wird bald zurück sein, und er mag keine Fremden. Sie dürfen hier nicht einfach so hereinkommen.«

Adam Sticklers verschollene Schwester. »Er wird heute nicht mehr wiederkommen.« Jenna führte das Mädchen zu einem Stuhl an einem groben Holztisch. »Wer ist *er*? Wie heißt er?«

Jane ließ die Schultern sinken und schüttelte den Kopf.

»Ich weiß nicht genau, ich muss ihn ›Daddy‹ nennen, aber er ist gar nicht mein Vater.« Sie schluckte. »Ich weiß nicht mal, ob meine Familie noch lebt.«

Jenna lächelte sie an. »Ja, soviel ich weiß, geht es ihnen gut. Dein Bruder Adam wohnt in Black Rock Falls. Deputy Kane hat kürzlich mit ihm gesprochen.«

»Können Sie mich nach Hause zu meiner Mutter bringen? Ich wohne in Blackwater.« Jane blinzelte. »Er hat mich neulich in die Stadt zu einem Arzt mitgenommen und gesagt, wir könnten meine Mutter besuchen, aber am Ende hatte er doch keine Zeit.«

Jenna wollte gerade fragen, warum sie dem Arzt nicht gesagt hatte, dass Dorsey sie gefangen hielt, als Kane sich räusperte. Sie drehte sich zu ihm um und ging mit ihm an das andere Ende des Zimmers. »Was ist denn? Ich muss mit ihr sprechen.«

»Sie hat das Stockholm-Syndrom.« Kanes Blick huschte zu dem Mädchen und wieder zurück. »Sie wurde so lange gefangen gehalten, dass sie denkt, sie gehört hierher. Das ist normal. Das Gehirn schaltet sich ab und schützt sie vor dem, was wirklich passiert. Dass sie vor mir keine Angst hat, ist ein deutliches Zeichen. Fremde Männer zu sehen, ist für sie normal. Wahrscheinlich hat sie sogar Gefühle für Ely. Manche Opfer rufen ihren Entführer um Hilfe, wenn sie befreit werden, sogar wenn er sie misshandelt hat. Sie sollten behutsam vorgehen.«

Sie nickte und ging zurück zu Jane. »Er hat uns geschickt, damit wir dich ins Krankenhaus bringen. Aber ich verspreche dir, dass wir mit deiner Mutter reden und sie fragen werden, ob sie auch dort hinkommen kann. Weißt du, wo er den Schlüssel für die Fesseln hat?«

»Bei seinem Autoschlüssel.« Jane strich sich die verfilzten Haare aus dem Gesicht.

»Wir haben sein Schlüsselbund.« Jenna warf einen Blick auf die leblosen Augen der Elchköpfe, die an den Wänden hingen. Im Gegensatz zu dem Mädchen, das vor ihr stand, war das Haus erstaunlich sauber. Sie war erbärmlich dünn. Die Haut an ihren knochigen Armen war mit blauen Flecken übersät, einige sahen aus wie Fingerspuren. Ihre Füße und Beine waren voller Schrammen und an einem Knöchel hatte sie eine eitrige Wunde. Die Blutergüsse an ihrem Hals kannte Jenna von Strangulationsopfern, es waren Würgemale.

»Kann ich dir die Kette losmachen?« Kane musterte das Mädchen, sein Gesicht war von Sorge gezeichnet.

Jane lehnte sich an Jenna und sah zu ihm auf.

Jenna tätschelte ihre Hand. »Kane ist ein ganz sanfter Mann, er will dich nur befreien.«

Als Jane nickte, kam Kane näher. Jenna konnte spüren, wie das Mädchen zu zittern begann. »Immer mit der Ruhe, Kane.«

»Okay.« Kane senkte seine Stimme, sodass er beinahe flüsterte. Er vermied auch den Blickkontakt mit dem Mädchen. »Ich habe kürzlich mit Adam über dich gesprochen. Er hat die ganze Zeit über nach dir gesucht. Ich rufe ihn gleich an, dann kann er uns in der Klinik treffen.« Kane probierte mehrere Schlüssel, bis er den richtigen fand, dann löste er die Manschette. »So, bitte sehr.«

———

Während Kane die Hütte durchsuchte und mehrere USB-Sticks und einen Computer mitnahm, rief Jenna auf ihrem Handy das Führerscheinfoto von Ely Dorsey auf. Sie hielt es dem Mädchen vor die Nase. »Ist das der Mann, der dich angekettet hat?«

Jane nickte und wandte ihr Gesicht ab. »Ist er in Schwierigkeiten?«

»Nein. Kannst du mir irgendetwas über ihn oder seine Freunde erzählen?«

Das Mädchen schüttelte den Kopf. Ihr strähniges Haar fiel ihr ins Gesicht.

Jenna setzte sich neben sie. »Wie bist du hierhergekommen?«

Sie sah Jenna besorgt an. »Seine Freunde bringen meine Familie um, wenn ich das verrate.«

Jenna atmete tief ein und aus, um sich nicht anmerken zu lassen, wie aufgewühlt sie war. »Nein, das werden sie nicht, wir werden deine Familie beschützen. Er heißt Ely Dorsey.« Sie blickte das Mädchen an. »Wir sind auf der Suche nach seinen Freunden.« Sie ergriff die Hände des Mädchens. »Wir brauchen deine Hilfe. Kannst du mir wenigstens sagen, wie du ihn kennengelernt hast?«

»Das ist schon sehr lange her.« Jane starrte in die Ferne. »Ich weiß nicht mehr.«

»Hat er dir gesagt, wohin er wollte?«

»Nein.« Jane warf ihr einen misstrauischen Blick zu. »Er hat eine neue Freundin, oder? Deshalb kommen die anderen nicht mehr her.«

Jenna seufzte. »Ich bin mir nicht ganz sicher. Erinnerst du dich an irgendetwas anderes bei den anderen Männern? Narben, Tätowierungen?«

»Einer hatte eine Spinne auf der Hand tätowiert, zwischen Daumen und Zeigefinger.«

»Ich bin jetzt hier fertig.« Kane kam zurück in den Raum, und Jenna sah Wut in seinen Augen aufblitzen. »Da draußen laufen ein paar Hühner herum. Die werden schon allein überleben, durch das Grundstück fließt ein Bach.« Er hielt einen Beweismittelbeutel in die Höhe, der mit Tablettenschachteln gefüllt war. »Im Badezimmer habe ich einen Vorrat an Antibabypillen gefunden. Ich nehme an, deshalb ist er mit ihr zum

Arzt gegangen. Vielleicht sollten Sie den Arzt im Krankenhaus darauf ansprechen.«

»Okay. Fahren wir los.« Jenna sah das Mädchen an. »Oder möchtest du noch irgendetwas von hier mitnehmen?«

»Komme ich denn nicht mehr wieder?« Jane wirkte plötzlich ganz aufgeregt. »Vielleicht sollten wir ihm eine Nachricht hinterlassen.«

Jenna sah Kane an. »Keine Sorge, wir sagen ihm Bescheid.«

16

Nachdem sie Jane im Krankenhaus abgeliefert und Walters dagelassen hatten, um auf sie aufzupassen, wartete Kane auf Jenna, die noch kurz mit Janes Bruder und dem Arzt sprach, dann fuhren sie in die Dienststelle zurück. Bevor das Mädchen zu seiner Familie zurückkehren durfte, sollte es noch ein paar Tage in der Klinik bleiben. Die Ärzte wollten noch ein paar Tests und eine psychologische Untersuchung durchführen. Die weitere Vernehmung musste also warten, bis der Arzt den Polizisten im Laufe des Tages das Okay geben würde.

Im Auto fragte Kane: »Und wie geht es jetzt weiter?«

»Im Moment können wir wohl nur abwarten.« Jenna hatte den Kopf über ihre Notizen gebeugt. »Ich habe dem Personal gesagt, dass wir uns noch weiter mit Zoe unterhalten müssen, der Arzt wird in Kürze mit den Eltern sprechen.« Sie sah ihn an. »Während wir auf Dorseys Autopsie warten, steht noch ein bisschen Routinearbeit an. Wir wissen im Moment nicht, wer noch in den Pädophilen-Ring verwickelt sein könnte, also müssen wir die Tatverdächtigen mal etwas kräftiger schütteln und schauen, was uns dabei vor die Füße fällt. Irgendjemand muss uns Informationen über die beteiligten Männer verheimlichen – oder ist eben selbst unser Killer.«

Kane trommelte mit den Fingern auf das Lenkrad und dachte über ihren Plan nach. »Ich nehme an, Sie wollen die beiden verbleibenden Männer des Pädophilen-Rings finden. Aber wie führt uns das zu unserem Mörder? Vielleicht haben die in den letzten zehn Jahren Dutzende Mädchen entführt.«

»Wenn wir einen von ihnen aufspüren, könnten wir ihn als Köder benutzen.« Jenna lächelte. »Wenn der Täter oder die Täterin ihn in die Falle lockt, werden wir sie auf frischer Tat ertappen.«

»Okay, ich nehme an, wir haben keine andere Wahl. Ich schlage vor, wir behalten Harper, Booval und McCarthy als unsere drei Hauptverdächtigen im Auge. Wo wollen Sie bei der Suche nach den Männern ansetzen?« Er seufzte. »Wir können keine verdeckte Ermittlung durchführen, bei der wir uns in einem der unzähligen Chatrooms als junges Mädchen ausgeben. Damit würden wir eventuell einer FBI-Untersuchung in die Quere kommen. Außerdem würde das zu lange dauern. Diese Triebtäter sind sehr vorsichtig. Sie umgarnen die Mädchen manchmal monatelang. Dass sie es riskieren, sich mit einem Mädchen zu treffen, das sie gerade erst online kennengelernt haben, ist eher unwahrscheinlich. Sie wissen, dass es Leute gibt, die ihnen Fallen stellen. Bis wir einen angelockt haben, hat der Mörder die übrigen zwei längst umgebracht. Außerdem ködern wir vielleicht einen Mann aus einem anderen County. Diese Leute reisen meilenweit, um sich mit Kindern zu treffen.«

»Genau das hat mir einer der FBI-Agenten neulich am Telefon auch gesagt. Eine Spur haben wir immerhin: Zoe und Jane haben ein Spinnen-Tattoo erwähnt, damit können wir anfangen.« Jenna klappte ihr Notizbuch zu. »Ich werde ein paar Anrufe tätigen und uns die Erlaubnis holen, noch einmal mit Zoe zu sprechen. Ich werde mit den Eltern der beiden

Mädchen sprechen und herausfinden, ob sie Alibis für den Todeszeitpunkt der beiden Opfer haben, damit wir sie ausschließen können.« Sie warf ihm einen flüchtigen Blick zu. »Machen Sie doch jetzt Mittagspause, ich gehe, wenn Sie zurück sind.«

Kane lächelte. »Ich rufe Sie an, wenn ich etwas Interessantes herausfinde.« Er hielt vor dem Sheriff's Office an.

»Tun Sie das.« Jenna rutschte vom Sitz und ging in die Dienststelle, ohne zurückzublicken.

Kane ging zum Lunch zu Aunt Betty's Café hinüber, aber Essen war gerade das Letzte, an das er dachte. Binnen drei Tagen waren zwei entführte Mädchen und zwei tote Männer aufgetaucht. Für die Entführungen hatten sie keine Verdächtigen, die sie verhaften konnten, da die toten Männer nach Aussage der Mädchen allein gehandelt hatten. Sie mussten noch dazu mindestens zwei weitere Männer finden, die an den Vergewaltigungen beteiligt gewesen waren. *Wir suchen eine Nadel im Heuhaufen.*

Er betrat das Café, setzte sich auf seinen Lieblingsplatz am Fenster und bestellte bei Susie Hartwig etwas zu essen. Während er an seinem Kaffee nippte, dachte er über die Verdächtigen und die möglichen Szenarien nach. Der oder die Mörder kannten die Identität der Kinderschänder. Das konnte nur heißen, dass die beteiligten Männer früher nicht so vorsichtig gewesen waren wie heute. Er musste an seine Begegnung mit den Brüdern Booval denken. Auch wenn sie wegen dem, was ihre Schwester erleiden musste, zornig waren wie tollwütige Hunde, hatte Macgregor, Angeliques Entführer, für seine Tat seine verdiente Haftstrafe bekommen. Sie hatten also augenscheinlich kein Motiv, die anderen Männer zur Strecke zu bringen, es sei denn, sie hatten Grund zu der Annahme, dass jene ebenfalls an der Entführung ihrer Schwester beteiligt gewesen waren. *Hatte sie jemandem davon erzählt?*

Ein Kind, das Opfer einer Entführung wurde, erlitt einen

Schock und erinnerte sich daher später oft nicht an allzu viele Einzelheiten. Aber Angelique hätte Macgregor durchaus als ihren Entführer identifizieren können, und möglicherweise hatte sie jetzt, Jahre später, zwei der Clowns, die mit ihren Brüdern zusammenarbeiteten, als die anderen Beteiligten wiedererkannt. Vielleicht wollte sie es sich ersparen, noch einmal in einem Strafprozess aussagen zu müssen, oder glaubte, dass seit ihrer Entführung so viel Zeit vergangen war, dass die Taten der anderen Männer verjährt wären. Falls sie mit ihren Brüdern darüber gesprochen hatte, wäre es gut möglich, dass jene das Gesetz nun selbst in die Hand genommen haben, um ihre Schwester davor zu bewahren, die Ereignisse noch einmal durchleben zu müssen.

Wer auf seiner Liste der Verdächtigen hatte sonst noch ein Motiv? Könnte Lizzy Harpers Vater etwas mit dem Fall zu tun haben? Nach dem, was ihre Mutter ihm erzählt hatte, war noch mindestens ein weiterer Mann beteiligt gewesen. Der zeitliche Rahmen passt ebenfalls. Er würde da genauer nachforschen müssen, um Antworten zu erhalten.

Er wusste, wie Triebtäter Kinder beeinflussten. Dass sie ihnen weismachten, ihre Eltern seien gestorben, war noch das Harmloseste. Oft drohte der Entführer damit, die gesamte Familie des Kindes umzubringen, wenn es floh, und falls ein Kinderschänder sein Opfer monate- oder sogar jahrelang festhielt, konnte man es später kaum noch vom Gegenteil überzeugen. *Was geschah, wenn eines dieser Kinder als Erwachsener plötzlich seinem Peiniger gegenüberstand? Würden es einen Flashback erleiden und einen Rachefeldzug starten?*

Er holte sein Smartphone heraus und rief die Fallakten auf. Er las akribisch alles, was sie über die Entführungen und die Morde enthielten. Nichts schien sich zu überschneiden. Allerdings wollte er mit Stewart James Macgregor sprechen, dem Mann, der Angelique Booval entführt hatte. Da das Gericht Angeliques Akte unter Verschluss hielt, wollte er auch mit ihr sprechen. Vielleicht hatte sie mitbekommen, wie Macgregor andere Männer erwähnt hatte. Wenn er ihr die Fakten als Erwachsene darlegte, würde sie vielleicht kooperieren. Andererseits konnte es durchaus sein, dass sie das erste Mädchen gewesen war, das die Männer entführt hatten. Vielleicht war sie auch entkommen, bevor ihnen die anderen Mädchen in die Hände gefallen waren. Er wandte seine Aufmerksamkeit ihrer immer kürzer werdenden Liste Verdächtiger zu und fragte sich, ob Rowley wohl ähnliche Fälle in anderen Städten entdeckt hatte. Adam Sticklers Alibi war wasserdicht, also strich er ihn von der Liste. Kane dachte an die Frauen in der Stadt, die als Kinder missbraucht worden waren. Lizzy Harper und ihre Mutter standen ganz oben auf seiner Liste. Ein Rachefeldzug von Mutter und Tochter, das war durchaus denkbar, zumal sie immer wieder hier in der Gegend gearbeitet haben. Er musste auch mit dieser Lehrerin, Pattie McCarthy, sprechen. Da Jenna aktuell genug zu tun hatte, würde er die Neue mitnehmen, Paula Bradford. Falls Miss McCarthy wirklich ein Problem mit Männern hatte, konnte es hilfreich sein, eine Frau dabei zu haben.

Er warf ein paar Geldscheine auf den Tisch und schlenderte zurück zur Dienststelle. Froh, dass Rowley alles unter Kontrolle hatte, setzte sich Kane an seinen Schreibtisch und plante seinen Nachmittag. Falls Angelique Booval bei ihren Eltern in Blackwater wohnte, würde er später mit Jenna sprechen. Vielleicht konnten sie einen gemeinsamen Besuch bei Angelique vereinbaren. Seine Gedanken kreisten um Jenna. Er machte sich Sorgen um ihre Flashbacks. Was, wenn noch ein Mord passieren würde? Er täte ihr sicherlich gut, ein, zwei Stunden abzuschalten und nicht an den Fall zu denken. Er könnte ihr vorschlagen, sie zum Abendessen auszuführen. Wenn er heute Nachmittag so viele offene Fragen wie möglich klären könnte, würde er sie vielleicht dann dazu überreden können, die Arbeit mal für eine Stunde zu vergessen. Ja, eine

Einladung zum Dinner, das war eine gute Idee. Sie musste schließlich etwas essen. *Ich gehe mit ihr ins Cattleman's Hotel. Besser, ich reserviere da einen Tisch.*

Er nahm sich vor, das später zu erledigen, klappte sein Notizbuch auf, fand darin die Nummer des Raumpflegeservice *Clean as a Wink* und rief dort an. Als er sagte, wer er war, teilte ihm die Person am anderen Ende der Leitung mit, wo er die Harpers am Nachmittag finden würde. Er notierte sich die Details und suchte dann am Rechner die Adresse von Pattie McCarthy heraus. Wie Rowley vermutet hatte, wohnte sie in der School Road in der Nähe von Stanton Forest. Er notierte sich die Adresse. Dann stand er auf und hielt nach Bradford Ausschau. Er ging zu ihrem Schreibtisch und räusperte sich. »Ich fahre jetzt eine Verdächtige befragen.« Er blickte in vor Schreck geweitete Augen. Wie würde sie sich wohl in einer Gefahrensituation machen, wenn sie schon Angst bekam, wenn er sie einfach nur ansprach? Er schenkte ihr ein beruhigendes Lächeln. »Ich möchte, dass Sie als Beifahrer mitkommen.«

»Ja, Sir.« Bradford nickte kurz, sammelte ihre Sachen ein und folgte ihm zu seinem SUV. »Darf ich fragen, um welchen Fall es sich handelt?«

Kane setzte sich hinter das Steuer und wartete, bis sie sich angeschnallt hatte. Dann fuhr er die Hauptstraße hinunter. Er ließ die Scheinwerfer aufleuchten, um die Menge zu zerstreuen. Die Leute, die auf eine Art auf der Fahrbahn herumschlenderten, als wäre es normal, bei Rot über die Straße zu gehen, sprangen auf den Bürgersteig und blickten ihm wütend hinterher. Als er in eine Seitenstraße einbog, warf er ihr einen kurzen Blick zu. »Die Morde. Wir haben die Theorie, dass jemand nach und nach die Mitglieder eines Pädophilen-Rings ermordet. Vielleicht ist der Täter eine Frau, die sich an den Männern rächt, die sie als Kind missbraucht haben. Es könnte auch ein Angehöriger eines missbrauchten Kindes sein.«

»Was wissen wir über den Pädophilen-Ring?«

»Nicht viel. Wir glauben, dass an den Verbrechern eine Gruppe von mindestens vier Männern beteiligt war, und da sie eines der Mädchen acht Jahre lang gefangen gehalten haben, müssen wir davon ausgehen, dass sie mindestens ebenso lange aktiv sind. Eine FBI-Untersuchung, die seit letztem Jahr nach der Festnahme eines Mannes wegen Kinderpornografie läuft, hat nichts weiter ergeben. Entweder sind diese Männer ziemlich clever, oder sie halten sich einfach nicht lange genug in Chatrooms oder anderen Online-Foren auf, damit das FBI auf sie aufmerksam werden kann. In Anbetracht der Zeit, die seit dem letzten Fall vergangen ist, können wir davon ausgehen, dass sie ihnen durch die Lappen gegangen sind.«

»Wie ist das möglich, wenn die Ermittlungen des FBI noch laufen?«

»Mangelnde Präsenz vor Ort.« Kane schnitt eine Grimasse. »Als ich zum letzten Mal nachgeschaut habe, hatte das FBI allein in Montana 346 Sexualstraftäter registriert. Die haben ein Klassifizierungssystem, wie gefährlich diese Männer sind. Wahrscheinlich laufen tausende Kinderschänder herum, die das FBI noch gar nicht auf dem Schirm hat.« Er seufzte. »Ich habe beim National Center for Missing and Exploited Children nachgefragt, wie viele Kinder in den letzten zehn Jahren verschwunden sind, und die haben mir gesagt, dass jedes Jahr etwa achthunderttausend Kinder als vermisst gemeldet werden. Das sind rund zweitausend pro Woche.« Er sah ihren schockierten Gesichtsausdruck. »Traurig, aber wahr.«

»Das ist wirklich furchtbar.« Bradford sah schockiert aus. »Und was ist mit Zoe? Hat denn niemand nach ihr gesucht?«

Kane schüttelte den Kopf. »Hier nicht. Sie wohnte in Helena, als sie verschwand. In den Akten in Blackwater wird Jane Stickler als Ausreißerin geführt. Zwei ähnliche Fälle habe ich gefunden, die sich hier in der Gegend ereignet haben. Bei einem geht es um Angelique Booval, da hat der Sheriff von Blackwater ermittelt. Ein Mann namens Stu Macgregor wurde damals verhaftet und ist seitdem als ›Sexualstraftäter mit geringem Risiko‹ registriert. Der andere Fall betrifft Lizzy Harper, die ihren Vater umgebracht hat, weil er sie missbraucht hat.«

»Okay. Was muss ich über die Verdächtigen wissen, die wir befragen?«

»Es sind Frauen, die in den letzten fünfzehn Jahren sexuell missbraucht wurden. Die erste ist Pattie McCarthy, eine Lehrerin.« Kane warf ihr einen kurzen Blick zu. »Ich habe eine Notiz über ihren Fall gefunden. Offenbar war der damalige Sheriff überzeugt, dass sie sich das Ganze nur ausgedacht hatte, um Aufmerksamkeit zu erregen. Dementsprechend ließ er auch keine medizinische Untersuchung durchführen. Die Ermittlungen waren von Anfang an verpfuscht. Ich will wissen, was wirklich passiert ist.«

»Sie brauchen mich also vor allem als Frau und nicht als Ihr Deputy.« Bradford sah ihn enttäuscht an und senkte den Blick.

»Da die beteiligten Frauen Probleme mit Männern haben, möchte ich, dass sich Miss McCarthy bei der Befragung wohlfühlt.« Leicht verärgert räusperte er sich. »Als mein Deputy ist es Ihre Aufgabe, ihr Fragen zu stellen. Mit mir wird sie über ein so heikles Thema kaum reden wollen.«

»Und was soll ich sie fragen?«

»Fragen Sie sie zunächst, wo sie zwischen Montag und gestern Nacht gewesen ist. Dann stellen Sie ihr Fragen zu der Beschwerde, die sie eingereicht hat, und wie viele Männer damals beteiligt waren. Ob sie sich an irgendwelche Namen erinnern kann.« Er blickte zu ihr hinüber und sah, wie sie etwas in ihr Notizbuch schrieb. »Sagen Sie ihr, dass wir diese Woche zwei entführte Mädchen gefunden haben und dass wir ähnliche Fälle untersuchen, um zu sehen, ob sie miteinander in Verbindung stehen. Gehen Sie behutsam vor. Ich möchte, dass Sie Ihren Ohrstöpsel und Ihr Mikrofon tragen, damit ich Sie hören kann. Wenn mir dann noch etwas einfällt, was Sie sie fragen können, sage ich Bescheid.«

»Kommen Sie denn nicht einmal mit zur Tür?« Bradford musterte sein Gesicht, während sie sich den Knopf ins Ohr steckte. Sie schaltete den Empfänger ein.

Er bog in die School Road ein, fand das Haus und hielt davor. »Ich bin die ganze Zeit in der Nähe, aber ich möchte die Frau nicht verschrecken.« Er zückte seinen Funkempfänger und bedeutete ihr, auszusteigen.

———

Deputy Bradford klopfte an die Tür. Kane sah, wie eine sportliche Frau Mitte zwanzig öffnete. Er hörte aufmerksam zu, während Bradford ihr den Grund für ihren Besuch erklärte.

»Wie Sie sich vorstellen können, gehen wir allen möglichen Hinweisen nach, um zu verhindern, dass anderen Kindern auch so etwas zustößt«. Bradford senkte die Stimme zu einem vertraulichen Flüstern. »Jede Information, die Sie uns geben, könnte helfen.«

»Ach ja? Und warum kommen Sie erst jetzt zu mir?« Pattie McCarthys Stimme war schrill. »Damals hat mir niemand geholfen. Meine Eltern dachten, ich lüge, und der Sheriff genauso.«

»Ich glaube nicht, dass Sie gelogen haben, sonst wäre ich nicht hier.« Bradford richtete sich auf. »Würden Sie mir bitte sagen, wo Sie diese Woche waren?«

»Ich war die meiste Zeit zuhause. Ich gehe nicht oft raus.« Pattie blickte sie verächtlich an. »Es geht Ihnen gar nicht um die Mädchen, die Sie gefunden haben, stimmt's? Ich schaue regelmäßig die Nachrichten. Sie glauben, ich hätte etwas mit den ermordeten Männern zu tun, die überall in der Stadt auftauchen.« Sie schnaubte angewidert. »Na ja, mal sehen, am Mittwoch bin ich in den Ort gefahren, um einzukaufen, und dann bin über das Stadtfest gelaufen. Ich habe ein paar Leute getroffen, die ich kenne. Mal sehen, Susie Hartwig in Aunt Betty's Café, reicht das?«

»Ich werde mit ihr sprechen.« Bradford machte sich Notizen. »Sonst noch jemand?«

»Nicht dass ich wüsste, aber ich bin sicher, dass mich viele Leute in der Stadt gesehen haben.«

»Was ist mit Samstagabend?« Bradford räusperte sich. »Haben Sie da das Haus verlassen?«

»Nein, da war ich allein zu Hause. Ich gehe nicht auf Dates.«

Bradford schaute in ihr Notizbuch. »Was für ein Auto fahren Sie?«

»Einen Jeep.« Pattie starrte an ihr vorbei zu Kane. »Sind Sie verkabelt, damit Deputy Kane lauschen kann? Haben Sie deshalb den Knopf im Ohr? Macht es ihn an, schlüpfrige Details zu hören?«, schnaubte sie. Ihre Lippen kräuselten sich. »Ja, ich weiß, wer Sie sind, Deputy Kane. Sie gehen auch nicht oft mit Frauen aus. Sind Ihnen kleine Mädchen lieber?«

Kane drehte sich weg, erschüttert von der widerlichen Anspielung. Er sprach in sein Mikrofon. »Ich kann kaum glauben, dass sie mit einer solchen Einstellung Kinder unterrichtet. Stellen Sie bitte weiter Ihre Fragen.«

»Miss McCarthy, falls Sie einen triftigen Grund für diese Bemerkung haben, nimmt Sheriff Alton Ihre Beschwerde sicher gerne zu Protokoll, aber im Moment brauchen wir Informationen.« Sichtlich erregt wandte Bradford ihren blonden Kopf hin und her. »Sie haben dem Sheriff mitgeteilt, dass Sie als Kind entführt wurden. Können Sie sich erinnern, wie viele Leute damals beteiligt waren?«

»Okay, gut, aber Männer wie Deputy Kane sollten Sie im Auge behalten.«

»Das werde ich.« Bradford zog die Schultern hoch. »Bitte,

Miss McCarthy, jedes Detail, an das Sie sich erinnern, ist eine große Hilfe für uns.«

»Ich erinnere mich an die Entführung, als wäre es gestern gewesen. Ein Mann hat mich aus dem Bett geholt, mich durch das Fenster gezerrt und in sein Auto gesteckt.« Pattie stöhnte wütend auf. »Vier Männer haben mich vergewaltigt, dann haben sie mich zurückgefahren und einer von ihnen hat mich wieder durch das Fenster geworfen. Ich lief zu meinem Vater und erzählte es ihm, und der meinte, ich hätte bloß schlecht geträumt.« Ihre Augen funkelten. »Sie haben nicht einmal einen Arzt gerufen, um mich zu untersuchen. Mein Vater hat mich geschlagen und mir gesagt, dass er sich für mich schämen würde.« Sie biss sich so fest auf die Lippe, dass man den Abdruck der Zähne sah. »Zur Strafe hat er mich zum Sheriff gebracht, damit der mich über Nacht in die Zelle steckt, um mir Angst einzujagen. Keiner hat mir geglaubt, keiner.«

»Ich glaube Ihnen. Wo hat der Vorfall stattgefunden? In einem Haus?«

»Nein, kein Haus.« Pattie schüttelte den Kopf. »Es war auf dem Herbstfest, so wie jetzt. Ich bin mir ziemlich sicher, dass er mich in ein Zelt im Park brachte. Ich konnte die Zeltplane flattern hören.«

Kane stellten sich die Nackenhaare auf. »Fragen Sie sie, ob die Kerle Masken trugen.«

Bradford gab die Frage weiter.

»Sie haben mir einen Sack über den Kopf gestülpt und mich geknebelt, aber an einige Dinge erinnere ich mich. Wie sie gerochen haben zum Beispiel. Aber jetzt ist es doch eh zu spät, etwas zu tun. Da stünde Aussage gegen Aussage, oder?«

»Nicht unbedingt. Können Sie sich an noch etwas erinnern? Jede Kleinigkeit könnte uns helfen, diese Männer zu finden.«

»Genug jetzt. Ich will das nicht wieder aufwärmen. Davon bekomme ich nur Alpträume. Ich bin seit Jahren in Therapie.«

Pattie schüttelte den Kopf und wich zurück. »Mehr habe ich Ihnen nicht zu sagen. Ich muss jetzt los. Ich habe einen Termin in der Stadt.«

»Eines noch. Wie lange ist es her, dass das passiert ist?«

»In dieser Woche genau vierzehn Jahre.« Patties Blick wanderte wieder zu Kane im Auto. Wenn Blicke töten könnten, wäre er jetzt erledigt gewesen.

»Fragen Sie sie noch, ob einer ein Spinnen-Tattoo auf der Hand hatte«, bellte Kane in sein Mikrofon, »und sagen Sie ihr, dass die zwei Ermordeten Kinderschänder waren. Achten Sie auf ihre Reaktion.«

Bradford wiederholte seine Worte. Kane konnte vom Auto aus erkennen, wie die Farbe aus Patties Gesicht wich.

Ihre Antwort war ein Knurren. »Daran kann ich mich nicht erinnern. Aber ich bin froh, dass sie tot sind. Sie haben nichts anderes verdient.«

17

Aufdringliche Bullen. Sie ging die Hauptstraße hinunter und versuchte, ihren Zorn in den Griff zu bekommen. Der Sheriff hatte es ganz offensichtlich auf die Opfer abgesehen und scherte sich nicht darum, die Monster zu fangen. Sie hasste Menschenmengen, sie hasste Männer, aber sie musste sich »normal« verhalten, um die Welt von Pädophilen zu befreien. Sie lief am Gemeindezentrum vorbei und zwang sich zu lächeln, als sie die alten Frauen sah, die an Ständen, die mit weißen Leinentüchern bedeckt waren, ihre Waren verkauften. Weiter bahnte sie sich dann ihren Weg durch Horden von Kindern, die Luftballons in der Hand hielten. Kinder hatte sie gern, aber Männern konnte sie einfach nicht trauen.

Solange die Leute vom Black Rock Falls County Sheriff's Department in den Bergen herumschnüffelten, würde das nächste Monster warten müssen. Erstmal musste sie den Sheriff von der Gegend fortlocken. Ein Monster zu töten, brauchte Zeit. Die Typen spielten ihre Spiele mit den kleinen Mädchen, die sie vergewaltigten, aber jetzt war sie an der Reihe. Gestern hatte er ihr im Chatroom gesagt, er wolle ein ganz besonderes Spiel mit ihr spielen, und sie hatte begeistert ja gesagt. Sie lächelte in den Sonnenschein. *Schätze, ein Mann, der sterben muss, hat einen letzten Wunsch verdient.*

Während sie an ihrem Kaffee *To Go* nippte, beobachtete sie die jungen Mädchen in der Menschenmenge, die über das Herbstfest schlenderten, ohne zu bemerken, welche Gefahren ganz in ihrer Nähe lauerten. Sie wussten nicht, dass von einer auf die andere Sekunde ein Mann kommen konnte, der ihr unschuldiges Leben zerstörte. Wie ein Falke, der sich auf ein Kaninchen stürzt.

Die Kerle glaubten, sie seien unbesiegbar, unauffindbar, in Sicherheit. Aber sie würde sie finden, und sie würde sie töten.

Sie würde sie alle töten.

18

Jennas Mobiltelefon klingelte. Die Rufnummer, die das Display anzeigte, sagte ihr nichts. Sie lehnte sich in ihrem Bürostuhl zurück. »Sheriff Alton.«

»*Hier ist Doktor Allan. Ich habe gute Nachrichten für Sie: Zoe geht es gut genug, dass Sie mit ihr sprechen können. Zoes Eltern sind auch einverstanden, aber ich muss trotzdem darauf bestehen, dass Sie Ihre Unterhaltung auf ein Minimum beschränken. Sie sollten stets daran denken, dass ein Schock manchmal erst zeitverzögert auftritt.*«

Sie seufzte erleichtert. »Vielen Dank. Ich kann Ihnen versichern, dass ich ganz vorsichtig bin. Ich komme allein.«

»*Das werde ich so weitergeben.*«

»Was glauben Sie, wann kann ich mit Jane sprechen?«

»*Dafür ist es noch zu früh, Sheriff. Ihre Eltern sind gerade erst angekommen. Ich melde mich, wenn Sie zu ihr können.*«

»Gut, danke. Dann mache mich gleich auf den Weg.« Nachdem sie die Verbindung getrennt hatte, rief sie Kane an und teilte ihm die Neuigkeiten mit. »Haben Sie etwas aus Pattie McCarthy herausbekommen?«

»*Nicht viel. Die Männer, die sie entführt hatten, kann sie nicht identifizieren.*«

»Okay, ich muss los, wir reden später. Unterhalten Sie sich noch einmal mit den Brüdern Booval, und schauen Sie mal, ob wir mit deren Schwester sprechen können.«

»*Bin schon auf dem Weg dorthin. Viel Glück bei Ihrer Befragung.*«

Jenna lächelte. »Danke.«

———

Zwanzig Minuten später stellte sie ihren Wagen auf dem Parkplatz für Polizei und Rettungskräfte ab und betrat die Klinik. Sie fuhr mit dem Fahrstuhl hinauf in die Abteilung, in der Zoe lag. Der Krankenhausgeruch löste in ihr sofort böse Erinnerungen an ihre Nahtoderfahrung im letzten Winter aus. Sie kämpfte gegen das Bedürfnis an, sich umzudrehen und zu gehen. *Ich muss aufhören, mich wie ein Idiot zu benehmen, und den Kindern helfen.*

Zoe saß frisch geduscht auf ihrem Bett, das Haar zu einem Pferdeschwanz gebunden. Sie sah verwirrt zu, wie ihre kleinen Geschwister im Zimmer umherliefen und mit Latexhandschuhen spielten, die wie Ballons aufgeblasen waren. Neben dem Bett stand eine Frau, bei der Jenna beim Näherkommen bemerkte, dass sie geweint hatte. »Mrs. Channing? Ich bin Sheriff Alton. Ich bin gekommen, um mich mit Zoe zu unterhalten, wenn ich darf?«

»Ja, ja, natürlich. Ich kann Ihnen gar nicht genug dafür danken, dass Sie Zoe wieder heimgebracht haben.« Mrs. Channing winkte den anderen Kindern traurig zu. »Mein Mann ist Kaffee holen gegangen. Wenn er zurück ist, geht er mit den Kleinen nach draußen.«

»Mom.« Zoes Hände gruben sich in das Laken. »Ich möchte lieber mit Sheriff Alton allein sprechen.«

»Ich glaube, dass es besser ist, wenn ich dabei bin.« Mrs. Channing berührte Zoes Arm. »Du brauchst die Unterstützung deiner Mutter.«

»Ich möchte nicht mit dir darüber sprechen, was passiert ist, und ich möchte auch nicht, dass Dad es mitbekommt.« Zoes Augen füllten sich mit Tränen. »*Bitte*, Mom. Ich muss das allein schaffen.«

Jenna lächelte die sichtlich besorgte Frau an. »Ich brauche höchstens fünf Minuten. Es sind nur Routinefragen, nichts Schlimmes.«

»Okay, dann warte ich draußen.« Mrs. Channing nahm die beiden lauten Kinder mit auf den Flur und schloss die Tür hinter sich.

»Ich muss Sie etwas fragen.« Ein verängstigter Ausdruck huschte über Zoes Gesicht. »Mein Vater hat gesagt, wenn Sie die Männer festnehmen, muss ich tapfer sein und dem Richter alles erzählen, was passiert ist. Ich weiß nicht, ob ich das kann, vor allen Leuten.« Eine Träne lief ihr über die Wange.

Jenna zog einen Stuhl heran, setzte sich und holte tief Luft. »Nein. Wenn es zu einem Gerichtsprozess kommt, findet deine Befragung unter Ausschluss der Öffentlichkeit statt, so nennt man das. Wenn du aussagen musst, bist du dabei ganz allein in einem Raum mit einer Kamera. Niemand außer den Leuten vom Gericht wird dein Gesicht sehen oder deinen Namen erfahren.« Sie seufzte. »Hat dir dein Vater nicht gesagt, dass man das so macht, um dich zu schützen?«

»Irgendwas hat er gesagt, aber ich will jetzt nicht mit ihm reden. Warum sind Sie hergekommen?«

Jenna holte Notizbuch und Handy aus der Tasche und schaltete die Diktierfunktion ein. »Du hast die Männer von den Wochenenden erwähnt. Hast du unter der Woche im Keller geschlafen oder bei Amos?«

»Amos.« Zoes Wangen röteten sich. Sie starrte dabei auf ihre Hände.

Sie musste schnell weg von dem Thema und lächelte, um Zoe zu beruhigen. »Wer hat im Keller saubergemacht, wenn die Männer weg waren?«

»Das haben die selbst gemacht, bevor sie gegangen sind.«

»Das hilft uns schon einmal sehr.« Jenna machte sich Notizen. »Hat Amos dich eigentlich duschen lassen?«

»Ja, unter der Woche sollte ich kein Warmwasser verschwenden, aber an den Wochenenden durfte ich duschen und mir die Haare waschen, mit einer schönen Seife.« Sie schniefte. »Er hat mich den ganzen Tag im Käfig eingesperrt.«

Jenna gab sich Mühe, dass man ihrer Stimme nicht anhörte, wie wütend sie war. »Wenn ich dir Fotos von drei Männern zeige, kannst du mir dann sagen, ob du einen von ihnen wiedererkennst?«

»Okay.« Zoe richtete sich auf, als ob sie sich stärker machen wollte.

Jenna entsperrte ihr Handy und zeigte ihr Bilder von drei Männern: Amos Price, Ely Dorsey und einem Mann, dessen Foto sie wahllos aus den Polizeiakten genommen hatte. »Erkennst du den Mann, der dich entführt hat, wieder?«

»Ja, das da ist Amos. Ich bin mir nicht ganz sicher, aber der da« – Zoe zeigte auf Ely – »hat genauso einen braunen Fleck am Hals wie einer von den anderen.«

Jenna spürte, wie sie eine Gänsehaut bekam. »Du bist ein gutes Mädchen, du hast mir sehr geholfen.« Sie sah, wie sich die Miene des Mädchens aufhellte. »Du brauchst übrigens keine Angst mehr vor Amos oder dem Mann mit dem Fleck am Hals zu haben. Sie sind beide tot.«

»Ich hoffe, Deputy Kane hat sie abgeknallt.« Zoe lächelte.

Jenna beschloss, nicht näher darauf einzugehen. Sie beendete die Tonaufnahme und stand auf. »Das war's für den Moment, Zoe. Du hast mir wirklich sehr geholfen.« Sie tätschelte ihr den Arm und ging zur Tür. »Ich schicke deine Eltern wieder rein.«

Draußen auf dem Flur näherte sie sich den Eltern. »Wir kennen den Mann, der für Zoes Entführung verantwortlich ist.«

»Wie heißt der Kerl? Den reiße ich in Stücke.« Mr. Channings Hände ballten sich zu Fäusten.

»Er hieß Amos Price.« Jenna räusperte sich. »Wir haben ihn tot aufgefunden. Zoe haben wir gefunden, als wir seine Hütte durchsuchten. Sie hat ihn eindeutig identifiziert. Er war der Täter.« Sie schmeckte Galle in ihrer Kehle und schluckte. »Zoe möchte nicht über ihre Entführung sprechen, aber Sie sollten wissen, dass vier Männer daran beteiligt waren. Wir haben heute Morgen noch einen zweiten Mann ermordet aufgefunden, und sie hat ein charakteristisches Muttermal an seinem Hals wiedererkannt.« Sie sah Mr. Channing an. »Darf ich fragen, wo Sie und Ihre Frau sich aufgehalten haben, seit wir Zoe gefunden haben?«

»Hier.« Mr. Channing errötete. »Das Krankenhaus hat uns gleich neben Zoe ein Zimmer hergerichtet. Wir sind nicht von ihrer Seite gewichen, nur um in der Cafeteria etwas zu essen.«

Sie beäugte ihn kritisch. »Ihnen ist schon klar, dass ich hier einen Deputy postiert habe.«

»Dann wird er Ihnen ja bestätigen, dass wir das Gebäude nicht verlassen haben. Wir mussten uns ausweisen, bevor wir zu ihr durften.« Mr. Channing schüttelte den Kopf. »Haben wir nicht schon genug durchgemacht, ohne dass Sie uns jetzt auch noch des Mordes bezichtigen?«

Jenna hob das Kinn und sah ihm direkt in die Augen. »Ich mache hier nur meine Arbeit, Mr. Channing. Ich glaube nicht, dass Zoe noch lange in der Klinik bleiben muss. Verfügen Sie über ausreichende Sicherheitsvorkehrungen, um sie zu schützen?«

»Ich habe die feste Absicht, mit meiner Familie zurück nach Helena zu fahren, sobald Zoe entlassen wird, was angeblich im Laufe des Tages der Fall sein wird.« Mr. Channing blickte sie finster an. »Sie glauben doch nicht im Ernst, dass ich sie oder eines meiner anderen Kinder auch nur eine Sekunde noch in die Nähe von Black Rock Falls lassen würde, oder?«

»Nun, ich habe ja Ihre Handynummer, und ich werde Sie persönlich kontaktieren und Sie auf dem Laufenden halten, falls nötig. Danke, dass Sie so kooperativ sind.« Sie drehte sich um und ging in Richtung Fahrstuhl.

Sie holte ihr Handy heraus und rief Kane an. »Zoe hat Price als ihren Entführer identifiziert. Sie hat auch bestätigt, dass Price sie nur an den Wochenenden hat duschen lassen, bevor seine Freunde kamen, und dass die die Wohnung selbst geputzt haben, bevor sie gegangen sind.«

»*Hat sie auch Ely Dorsey identifiziert?*«

»Nicht direkt, aber sie hat das Muttermal an seinem Hals wiedererkannt. Die Wahrscheinlichkeit, dass zwei Männer an derselben Stelle so ein Muttermal haben, ist sehr gering. Mir reicht das. Ich hoffe, wir finden ihre Komplizen bald. Ich würde diesen Fall gerne abschließen.« Sie seufzte. »Ich fahre nach Hause. Ich werde von dort aus arbeiten, Sie befragen weiter unsere Verdächtigen.«

»*Verstanden.*«

Sie trennte die Verbindung. *Bald habe ich euch, ihr Schweine.*

19

Kane wendete den SUV und fuhr zurück in Richtung Stadt. Er wollte noch einmal mit den Brüdern Booval sprechen. Allerdings bezweifelte er, dass sie begeistert darüber sein würden, dass er mit ihrer Schwester über deren Tortur sprechen möchte. Der Fall beschäftigte ihn so sehr, dass er bislang kaum mehr als ein paar Worte mit der neuen Deputy wechseln konnte. Ihr Arbeitszeugnis vom Helena Sheriff's Department war hervorragend gewesen. Ob sie eine Bereicherung für das Team war, würde sich dennoch erst zeigen.

Er warf einen Blick auf Bradford, die ihn ununterbrochen anstarrte, seit sie ins Auto gestiegen war. »Sie haben bei der Befragung von Miss McCarthy gute Arbeit geleistet. Sie ist kein besonders umgänglicher Mensch. Ich behalte sie fürs Erste auf der Liste der Verdächtigen. Was sie gesagt hat, hat mich nicht gerade davon überzeugt, dass sie unschuldig ist. Welchen Eindruck hat sie auf Sie gemacht?«

»Keinen besonders guten. Sie war ziemlich aggressiv, und der Seitenhieb gegen Sie kam auch aus heiterem Himmel.«

»Viele Menschen, die als Kind missbraucht wurden,

nehmen alle Männer als Bedrohung wahr. Von daher war ihre Reaktion ganz normal.« Kane zuckte mit den Schultern. »Nach der Strafanzeige musste sie ihre Geschichte wahrscheinlich ziemlich oft erzählen. So etwas ist für ein junges Mädchen extrem belastend.«

»Das glaube ich auch.« Bradford beugte sich über ihre Notizen. »Es war sehr hilfreich, Sie während der Befragung im Ohr zu haben.«

Aber man wird keine Profilerin, wenn man nicht in der Lage ist, Körpersprache zu deuten. Er seufzte. Smalltalk war das Letzte, worauf er jetzt Lust hatte, aber er wollte auch nicht allzu unhöflich oder distanziert wirken. Also lächelte er sie an und fragte: »Was hat Sie bewogen, sich nach Black Rock Falls versetzen zu lassen?«

»Ich denke mal, die Chancen auf eine Beförderung sind in einer kleineren Dienststelle größer. Zudem kann ich bei der Arbeit mit einem so erfahrenen Team eine Menge lernen.« Bradford erwiderte sein Lächeln und ließ ihre geraden, weißen Zähne aufblitzen. »Ich will mich nicht einschleimen, aber ich habe davon gehört, was letzten Sommer hier passiert ist. Deshalb wollte ich Teil des Teams sein. Webber hat mir von Ihren Fähigkeiten als Profiler erzählt, und wenn ich mit einem Deputy zusammenarbeite, der gleichzeitig Rechtsmediziner ist, kann mich das nur weiterbringen.« Sie räusperte sich. »Ich hatte gehofft, Sie als Partner zu bekommen, um Erfahrungen zu sammeln.«

Er behielt den Blick auf die Straße gerichtet. Als sie sich dem Stadtzentrum näherten, wurde der Verkehr immer dichter. »Nun, technisch gesehen sind Sie die Partnerin von Deputy Rowley. Sie fahren aber auch je nach Bedarf mit dem Sheriff oder mit mir mit. Meistens bin ich bei Einsätzen mit dem Sheriff unterwegs.« Er schaute zu ihr hinüber und sah, wie sie das Gesicht verzog. »Wir machen unsere Neulinge normalerweise ganz langsam mit den Gegebenheiten hier vertraut. Aber ich werde ein Mal pro Woche mit Ihnen auf den Schießplatz gehen, und ich bin mir sicher, dass Rowley Sie in sein Dojo mitnehmen wird. Je mehr Nahkampf Sie üben, desto besser. Wir haben es mit ein paar ganz schön harten Typen zu tun.«

»Super.« Sie strahlte. »Je mehr Training, desto besser. Ich habe gehört, dass Sie letzten Winter einen Mann erschossen haben, der dem Sheriff gerade ein Messer an die Kehle hielt. War das nicht ganz schön riskant?« Sie bedachte ihn mit einem anklagenden Blick. »Sie hätten sie töten können!«

»Nicht wirklich.« Kane fuhr rechts ran und hielt am Straßenrand. »Ich schieße nie daneben.«

———

Er fand die Brüder Booval im selben Bereich des Parks wie letztes Mal, in welchem sie nach wie vor den Kindern Pony- reiten anboten. Die Kinder standen in einer Schlange, während die Eltern geduldig darauf warteten, dass ihr Sprössling an die Reihe kam. Sie ignorierten dabei den Pferdegeruch und die vielen Fliegen, die um sie und die Hinterlassenschaften der Pferde herumschwirrten. Kane sah Bradford an. »Warten Sie hier und schreiben den Wortlaut der Befragung von eben in Ihr Notizbuch, solange Sie sich noch daran erinnern.« Er deutete mit dem Kinn in Richtung Clowns. »Ich unterhalte mich inzwi- schen mit den Brüdern Booval.«

Kane schlenderte zu den Clowns hinüber. Er ging neben Claude Booval her, der ein Pony führte, auf dem ein kleines Mädchen saß und fragte ihn mit gesenkter Stimme: »Kann ich Sie kurz sprechen?«

»Was ist denn jetzt schon wieder?« Claude Booval ließ die rot-weiß-gepunkteten Schultern hängen.

Kane ignorierte den feindseligen Tonfall und lief neben

dem Pony her, wobei er achtgab, nicht in einen der Haufen von Pferdeäpfeln zu treten, die die Reitbahn säumten. »Glauben Sie, Angelique würde sich mit dem Sheriff unterhalten? Wir haben ein paar Hinweise und sie könnte sich womöglich an etwas Wichtiges erinnern.«

»Das glaube ich kaum. Sie spricht nicht gerne darüber, aber ich weiß etwas, das Sie interessieren dürfte. In unserer Familie gibt es seit Generationen Clowns, sie muss also wirklich keine Angst vor Clowns haben. Aber seit es passiert ist, erträgt sie kein Clownskostüm mehr im Haus. Deshalb sind mein Bruder und ich von Blackwater nach Black Rock Falls gezogen, um ihr Kummer zu ersparen. Heute ist sie hergekommen, um eine Freundin zu besuchen, aber sie wird nicht bei uns vorbei-schauen, solange wir im Kostüm sind. Wir treffen uns nachher mit ihr, wenn wir uns abgeschminkt haben.«

Kane ließ nicht locker, auch wenn er sich im Hinblick auf das Kind, das auf dem Pony saß, weiterhin vage ausdrückte. »Ihre Informationen könnten vielleicht verhindern, dass das Gleiche noch einmal passiert.«

»Okay, ich werde sie fragen. Und wenn sie einverstanden ist, rufe ich Sie an.« Er stieß einen langen Seufzer aus. »Ihre Karte habe ich ja.«

Kane lächelte. »Danke. Montag wäre gut, wenn das passt.« Er tätschelte das Pony und ging zurück zu Bradford. »Als Nächstes würde ich gerne beim Makler vorbeischauen und mit Mr. Davis sprechen oder seiner Assistentin, Alison Saunders. Wir können von hier aus zu Fuß gehen, das geht schneller.«

Sie bahnten sich ihren Weg durch die Menschenmenge zum Maklerbüro. Kane betrachtete die blitzsauberen Fenster und die ordentlich präsentierten Immobilienangebote und lächelte. Der alte Mr. Davis hatte kaum die Liebe zum Detail gehabt, die Alison mitbrachte. Als er die Tür öffnete und eintrat, konnte er zu seiner Überraschung feststellen, dass der übliche schwere Zigarrengeruch durch einen Duft von

Zitronen ersetzt worden war. Eines war jedoch gleichgeblieben: Mr. Davis saß hinter seinem großen Schreibtisch und starrte auf seinen Computer. Durch die Tür zum Hinterzimmer sah er Alison Saunders, die gerade mit einem Kunden sprach.

»Ah, Deputy Kane, heute wieder jemand ermordet worden?« Davis grinste schief. »Das ist nicht gerade gut fürs Geschäft, wissen Sie.«

Kane richtete sich auf. »Ich bin mir ziemlich sicher, dass es für die Opfer noch viel schlimmer ist.« Er räusperte sich. »Nur eine Frage. Haben Sie einen Überblick, wo sich alle Ihre Generalschlüssel befinden? Und wo hier im Ort lassen Sie die normalerweise nachmachen?«

»Jeder Schlüssel wird hier eingetragen. Und wenn man einen nimmt, trägt man ihn aus.« Davis holte ein Buch aus seiner Schublade, legte es vor sich auf den Schreibtisch und schlug es auf. »Hier.« Er tippte mit einem seiner kurzen, dicken Finger auf eine Seite. »Wenn nötig, dann lassen wir Schlüssel drüben in der Eisenwarenhandlung nachschneiden, aber das ist schon seit über fünf Jahren nicht mehr nötig gewesen.«

»Wie funktioniert das eigentlich?« Bradford legte die Stirn in Falten. »Ich meine, verschiedene Häuser können ja schlecht dasselbe Türschloss haben, oder?«

»Bei jedem Haus, das wir verkaufen oder vermieten, werden alle Schlösser ausgetauscht.« Davis lächelte Kane und Bradford an und entblößte dabei seine gelben Zähne. »Zu diesem Zeitpunkt kann man das neue Schloss mit dem Generalschlüssel öffnen. Aber wenn ein neuer Eigentümer einzieht, erhält er seinen eigenen Schlüsselsatz. Sobald er seinen Schlüssel benutzt, funktioniert der Generalschlüssel nicht mehr. Unglaublich, aber wahr.«

Kane zückte sein Handy. »Darf ich ein paar Fotos von dem Buch da machen? Ich würde gerne wissen, wer in den letzten Monaten alles einen Schlüssel hatte.«

»Gerne doch.«

Kane fotografierte die Seiten. Dann richtete er sich auf und lächelte. »Wie läuft es mit Alison?«

»Sie ist eine echte Bereicherung für das Geschäft.« Davis schenkte ihm ein wissendes Lächeln. »Hübsch, nicht wahr? Ich glaube, Deputy Rowley mag sie auch. Er kommt ständig vorbei, um mit ihr zu plauschen. Er ist wie ein anhängliches Hündchen.«

»Ach ja?« Kane hob eine Augenbraue. »Da werde ich mit ihm wohl mal über sein Zeitmanagement sprechen müssen.«

»Wie ich sehe, haben Sie auch eine neue Assistentin.« Davis musterte Bradford unverhohlen.

Kane ärgerte sich über das chauvinistische Gehabe des Mannes. Er blickte ihn scharf an. »Ja, das ist Deputy Bradford, sie ist neu im Team.« Er warf ihr einen Blick zu und sah, wie unwohl sie sich fühlte. »Wollen Sie lieber draußen auf mich warten? Es dauert nicht lange.«

»Ja, Sir.« Bradford sah ihn erleichtert an, ging zur Tür und trat hinaus in den Sonnenschein.

Kane räusperte sich. »Ist Alison für alle Häuser von Rockford zuständig?«

»Ja, und nicht nur für die. Sie arbeitet hart und hat letzte Woche zwei Immobilien verkauft.«

»Sie scheint wirklich effizient zu sein.« Kane stand auf und legte eine Hand auf die Türklinke. »Das wäre erstmal alles, danke für Ihre Zeit.« Er trat hinaus zu Bradford. »Was für ein respektloser Idiot. Alles okay mit Ihnen?«

»Ja, alles gut. Danke, dass Sie mich rausgeschickt haben. Ich hasse solche Männer.«

Kane betrachtete ihr blasses Gesicht. Sie sah verbittert aus. »Vielleicht sollten wir mal Pause machen.«

»Ein Kaffee wäre toll.« Sie lächelte ihn an. »Hunger habe ich keinen.«

Die Eisenwarenhandlung lag gegenüber. »Okay, ich gehe mal kurz in den Eisenwarenladen.« Er holte sein Portemonnaie heraus und drückte ihr ein paar Scheine in die Hand. »Wir müssen die Harpers finden, und das kann dauern. Wollen Sie eben zu Aunt Betty's Café rübergehen und uns einen Kaffee holen? Für mich mit Milch und vier Stück Zucker. Warten Sie vor der Tür, ich hole Sie mit dem Wagen ab.«

»Geht klar.«

Er sah zu, wie sie in der Menge verschwand, dann rief er Jenna an. »Hey, ich bin's.«

»*Was gibt's?*« Jenna gähnte. »*Nicht schon wieder eine Leiche, hoffe ich?*«

»Nein, keine Leiche.« Kane lächelte. »Ich dachte, Sie würden vielleicht heute Abend gern auswärts essen. Ich habe uns für acht Uhr einen Tisch im Cattleman's Hotel reserviert.« Als sie nichts sagte, holte er tief Luft. »Wir müssen beide etwas essen, und ich muss mit Ihnen über den Fall sprechen.«

»*Okay. Warum nicht.*«

»Wunderbar! Dann hole ich Sie um halb acht ab.«

»*Okay. Ich fahre noch zu Wolfe rüber und schaue mir die Autopsie von Dorsey an, dann fahre ich nach Hause. Ich erzähle Ihnen beim Essen, was in der Pathologie herausgekommen ist. Rowley schließt gerade ab. Wir sehen uns später.*« Dann brach die Verbindung ab.

Kane erspähte eine Lücke im Verkehr und lief über die Straße. Die Glocke an der Tür läutete, als er die Eisenwaren-handlung betrat. Er schaute sich die altertümliche Einrichtung an und die vielen unterschiedlichen Waren, die zum Verkauf angeboten wurden. Die Einrichtung sah aus, als habe sie sich seit den Zeiten der Prohibition kaum verändert. Ein leichter Geruch von Farbe und Chemikalien hing in der Luft und weckte bei Kane Erinnerungen daran, wie er als kleiner Junge mit seinem Vater einkaufen gegangen war. Als er an die Laden-theke trat, kam ein älterer Herr aus dem hinteren Teil des Ladens angewackelt. Er trug eine runde Brille, und mit seinen langen, schwarzen Augenbrauen, die an den Enden hochstanden, erinnerte er an eine Eule.

»Guten Tag.«

»Was kann ich für Sie tun, Deputy Kane?«

»Ich wüsste gerne, ob Sie ein Verzeichnis der Kunden haben, für die Sie Schlüssel nachmachen.«

»Leider nein. So ein Verzeichnis führe ich nicht« Der alte Mann rieb sich die lange Nase. »Das sind zu viele, um darüber Buch zu führen, schon drei oder vier allein diese Woche.« Er sah Kane mit trüben blauen Augen an. »Mein Sohn ist Schlosser. Er hat das übernommen und fräst andauernd neue Schlüssel von seinem Lieferwagen aus.«

Kane stieß einen Seufzer aus und tippte mit den Fingern auf den Tresen. »Verkaufen Sie eigentlich nikotinsulfathaltige Pestizide?«

Der alte Mann wies auf ein mit Plastikflaschen vollgestopftes Regal. »Da haben wir diverse Marken. Wofür brauchen Sie das denn?«

»Ach, das ist nicht für mich.« Kane ließ seinen Blick über die Flaschen schweifen. »Sind Sie verpflichtet, sich die Käufer zu notieren?«

»Nein.« Der Ladenbesitzer warf ihm einen besorgten Blick zu. »Bei Rattengift und ein paar anderen gefährlichen Chemikalien schon. Da führe ich Buch, und man muss einen gültigen Ausweis vorlegen. Aber das Zeug da wird ja in der Regel im Garten verwendet. Zudem stehen auf den Flaschen Warnhinweise.« Er seufzte. »Wir verkaufen ziemlich viel Pestizide. Ich weiß nicht, wann ich die letzte Flasche verkauft habe, vielleicht vor ein paar Tagen. Oder letzte Woche? Das weiß ich jetzt wirklich nicht mehr.«

Also kann jeder hier hereinmarschieren und das Zeug kaufen. Kane tippte an die Krempe seines Hutes und wandte sich zum Gehen. »Okay, danke für Ihre Hilfe.«

Als er die Straße hinunterging, blieb er an einem der Stände stehen, um ein paar Törtchen zu kaufen. Während er auf sein Wechselgeld wartete, erblickte er einen von Kindern umringten Zauberkünstler, der Ballontiere bastelte. Eine Frau trat aus der Menge. Als sie vorbeiging, erkannte er das blasse Gesicht von Pattie McCarthy. Er schaute auf die Uhr und machte sich eine Notiz in seinem Buch. *Hmm, wie jemand, der Angst vor Menschenmengen hat, wirkt sie eigentlich nicht gerade.*

20

Jenna stopfte sich ein paar Kekse in den Mund, sprang in ihr Auto und fuhr zum Büro des neuen Rechtsmediziners. Sie zog ihre Magnetkarte durch das Lesegerät an der Tür, betrat das Gebäude und ging die kühlen weißen Gänge hinunter, bis sie zum Pathologielabor kam. Sie klopfte an die Tür, während sie den Raum betrat. Wolfe saß an einem Computer und sein Assistent, ein junger Uniabsolvent namens Steve, bereitete Gewebeproben vor. »Habe ich die Untersuchung der Leiche verpasst?«

»Nur zum Teil. Ich bin noch nicht fertig, aber ein paar Ergebnisse habe ich schon für Sie.« Wolfe musterte sie, worauf sie ein paar Kekskrümel vom Ärmel ihres Hemdes wischte. »Sie haben gerade gegessen? Hoffentlich haben Sie einen robusten Magen.«

Jenna zuckte mit den Schultern. »Keine Sorge.«

»Okay.« Wolfe stand auf und ging voraus in die Leichenhalle. »Ich habe die Todesursache ermittelt und noch ein paar andere interessante Hinweise gefunden.«

Der Raum glich einem Operationssaal, abgesehen von den

in zwei der Wände eingelassenen Schränken, in denen die Toten aufbewahrt wurden. Es war kühl und in der Luft hing der Geruch von Leichen und Reinigungschemikalien. Auf einem länglichen Aluminiumtisch lag das, was von Ely Dorsey nach der Autopsie noch übrig war.

Sie trat näher an Wolfe heran. »Was haben Sie entdeckt?«

»Wie ich dachte, war die Todesursache ein Stich durch das linke Ohr ins Hirn.« Er zeigte auf einen Gewebeschnitt. »Schauen Sie sich mal den Querschnitt des Gehirns hier an. Ich würde sagen, der Tod ist unmittelbar eingetreten.«

Jenna blickte auf die Scheibe menschlichen Gewebes in der Petrischale und nickte. »Verstehe. War das schmerzhaft? Ich kann mich nicht erinnern, dass jemand Schreie gehört hätte.«

»Ja, es muss extrem schmerzhaft gewesen.« Wolfe deutete mit einem behandschuhten Finger auf Dorseys Mund. »Sehen Sie diese Spuren auf der Wange? Der Angreifer hat ihn so hart angefasst, dass die Finger Blutergüsse verursacht haben. Er hat ihm ein Paar Socken in den Mund gestopft, ihn mit der linken Hand mit aller Kraft aufs Bett gedrückt und ihm dann einen länglichen Gegenstand ins Ohr gestoßen. Vielleicht eine Stricknadel oder einen Metallspieß. Ich tendiere zu Letzterem. Der Position der Spuren nach zu urteilen, würde ich sagen, der Mörder saß zu diesem Zeitpunkt rittlings auf ihm und war bekleidet. An dem Kondom, das der Mann zum Zeitpunkt des Todes trug, habe ich Jeansfasern gefunden, die ich nicht zuordnen kann.«

Sie starrte die Leiche an. Ihre Gedanken überschlugen sich. In ihrem vorherigen Leben hatte sie eine Zeitlang bei der Sittenpolizei gearbeitet. Und wenn sie dort eines gelernt hatte, dann dass viele Menschen ungewöhnliche sexuelle Fetische hatten. Und für jeden Fetisch gab es jemänden, der bereit war, ihn zu befriedigen, wenn er genug Geld dafür bekam – wie pervers es auch sein mochte. »Ich dachte, dieser Fall hätte etwas mit einem Pädophilen-Ring zu tun, aber jetzt bin ich mir da nicht mehr so sicher. Es scheint, als habe der Mann sich zu hartem Sex verabredet, vielleicht mit einer Domina. Nach dem, was ich in dem Motel gesehen habe, hat ihm die Mörderin die Augen verbunden und ihn gefesselt. Und wenn er für SM bezahlt hatte, hätte er sich auch nicht darüber gewundert, dass sie ihm einen Knebel in den Mund gesteckt hat.«

»Haben Sie denn Grund zur Annahme, dass der Täter eine Frau war?« Wolfe sah sie über seine Gesichtsmaske hinweg an. »Zugegeben, die Spuren stammen von kleinen Fingerspitzen, aber es gibt ja auch Männer mit kleinen Fingern.« Er seufzte. »Wobei wir auch noch den Handabdruck auf der Wange haben. Ich gehe davon aus, dass der Mörder ihn geohrfeigt hat. Mit der Leichenstarre ist der Abdruck deutlicher geworden. Sehen Sie? Eine ganz kleine Hand. Das könnte schon eine Frau gewesen sein.«

Jenna ging um den Leichnam herum. »Das glaube ich auch. Wenn man die Pralinen und den Wein bedenkt, tippe ich auf ein Callgirl oder ein Sex-Date.«

»Es sieht so aus, aber ich bin trotzdem nicht überzeugt.« Wolfe begegnete ihrem Blick. »Ich glaube, Ihr Instinkt war schon beim ersten Mal richtig. Ich glaube, Dorsey wurde von derselben Person ermordet, die auch schon Price auf dem Gewissen hat. Beide Tatorte riechen nach einem Kinderschänder. Die Geschenke zum Beispiel: Die meisten der Männer, die verhaftet werden, weil sie Kinder an Orte locken, wo sie sie missbrauchen wollen, haben irgendwelche Geschenke dabei.«

Jenna kaute auf ihrer Unterlippe und starrte die Leiche an. Falls die Männer einander gekannt hatten, war klar, dass sie Recht gehabt hatte: Sie hatten es mit einer Frau auf einem Rachefeldzug zu tun. Sie hob den Blick und sah Wolfe an. »Haben Sie am Tatort die Augenbinde hochgeschoben?«

»Nein, sie befand sich bereits auf seiner Stirn, als ich eintraf.«

»Dann schließe ich mich der Selbstjustiz-Theorie an. Das mit der Augenbinde ist ein wichtiges Indiz. Ich nehme an, sie wollte ihm in die Augen sehen, als sie ihn tötete.« Sie starrte Wolfe an. »Jetzt müssen wir nur noch herausfinden, wer sie ist.«

21

Kane ging durch den Park und steuerte auf den Zauberkünstler zu. Der Mann trug keine Handschuhe und hatte kein Spinnen-Tattoo, aber er wollte trotzdem wissen, wer er war. Er wartete auf einen günstigen Moment und tippte ihm auf die Schulter.

Der Mann drehte sich langsam um. Mit kleinen dunklen Augen musterte er sein Gegenüber. »Gibt's ein Problem?«

»Ich wüsste gerne Ihren Namen.« Kane zog sein Notizbuch und seinen Stift hervor. »Sind Sie bei Party Time abgestellt?«

Ein erleichterter Ausdruck blitzte in den Augen des Mannes auf. Er nickte. »Jawohl, und ich habe eine Genehmigung. Mein Name ist Stu Macgregor.«

Kane starrte ihn ungläubig an. Macgregor war ein vorbestrafter Sexualstraftäter und trotzdem hatte ihm der Gemeinderat eine Lizenz erteilt, mit der er sich in der Nähe von Kindern aufhalten durfte? »Wirklich? Zeigen Sie mal her.«

»Ich bin rehabilitiert, das habe ich schriftlich! Seit sieben Jahren habe ich mir nichts zu Schulden kommen lassen. Ich habe mich freiwillig chemisch kastrieren lassen, damit ich eingeschränkt weiterarbeiten darf. Und überhaupt, wie könnte ich denn irgendwas anstellen, wenn so viele Leute um mich herum sind?« Macgregor sah Kane finster an, dann öffnete er den Reißverschluss seines Kostüms, kramte in einer Innentasche und hielt ihm seine Papiere hin.

Kane sah sich die Dokumente an. Macgregors Lizenz war auf öffentliche Straßenaufführungen beschränkt. Beigefügt war ein Hinweis, dass er im Bundesstaat Montana als ›Sexualstraftäter mit geringem Risiko‹ eingestuft war. Er schüttelte ungläubig den Kopf. Offenbar hatte nicht nur jeder Bundesstaat, sondern auch jeder Stadtrat seine eigene Methode, mit Pädophilen umzugehen. »Okay.« Er gab ihm seine Papiere zurück.

»Ich habe meine Zeit abgesessen. Sie haben keinen Grund, mich zu schikanieren.«

»Sollten in meiner Stadt Kinder verschwinden, werde ich noch viel mehr tun, als Sie zu schikanieren.« Kane sah ihn scharf an. »Ich behalte Sie im Auge.« Er drehte sich um und ging zum Auto zurück.

Als er losfuhr, um Bradford abzuholen, fragte er sich, ob es eine Verbindung zwischen Stewart James Macgregor und Pattie McCarthy gab. Das Alter kam hin. Aber zu versuchen, Miss McCarthy irgendwelche Informationen zu entlocken, war aussichtslos.

Er hielt vor Aunt Betty's Café in zweiter Reihe, sehr zum Ärger der Autos hinter ihm, und Bradford sprang mit dem Kaffee in der Hand auf den Beifahrersitz. Er nahm ihr den Transportbehälter aus Pappe mit den beiden Bechern ab und stellte sie ihn in die Getränkehalter in der Mittelkonsole. »Danke.«

»Ich habe Susie Hartwig gefragt, ob sie Miss McCarthy in der Stadt gesehen hat. Sie meinte zwar zunächst, dass sie sich bei den hunderten Leuten, die sie während des Stadtfests bediente, nicht sicher sein könnte. Aber dann hat sie sich erinnert, dass sie am Samstagabend gegen sechs im Café gegessen hat.«

Kane kratzte sich an der Wange. »Also hat Pattie McCarthy gelogen, als sie gesagt hat, dass sie Samstagabend zu Hause war.«

»Sieht ganz so aus. Was machen wir jetzt?« Bradford sah ihn an.

»Als Nächstes steht Lizzy Harper auf meiner Liste.«

»Ich kenne die Geschichte. Sie hat ihren Vater erstochen und war dafür im Gefängnis.« Bradford sah Kane aufmerksam an. »Warum verdächtigen Sie sie?«

»Sie war drei Jahre im Jugendknast und hat dort ihren Sohn zur Welt gebracht.« Kane griff nach seinem Kaffeebecher und trank einen Schluck, den Blick auf die Straße gerichtet. »Ich habe das Gefühl, dass an ihrem Fall mehr Männer beteiligt waren, als sie dem Gericht gegenüber ausgesagt hat. Sie hat damals behauptet, dass sie ihren Vater erstochen hat, weil er sie immer wieder vergewaltigt hat. Das Problem ist: Sie behauptete, ihr Sohn sei das Kind ihres Vaters, aber das ist gar nicht der Fall. Sie war damals vierzehn, und seitdem hilft ihr ihre Mutter, das Kind großzuziehen. Da kann es doch sein, dass Lizzy ihr inzwischen von den anderen Männern erzählt hat. Vielleicht schalten sie die Pädophilen jetzt gemeinsam aus, einen nach dem anderen.«

»Und wenn sie nicht die Mörderinnen sind, dann kennen sie vielleicht die Namen der anderen Männer, die dem Pädophilen-Ring angehören.«

Kane nickte. »Genau.« Sie näherten sich einer Ansammlung von Einfamilienhäusern am Stadtrand. »Die beiden arbeiten heute Nachmittag in zwei Häusern. Mal sehen, was wir herausfinden können.«

Er hielt an der ersten Adresse auf der Liste. Da ihr Arbeitsfahrzeug nicht in der Auffahrt stand, wollte er schon weiterfahren, als die Haustür geöffnet wurde.

»Also ist doch jemand da.« Bradford lächelte. »Sieht aus wie die Mutter. Vielleicht ist sie ja zugänglicher als die Tochter.«

Kane stieg aus. Die Frau an der Tür, die ein dünnes Baumwollkleid, eine Schürze und Küchenhandschuhe trug, beäugte ihn misstrauisch. Er ging auf sie zu, Bradford dicht hinter ihm. »Ich bin Deputy Kane und das hier ist Deputy Bradford. Wir sind auf der Suche nach Mrs. Harper und ihrer Tochter Lizzy.«

»Ich bin Rosemarie Harper. Lizzy hatte einen Termin in der Stadt, aber sie ist wohl bald zurück. Was wollen Sie denn von mir? Ich habe Ihnen schon mehr gesagt als ich sollte.«

»Ich weiß Ihre Hilfe zu schätzen, Ma'am, aber ich habe noch ein paar Fragen.« Kane zückte Notizbuch und Stift. »Sie und Ihre Tochter haben das Haus Maple Lane 3 gereinigt, ist das richtig?«

»Ja, das war vor einer Woche, Freitagnachmittag.«

»So habe ich das hier stehen.« Ihm fiel auf, wie nervös sie war und trat einen Schritt zurück. »Und wo waren Sie diese Woche?«

»Wir haben im Auftrag des Immobilienbüros in allen Häusern von Mr. Rockford geputzt, also waren wir in den letzten zwei Wochen so ziemlich überall.« Sie zuckte nervös mit den Schultern. »Die haben doch bestimmt eine Liste.«

»Okay. Was ist mit Freitagabend? Haben Sie oder Lizzy da aus irgendeinem Grund das Haus verlassen?«

»Lizzy geht ständig irgendwohin. Sie hasst es, nur zuhause herumzusitzen.« Mrs. Harper seufzte. »Sie ist für ein paar Stunden in die Stadt gefahren. Sie wollte sich an den Ständen umsehen und etwas zu Essen mitbringen. Ich weiß noch, dass sie eine ganze Weile weg war. Sie meinte, wegen dem Stadtfest wäre bei Aunt Betty's so viel los gewesen, dass sie ewig anstehen musste. Warum fragen Sie?«

Kane machte sich Notizen. »Wir haben in einer Hütte in den Bergen ein junges Mädchen gefunden, das entführt worden ist. Ein Mann namens Amos Price hat damit zu tun. Haben Sie diesen Namen schon einmal gehört? Könnte er in den Vorfall mit Lizzy und ihrem Vater vor einigen Jahren verwickelt gewesen sein? Hat Lizzy jemals einen anderen Mann erwähnt?«

»Nein. An dem Tag, als Pete starb, war niemand anderes daran beteiligt. Lizzy hat gewartet, bis er an dem Abend nach Hause kam und hat ihn umgebracht.« Sie starrte ihn an. »Sehen Sie mich nicht so an. Sie hat mir nie ein Sterbenswörtchen gesagt. Ja, ich hätte es merken müssen, ich hätte etwas mitkriegen müssen. Aber es geschah immer, wenn sie übers Wochenende wegfuhren. Mein Mann hat sie immer zum Angeln mitgenommen.« Sie biss sich auf die Unterlippe. »Lizzy hat gar nichts übrig fürs Angeln, aber er meinte, das Kind muss an die frische Luft. Und wenn sie sich weigerte mitzukommen, schlug er sie.«

Bradford warf Kane einen fragenden Blick zu, dann wandte sie sich an Mrs. Harper. »Hat Lizzy Ihnen jemals gesagt, *warum* sie Ihnen nicht erzählt hat, dass etwas nicht stimmt?«

»Nicht direkt, aber bei der Verhandlung kam ja die Wahrheit ans Licht.« Rosemarie Harper sah die Polizistin verbittert an. »Da konnte ich ihr auch nicht mehr helfen, denn da hatte sie ihn schon umgebracht.« Sie befeuchtete ihre Lippen. »Mein Mann hatte ihr gedroht, wenn sie irgendwem ihr Geheimnis verraten würde, dann würde er mich umbringen.«

Kane merkte, wie ihm übel wurde, aber sie durften jetzt nicht lockerlassen. »Ely Dorsey und Stewart Macgregor. Kommen Ihnen diese Namen bekannt vor? Waren das vielleicht Freunde Ihres Mannes?«

»Warum?«

Kane musterte ihr Gesicht und achtete darauf, wie sie blinzelte. »Beantworten Sie bitte einfach nur meine Frage.«

»Ich weiß, wer Stu Macgregor ist. Mein Mann liebte

Zaubertricks und war mit einem Zauberer namens Stu befreundet. Erst nach seinem Tod habe ich herausgefunden, dass Stu im Knast gesessen hatte, weil er die kleine Booval drüben in Blackwater entführt hatte.« Mrs. Harper legte sich erschrocken die Hand auf den Mund. »O mein Gott, hatte er auch etwas mit meiner Lizzy zu tun? Es muss noch einen anderen Mann gegeben haben, aber Lizzy will einfach nicht darüber sprechen.« Sie sah auf, als man ein Auto hörte, das die Straße herunterkam. »Das ist sie, aber erwarten Sie nicht, dass sie Ihnen viel erzählt. Sie wird bestimmt nur wütend.«

Kane rieb sich das Kinn. »Wütend, hm?«

Ein Lieferwagen hielt neben dem SUV. Die junge Frau, die am Steuer saß, starrte Kane mit offenem Mund an. Sie stieg aus, schnappte sich ein paar Schachteln mit Essen und ging auf sie zu.

Kane beugte sich zu Bradford und flüsterte: »Wenn sie Männer hasst, sollten Sie sie vielleicht befragen, nicht ich.«

»Okay.«

»Stimmt was nicht? Was machen Sie denn hier, Deputy Kane?« Lizzy Harper blitzte ihn wütend an. »Mom, was ist hier los?«

»Nichts Schlimmes. Deputy Kane wird es dir gleich erklären.« Mrs. Harpers aufgeregtes Benehmen sprach Bände.

»Na?« Lizzy baute sich vor ihnen auf, die Hände in die Hüften gestemmt und starrte Kane an. Er blieb auf Distanz, hielt aber ihrem Blick stand. »Kann ich Sie unter vier Augen sprechen oder möchten Sie lieber mit Deputy Bradford reden?«

»Okay. Ich weiß, dass Sie immer Ausreden parat haben, um mich dazu zu bringen, gegen meine Bewährungsauflagen zu verstoßen. Ich bin ja nicht dumm. Wir können uns drüben bei Ihrem Auto unterhalten.« Lizzy drückte ihrer Mutter die Schachteln in die Hand und schritt erhobenen Hauptes zum SUV.

Kane folgte ihr und wartete. »Miss Harper, es geht hier nicht um ihre Bewährung«, sagte er, als sie sich umgedreht hatte. »Wir versuchen, die Namen von mehreren Männern herauszufinden, die ein zwölfjähriges Mädchen entführt und missbraucht haben.«

»Woher zum Teufel soll ich etwas über irgendwelche Kinderschänder wissen? Falls Sie es noch nicht mitbekommen haben, ich habe meinen Vater getötet.«

Kane räusperte sich. »Ich glaube, das ist nicht die ganze Wahrheit, Miss Harper. Ich glaube, die Situation unseres letzten Opfers war der ihrigen sehr ähnlich. Wir wissen, dass Ihr Vater Sie in seine Anglerhütte mitgenommen und dort missbraucht hat.«

»Das ist ja auch kein Geheimnis.« Lizzy schaute zu ihrer Mutter hinüber und verzog das Gesicht. »Ich bin sicher, dass sie es damals auch wusste. Aber sie ist schwach. Und immer, wenn ich es ihr sagen wollte, meinte sie, ich soll den Mund halten.« Sie funkelte ihn an. »Und jetzt kommen Sie mir nicht mit Sozialarbeitern oder fragen mich, warum ich es nicht einem meiner Lehrer oder sonst wem erzählt habe. Ich habe mich geschämt, darum. Er gab mir das Gefühl, dass ich ein Stück Scheiße wäre, ein Nichts, schmutzig. Keiner wollte mir zuhören, also musste ich selbst mit ihm fertig werden.«

Kane lehnte sich gegen das Auto und nahm eine betont lässige Pose ein, um Druck aus der Situation zu nehmen. »War es denn nur er oder kamen Freunde von ihm zu Besuch, wenn Sie dort waren?«

»Warum?« Ihre Augen funkelten ihn zornig an. Wäre sie eine Klapperschlange gewesen, wäre er jetzt tot gewesen.

»Das Mädchen, das wir gefunden haben, wurde in einer Hütte in den Bergen gefangen gehalten und hat uns erzählt, dass an den Wochenenden immer Männer zu Besuch kamen.« Er sah, wie die Farbe aus Lizzys Gesicht wich. »Wir müssen diese Verbrecher schnappen, bevor sie sich das nächste Kind holen.«

Sie zuckte mit den Schultern und wandte den Blick ab.

»Miss Harper, ich weiß, dass das schwer für Sie ist, aber hat Ihr Vater Sie in die gleiche Situation gebracht?« Er nahm sein Notizbuch und blätterte darin herum. »Wir haben Amos Price ermordet aufgefunden, dann Ely Dorsey. Beide hatten in ihren Häusern entführte Mädchen eingesperrt. Ich weiß, dass diese Männer in einen Pädophilen-Ring verwickelt sind. Sagen Ihnen diese Namen etwas?«

»Nein. Ach Scheiße, jetzt weiß ich, worum es hier geht. Ich nehme an, meine Mutter hat Ihnen erzählt, dass mein Sohn nicht von meinem Vater ist. Und jetzt wollen Sie all die schmutzigen Details wissen. Ihr Männer seid doch alle gleich.« Lizzy fuhr sich mit beiden Händen durch ihr seidiges Haar und hob ihr Kinn. »Ich muss Ihnen gar nichts erzählen. Ja, ich habe meinen perversen Vater umgebracht und meine Zeit abgesessen. Wenn Sie mich nicht festnehmen wollen – ich habe noch zu tun.«

»Gut.« Kane rieb sich das Kinn. »Aber je länger wir nach den übrigen Männern suchen müssen, desto wahrscheinlicher ist es, dass sie noch ein Kind entführen.« Er legte den Kopf schief. »Da bei Ihrem Sohn ein DNS-Test durchgeführt wurde, kann ich per Gerichtsbeschluss erwirken, dass seine DNS mit der unserer Opfer abgeglichen wird. Ihnen ist schon klar, dass ich Sie wegen Mordverdachts verhaften kann, falls es da eine Übereinstimmung gibt?«

»Wirklich?« Lizzy hob ihr Kinn und bedachte ihn mit einem ungelenk wirkenden Lächeln. »Klingt, als hätte er den Tod verdient. Wissen Sie, was das Problem bei Ihnen ist, Deputy Kane? Sie sind genau wie jeder andere Mann, der mich befragt hat. Sie wollen, dass ich Ihnen die ganzen widerlichen Dinge erzähle, die sie mir angetan haben, damit Sie sich später darauf einen runterholen können.« Sie hob eine Hand, um zu verhindern, dass er antwortete. »Nehmen Sie mich fest oder lassen Sie mich um alles in der Welt in Ruhe.« Dann drehte sie sich um und ging mit großen Schritten zurück zu ihrer Mutter.

Die widerlichen Dinge, die sie ihr angetan hatten. Ihr Freud 'scher Versprecher verriet ihm alles, was er wissen musste.

Am Abend saß Jenna im Restaurant des Cattleman's Hotel Dave Kane gegenüber und sah ihn aufmerksam an. Da das Restaurant bis auf den letzten Platz gefüllt war, hatten sie sich an mehreren Leuten vorbeiquetschen müssen, um zu ihrem Tisch zu gelangen. Sie sah genau, dass fast jede Frau, die sie passierten, Kane einen bewundernden Blick zuwarf. Ebenso wenig war ihr aber auch verborgen geblieben, dass er all diese Blicke ignorierte. Sie musste zugeben, dass er in seinem dunkelblauen Anzug und mit dem ordentlich gekämmten Haar, das ausnahmsweise nicht vom Cowboyhut plattgedrückt war, wirklich elegant aussah. Und er roch sogar ziemlich gut.

»Habe ich was zwischen den Zähnen?« Er hob eine schwarze Augenbraue und lächelte. »Oder hat dieser Blick etwas anderes zu bedeuten?«

Sie hatten das vergangene Jahr über eine sehr freundschaftliche Beziehung aufgebaut. Es tat gut, mit ihm zusammen abzuschalten und eine Weile nicht der Sheriff sein zu müssen. Sein verdutzter Gesichtsausdruck ließ sie kichern. »Kann sein.« Sie seufzte. »Ich finde es wirklich schön mit Ihnen. Ich hatte bis jetzt noch nie einen so guten Freund.«

»Und ich bin froh, dass wir auch nach Feierabend ganz normal miteinander umgehen können.« Kane zuckte zusammen. »Zugegeben, am Anfang fiel es mir schwer, dass ich nicht mehr das Sagen hatte, aber ich passe mich meistens ziemlich schnell an neue Gegebenheiten an.«

»Allerdings.« Sie gluckste. »Ich musste Sie noch kein einziges Mal übers Knie legen.«

»Hm-hm.« Kane lächelte und ließ die weißen Zähne aufblitzen. »Das hat nicht einmal mein Vater gewagt, wenn ich mich danebenbenommen habe.« Er räusperte sich. »Mit vierzehn war ich schon so groß wie jetzt.«

Sie senkte die Stimme. »Vermissen Sie Ihre Eltern und Ihre Familie, jetzt, wo Sie so weit weg wohnen?«

Kane sah sie nachdenklich an. »Oh ja, mehr als Sie sich vorstellen können, aber da erzähle ich Ihnen sicherlich nichts Neues.«

Sofort bedauerte sie, dass sie in seine Privatsphäre eingedrungen war und nickte. »Ich vermisse meine Freunde. Meine Eltern sind gestorben, bevor ich meine letzte Stelle angetreten hatte.« Sie seufzte. »Aber da gibt es ohnehin kein Zurück mehr, oder?«

»Ich würde sofort zurückgehen, wenn ich da noch etwas Sinnvolles ausrichten könnte.« Er warf ihr einen strengen Blick zu. »Sie wissen bestimmt, was ich meine?«

Sie wusste nur zu gut, was er mit seinen verklausulierten Formulierungen meinte, und sie räusperte sich, um den Kloß im Hals loszuwerden. Man musste kein Genie sein, um sich auszurechnen, dass Kane ohne zweimal nachzudenken von der Bildfläche verschwinden würde, wenn er die Chance bekäme, die Mörder seiner Frau zur Strecke zu bringen. »Ja, das weiß ich, und wenn Sie zum *Klassentreffen* gehen wollen, dann komme ich gerne mit.«

»Als mein Date?« Kane warf ihr einen langen, nachdenklichen Blick zu.

»Vielleicht.« Jenna nippte an ihrem Glas Wein und genoss den vollmundigen Geschmack auf ihrer Zunge. Sie musste das Thema wechseln, bevor der Abend ein kompletter Reinfall wurde. »Nun mal raus mit der Sprache. Ich sehe Ihnen an, dass Sie unbedingt über den Fall sprechen wollen. Sie haben die ganze Zeit so ein süffisantes Lächeln auf den Lippen, seit Sie vorhin vor meiner Tür standen.«

»Wirklich? Au Mann, ich bin wohl nicht mehr ganz so auf zack, wie ich dachte.« Er nippte an seiner Limonade und musterte ihr Gesicht mit seinen blauen Augen. »Bradford ist heute mit mir mitgefahren, um ein paar Verdächtige zu befragen. Für ein Greenhorn hat sie sich ganz gut geschlagen.«

»Das ist doch schön.« Jenna lächelte. »Also, zur Sache. Was haben Sie herausgefunden?«

»Nicht viel.« Kane zuckte mit den Schultern. »Im Grunde wollte ich mit Ihnen nur über die Befragung von Lizzy Harper sprechen.«

»Dann schießen Sie los.«

»Erstens hat ihre Mutter ausgesagt, dass Lizzy Freitagabend eine Zeitlang weg war, angeblich um etwas zu essen zu holen. Wir müssen Davis vom Maklerbüro fragen, wo die beiden diese Woche gearbeitet haben.«

»Okay, und was hat Lizzy Harper gesagt?«

»Nicht viel, vor allem, dass alle Männer Schweine sind. Aber sie hat durchblicken lassen, dass noch mehr Männer beteiligt waren.« Kane lächelte zufrieden. »Ich habe sie nicht noch weiter ausquetschen wollen, aber sie hat uns einen Grund geliefert, einen Gerichtsbeschluss zu erwirken, um die DNS ihres Sohnes mit der unserer Opfer abgleichen zu lassen. So können wir feststellen, ob einer von ihnen sein biologischer Vater ist.«

Jenna lehnte sich vor. »Wirklich?«

»Ja, und ihre Mutter hat Stewart Macgregor als Bekannten ihres Mannes identifiziert, also war zumindest er wohl beteiligt.«

»Großartig, ich werde mich um den Papierkram für die Gerichtsbeschlüsse kümmern. Ich hoffe, das war alles. Mein Gehirn braucht jetzt endlich eine Pause.« Sie seufzte. »Das Dinner mit Ihnen heute Abend ist ein echter Luxus, ich komme in letzter Zeit kaum noch zum Essen.«

»Es ist immer gut, sich ein Stündchen Zeit zum Nachdenken zu nehmen. Wir sind keine Maschinen.« Kane stieß einen Seufzer aus. »Diese Fälle sind entsetzlich und Sie haben das jetzt aus allen möglichen Blickwinkeln betrachtet. Die Verdächtigen, die die Mädchen entführt haben, sind tot, und wir haben kaum Anhaltspunkte, um ihre Mörder zu finden. Wenn das DNS-Profil von einem der Opfer, mit dem, von Lizzys Sohn übereinstimmt, haben wir immerhin ein Motiv.«

»Okay, dann delegiere ich jetzt die nächsten Aufgaben. Rowley soll am Montag mit Webber weiter nach Leuten mit Verbindungen zu unseren Mordopfern suchen. Wenn wir den Gerichtsbeschluss bekommen, werde ich Wolfe bitten, die DNS des Jungen auch mit unserer DNS-Datenbank abzugleichen. Bevor ich hier hinkam, gab es einen Vergewaltigungsfall, bei dem viele Männer aus der Gegend freiwillig ihre DNS abgegeben haben. Vielleicht finden wir eine Übereinstimmung.«

»Wollen wir's hoffen.« Kane schnitt eine Grimasse. »Ich bin überzeugt, dass diese Clique von Kinderschändern größer ist als wir glauben. Wir müssen diese Arschlöcher schnappen.«

Dieser Gedanke beunruhigte Jenna. Sie stellte ihr Glas ab. »Ich habe in meinem Leben schon viele furchtbare Dinge gesehen, aber das hier übertrifft alles.« Sie hob ihr Kinn. »Es geht mir Tag und Nacht im Kopf herum. Ich kann kaum schlafen. Das macht es umso schwieriger, der Empfehlung des Psychiaters zu folgen und immer mal eine Weile abzuschalten, um zu verhindern, dass die Flashbacks wieder einsetzen. Diese neuen Informationen sind wirklich beunruhigend. Haben Sie ein paar

Hollywood-Schnulzen auf DVD, bei denen man wegdämmern kann?«

»Klar, ich finde schon etwas, das Sie wieder aufmuntert.« Er machte dem Kellner ein Zeichen, dass er bezahlen wollte. »Wenn Sie sich mal eine Stunde mit etwas ganz anderem beschäftigen möchten: Ich gehe morgen früh ein paar Pferde anschauen. Ich habe denen gesagt, dass ich gegen zehn vorbeikomme, falls uns nicht wieder ein verdammter Mord in die Quere kommt.«

Sie mochte an David Kane besonders seine sanfte Seite. Wenn sie allein waren, schaltete er die toughe Seite seiner Persönlichkeit ab, entspannte sich und so konnte sie mit ihm auch mal lachen. Es war schön, den Job mal für ein paar Minuten zu vergessen und einfach nur sie selbst zu sein. Sie lächelte. »Wir sollten auch an dem Fall dranbleiben, aber solange Wolfe und Rowley nichts Neues herausfinden, können wir uns eine Stunde Zeit nehmen, denke ich mal. Ich brauche Zeit, um meinen Kopf freizukriegen.«

»Es ist immer besonders schwierig, wenn es um Kinder geht. Glauben Sie mir, Wolfe wird die ganze Nacht lang die Notebooks durchforsten und Sie haben sich wirklich eine Auszeit verdient.« Er reichte dem Kellner seine Kreditkarte und unterschrieb die Rechnung, dann sah er sie an. »Das wird lustig morgen früh, aber ich schätze, am Montag werden wir einen gehörigen Muskelkater haben. Ich bin seit Jahren nicht mehr geritten.«

Sie lachte. »Ich auch nicht. Vielleicht sollten Sie ›Whirlpool kaufen‹ auf Ihre To-Do-Liste setzen.«

»Keine schlechte Idee.« Der Kellner brachte die Kreditkarte zurück. Kane steckte sie ein und stand auf. »Werde ich mir überlegen.«

Jenna starrte ihn an. *Wie viel Geld hat dieser Mann eigentlich?*

Sie traten hinaus in die laue Nacht und gingen hinüber

zum Parkplatz. Eine leichte Brise wehte den Duft der Rosen hinüber, die in Kübeln zu beiden Seiten des Hoteleingangs wuchsen. Als seine warmen Finger ihren Ellbogen streiften, war sie von der kurzen Berührung überrascht. Er hatte sie seit dem Abend vor ein paar Monaten, als sie miteinander gekuschelt hatten, nicht mehr in dieser Art berührt. Da sie davon ausging, dass sie niemand sah, als sie durch die Reihen geparkter Autos schlenderten, lehnte sie sich an ihn und genoss das Gefühl des harten, muskulösen Arms, der gegen ihre nackte Haut drückte. Die Freundschaft, die sie sich aufgebaut hatten, tat ihr gut. Er ergänzte sie in so vielen Dingen, respektierte sie bei der Arbeit und wusste um die dunklen Gedanken, die sie heimsuchten.

Als sie das Auto erreichten, klingelte Kanes Handy. Er warf ihr einen entnervten Blick zu und griff in die Tasche.

»David Kane.« Plötzlich sah er alarmiert aus. Er hob einen Finger, dann stellte er den Lautsprecher an. »Wer ist denn da?«

Eine verzerrte Stimme erklang und ließ Jenna erschaudern.

»*Warum schützen Sie Pädophile? Reden Sie sich bloß nicht raus. Ich weiß genau, dass es Sie anmacht, von den Opfern all die schmutzigen Details zu erfahren.*«

Kane warf Jenna einen besorgten Blick zu. »Ich kann Ihnen versichern —«

»*Klar können Sie das. Männer wie Sie ›lieben‹ Kinder, nicht wahr? Meistens lieben sie sie zu Tode. Ich befreie die Welt von diesem Abschaum, und Sie beschützen ihn. Hören Sie auf, mir in die Quere zu kommen, sonst sind Sie der Nächste.*«

Aufgelegt.

»O mein Gott.« Jenna starrte ungläubig auf sein Handy. »Wie zum Teufel ist die Mörderin denn an Ihre Nummer gekommen?«

»Ich verteile doch ständig meine Karte, und Maggie hat einen ganzen Stapel an der Rezeption, von Ihrer Karte auch.« Er fuhr sich mit den Fingern durch sein dichtes Haar und schnitt eine Grimasse. »Alle Verdächtigen, die ich heute befragt habe, haben ebenfalls meine Karte. Aber mit dem elektronischen Stimmverzerrer könnte ich nicht mal sagen, ob es ein Mann oder eine Frau war. Verdammt, warum habe denn die App nicht aktiviert, die die Anrufe aufzeichnet? Jetzt haben wir gar nichts.«

Verunsichert durch den Anruf, drückte Jenna seinen Arm. »Selbst wenn wir eine Aufzeichnung hätten, hätte uns die auch nicht viel gebracht.«

»Da bin ich mir nicht so sicher. Wolfe hat Programme, mit denen er den Stimmabdruck analysieren kann.« Kane ließ seinen Blick durch die Gegend schweifen. »Wir sollten uns lieber aus dem Staub machen, nur für den Fall, dass uns jemand beobachtet, der uns ans Leder will.«

Jenna stieg in den Wagen. »Ich bezweifle, dass der Anrufer es bei dem einen Anruf belassen wird. Vielleicht sollten wir uns alle diese App herunterladen, falls das wieder vorkommt.«

»Gute Idee.« Kane blickte sich um. »Wir müssen von hier verschwinden.«

Jenna schnallte sich an. »Was halten Sie davon? Der Anruf, diese Drohung? Wer tut so etwas?«

»Der Anrufer weiß, dass ich die Opfer befrage.« Ein Nerv in seiner Wange zuckte. »Entweder verfolgt er oder sie mich oder kennt eines der Opfer, vielleicht sogar mehrere.« Er startete den Wagen und fuhr vom Parkplatz hinunter. »Mir ist etwas aufgefallen. Der Anrufer hat etwas gesagt, das mir Pattie McCarthy, die Lehrerin, heute mit ganz ähnlichen Worten an den Kopf geworfen hat. Sie wurde wütend, als Bradford sie befragte, und sagte, ich würde nie mit Frauen ausgehen, weil ich kleine Mädchen bevorzugen würde.« Er räusperte sich. »Sie war clever genug, mitzukriegen, dass ich mit Bradford über den Ohrstöpsel kommunizierte und ihr Gespräch belauschte.«

Jenna kaute auf ihrer Unterlippe und versuchte zu verarbeiten, was er gesagt hatte. Sie wandte sich ihm zu und sah ihn an.

»Wir haben noch gar nicht bedacht, dass sich die Opfer vielleicht kennen. Kann doch sein, dass sie in derselben Selbsthilfegruppe sind. Mir ist hier zwar keine bekannt, aber ich hatte in Black Rock Falls auch noch nie mit Fällen von Kindesmissbrauch zu tun. Dem sollten wir nachgehen.«

»Stimmt, die meisten, die wir bisher entdeckt haben, ereigneten sich in Blackwater.« Er bog in Jennas Einfahrt ein. »Ich habe heute meine Befragungen größtenteils abgeschlossen. Und wenn ich es recht bedenke, habe ich nur mit zwei Missbrauchsopfern gesprochen: Pattie McCarthy und Lizzy Harper.« Er fuhr in die Garage und wandte sich ihr zu. »Ich habe die Brüder Booval gebeten, ihrer Schwester Bescheid zu sagen, dass wir uns mit ihr unterhalten möchten. Sie meinten, sie sei heute in der Stadt.« Er blinzelte und kratzte sich an der Wange. »Pattie McCarthy sagte, sie habe einen Termin in der Stadt, und Lizzy Harper kam gerade aus der Stadt, als wir bei dem Haus eintrafen, wo sie heute putzten.«

Jennas Nackenhaare stellten sich auf. »Das heißt, das bringt die drei Verdächtigen zur selben Zeit am selben Ort zusammen. Sie könnten sich irgendwo getroffen haben. Das ist ein zu großer Zufall, als dass wir ihn ignorieren können.« Sie starrte ihn an. »Vielleicht arbeiten sie zusammen, um uns zu irritieren.«

»Sie meinen, nach dem Motto: Gemeinsam ist man stark?« Kane hob die dunklen Augenbrauen. »Wenn dem so ist, wird es verdammt schwer werden, die Mörderin zu fassen.«

»Andererseits kann ich mir nicht vorstellen, dass drei Frauen gemeinsam morden. Männer vielleicht, aber so eine Rudelmentalität haben die meisten Frauen nicht.«

»Oh doch, die haben sie.« Kanes Blick verhärtete sich. »Es hängt nur davon ab, wie viel Einfluss der Anführer hat. Denken Sie nur an die Mädchen von Charles Manson.«

»Guter Punkt.« Jenna nickte. »Wie hat sich denn Lizzy Harper während der Befragung Ihnen gegenüber verhalten?«

»Feindselig.« Er sah sie an. Seine Augen verengten sich. »Ich würde sogar sagen, als hätte sie jemand vorgewarnt.« Er holte sein Notizbuch hervor und schaltete die Innenbeleuchtung ein. »Sie meinte, ich würde ihr Fragen stellen, weil mich das anmacht. Das passt also auch wieder.«

Jenna starrte ihn ungläubig an. »Was genau hat sie gesagt?«

»Dass Männer wie ich eh alle gleich wären, sowas in der Art. Und dass ich nur die ganzen schmutzigen Details hören will. Eine ganz ähnliche Formulierung wie bei Pattie McCarthy.« Er warf ihr einen niedergeschlagenen Blick zu, steckte sein Notizbuch ein und machte das Licht aus. »Kommen Sie mit rein oder soll ich Ihnen einen Film für zuhause raussuchen? Ich könnte etwas Gesellschaft vertragen und ich will noch nachsehen, welche Selbsthilfegruppen es hier im Umkreis gibt.«

»Ich komme gerne noch für eine Weile mit hinein.« Sie drückte seinen Arm. »Es liegt nicht an Ihnen, Dave. Nach allem, was diese Frauen durchgemacht haben, ist völlig einleuchtend, dass es ihnen schwerfällt, Männern zu vertrauen. Ich schätze, Ihre Fragen haben ein paar alte Wunden aufgerissen.«

»Ich weiß, aber wenn wir die schwierigen Fragen nicht stellen, werden wir die Schweine, die ihnen das angetan haben, nie erwischen.« Er seufzte und fuhr sich mit beiden Händen über das Gesicht. »Die scheinen wohl nicht zu verstehen, dass wir die Verantwortlichen vor Gericht bringen wollen, anstatt sie auch noch zu schützen!« Er schüttelte langsam den Kopf. »Und ich kann mir auch nicht erklären, warum die glauben, dass es mich erregt, kleinen Mädchen etwas anzutun. Ich habe schon viele schreckliche Verbrechen gesehen, aber bei Kindesmissbrauch wird mir richtig übel.«

Jenna sah ihm in die Augen und seufzte. »Mir auch, aber heute Abend gibt es eh nichts mehr, was wir tun könnten. Suchen Sie nach Selbsthilfegruppen. Ich gehe nach Hause und ziehe mich um, dann können wir uns noch einen Film anschauen.«

»Sehr gerne, bis später.« Kane grinste sie an und ging zur Haustür.

Jenna lief hinüber zu ihrem Haus und zog sich um. Als sie ein Weilchen später Kanes Hütte betrat, das alte Verwalterhaus auf ihrer Ranch, fand sie ihn, wie er auf sein Handy starrte. »Schon was gefunden?«

»Ich bin noch am Suchen.« Kane hob den Blick und lächelte sie an. »Kochen Sie uns einen Kaffee?«

Jenna ging in die Küche und befüllte die Kaffeemaschine. »Von so einer Selbsthilfegruppe habe ich hier noch nie gehört. Wir haben hier eine Gruppe für stillende Mütter in der Stadt und ein paar andere, aber nichts für Leute, die als Kind missbraucht wurden.«

»Ich kann auch nichts finden.« Kane betrat, über das Display seines Handys gebeugt, den Raum. »Ich werde am Montag eine Sozialarbeiterin anrufen. Vielleicht kann die uns weiterhelfen. Kann sein, dass solche Gruppen zum Schutz der Privatsphäre nicht aufgeführt sind.«

»Falls es wirklich eine Verbindung zwischen Lizzy Harper und Pattie McCarthy gibt, kann ich mir durchaus vorstellen, dass sie sich in einer Selbsthilfegruppe kennengelernt haben.« Jenna lehnte am Tresen. Die Kaffeemaschine verströmte den warmen Duft gemahlener Bohnen. »Ich wette, sie kennen unsere Mordopfer und wurden früher von ihnen missbraucht. Eine dieser Frauen könnte unsere Mörderin sein.«

Kane schaute von seinem Handy hoch. Sein dunkler Blick traf den ihren.

»Oder beide.«

23

Nach der Hälfte des Films blinkte plötzlich der in die Wand eingelassene Stille Alarm. Jemand hielt sich unbefugt auf dem Grundstück auf. Mit einem Ruck richtete sich Kane auf, griff nach seiner Glock und schaltete den Fernseher aus. Er wandte sich Jenna zu. »Da draußen ist jemand. Ich gehe nachsehen.«

»Ich komme mit«, flüsterte Jenna. »Aber in unseren hellen Hemden sieht man uns sofort. Können Sie uns mal schnell zwei schwarze T-Shirts holen?«

»Geht klar.« Kane tastete auf dem Boden nach ihren Schuhen und reichte sie ihr, dann schlüpfte er in seine Stiefel.

Duke rappelte sich auf und neigte den Kopf, als lauschte er. Kane tätschelte dem Hund den Kopf. »Platz.«

Während Jenna lautlos durch das Haus ging und die Lichter löschte, ging Kane ins Schlafzimmer und holte ein paar schwarze T-Shirts aus der Kommode. Als er zurückkam, warf er ihr eines zu. »Ziehen Sie das an. Ich checke die Kameras.«

Er schlich durch den Flur, schlüpfte in sein Büro, schloss die Jalousien und schaltete die Flachbildschirme ein. Einen Augenblick später war Jenna an seiner Seite. Er stützte die Ellbogen auf der Tischplatte auf und sah auf die Bildschirme.

»Warum hat Ihr Hausalarm denn die Flutlichtanlage nicht ausgelöst?« Er warf ihr einen Blick zu. »Die Sensoren, die ich installiert habe, zeigen an, dass sich jemand nah beim Haus befindet. Und zwar verdammt nah.«

»Ich verstehe das nicht.« Sie blickte ihn an und fuhr sich mit der Hand durch das zerzauste Haar. »Bevor ich das Haus verlassen habe, habe ich den Alarm ganz normal eingeschaltet.«

Fasziniert starrte Kane auf beide Monitore, um zu sehen, ob sich draußen etwas bewegte. »Aber wo sind die?«

»Ich kann überhaupt nichts sehen. Vielleicht ist es nur ein Hase oder sowas.«

Er schüttelte den Kopf. »Nee, nee. Die Sensoren sind auf Brusthöhe eingestellt. Und wenn es ein Bär wäre, würden wir ihn sehen, die schleichen ja nicht gerade vorsichtig umher.«

»Glauben Sie, jemand, der weiß, wer hier wohnt, wäre dumm genug, einfach so unerlaubt auf das Grundstück einzudringen?« Jenna sah ihn finster an. »Ich meine, mal im Ernst?«

Er richtete sich auf. »Bei dem Aufgebot an Psychopathen, das sich in letzter Zeit in unser Städtchen verirrt hat, ist alles möglich. Ich werfe mal einen Blick aus dem Fenster.«

»Ich bin direkt hinter Ihnen.«

Er spürte einen Adrenalinstoß, als er die Flachbildschirme ausschaltete und es im Zimmer dunkel wurde. Dann schlich er sich in den Flur hinaus, ging von Fenster zu Fenster und überprüfte die unmittelbare Umgebung. Es war Neumond und draußen war es stockfinster. »Ich kann nichts sehen und mein Nachtsichtgerät liegt im SUV. Vielleicht sollten wir abwarten und schauen, was passiert.«

»Auf keinen Fall.« Jenna hob das Kinn. »Wenn bei mir jemand einbricht, dann verhafte ich ihn sofort.«

Kane drehte sich aus Sorge um ihre Sicherheit um und blickte voller Sorge in ihr schattenhaftes Gesicht. »Wir wissen nicht, welche Bedrohung uns auflauert. Wenn man an den

Anruf von vorhin denkt, kann es gut sein, dass wir jemandem direkt in die Falle tappen.«

»Oder derjenige tappt in unsere.« Sie warf den Kopf zurück und sah ihn an. »Vielleicht ist es einfach nur ein Einbrecher oder ein Perversling. Wer zur Hölle weiß das schon. Aber verdammt nochmal, Dave, gemeinsam stellen wir immer noch die größere Bedrohung dar.«

Mit einem Mal begann draußen die Alarmanlage eines Autos zu hupen.

Kane hörte, wie Jenna scharf die Luft einsog. Er berührte ihren Arm. Unter seiner Handfläche spannten sich ihre Muskeln an. Er drehte sich um und sah sie an. »Okay. Wie wollen Sie vorgehen?«

»Was für Gestalten sich auch immer da draußen herumtreiben, sie müssen schon ziemlich dämlich sein, meinen Autoalarm auszulösen. Es sei denn, sie wollen herausfinden, wo wir sind. Da mein Auto vorm Haus geparkt ist, werden sie kaum ahnen, dass ich mit Ihnen hier in der Hütte bin.« Jenna schnappte sich ihre Schlüssel vom Tisch, ging zum Fenster und richtete den Schlüsselanhänger durch die Scheibe auf ihr Fahrzeug. Der Alarm verstummte. »Jetzt wissen sie zumindest, dass wir wissen, dass sie da sind. Ich würde sagen, wir greifen sie direkt an. Sie werden es mit uns kaum aufnehmen können, und ich will endlich wissen, wer da nachts um mein Haus herumschleicht.«

Dieser Logik konnte er nicht widersprechen. »Verstanden.«

Im Augenwinkel sah er einen dunklen Umriss an der weißen Wand von Jennas Ranchhaus. Die Gestalt zögerte, dann bewegte sie sich in ihre Richtung. »Da ist jemand bei Ihrem Wohnzimmerfenster und kommt jetzt auf uns zu. Wenn wir durch die Hintertür hinausgehen, können wir uns von hinten an ihn anschleichen.«

»Sie gehen voraus. Ich halte Ihnen den Rücken frei.«

Er ging zügig zur Hintertür, die Glock erhoben, Jenna

direkt hinter ihm. Er tippte den Code ein, um den Alarm zu deaktivieren, öffnete die Tür, drehte sich zu ihr um und flüsterte: »Zählen Sie bis drei, dann folgen Sie mir. Halten Sie sich mit dem Rücken zur Wand.«

Eine kalte Gewissheit überkam ihn. Mit der Waffe in der Hand schlich er kampfbereit aus der Tür. Hinter ihm ging Jenna, ohne ein Geräusch von sich zu geben. Sie schlichen die Treppe hinunter. Lautlos huschten sie an der Seite der Hütte entlang und kauerten hinter der Ecke. Er schnupperte. Wenn es ein Bär gewesen wäre, hätte er ihn jetzt gerochen. Er spähte um die Ecke, sah aber keine Spur des Eindringlings. Dann gab er Jenna ein Zeichen, dass sie weitergehen sollten. Nachdem er die unmittelbare Umgebung in Augenschein genommen hatte, näherten sie sich der Vorderseite der Hütte. Die Rückwand der Garage verdeckte die Sicht auf seine Haustür. Er ging geduckt an der Wand entlang und lauschte. Ein Geräusch wie ein Platschen klang aus der Nähe, sogar verdammt nah, gefolgt von einem Poltern, als würde etwas auf dem Erdboden aufschlagen. Er drehte sich um und bedeutete Jenna, denselben Weg zurückzugehen, den sie gekommen waren. Ein furchtbarer Gestank brannte ihm mit einem Mal in der Nase und hinter sich hörte er Jenna würgen. Im Inneren der Hütte jaulte Duke auf. Kane kannte diesen Gestank nur zu gut. Er zog sich den Kragen seines T-Shirts über die Nase.

Der überwältigende Gestank, der sie umgab, war der Geruch des Todes.

Das leise Knirschen schneller Schritte durchbrach die Stille, als eine dunkle Gestalt die Einfahrt hinauflief. Kane sprang um die Ecke der Garage und schaute sich in der Dunkelheit um, aber der Eindringling war schon außer Sichtweite.

Im nächsten Moment war Jenna an seiner Seite. »Verdammt, sie entkommen.« Sie hob ihre Waffe und schoss zwei Mal in die Luft, dann rief sie: »Stehen bleiben oder Sie haben die nächste Kugel im Rücken!«

Ein Motor heulte auf und hinter einem Schuppen auf der anderen Straßenseite tauchte der dunkle Umriss eines Autos auf, fuhr mit quietschenden Reifen auf die Fahrbahn und raste davon, ohne die Scheinwerfer einzuschalten.

Kane ließ die Waffe sinken und drehte sich zu Jenna um. »Wer zum Teufel war das? Und was stinkt hier so?«

»Wer auch immer es war, die sind über alle Berge. Es hat keinen Sinn, sie zu verfolgen.« Jenna hielt sich die Nase zu. »Wenn wir eine Taschenlampe hätten, könnten wir wenigstens herausfinden, woher dieser Gestank kommt.« Sie zerrte an seinem Arm. »Ich halte es für keine gute Idee, einfach so zur Haustür zu gehen.«

Kane starrte in die Dunkelheit. Nichts rührte sich. »Ich habe meine Autoschlüssel in der Tasche. Ich hole die Taschenlampe aus dem Auto.«

»Lieber nicht.« Ihre schmale Hand schloss sich so fest um seinen Arm, dass sich die Nägel ins Fleisch gruben. »Dann müssen Sie in die Garage gehen, und wir wissen nicht, ob da nicht noch jemand auf der Lauer liegt.« Ihre Stimme wurde leiser. »Vielleicht ist es ein Hinterhalt. Oder eine Bombe.« Sie blickte zu ihm auf, ihr blasses Gesicht war in der Dunkelheit kaum zu erkennen. »Ich würde auch nicht riskieren, mein Haus zu betreten. Wir haben keine andere Wahl, als zurückzugehen, wie wir gekommen sind und Verstärkung zu rufen.«

Er rieb sich den Nacken. Da hatte sie nicht ganz unrecht. Er folgte ihr zur Hintertür der Hütte. »Falls das eine gut organisierte Falle ist, könnten die jetzt auch in meinem Haus sein. Ich bin mir nicht ganz sicher, was Duke tun würde, wenn Fremde ins Haus eindringen. Wahrscheinlich würde er sie schwanzwedelnd willkommen heißen. Wir sollten nachsehen.«

»Okay.« Jenna schlüpfte wieder in den Schatten.

Er folgte ihr und hielt sich dicht an der Wand. Als sie die Hintertür erreichten, berührte er ihren Rücken und gab ihr ein Zeichen, still zu sein. Er lauschte aufmerksam und flüsterte dann dicht an ihrem Ohr: »Ich höre niemanden herumlaufen. Meine Dielen würden knarren.« Er schlich auf die offene Tür zu. »Geben Sie mir Deckung.«

Er schlüpfte in die Küche erkundete dann mit Duke im Schlepptau das gesamte Haus, bevor er Jenna zurief: »Die Luft ist rein.« Er schloss die Tür hinter ihr. »Das wird von Sekunde zu Sekunde seltsamer.« Er zog überall die Vorhänge zu und schaltete das Licht ein. Im Flur blieb er wie angewurzelt stehen. Unter der Haustür sah er eine rote, stinkende Blutlache. »Ach, du Scheiße!«

24

Jenna hielt sich den Arm über die Nase und starrte auf die Pfütze aus Blut, die immer größer wurde. »Rufen Sie Verstärkung.« Sie sah Kane an. »Ich hoffe, da liegt kein Toter vor Ihrer Tür.«

»Ich mache mir eher Sorgen, ob da nicht noch eine Bombe ist.« Er kratzte sich an den dunklen Bartstoppeln am Kinn. »Das Blut könnte ein Trick sein, damit wir draußen nachsehen, ob jemand verletzt ist. Man würde von uns erwarten, dass wir unserer Sorgfaltspflicht nachkommen.« Er blickte sich um. »Hier sind wir nicht sicher.«

»Wenn die Bombe nicht gerade einen Zeitzünder hat, explodiert sie nur, wenn wir sie auslösen, aber ich würde auch kein Risiko eingehen. Wir warten in der Scheune, nur für den Fall. Nehmen Sie Duke mit.« Jenna bewegte sich von der Tür weg und folgte Kane in die Küche. »Rufen Sie Wolfe und Rowley an, damit sie herkommen. Erzählen Sie ihnen, was passiert ist. Sagen Sie ihnen, sie sollen vorsichtig sein und mich anrufen, bevor sie das Grundstück betreten.« Sie ging zur Hintertür.

Während sie zur Scheune eilten, klärte Kane die Deputys

über die aktuelle Situation auf. Sie ging zu einem Seiteneingang und gab auf einem Tastenfeld einen Code ein, um die Tür zu entriegeln und schaltete das Licht ein. Als Kane den Anruf beendet hatte, ging sie voraus durch die Stahltür und eine Treppe hinunter in einen komplett eingerichteten Panikraum mit Wohn- und Schlafbereich und Küche. »Ich hatte gehofft, dass ich mich hier niemals würde einschließen müssen, aber hier ist alles, was wir brauchen, um uns zu verstecken, bis die Kavallerie eintrifft.«

Kane pfiff anerkennend. »Nicht schlecht. Ich dachte immer, hier wäre nur ein Lagerraum.« Er ging umher und sah sich die Einrichtung an. »Das hier unten ist ja fast so groß wie meine ganze Hütte. Wieso haben Sie mir noch nie davon erzählt?«

Sie zuckte mit den Schultern. »Es ist ein Panikraum, Kane. Damit ich *mich* schützen kann.«

»Okay, ich verstehe.« Er ließ sich auf einen Stuhl am kleinen Küchentisch fallen.

Jenna holte die Kaffeemaschine und das Besteck aus dem Schrank. Es sah so aus, als würde es eine lange Nacht werden. Sie warf ihm über die Schulter einen Blick zu. »Ich kann immer noch nicht nachvollziehen, warum meine Alarmanlage nicht sofort losgegangen ist, als jemand durch das Tor kam. Wissen Sie noch? Als wir ankamen, funktionierte sie einwandfrei.«

»Ja, aber Sie haben sie doch deaktiviert, als Sie reingegangen sind, um sich umzuziehen, oder?« Er zuckte mit den Schultern. »Vielleicht haben Sie vergessen, sie danach wieder einzuschalten?«

Sie dachte kurz nach, dann schüttelte sie den Kopf. Nach einem beinahe tödlich verlaufenen Unfall hatte sie es ein Mal vergessen und seitdem überprüft sie das immer doppelt. »Nein, ich weiß genau, dass ich mit der Weinflasche jonglieren musste, um den Code einzugeben.«

»Warum ist dann nicht das Licht angegangen, als der Eindringling das Grundstück betrat?«

Es lief ihr kalt über den Rücken. »Vielleicht waren sie schon da, bevor wir ankamen. Die Lichter sind ja nur eine bestimmte Zeit an und hätten wieder ausgehen können, bevor wir ankamen. Sie sind nicht ins Haus gekommen, weil ich den Alarm deaktiviert habe, als ich ins Haus ging.« Sie hob den Blick und sah ihn an. »Wer auch immer hier war, er parkte hinter dem alten Schuppen auf der anderen Straßenseite, so viel ist sicher.«

»Er könnte sich in Ihr Haus geschlichen haben, während Sie sich umzogen, und den Alarm deaktiviert haben, nachdem Sie wieder gegangen waren.« Kane runzelte die Stirn.

»Wie denn? Die Tür ist doch hinter mir ins Schloss gefallen.«

»Da gibt es hundert Möglichkeiten. Sie gehen hinein und lassen die Tür hinter sich zufallen, und jemand schleicht sich von hinten an und hält die Tür auf, bevor sie sich ganz schließt.«

Die Angst ließ ihr Herz klopfen. »Sie meinen, der war im Haus und hat mich beobachtet, wie ich den Code eingegeben habe?« Sie begegnete seinem Blick und erschauderte. »Ich will gar nicht wissen, was auf mich wartet, wenn ich nach Hause komme.«

»Ihnen wird sicher nichts passieren, die sind ja hinter mir her. Ihnen hat doch niemand gedroht.« Kane trat neben sie und lehnte sich mit seinem massigen Körper an den Küchentisch. »Die brauchten eine Weile, um ihren Plan auszuführen. Und nachdem Ihre Alarmanlage und das Flutlicht deaktiviert waren, hatten sie offenbar genug Zeit, um alles vorzubereiten.« Sein Blick glitt über sie hinweg. »Nur gut, dass die nichts von meinem Stillen Alarm wussten.«

Eine Welle der Panik überrollte sie. Sie fuhr sich mit beiden Händen durchs Haar. »Aber woher zum Teufel wussten die denn von *meiner* Alarmanlage?« Sie kaute auf ihrer Unterlippe. »Ich habe sie selbst installiert. Man bekommt natürlich mit, dass an der Einfahrt Bewegungsmelder sind, aber wer auch immer heute Abend hier war, muss gewusst haben, dass sie an eine Alarmanlage angeschlossen sind.«

»Ich habe keine Ahnung.« Kane hob eine Augenbraue und wandte sich ab. »Das wird eine lange Nacht werden.«

Sie reichte ihm eine Tasse Kaffee. »Wer weiß? Vielleicht fliegt hier schon in ein paar Sekunden alles in die Luft.«

25

Jennas Handy klingelte. Es war Rowley. Sie teilte ihm mit, wie er sich dem Haus nähern sollte. »Richten Sie Ihre Scheinwerfer auf die Vordertür der Hütte, aber bleiben Sie ein ganzes Stück zurück.«

»*Ja, Ma'am.*«

»Sehen Sie etwas?« Jenna stellte ihr Handy auf Lautsprecher und blickte zu Kane, der immer noch auf und ab ging.

»*Wolfe hier, Ma'am. Ich schaue durch ein Fernglas und sehe einen Fleck mit roter Flüssigkeit und einen umgekippten schwarzen Plastikeimer. In der Pfütze scheinen Papierschnipsel zu schwimmen und an der Eingangstür liegt ein Zettel. In der unmittelbaren Umgebung keinerlei weitere fremde Objekte. Ansonsten sehe auf der Veranda nichts weiter, auch keine Drähte oder so. Aber unter der Flüssigkeit könnte sich alles Mögliche befinden.*«

»Halten Sie Abstand und feuern ein paar Schüsse auf den Erdboden vor der Treppe ab.« Kane trat an ihre Seite. Hinter sich hatte er Duke an der Leine. »Vielleicht hat jemand eine Druckplatte angebracht und das Blut soll sie verdecken.« Jenna hörte, wie sich die Tür des SUVs öffnete und Wolfe sein Gewehr durchlud.

Er schoss drei Mal. Dann Stille.

»*Entwarnung, Ma'am*«, kam Rowleys Stimme durch den Lautsprecher.

Sie stieß einen erleichterten Seufzer aus. »Bleiben Sie auf Ihrer Position. Wir sind in der Scheune und kommen jetzt raus.«

Sie reichte Kane eine ihrer Halogen-Taschenlampen und verließ mit ihm im Schlepptau wieder den Panikraum. Sie gingen um die Hütte herum und sprinteten dann zu Wolfe und Rowley.

Jenna warf einen Blick auf Kanes Eingangstür und sah ihre Deputys an. »Vorschläge?«

»Ich kenne mich mit Sprengstoff und Stolperdrähten aus«, gab Kane zurück. »Ich werde mich mal ein wenig umsehen. Aber ich schlage vor, dass wir zuerst Ihr Haus absuchen und sicherstellen, dass dort keine Gefahren lauern, Ma'am.« Er blickte sie ernst an. »Sie gehen ja im Moment davon aus, dass dort jemand eingedrungen ist.«

Jenna wusste es zu schätzen, dass sich Kane im Beisein der Kollegen sofort vom guten Freund zum höflich-distanzierten Deputy verwandelte. Sie nickte. »Gute Idee, aber ich bezweifle ohnehin, dass jemand Zeit hatte, bei mir eine Bombe zu platzieren.«

»Einen Sprengsatz in Ihrem Haus zu deponieren, würde nur ein paar Sekunden dauern, Ma'am.« Wolfe ging zum Kofferraum des SUVs. »Ich hole meine Geräte.«

Der Geruch von fauligem Blut wehte ihr entgegen. Sie sah Kane an. »Was auch immer hier passiert, Sie können heute Nacht unmöglich in der Hütte bleiben. Sie können auf meinem Sofa übernachten. Es sei denn, Sie möchten sich lieber ein Zimmer in der Stadt nehmen?«

»Ich lasse Sie hier draußen nicht allein. Ohnehin bezweifle

ich, dass im Motel Hunde erlaubt sind.« Kanes Gesichtsausdruck war in der Dunkelheit nicht zu deuten. »Wenn sich hier ein Verrückter herumtreibt, bin ich lieber in Ihrer Nähe.« Er rieb sich die Nase und schnitt eine Grimasse. »Kennen Sie einen guten Reinigungsdienst, der sonntags arbeitet?«

Jenna gluckste. »Sie meinen, abgesehen von *Clean as a Wink*?« Sie nahm die Handschuhe, die Wolfe ihr anbot und schlüpfte hinein. »Ja, ich kenne eine Putzkolonne. Ich rufe da gleich morgen früh an.«

»Nicht nötig, Ma'am.« Wolfe schenkte ihr ein beruhigendes Lächeln. »Ich erledige das, sobald wir das Grundstück abgesucht haben. Ich brauche nur etwas Putzmittel und einen Gartenschlauch. Wir wollen ja nicht gerade an die große Glocke hängen, dass Kane gestalkt wird.«

»Ich werde nicht gestalkt.« Kane warf ihm einen vorwurfsvollen Blick zu. »Höchstens will uns jemand mit drastischen Mitteln mitteilen, dass wir endlich die Kinderschänder schnappen sollen.«

»Ach ja?« Wolfe schnaubte. »Und warum suchen wir dann nach Bomben? Würde derjenige wollen, dass *Sie* die Pädophilen aufhalten, würde er wohl kaum versuchen, Sie oder Sheriff Alton zu töten.« Er blickte Kane scharf an. »Das ist eine Warnung der Mörderin.«

Jenna räusperte sich. »Reißen Sie sich am Riemen, alle beide. Wir werden die Gegend absuchen, nur für den Fall, dass irgendwo Sprengstoff versteckt ist. In dieser Situation können wir nicht vorsichtig genug sein. Was auch immer die hier wollten, Fremde sind auf mein Grundstück eingedrungen.« Sie starrte sie an. »Seien Sie wachsam.«

Sie drehte sich um und sah, dass Rowley sie mit großen, erschrockenen Augen anstarrte. Ihr junger Deputy war sehr effizient, aber wenn sie die älteren Männer anblaffte, schien ihm immer das Gesicht zu entgleisen. »Na, was gibt's denn?«

»Wir brauchen noch mehr Warnwesten, Ma'am.« Rowley

holte zwei Stück aus dem Kofferraum des SUV. Er reichte ihr eine und gab die andere Kane.

»Ich habe noch zwei hinten in meinem Auto.« Sie warf Kane die Schlüssel zu. »Schauen Sie aber erst, ob unter dem Wagen eine Bombe angebracht ist, bevor Sie die Tür öffnen.«

Er warf ihr einen langen, eisigen Blick zu. Ihr war sofort klar, dass sie sich diese Bemerkung besser verkneifen hätte sollen. Wie hatte sie nur vergessen können, dass eine Autobombe Kanes Frau das Leben gekostet hatte? Sie spürte, wie ihr die Hitze in die Wangen stieg. »Zum Glück sind Sie Experte für Sprengkörper.«

»Das kann man wohl sagen.« Kanes Mund war schmal wie ein Strich. Er reichte ihr Dukes Leine. »Sie bleiben besser mit dem Hund hier. Er könnte einen Stolperdraht auslösen.«

Sie konnte regelrecht spüren, wie die schmerzhaften Erinnerungen auf ihn niederprasselten, als sie die Hundeleine entgegennahm. »Okay.«

»Ich werde Kane helfen, Ma'am.« Wolfe nahm ihr die Weste ab und zog sie achselzuckend über. »Gegen eine Explosion wird eine Weste allerdings nicht viel ausrichten.« Er schritt mit der Taschenlampe in der Hand auf ihren SUV zu.

Sie sah Rowley an. »Fragen Sie nicht.«

»Würde mir nie einfallen, Ma'am.« Rowleys dunkler Blick verengte sich. »Wer, glauben Sie, hat es auf Deputy Kane abgesehen?«

Jenna hielt ihre Aufmerksamkeit auf ihre Deputys gerichtet. Die beiden Männer gingen vorsichtig um ihr Auto herum, spähten darunter und leuchteten alles mit ihren Taschenlampen ab. »Am frühen Abend bekam er einen Anruf mit einer Warnung. Es scheint, als wolle die Mörderin ihn dazu bringen, den Fall ruhen zu lassen. Offenbar kennen die ihn nicht allzu gut.«

»Die Morde waren heute Abend überall in den Nachrichten, aber dabei wurde nichts über die Verbindung zu den

Mädchen, die Sie gefunden haben, erwähnt.« Rowley schob sich den Hut in den Nacken und kratzte sich am Kopf. »Warum sollte jemand ausgerechnet Kane bedrohen? Sein Ruf ist hervorragend, alle Einheimischen wissen das.«

Als Kane den Kofferraum ihres SUVs öffnete und die Westen herausholte, stieß sie unwillkürlich einen Seufzer der Erleichterung aus. Sie zuckte mit den Schultern und wandte sich wieder zu Rowley um. »Die meisten Killer denken nicht logisch. Wer auch immer die Pädophilen tötet – sie glaubt, dass sie der Allgemeinheit einen Dienst erweist, und meint, dass Kane ihr im Weg steht. Er hat heute mehrere Verdächtige befragt, vielleicht ist er dabei der Täterin schon begegnet.« Sie ging hinüber zu ihrem Haus, Duke wich ihr dabei nicht an der Seite. »Das Problem ist«, fuhr sie fort, »dass manche Leute wegschauen, weil sie der Ansicht sind, für Pädophile sei eine Gefängnisstrafe zu gut.«

»Ich kann schon verstehen, dass es da geteilte Meinungen gibt.« Rowley, der neben ihr ging, warf ihr einen unbehaglichen Blick zu. »Menschen, die als Kinder missbraucht wurden, und Eltern, die ihre Kinder an solche Widerlinge verloren haben, wären froh, wenn jemand die umbringt.« Er räusperte sich. »Wir wollen sie schnappen und vor Gericht bringen. Ich kann beide Seiten verstehen.«

Jenna blieb stehen. Sie musste sich eingestehen, dass sie das ebenfalls konnte. Aber ihr Job war es nun einmal, das geltende Recht durchzusetzen. »Wir halten uns an den Wortlaut des Gesetzes. Persönliche Ansichten haben da nichts zu suchen. Niemals.«

»Ja, Ma'am.«

Nachdem Kane und Wolfe ihr Haus für sicher erklärt hatten, stieg sie die Treppe hinauf. Kane war gerade dabei, die Alarmanlage zu überprüfen. »Haben Sie etwas Interessantes gefunden?«

»Wie man's nimmt.« Kanes Mundwinkel zuckten, als er

zwei Drähte hochhielt, die aus dem Hauptkasten gerissen worden waren. »Das Flutlicht, nehme ich an? Man muss kein Technikfreak sein, um zu sehen, welche Drähte wohin gehören. Der Aufkleber auf der Schalttafel verrät es einem ja sofort.« Er hob eine Augenbraue. Seine Lippen bebten, als er versuchte, ein Grinsen zu unterdrücken. »Geben Sie mir ein paar Sekunden, dann bringe ich sie wieder an.«

Sie löste die Leine vom Halsband des Hundes und trat neben Kane. »Was ist mit Fingerabdrücken?«

»Abgewischt.«

Wolfe kam den Gang hinunter und zeigte auf einen kleinen Kratzer auf dem .Boden vor der Besenkammer. »Ich würde sagen, die haben auf der anderen Straßenseite hinter der Scheune geparkt und sind dann hierhergelaufen, bevor Sie angekommen sind. Kane erwähnte, er sei in seine Garage gefahren. Es gibt eine siebenminütige Ausschaltverzögerung beim Licht, also hatte er genug Zeit, um zum Haus zurückzukehren. Ist das richtig?«

»Ja, ich lief zum Haus, ging hinein und deaktivierte die Alarmanlage. Dann zog ich mich um, schaltete den Alarm wieder ein und ging wieder hinüber. Da funktionierte das Licht noch einwandfrei.«

»Der Eimer mit Blut war hier irgendwo in der Nähe abgestellt.« Wolfe seufzte. »Dann sind die Ihnen ins Haus gefolgt und haben sich hier versteckt.« Er öffnete einen kleinen Schrank und leuchtete mit der Taschenlampe hinein. »Hier sind ein paar Krümel Erde, aber keine Fußabdrücke. Als Sie zu Kane rübergegangen waren, haben die dann das Flutlicht und die Alarmanlage außer Gefecht gesetzt.«

»Aber woher haben die gewusst, dass Sie den Abend drüben bei Kane verbringen würden?« Rowleys fragende Blicke wanderten zwischen Jenna und Kane hin und her.

»Wir waren zum Abendessen im Cattleman's Hotel«, sagte Kane. »Es war ziemlich voll. Jeder hätte sehen können, wie wir in meinem Wagen ankamen. Wir sprachen beim Essen darüber, dass wir uns noch einen Film ansehen wollten.« Er rieb sich das Kinn. »Kann gut sein, dass uns jemand belauscht hat. Dann hätten die genug Zeit gehabt, um vor uns hier zu sein und die Sache in die Wege zu leiten. Oder die hatten einfach Glück.«

Jenna kaute auf ihren Fingernägeln und dachte nach. »Wir verbringen viel Zeit miteinander. Wenn uns jemand beobachtet hat, würde er sicherlich annehmen, dass wir auch nach dem Essen noch etwas Zeit miteinander verbringen, wie wir das sonst gewöhnlich auch machen.«

»Moment mal.« Wolfe hob einen Finger und wandte sich zur Haustür. »Benutzen Sie oft einen Keil, um die Tür offen zu halten?«

Jenna folgte ihm. »Nein, nie.«

»Den habe ich gleich gesehen, als ich die Treppe hochkam.« Wolfe deutete auf einen kleinen Holzkeil, der auf der Veranda lag. »Kommen Sie mal heraus und schließen Sie die Tür.« Er ging voraus.

Jenna gehorchte und sah, wie er den Holzkeil auf dem Boden neben dem Türscharnier platzierte.

»Okay, gehen Sie mal hinein, so, wie Sie das normalerweise machen würden.« Wolfe reichte ihr den Schlüsselbund, den sie ihm gegeben hatte.

Sie schloss auf, ging hinein und ließ die Tür hinter sich zufallen. Wenige Augenblicke später schwang die Tür wieder auf, und Wolfe grinste sie an. »Der Keil hat verhindert, dass sich die Tür vollständig schließt, aber auf so subtile Weise, dass Sie es gar nicht bemerkt haben.«

»O mein Gott.« Jenna schüttelte ungläubig den Kopf. »Ich frage mich gerade, ob die Mörderin beim Abendessen neben uns gesessen hat.«

»Ich glaube nicht, dass es Ihnen beiden entgangen wäre, wenn an einem Nebentisch eine der Verdächtigen gesessen hätte.« Wolfe sah Kane an. »Denken Sie nach. Ist Ihnen überhaupt irgendjemand aufgefallen?«

»Es kamen und gingen ständig Leute, mir ist niemand Besonderes aufgefallen. Um ehrlich zu sein, habe ich aber auch nicht wirklich darauf geachtet. Ich habe mich auf das Essen und auf die Diskussion über den Fall konzentriert.«

Jenna seufzte. »Mr. Davis unterhielt sich gerade mit George Miller und dessen Frau, als wir ankamen, aber von denen steht keiner auf unserer Liste der Verdächtigen.«

»Ja, die habe ich in der Lobby gesehen.« Kane räusperte sich. »Wenn wir hier fertig sind, würde ich mir jetzt gerne die Hütte ansehen, Ma'am. Mit dem Flutlicht sollte es ein Leichtes sein, eventuelle Stolperdrähte zu finden.« Er tätschelte Duke den Kopf. »Du bleibst hier, mein Junge.« Er nahm die Taschenlampe und ging.

Jenna wandte sich an die anderen Deputys. »Stehen Sie nicht so untätig herum, raus hier.« Sie folgte ihnen zur Tür hinaus.

»Ma'am.« Wolfe ging neben ihr her. »Überlassen Sie das Kane und mir. Wir haben eine spezielle Ausbildung auf diesem Gebiet.«

Gibt es eigentlich irgendetwas, auf das die beiden nicht spezialisiert sind? Sie nickte ihm knapp zu. »Okay, wir halten uns von der potenziellen Explosionszone fern. Aber seien Sie vorsichtig. Denken Sie daran, dass Sie Kinder zuhause haben.«

»Daran müssen Sie mich nicht erinnern.« Wolfe schenkte ihr ein bei ihm selten zu sehendes Lächeln, dann lief er los, um zu Kane aufzuschließen.

Ihr Herz pochte, während ihre Deputys die Gegend absuchten. Endlich hörte sie Kanes tiefe Stimme rufen: »Gesichert!«

Als Wolfe vor der dunkelroten Lache vor der Eingangstür hockte und Kane sich bückte, um mit seiner Handykamera Fotos zu machen, wäre sie am liebsten zu den beiden hinübergelaufen, blieb aber auf Abstand. Wenn es sich um einen Tatort handelte, sollten sich dort möglichst wenige Personen tummeln. Den gesenkten Stimmen nach zu urteilen, hatten ihre Deputys etwas Wichtiges gefunden. Die Anspannung ließ ihr Herz klopfen. Wenige Augenblicke später winkte Kane sie heran.

»Alles gesichert.«

Jenna nahm die Gesichtsmaske, die Kane ihr hinhielt, und schob sie sich über die Nase. Der Gestank war ekelerregend. »Was haben wir hier?«

»Wolfe untersucht das Blut noch, aber er glaubt, dass es von einem Tier stammt. Es ist auch etwas Fell mit dabei, vielleicht von einer Kuh.« Kane deutete auf die Pfütze und verzog den Mund. »Im Blut schwimmen Zeitungsartikel. Wolfe wird sie säubern müssen. Aber soweit man den Schlagzeilen entnehmen kann, geht es um vermisste Kinder.«

Beim Anblick des Blutes, das von den in der Zeitung abgedruckten Gesichtern tropfte, die unschuldig lächelten, krampfte sich Jennas Magen zusammen. Sie ging näher heran und versuchte, die Schlagzeilen zu lesen. »Einige sehen alt aus, ganz vergilbt.«

»Ja, die sind alle aus alten Zeitungen ausgeschnitten.« Kane richtete den Strahl seiner Taschenlampe auf ein paar Artikel, die Wolfe nebeneinander ins Gras gelegt hatte. »Einige der Artikel sind über zehn Jahre alt. Wolfe wird sicherlich alle relevanten Informationen herausfinden können, auch die Namen der Journalisten.«

»Wie viele Kinder?«

»Sechs, und allesamt Mädchen.« Kane musterte ihr Gesicht, dann richtete er die Taschenlampe auf seine Haustür. »Und dann ist da noch das hier.«

An der Tür klebten Fotos von Amos Price und Ely Dorsey. Darauf waren drei Wörter gekritzelt: »Monster töten Kinder«. Jenna drehte sich zu Kane um und wies auf die Zeitungsartikel.

»Mein Gott, ob da jemand glaubt, Price und Dorsey hätten diese Kinder getötet?«

»Sieht ganz danach aus.« Kane zog sich die Schutzhandschuhe aus und sah sie besorgt an. »Und da beide tot sind, hätten wir keinen Anhaltspunkt, wo sie die Leichen vergraben haben. Wir haben nur eine Chance.«

Jenna sah ihn stirnrunzelnd an. »Ganz genau. Wir müssen die Mörderin finden, bevor sie ihr Werk vollendet hat.«

26

Sie parkte ihr Auto im Gebüsch gegenüber der Abzweigung, die zur Ranch von Sheriff Alton führte und war immer noch sehr aufgeregt von ihrer Beinahe-Begegnung mit der Polizei. Von ihrer aktuellen Position aus beobachtete sie die Straße. Ihre Bluse war nass vom Schweiß und ihr Herz raste nach ihrem überhasteten Aufbruch noch immer. So ein Zufall, dass sie gerade in dem Moment am Empfangstresen des Cattleman's Hotel gestanden hatte, als Deputy Kane angerufen hatte, um einen Tisch zu reservieren. So hatte sie genügend Zeit gehabt, sich einen Plan zurechtzulegen.

Es war gar nicht leicht, den Sheriff zu überlisten. Jenna Alton war ein harter Knochen und ließ sich nicht bloß von Gefühlen leiten. Sie fragte sich, wie Alton wohl reagieren würde, wenn sie Kane anrief, um ihm den nächsten Hinweis zu geben.

Sie würde Kane nicht erklären können, woher sie wusste, wo die vermissten Mädchen zu finden waren. Sie würde ihn zum abgelegenen Craig's Rock und dann den Berg hinunter zu Old Corkey's Place schicken, einer verlassenen Hütte in der Nähe der Wohnung eines der Monster. Damit wären der

Sheriff und ihr Team wohl mindestens einen Tag lang beschäftigt.

Eine Welle der Vorfreude durchströmte sie, als sie in Richtung der Ranch des Sheriffs schaute. Alles war dunkel. Es war schon eine Weile her, dass ein Streifenwagen mit Blaulicht vorbeigefahren war. Plötzlich erleuchtete das Flutlicht das Grundstück wie ein Heiligenschein. *Schätze mal, jetzt habe ich deine Aufmerksamkeit. Zeit für Phase zwei.*

Eine angenehm kühle Brise wehte Kane durchs Haar und brachte den Duft der Kiefernwälder mit. Er entfernte sich ein paar Schritte von der Hütte, um die saubere Luft einzusaugen. Widerwillig ging er zurück zur Haustür und warf Rowley einen Blick zu. Dem jungen Deputy klebte das schweißnasse Haar im Gesicht. Es war weit nach zwei Uhr morgens. Seit Wolfe zu seinen Kindern nach Hause gefahren war, hatten Rowley und er noch ohne Pause gearbeitet. Sie hatten die Hütte gesäubert, die Wände geschrubbt, das Blut fortgespritzt.

Kane tat der Rücken weh. Er richtete sich auf und gähnte. »Das wird reichen. Ich bin fix und fertig. Danke für Ihre Hilfe, Jake.«

»Wenigstens riecht es jetzt hier draußen wieder ganz okay.« Rowley ließ einen Schwamm in einen Eimer fallen und streifte sich die Gummihandschuhe ab. »Glauben Sie, dass Deputy Wolfe die Zeitungsartikel noch retten kann?«

»Klar. Er fotografiert sie und wird mit einer Software sichtbar machen, was da steht.« Kane zog sich ebenfalls die Handschuhe aus. »Und falls das nicht hinhaut, bekommen wir über das Archiv der Bibliothek sicherlich Kopien der Artikel.«

»Großartig.« Rowley fuhr sich mit einer Hand durch sein braunes, gewellts Haar. »Ich mache mich jetzt auf den Heimweg.«

»Wollen Sie unseren Sheriff verärgern?« Kane lächelte. »Sheriff Alton hat uns eingeladen, bei ihr zu übernachten, und glauben Sie mir, der Kakao und die Kekse, die auf uns warten, sind es definitiv wert.« Er verzog den Mund. »Ich würde auch gern in meinem eigenen Bett schlafen, aber in der Hütte riecht es mir noch zu sehr nach Tod.« Er deutete auf Duke, der neben einem Busch schlief. »Selbst der Hund will da nicht hinein.« Er grinste. »Sie bleiben also hier?«

»Na gut. Glauben Sie, dass sie konkret in Gefahr ist? Dass diese Verrückte ihr etwas antun würde?« Rowley rieb sich das Grübchen am Kinn. »Wobei es im Moment ja eher aussieht, als wären Sie das Ziel.«

Kane zuckte mit den Schultern und starrte Richtung Jennas Haus. »Jemand ist ihr unbemerkt ins Haus gefolgt, also ist dieser jemand richtig, richtig gut. Es muss die gleiche Person sein, die mich angerufen hat. Ich glaube, die Botschaft, die sie mir übermitteln will, ist: Lassen Sie mich in Ruhe meine Selbstjustiz ausüben.«

»Wir alle untersuchen doch die Morde. Warum hat sie es dann ausgerechnet auf Sie abgesehen und nicht auf den Sheriff?«

»Ich vermute, weil ich in den letzten Tagen mehrere Frauen befragt habe, die als Kind missbraucht wurden.« Kane sammelte die Scheuerbürsten ein und warf sie in einen der leeren Eimer. »Die Mörderin glaubt, dass es mich erregt, wenn jemand über Kindesmissbrauch spricht.«

»Und Sie sind ein Mann.« Rowley stand da, die Fäuste in den schmalen Hüften gestemmt. »Der Sheriff hat mir von Ihren frühmorgendlichen Trainings erzählt, also nehme ich mal an, dass sie ganz gut auf sich selbst aufpassen kann.«

»Jenna könnte die meisten Leute im Alleingang ausschalten, aber das ist nicht das Problem. Wer auch immer es geschafft hat, in ihr Haus einzudringen, bewegt sich lautlos wie ein Schatten und ist körperlich fit. Nachdem sie mein Haus mit Blut bespritzt hatten, sind sie beeindruckend schnell davongerannt.« Er warf einen Blick auf Rowley. »Machen Sie sich keine Sorgen. Ich bezweifle, dass Jenna sich noch einmal so von jemandem überrumpeln lassen wird.«

»Ich habe sie noch nie im Zweikampf gesehen, aber sie wird mit Sicherheit nicht zimperlich sein, wenn sie Verhaftungen vornimmt.« Rowley grinste. »Sie hat es mit Rockford aufgenommen, als er um ihr Haus herumgeschlichen ist, und der ist ein ziemlich großer Bursche.«

»Klar, schwach ist sie nicht, aber Rockford hatte sein Überraschungsmoment verloren. Er hatte sie geweckt. So konnte sie sich ihre Glock schnappen und dann ganz leicht mit dem Arsch fertig werden.« Kane holte tief Luft und hustete. Er hatte immer noch einen Geschmack von Chemikalien im Mund. »Es sind immer diejenigen am gefährlichsten, die man nicht hört. Bei Überraschungsangriffen sterben mehr Menschen als bei allen anderen Szenarien. Wenn sich jetzt jemand von hinten mit einem Messer auf einen von uns stürzen würde, sähen wir wahrscheinlich ganz schön alt aus.« Er seufzte. »Nur um ganz sicherzugehen, würde ich gerne dafür sorgen, dass ihr Sicherheitssystem komplett funktionsfähig ist, aber ich bin zu erschöpft, um mich jetzt noch darum zu kümmern. Das Flutlicht zu reparieren, war ja relativ einfach.«

»Ich nehme mal an, dass sie auch so wird schlafen können.« Rowley sah zu Jennas Haus hinüber. »Ich muss duschen und aus diesen stinkenden Klamotten raus, aber irgendwie fände ich es seltsam, das im Haus vom Boss zu tun.«

Kane gluckste. »Ich weiß, was Sie meinen. Sie können gerne, wenn Sie der Geruch nicht stört, mein Gästezimmer benutzen, um zu duschen und sich umzuziehen.« Als er sah, wie sich Jennas Schatten hinter ihrem Fenster bewegte, hob er das Kinn. »Aber machen Sie schnell. Sie ist wach und wartet bestimmt schon auf uns.«

»Okay, vielen Dank. Das weiß ich zu schätzen. Ich hole nur eben meine Tasche aus dem Auto.« Gleich darauf folgte Rowley ihm hinein und sah sich um. »Die Hütte ist geräumiger als sie von außen aussieht.«

»Ja, ich nehme an, sie wurde vor ein paar hundert Jahren für den Verwalter der Ranch gebaut.« Kane ging voraus und wies auf eine Tür am anderen Ende des Flurs. »Da drin ist alles, was Sie brauchen.«

———

Fünfzehn Minuten später saß Kane an Jennas Küchentisch und nippte an einem Becher mit heißem Kakao. Sein Kopf pochte, er hatte genug Chemikalien eingeatmet, die ausreichen würden, einen Elefanten zu betäuben. Er hob die schmerzenden Augen und sah sie an. »Ich bin heilfroh, wenn ich ins Bett komme. Das war ein langer Tag. Ich sehe langsam aus wie mein Hund.« Er streichelte Duke den Kopf.

»Ich glaube kaum, dass ich überhaupt schlafen kann.« Jenna knabberte an einem Keks, den sie in den Kakao getunkt hatte. »Ich kann immer noch nicht ganz nachzuvollziehen, was zum Teufel das alles soll.« Sie nippte am Kakao und blickte Kane über den Rand ihres Bechers durchdringend an. »Ich bin es eher gewohnt, dass Mörder ihr Werk vollbringen und sich dann aus dem Staub machen, als dass sie uns Besuche abstatten und per Telefon bedrohen.« Sie wandte sich Rowley zu. »Ich wüsste nur zu gerne, ob sich unsere Verdächtigen vielleicht alle untereinander kennen. Der Idee mit der Selbsthilfegruppe sollten wir unbedingt nachgehen.« Sie seufzte. »Ich habe das Gefühl, wir drehen uns gerade im Kreis. Haben Sie irgendwelche Bekannten der Mordopfer ausfindig machen können?«

»Wir haben ein paar Leute gefunden, die die ermordeten

Männer kannten, aber befreundet waren sie mit ihnen nicht. Alle geben an, dass sie keinen privaten Umgang miteinander hatten.« Rowley hob den Blick von seinem Becher. »Aber es muss eine Verbindung zwischen ihnen geben.«

»Davon können wir wohl ausgehen.« Kane zuckte mit den Schultern. »Wir haben drei Mordverdächtige, alle sind als Kinder sexuell missbraucht worden. Alle Frauen, auch die kleine Zoe, haben erwähnt, dass die Männer Masken trugen. Das ist die Verbindung. Es muss ein und dieselbe Gruppe von Männern sein, die das schon seit vielen Jahren tun.«

»Warum glauben Sie, dass alle Verdächtigen in den Fall verwickelt sind?« Rowley stellte seinen Becher auf dem Tisch ab und gähnte. »In der Fallakte haben Sie extra erwähnt, dass alle am selben Tag in der Stadt waren.«

»Falls die Frauen wirklich Kontakt zueinander hatten«, warf Jenna ein, »woher kennen sie ihre Namen? Die Gerichte und die Medien nennen Missbrauchsopfer ja nie namentlich.« Sie trommelte mit den Fingernägeln auf die polierte hölzerne Tischplatte. »Vielleicht hat die Täterin Zeitungsberichte über vermisste Kinder verfolgt. Und mit denen, die lebendig wieder aufgetaucht sind, später Kontakt aufgenommen.«

»Dann hätten wir es also mit einer Gruppe von Frauen zu tun, die die Männer töten, die sie missbraucht haben?« Rowley schaute interessiert. »Das wäre ein klares Motiv. Sie wollen die Kerle aufhalten, bevor sie noch einem Kind etwas antun.«

»Da könnten sie recht haben. Wer auch immer Kane angerufen und sein Haus verwüstet hat, hat uns einen klaren Hinweis darauf geliefert, dass es eine Gruppe von Männern gibt, die Kinder entführen, vergewaltigen und ermorden.« Jenna verzog das Gesicht. »Wir müssen herausfinden, wer diesem Pädophilen-Ring angehört. Dann können wir die Mörderin fangen, bevor sie noch einmal zuschlägt.«

»Leichter gesagt als getan.« Kane schluckte die Galle

hinunter, die ihm die Kehle emporkroch. »Vielleicht operiert sie hier in Black Rock Falls, direkt vor unserer Nase.«

»Ganz genau. Ich hoffe, Wolfe hat bis morgen früh eine Liste der vermissten Kinder für uns, die in den Zeitungsausschnitten erwähnt werden. Soweit ich sehen konnte, stammten die Zeitungen aus mehreren benachbarten Countys.«

Die Vorstellung, dass so viele Kinder durch die Hand von Kinderschändern starben, versetzte Kane einen Adrenalinstoß. Seine Müdigkeit verflog und seine Gedanken konzentrierten sich wieder auf die Fakten ihres Falls. »Ja, und einige waren schon ziemlich alt, zehn Jahre oder so. Es wird eine höllische Arbeit, ungeklärte Fälle aufzuspüren. Wir werden dabei auch Probleme haben, wenn es um Fälle aus anderen Gerichtsbezirken geht.«

»Darauf pfeife ich.« Jenna bedachte ihn mit einem kühlen Blick. »Ich werde mich persönlich an die anderen Sheriffs wenden und sie um Unterstützung bitten, die sie mir geben *werden*. Die örtlichen Richter werden problemlos Durchsuchungsbeschlüsse ausstellen, wenn wir hinreichende Verdachtsmomente präsentieren können.« Sie knabberte an einem Keks. »Es gibt zwei Gründe, warum wir diesen Pädophilen-Ring zerschlagen müssen. Erstens, um die Mörderin zu stoppen, und zweitens, um zu verhindern, dass wieder ein Kind entführt wird. Ich möchte, dass wir rund um die Uhr ermitteln. Walters soll am Sonntag das Notruftelefon besetzen. Ich werde Montagmorgen eine Besprechung abhalten, um das weitere Arbeitspensum zu verteilen. Aber wir sollten alle morgen früh in die Dienststelle kommen und die Ermittlungen vorantreiben. Sorry, Jungs. Schaffen wir das vor zehn Uhr?«

Kane nickte. »Die neuen Deputys machen einen ganz effizienten Eindruck. Sicherlich können sie zusammen mit Walters die Stellung halten, während der Rest von uns die Routinearbeit erledigt.«

»Das sehe ich genauso.« Jenna nahm sich noch einen Keks.

»Ich will ab jetzt bei allen wichtigen Entwicklungen dabei sein. Ich hätte Sie nicht allein die Verdächtigen befragen lassen sollen. Andererseits wollte ich mir nicht die Gelegenheit entgehen lassen, mit Zoe zu sprechen.«

Kane schüttelte den Kopf. »Bei zwei laufenden Ermittlungen hatten Sie ja kaum eine andere Wahl, als die Arbeit aufzuteilen. Wir haben eine Menge erledigt, am Montag sollten wir Angelique Booval befragen. Vielleicht sollten wir auch mit dieser Sozialarbeiterin in Blackwater sprechen. Sie könnte uns eine Liste der Selbsthilfegruppen geben, die sie dort haben.«

»Ich kann mir nicht so recht vorstellen, dass eine Mörderin eine Selbsthilfegruppe besucht.« Jenna schob sich eine schwarze Haarsträhne hinters Ohr und seufzte. »Dann habe ich keine Ahnung, mit welcher Art Verrückten wir es hier zu tun haben.«

»In diesem Jahr habe ich schon ganz unterschiedliche Arten von Mördern gesehen.« Rowley warf Kane einen Blick zu. »Nach dem, was Sie erzählt haben, gibt es solche Verrückten in vielen verschiedenen Varianten.«

Kane hielt sich eine Hand vor den Mund, als er gähnte. »Ja, es gibt viele verschiedene Typen von Mördern.«

»Und es ist immer gut zu wissen, um welchen Typ es sich handelt.« Jenna blickte Rowley an, stellte ihren Becher auf den Tisch und reckte sich. »Verrückt sind sie alle, jeder auf seine Art. Aber bei all dem, was uns in letzter Zeit untergekommen, ist eine Frau, die Selbstjustiz übt, tatsächlich mal etwas Neues.«

»Würden Sie denn einen Mann, der im Zorn jemanden umbringt, zum Beispiel wenn er herausfindet, dass seine Frau ihn betrügt, zum selben Typ Mörder zählen wie den Mann, der letzten Sommer die Schulmädchen ermordet hat?« Rowley fuhr sich mit der Hand durchs Haar, das in alle Richtungen abstand. »Den haben Sie als Psychopathen bezeichnet, wo liegt also der Unterschied?«

Kane wollte schlafen, aber er hatte das Gefühl, er sei

Rowley eine Erklärung schuldig. »Um es ganz einfach auszudrücken: Bei einem Verbrechen aus Leidenschaft, wie in Ihrem ersten Beispiel, ist der Täter dermaßen von seinem Zorn umnebelt, dass er nicht wirklich weiß, was er da tut. Wenn es seine Frau oder seine Geliebte ist, die ihn verletzt hat, dann greift er meistens ihr Gesicht an. Hinterher zeigt er normalerweise Reue oder ist zumindest schockiert, dass er jemanden getötet hat. Bei Psychopathen liegt das anders. Manche haben ihren Mord geplant, manche nicht, aber ein Psychopath hat niemals Gefühle für sein Opfer. Das Töten befriedigt ein egoistisches Bedürfnis in ihm, und in der Regel hat er nicht das Gefühl, dass er dabei etwas Falsches tut. Manche von ihnen sind ganz ernsthaft der Meinung, dass es normal ist, einen Menschen zu töten.«

»Das kann einem echt Angst einjagen.« Rowley nippte an seinem Kakao. »Nach dem, was Sie über die Täterin gesagt haben, weiß sie sehr wohl, was sie tut. Ich würde sagen, es sind gut geplante Rachemorde.« Sein Blick wurde leer, als wäre er tief in Gedanken versunken. »Ist sie damit nicht jemand, der in keine der beiden Kategorien passt?«

Kane beugte sich vor. »Die meisten Psychopathen haben einen bestimmten Auslöser, der sie triggert. Etwas Schlimmes, das ihnen als Kind widerfahren ist. Ich vermute, dass unser Mörder eine Frau ist, die früher sexuell missbraucht wurde. Vielleicht hat sie etwas Bestimmtes gehört oder gesehen, das jetzt die Mordserie ausgelöst hat. Dass sie mich verspottet hat, ist ein weiteres Merkmal. Die meisten Psychopathen glauben, sie seien intelligenter als die Polizei und könnten sie überlisten. Das ist aber nicht der Fall. Irgendwann macht so jemand unweigerlich Fehler. Der erste war, dass sie mich angerufen hat, der zweite, dass sie heute Abend hierhergekommen ist.«

Jennas Augen blitzten. »Und der dritte ist, dass sie mich unterschätzt hat.«

28

SONNTAG

Jenna war um acht Uhr aufgewacht. Sie zog sich ihre Trainingsklamotten an und ging in die Küche, angelockt vom köstlichen Geruch frischen Kaffees.

Kane saß am Küchentisch, einen dampfenden Becher Kaffee vor sich. Er sah frisch aus wie der junge Morgen.

»Guten Morgen«, begrüßte sie ihn. »Danke, dass Sie schon Kaffee gemacht haben.«

»Gern geschehen. Ich habe schon Ihre Alarmanlage repariert, aber vielleicht sollten Sie trotzdem Wolfe bitten, sie ein bisschen aufzurüsten.« Er lächelte. »Ich dachte, Sie möchten vielleicht Sport machen, also bin ich nach Hause gegangen, habe Duke gefüttert und mich umgezogen. Ach, und Rowley hat sich gerade auf den Heimweg gemacht. Wir sehen ihn um zehn Uhr in der Dienststelle. Er musste auch seinen Hund noch füttern.«

»Wo ist er? Duke, meine ich.«

»Er schläft in seinem Körbchen. Ich glaube, er musste letzte Nacht ein wenig zu lange wach bleiben.« Kane gluckste. »Wussten Sie, dass er schnarcht? Und er rennt im Schlaf herum.«

Jenna schenkte sich Kaffee ein. »Er sieht inzwischen richtig zufrieden aus. Ich kann gar nicht glauben, dass das immer noch derselbe Hund ist. Der ist ja zahm wie ein Lämmchen. So wie der misshandelt worden ist, hätte ich gedacht, dass er sich ganz anders verhält.«

»Er ist ein Jagdhund; die sind generell wenig nachtragend. Er ist ganz sanft und sehr sauber. Wer auch immer ihn ins Tierheim gebracht hat, muss verrückt gewesen sein.« Kane schenkte ihr ein warmes Lächeln. »Ich habe keinen Hund mehr gehabt, seit ich ein kleiner Junge war. Wir verstehen uns prima.«

Jenna lächelte ihn an. Es gefiel ihr, dass er ihr einen Einblick in seine geheime Vergangenheit gewährte. »Er kann sich glücklich schätzen, Sie zu haben.«

»Danke.« Kane lehnte sich mit seinen breiten Schultern im Stuhl zurück, der aus Protest dagegen laut knarrte. »Wenn wir so früh in der Dienststelle sind, können wir vielleicht noch rechtzeitig Feierabend machen, um uns die Pferde anzuschauen, oder?«

Jenna trank ihren Kaffee aus und stand auf. Sie brauchte jetzt ein ordentliches Workout, um den Kopf freizubekommen. »Vielleicht. Sind Sie bereit, gleich den Kürzeren zu ziehen?«

»Da bin ich ja mal gespannt.« Kanes blaue Augen funkelten amüsiert. »Ich schätze, versuchen können Sie es ja.«

Bevor sie zur Arbeit fuhr, rief Jenna Wolfe an und erfuhr, dass er die Zeitungsartikel aus der Blutlache bereits analysiert hatte. »Das ist ja toll. Haben Sie etwa die Nacht durchgearbeitet?«

»Habe ich. Wenn Sie heute Vormittag ins Revier kommen, maile ich Ihnen meine Erkenntnisse zu. Es sei denn, Sie möchten, dass ich heute ebenfalls noch hereinkomme, Ma'am.«

»Mailen Sie es mir einfach. Wir können alles Weitere am Montag besprechen.« Jenna wirkte nachdenklich. Sie hatte nicht vor, ihn am Sonntag von seinen Kindern fernzuhalten. »Ich glaube, Sie haben dieses Wochenende schon mehr als genug geleistet. Danke sehr, ich weiß es zu schätzen, dass Sie Überstunden gemacht haben.«

»Das gehört halt zum Job dazu, Ma'am. Wir sehen uns dann am Montag. Es sei denn, der Killer schlägt heute noch zu.«

Jenna unterdrückte ein Gähnen, fuhr sich mit der Hand durchs Haar, unsicher, ob sie es schon gekämmt hatte und seufzte. »Das wollen wir nicht hoffen. Wir sehen uns am Montag.«

Sie legte auf und leerte ihren dritten Becher Kaffee, um die Erschöpfung zu vertreiben. Die beiden Fälle hatten sie in der Nacht noch lange wachgehalten. Das Training mit Kane war brutal gewesen, aber jetzt war der Adrenalinrausch von einem akuten Müdigkeitsanfall abgelöst worden. Sie füllte ihren Thermobecher mit Kaffee, ging zur Tür und war froh, Kane bereits auf sie wartend in seinem schwarzen Auto sitzen zu sehen. Sie hatte sein Angebot, sie in die Dienststelle zu fahren, dankbar angenommen. Es war schön, nicht allein zu sein.

Als sie die Tür öffnete, saß Duke auf der Rückbank. Sie sah Kane fragend an. »Ist das ein neuer Rekrut?« Sie ließ sich auf den Sitz gleiten und steckte den Thermobecher in den Getränkehalter in der Konsole.

»Haben Sie etwas dagegen?« Kane sah sie bekümmert an. »Ich habe ihm versprochen, eine Runde im Wald mit ihm zu drehen. Sie wissen doch, er kann Personen anhand ihrer Kleidung aufspüren.«

Sie blickte in Dukes blutunterlaufene Augen. »Er sieht mir nicht so aus, als könne er lange die Augen offenhalten, geschweige denn, jemandes Spur verfolgen.«

»Er ist fitter als Sie glauben.« Kanes Mundwinkel zuckten nach oben, als er den Wagen startete.

Sie legte den Sicherheitsgurt an. »Wenn wir alle Informationen, die wir für beide Fälle gesammelt haben, heute

Vormittag für Montagmorgen gesichtet und geordnet haben, komme ich gerne mit, um mir die Pferde anzusehen. Aber ich will, dass immer einer vom Team präsent ist, bis wir diese Fälle gelöst haben.«

»Sicher. Ich freue mich, wenn Sie mitkommen.« Kane lächelte sie an. »Ich bin gespannt, was Wolfe in den Zeitungsartikeln gefunden hat.«

Jenna starrte aus dem Fenster auf die vorbeifliegenden grünen Felder und hörte ihm gar nicht wirklich zu. Ihr ging das Bild nicht aus dem Kopf, wie sie Zoe in dem Käfig eingesperrt gefunden hatten. Sie wusste, was es bedeutete, brutalen Männern ausgeliefert zu sein. Wie viel Angst einem das machte. Ihre Flashbacks blieben eine konstante Erinnerung daran. Als Kane sich auf unnatürliche Weise räusperte, schaute sie zu ihm hinüber. »Sorry, haben Sie was gesagt?«

Er wiederholte seine Frage.

»Ja, zumindest werden wir die Namen der vermissten Mädchen haben und wissen, wo sie damals wohnten.« Sie seufzte. »Bevor sie spurlos verschwunden sind.«

Kane warf ihr einen Blick zu, dann richtete er seine Aufmerksamkeit wieder auf die Straße. »Die früheren Fälle würde ich eher als opportunistisch bezeichnen. Wenn Kinder von der Straße weg entführt wurden, die allein nach Hause gingen. Wie wir wissen, treiben sich Pädophile häufig in Online-Chaträumen herum, um sich an Kinder heranzumachen. Oft tauschen sie auch Erfahrungen miteinander aus, aber diese Männer sind besonders vorsichtig.«

»Da wir über die Komplizen der Mordopfer noch nichts herausgefunden haben und das FBI genauso im Dunkeln tappt, werden wir in den Mordfällen kaum weiterkommen, bevor wir Angelique Booval und die Sozialarbeiterin in Blackwater befragt haben. Ich meine, wir sollten uns jetzt zunächst einmal um die Fälle der vermissten Mädchen aus den Zeitungsausschnitten kümmern, die vor Ihrem Haus lagen. Zum Glück haben wir inzwischen Zugang zu den Datenbanken im ganzen Bundesstaat, da können wir alle Namen überprüfen.« Jenna schob sich ihr Haar hinters Ohr. »Falls eine von ihnen noch lebt, hat sie vielleicht ein paar brauchbare Informationen für uns.«

»Was ist mit Jane?«

»Ich warte immer noch auf die Erlaubnis der Ärzte, dass wir sie wieder besuchen dürfen. Jetzt, wo sie ein bisschen Zeit hatte, den Schock zu überwinden, kann sie uns vielleicht noch mehr Informationen liefern.«

»Hoffentlich. Ich glaube, es wäre ganz hilfreich, die Journalisten zu kontaktieren, die die Artikel geschrieben haben. Wer über ein vermisstes Kind schreibt, wird das so schnell nicht wieder vergessen.« Kane bog auf den Highway ab, wo sie plötzlich hinter einem langsamen Traktor herfahren mussten. »Sie haben oft ihre eigenen Theorien über Verdächtige, die sie aber nicht abdrucken können. Es könnte sich lohnen, dem nachzugehen. Vielleicht ergibt sich da eine Spur zu diesem Pädophilen-Ring.«

Jenna nahm ihren Thermobecher, nippte daran und ließ sich den köstlichen warmen Kaffee über die Zunge laufen. »Gute Idee, aber da die vermissten Mädchen offenbar aus verschiedenen Countys im Bundesstaat kamen, werde ich die Namen von Price und Dorsey im Register für Gewalt- und Sexualstraftäter von Montana eingeben und schauen, was der Computer ausspuckt. Kann ja sein, dass sie auch in anderen Städten aktiv waren. Dort sind oft auch bekannte Komplizen aufgeführt.« Sie warf ihm einen Blick zu. »Stewart James Macgregor, den Zauberkünstler, kennen wir ja schon. Ich habe sicherlich eine E-Mail erhalten, als er aus dem Gefängnis entlassen worden ist. Aber da er als resozialisiert galt und als ›Sexualstraftäter mit geringem Risiko‹ eingestuft wurde, habe ich nicht weiter darauf geachtet.«

»Resozialisieren kann man solche Typen nicht.« Kane

schnaubte spöttisch. »Eine sexuelle Neigung ändert sich nicht.« Er parkte vor der Dienststelle und nahm den anderen Kaffeebecher von der Konsole. »Rowley ist bereits da, und wie es aussieht, hat sich auch Webber zum Sonntagsdienst gemeldet.«

Jenna stieß einen Seufzer der Erleichterung aus. »Gottlob, wir brauchen jede Hilfe, die wir kriegen können.« Sie stieg aus dem Auto und ging zur Tür.

Auf dem Weg zu ihrem Büro kam sie an Rowley vorbei, der sich mit Webber unterhielt. »Deputys, in mein Büro!«

Sie wartete, bis ihre Kollegen Platz genommen hatten, dann ging sie zum Whiteboard, nahm den Marker und zog in der Mitte einen senkrechten Strich. »Wir haben es mit zwei Fällen zu tun. Sie sind miteinander verflochten, aber wir müssen trotzdem beide getrennt angehen.« Oben auf die eine Seite der Tafel schrieb sie *Mörderin* und auf die andere *Pädophilen-Ring*. Dann listete sie die Opfer und die Verdächtigen auf.

Sie wandte sich zu den Deputys um. »Ich werde die Namen der Opfer der Mörderin durch das Register für Sexual- und Gewalttäter laufen lassen. Wenn sie irgendwo im Bundesstaat eine Straftat begangen haben, hat der Beamte, der sie verhaftet hat, mit etwas Glück eine Liste der bekannten Komplizen.« Sie ging zu ihrem Schreibtisch und setzte sich, schaltete ihren Computer ein und wartete, bis die neuen E-Mails heruntergeladen waren. Sie suchte die Datei, die Wolfe ihr geschickt hatte und druckte sie vier Mal aus. »Deputy Wolfe hat mir eine Liste mit den Namen der vermissten Kinder, den Daten und den Namen der Journalisten, die über die Fälle geschrieben haben gemailt.« Sie nahm die Ausdrucke und überflog sie. »Okay, wir haben es mit sechs Kindern zu tun. Rowley, Sie nehmen sich die ersten drei vor, und Sie, Webber, die letzten drei. Geben Sie die Namen in die Datenbank ein und schauen Sie, ob Sie einen Treffer erzielen. Suchen Sie nach den Vermisstenanzeigen. Als Nächstes möchte ich, dass Sie die Kontaktdaten der Reporter heraussuchen. Sie werden überrascht sein, wie hilfreich die sein können, wenn man sich inoffiziell mit ihnen unterhält.« Sie holte ihr Notizbuch hervor und schaute auf die To-Do-Liste, die sie in der Nacht notiert hatte. »Kane, ich will eine Liste mit allen Bekannten von Lizzy Harper und Pattie McCarthy, vielleicht auch die von Angelique Booval. Finden Sie heraus, ob sie in irgendwelchen Vereinen oder Gruppen aktiv sind.«

Keiner der Deputys gab einen Laut von sich. Allein der durchdringende Geruch verschiedener Aftershaves verriet ihr, dass sie nicht allein im Raum war. Jenna sah von ihrem Rechner auf und blickte dabei auf die sie nur anstarrenden Untergebenen. Sie verteilte die ausgedruckten Listen und seufzte. »Worauf warten Sie noch? Es stehen Menschenleben auf dem Spiel, kommen Sie in die Gänge!« *Vielleicht muss ich hier mal andere Saite aufziehen.*

29

Seit das Bild von Amos Price im Fernsehen aufgetaucht war, hing die Angst über Chris Jenkins wie eine Gewitterwolke, und die Nachricht, dass die Polizei Ely Dorseys Leiche in einem Motel gefunden hatte, hatte alles nur noch schlimmer gemacht. Es juckte ihn in den Fingern, Bobby-Joe anzurufen, aber er hielt sich an die Abmachung, die verhinderte, dass Außenstehende davon erfuhren, dass sie sich kannten. Stattdessen stieg er in seinen SUV und nahm die Bergstraße, die zu Bobby-Joe führte.

Er parkte in einiger Entfernung von dem verschlossenen Tor, hinter dem der von Kiefern gesäumte Privatweg begann, der zu Bobby-Joes baufälliger alter Hütte führte. Den kleinen Weg hoch ging er dann zu Fuß. Er suchte die Umgebung ab, um sicherzustellen, dass Bobby-Joe allein war. Zufrieden rannte er über den Vorgarten und betrat das Haus durch die Hintertür. Die Küche war leer, schmutziges Geschirr stapelte sich in der Spüle, es stank nach Müll und schalem Bier. »Bobby-Joe! Ey, Mann, wo steckst du?«

»Hier im Schlafzimmer. Ich chatte gerade mit meinem Schatz.«

Chris wischte sich den Schweiß von der Stirn und betrat das Schlafzimmer.

Bobby-Joe saß am Computer. Offenbar hatte er sich in einen Online-Chatroom eingeloggt und tippte gerade eine Antwort ein.

»Wir müssen reden. Hast du die Nachrichten gesehen?«

»Ja, Moment.« Bobby-Joe tippte noch etwas, dann drehte er sich mit seinem Stuhl herum. »Mann, ich hab dieses süße Ding an der Angel und auch noch den perfekten Ort, wo ich sie mit hinnehmen kann. Eine Hütte dicht an der Straße, wo um diese Jahreszeit niemand auch nur in die Nähe kommt. Ich kann auf dem Forstweg parken und zu Fuß hingehen.« Er grinste breit. »Ich hab sie schon so weit, dass sie sich mit mir treffen will. Die kommt mit dem Fahrrad, kannst du dir das vorstellen?« Er gluckste und zwinkerte ihm zu. »Wenn du auch gerade ein schönes Plätzchen suchst, könnten wir uns mit beiden Mädchen da treffen und sie danach herbringen. In meinem Käfig ist genug Platz für zwei Miezen.«

»Gut, aber dann mach wenigstens das dämliche Tor auf, damit ich herfahren kann. Das ist ja immer ein höllischer Weg zu Fuß.«

»Ich geb dir einen Schlüssel. Die meisten, die deinen SUV sehen, denken sowieso, dass ich das bin. Die gleiche Marke, die gleiche Farbe. Aber untersteh dich, das verdammte Ding zu waschen, bevor du kommst. Ein sauberer Wagen passt hier nicht her.« Bobby-Joe kicherte.

»Klaro.« Chris nickte. Er staunte, dass Bobby-Joe weiterhin Pläne schmiedete, Mädchen zu entführen. Die lockere Haltung seines Freundes beunruhigte ihn. Sein Kumpel war unberechenbar und tat wirklich so, als ob der Tod von Amos und Ely ihn überhaupt nicht berührte. »Du willst wirklich einfach weitermachen, so kurz nach dem, was passiert ist?«

»Na klar, und ich *weiß* doch, dass du auch wieder eine

haben willst. Jetzt, wo wir an das Mädchen von Amos nicht mehr rankommen, werde ich langsam ungeduldig.«

Chris starrte ihn an. Er konnte nicht verstehen, warum sein Freund so ruhig war. »Die Bullen haben das Mädchen gefunden? Ach, du Scheiße. Ich dachte, du wärst vorher noch hingegangen. Warum hast du sie nicht mit hergenommen?«

»Weil ich dachte, er kommt zurück. Außerdem hatte ich keinen Schlüssel für den verdammten Käfig.« Bobby-Joe stand auf und ging in die Küche. »Ich wusste ja nicht, dass er tot umgefallen ist. Herzinfarkt, nehm ich an, der Fettsack.« Er holte ein paar Flaschen Bier aus dem Kühlschrank und reichte ihm eine. »Keine Sorge, das Mädel kann uns nicht identifizieren, und wir haben darauf geachtet, dass wir nichts dalassen. Also alles kein Ding.« Er seufzte. »Bist du jetzt mit meinem Plan einverstanden, oder was? Wir machen zwei auf einmal klar und bringen sie hierher. Ich hab hier jede Menge Betäubungsmittel. Wir müssen nur mal gucken, wann. Du triffst dich erst mit deiner in der Hütte und eine halbe Stunde später hol ich meine ab. Wenn wir zu zweit sind, werden die uns schon nicht entkommen.«

»Okay, okay, ich bin dabei.«

Durch das offene Fenster hörte Chris ein Rascheln. Er fuhr herum. Sein Herz pochte vor Angst. »Hast du das gehört? Vielleicht sind da draußen die Bullen.«

»Mann, bist du schreckhaft.« Bobby-Joe warf ihm einen verärgerten Blick zu und lehnte sich aus dem Küchenfenster. »Hier draußen ist niemand, nur ein paar Hühner, die scharren.« Er nahm einen langen Schluck von seinem Bier. »Du bist so eine Memme. Niemand kommt hier vorbei. Wir sind hier sicher, also hör auf, dir Sorgen zu machen.«

Chris schluckte die Angst, die seine Stimme erstickte, hinunter und lehnte sich betont lässig gegen den Tresen. »Ich bin nur vorsichtig, das ist alles.«

»Aber klar doch.«

»Was meinst du, was mit Ely passiert ist?« Chris öffnete die Bierflasche und runzelte die Stirn. »Innerhalb einer Woche sterben zwei unserer Kumpel. Das ist doch schon seltsam. Glaubst Du, jemand macht Jagd auf uns?«

»Quatsch. Glaubst du echt, ein kleines Mädchen hätte einen der beiden töten können? Ely ist beim Vögeln gestorben.« Bobby-Joe kicherte. »Ich hab mit einem der Sanitäter gesprochen, die seine Leiche zum Leichendoktor gebracht haben. Der meinte, er war nackt und hatte ein Gummi drauf. Schätze mal, seine neue Freundin ist abgehauen. Niemand hat erwähnt, dass sie noch im Motel war.« Er seufzte. »Er ist tot, ist also egal, ob sie sein Gesicht gesehen hat.«

Chris fuhr sich mit der Hand durchs Haar. »Was ist mit Elys Mädchen?«

»Ich bin zu Fuß den Berg runter und hab mir mit dem Fernglas seine Hütte angeguckt. Vor der Tür ist ein Tatortband.« Bobby-Joe seufzte. »Dann haben die Bullen die ebenfalls.«

»Verdammt! Die könnte uns identifizieren. Da bin ich mir sicher.« Er nahm einen großen Schluck und wischte sich mit dem Handrücken den Mund ab. »In den Nachrichten haben sie sie gar nicht erwähnt.«

»Sie haben sie ins Krankenhaus gebracht.« Bobby-Joe ließ sich in einen Stuhl am Küchentisch fallen. »Ely hat ihr nicht gerade viel zu essen gegeben. Die Bullen werden alle möglichen Tests mit ihr machen, schon weil sie angekettet war. Aber ich glaube kaum, dass sie uns identifizieren kann. Überleg doch mal: Wir waren vorsichtig und haben nie unsere Gesichter gezeigt, seit damals die kleine Schlampe abgehauen ist.« Er zuckte mit den Schultern. »Wir haben Elys Mädchen schon seit Ewigkeiten nicht mehr angerührt. Von der haben wir nichts zu befürchten. Die Bullen werden Ely beschuldigen, und der ist tot.« Er grinste. »Alles gut. Hör auf, dir Sorgen zu machen.«

Chris spürte, wie die Panik ihm die Kehle zuschnürte. Er starrte seinen Freund an. »Aber du warst doch erst neulich bei ihm zuhause und du arbeitest im Krankenhaus. Was, wenn sie dich wiedererkennt?«

»Ach, Quatsch. Ich werde der schon nicht über den Weg laufen.« Bobby-Joe nahm einen Schluck Bier. »Die Ärzte werden sie eine ganze Weile im Krankenhaus behalten. Die Bullen werden sie erst befragen, wenn der Psychiater mit ihr fertig ist. Ich hab sowas schon mal miterlebt, das kann Tage dauern, bis sie sie entlassen.« Er seufzte. »Mich hat sie nie ohne Maske gesehen. Das passt schon.«

»Aber das Tattoo an deiner Hand würde sie mit Sicherheit wiedererkennen und deine grünen Augen sind unverwechselbar. Wenn sie das den Bullen erzählt, werden sie sich auf dich stürzen wie die Fliegen auf die Scheiße.«

»Meine Augen vielleicht.« Bobby-Joe seufzte. »Das Tattoo hab ich immer bedeckt gehalten, schon seit damals das Mädchen geflohen ist. In der Klinik glauben sie, dass ich die Handgelenksbandage tragen muss, weil ich da eine alte Verletzung hab. So ist meine Hand immer bedeckt, und normalerweise hab ich bei der Arbeit auch OP-Handschuhe an.« Er zuckte mit den Schultern. »Ich geh da kein Risiko ein.«

Warum zum Teufel nahm er das alles so gelassen? Jeden Moment konnten die Cops die Tür aufbrechen und sie in den Knast stecken. »Trotzdem, neue Mädchen hierher zu bringen, ist mir zu riskant. Wir müssen uns einen anderen Platz suchen.«

»Auf keinen Fall. Ohne Durchsuchungsbefehl können die Bullen nicht auf mein Grundstück kommen und mit Amos oder Ely können sie uns auch nicht in Verbindung bringen.«

»Und was, wenn Elys Schlampe dich den Bullen beschreibt? Das wird in allen Nachrichten sein. Wie viele Leute kennst du im Krankenhaus? Einer von ihnen wird garantiert die Bullen rufen. Dann setzen die Bullen dir eine Clownsmaske auf und dann wird sie dich identifizieren. Scheiße, jeder, der dich kennt, würde das dann können.«

»Kann sein, aber noch hat sie nicht ausgesagt. Wie gesagt, die Ärzte müssen sie erst fertig untersuchen, bevor der Sheriff mit ihr reden darf. Schätze, der Sheriff wird irgendwann morgen auftauchen.« Bobby-Joe lehnte sich in seinem Stuhl zurück und machte ein nachdenkliches Gesicht. »Die Cops sorgen dafür, dass Leute, die sie bewachen wollen, immer im siebten Stock liegen. Tagsüber ist nur ein Deputy im Dienst. Nachts werden die Stationen abgeschlossen, aber ich habe Zugang zu allen Bereichen. Ich kann unser Problem also ganz leicht aus der Welt schaffen.«

Erschrocken starrte Chris ihn an. »Was willst du denn tun?«

»Ich kenn die Abläufe während der Nachtschicht im Krankenhaus ganz genau. Um Mitternacht hat auf jeder Station nur noch eine Krankenschwester Dienst. Die kann ich leicht außer Gefecht setzen. Kurz bevor die Schwestern auf der Etage Pause machen, gehe ich hin und schütte was in die Kaffeekanne und auch in den Heißwasserbehälter, um ganz sicherzugehen.« Er grinste. »Kameras gibt's nur am Haupteingang. Ich geh durch die Hintertür rein – ich hab ja eine Magnetkarte.«

»Die die Bullen zurückverfolgen können.«

»Nee.« Bobby-Joe kicherte. »Weißt du noch, als vor drei Monaten der alte Putzmann einen Herzinfarkt hatte? Dem hab ich die Karte abgenommen, direkt als er zusammengebrochen ist.«

Chris staunte immer noch, wie entspannt sein Freund wirkte. »Und was dann?«

Sein Mund verzog sich zu einem sadistischen Grinsen. »Dann statte ich der dummen Schlampe einen Besuch ab und bring sie um.«

30

Sie kauerte in der feuchten Erde unter einem Busch, der unter Bobby-Joes Küchenfenster wuchs und schnippte eine Spinne weg, die ihr in den Mund krabbeln wollte. Nach dem Zittern in Chris' Stimme zu urteilen, war ihm klargeworden, dass ihnen Gefahr drohte. *Gut so. Sie sollen Angst vor mir haben. Sie sollen zittern.*

Wenn der Sheriff zwei Mädchen gefunden und ins Krankenhaus gebracht hatte, musste sie erst einmal herausfinden, welche von den beiden Bobby-Joe umzubringen plante. Als sie wieder die Stimmen der beiden vernahm, kam sie vorsichtig unter dem Busch hervor, richtete sich auf und presste sich mit dem Rücken an die Wand neben dem offenen Fenster. Die hölzernen Fensterläden würden sie vor Blicken schützen.

Sie lauschte den zu ihr dringenden Stimmen, zu nervös, um zu atmen.

»Ich weiß gar nicht, wie Elys Mädchen hieß. Wenn ich zu Besuch war, hat er sie immer nur ›Schlampe‹ genannt.« Chris räusperte sich. »Wie willst du sie denn finden?«

»Ich *weiß*, wie sie heißt.« Bobby-Joe kicherte. »Als ich das letzte Mal bei ihm war, hat Ely sie Jane genannt. Ich weiß nicht, an wie viel von ihrem alten Leben sie sich überhaupt erinnert. Inzwischen muss sie siebzehn oder so sein.«

»Ja, ich weiß noch, dass sie ihn immer ›Daddy‹ nennen musste.« Chris fluchte leise. »Der war echt ein kranker Mistkerl. Bei uns ist das anders.«

»Ach ja, stimmt, du ›liebst‹ Kinder, was?« Bobby-Joes Stimme klang plötzlich so rau, dass sie erschauderte.

Ja, ich wette, das tust du. Ihr Puls pochte ihr in den Ohren, als sie sich vom Haus fortschlich. Die Wut kochte in ihr hoch. Verdammt, wenn sie daran gedacht hätte, ihre Waffe mitzunehmen, hätte sie in die Hütte stürmen und die beiden erschießen können. Aber nein, ein schneller Tod war viel zu gut für diese Mistkerle. Sie musste sich an ihren Plan halten. *Ich werde sie für das bezahlen lassen, was sie getan haben.*

Ein Stück von Bobby-Joes Hütte entfernt kam sie zum Wanderweg, der in Richtung der Wasserfälle führte. Oben auf dem Berg angekommen, kletterte sie über einen Steinhaufen zu dem kleinen Parkplatz, der in den Berghang gehauen worden war, bevor ein Felssturz die Straße unpassierbar gemacht hatte. Sie hielt inne und suchte die Gegend ab, aber alles war menschenleer. Sie ruhte sich eine Weile aus und dachte darüber nach, was die Männer gesagt hatten. Dann kletterte sie über die Felsbrocken, die die Straße versperrten. Eine halbe Meile den Berg hinunter erreichte sie eine geräumte Fläche, wo sie ihr Auto geparkt hatte.

Im Auto nahm sie einen Schluck aus ihrer Wasserflasche und blickte in den weiten, blauen Himmel. Zu ihrer Rechten stürzten die Wasserfälle den Berghang hinunter und malten ein Dutzend Regenbögen in die Luft. Die Wipfel der Kiefern schwangen in der sanften Brise, zahllose Wildblumen bildeten leuchtende Farbtupfer zwischen den Felsblöcken. Die Szenerie war ein Traum für jeden Fotografen. Sie wandte den Kopf und betrachtete die vielen Gipfel der Bergkette. Überall marschierten Kiefern mit ihrer grünen Pracht die Felswände hinauf. Sie hätte so gerne andere Erinnerungen an Black Rock Falls gehabt. Dieser Wald barg solche schrecklichen Geheimnisse. Sie stieg wieder aus dem Auto, ging hinüber zu einer gewaltigen Kiefer und fuhr mit der Hand über die raue Rinde. Die Bäume am Straßenrand sahen aus wie riesige Wächter, die am Weg zu den Wasserfällen Spalier standen.

Es war wirklich eine Schande, dass Monster durch diesen Wald streiften.

31

Jenna hatte den ganzen Vormittag über das Register für Gewalt- und Sexualstraftäter von Montana durchsucht und anschließend noch die Datenbank mit den flüchtigen Straftätern nach den Namen der Mordopfer durchforstet. Aber der einzige bekannte Name, der auftauchte, war der von Stu Macgregor. Kane klopfte an ihre Tür. Er trug mehrere Tüten mit Essen zum Mitnehmen. Sie warf einen Blick auf die Uhr. »Oh, ich habe gar nicht mitbekommen, dass es schon so spät ist.« Sie unterdrückte ein Gähnen. »Bitten Sie Rowley und Webber, in mein Büro zu kommen, wir besprechen beim Mittagessen, was wir herausgefunden haben.«

»Ich fürchte, dass unsere Recherchen nicht viel ergeben haben.« Kane stellte die Tüten auf ihrem Schreibtisch ab, ging zur Tür und rief in den Flur: »Bringt euer Essen und eure Notizen mit! Wir essen hier beim Sheriff.«

Als alle Platz genommen hatten, musterte Jenna ihre Deputys. »Ich habe keinerlei Informationen zu unseren Opfern und ein bisschen was über Stu Macgregor gefunden. Über Price und Dorsey gibt es gar nichts, die sind noch nicht einmal wegen

Falschparkens aufgeschrieben worden. Was haben Sie herausgefunden?«

»Nicht viel, im Grunde nur das, was wir eh schon wussten. Amos Price, Ely Dorsey und Stu Macgregor habe alle für Party Time gearbeitet, oft auch auf derselben Veranstaltung. Ich habe mit dem Besitzer der Einrichtung gesprochen und offenbar hatte sich bisher noch nie jemand über die beiden beschwert. Er meinte, von den Männern, die für ihn arbeiten, hat keiner ein Spinnen-Tattoo auf der Hand. Er würde so jemanden auch gar nicht einstellen, weil das den Kindern Angst machen könnte.« Kane trank einen Schluck Kaffee und seufzte anerkennend. »Ich habe auch unsere Mordverdächtigen unter die Lupe genommen. Abgesehen davon, dass sie als Kinder sexuell missbraucht wurden, kann ich keine einzige Verbindung zwischen ihnen finden. Sie sind alle auf verschiedene Schulen gegangen und haben unterschiedliche Berufe. Ich habe die Sozialen Medien gecheckt, um zu sehen, ob sie gemeinsame Bekannte haben. Aber auch das hat nichts ergeben. Sie haben da kaum Freunde und Lizzy Harper hat nicht mal ein Konto. Die ist eine echte Einzelgängerin. Vielleicht finden wir am Montag die Verbindung, wenn wir uns mit der Sozialarbeiterin über Selbsthilfegruppen unterhalten. Mehr fällt mir im Moment auch nicht ein.«

»Rowley, was haben Sie gefunden?« Jenna nahm einen Bissen von ihrem Putenbrustsandwich. Erst jetzt wurde ihr klar, wie lange das Frühstück schon her war.

»Alle vermissten Mädchen auf meiner Liste sind immer noch als vermisst gemeldet. Sie stammen alle aus drei umliegenden Countys. Ich habe den Journalisten jeweils eine Nachricht hinterlassen, dass sie mich kontaktieren sollen, wenn sie neue Informationen zu den Geschichten haben, aber die Akten zu den Vermissten waren alle auf dem neuesten Stand.« Seine dunklen Augen musterten Jennas Gesicht. »Bei zwei Mädchen wohnen die Eltern in Blackwater, die habe ich kontaktiert.

Diese Fälle liegen alle so sieben bis zehn Jahre zurück. Ich habe für die Zeit, als unsere Mordopfer starben, die Alibis der Eltern überprüft, um sie auszuschließen. Und ich habe sie gebeten, mir zu erzählen, woran sie sich aus den Tagen oder Wochen vor dem Verschwinden ihres Kindes erinnern können. Sie gaben an, dass ihre Töchter in der Woche, bevor sie verschwanden, auf einem Kindergeburtstag waren.«

Jenna nickte. »Das ist sehr interessant. Damit dürfte klar sein, dass Party Time etwas damit zu tun hat. Hat da jemand noch weiter nachgeforscht?«

»Ja«, bestätigte Kane. Er sah sie aufmerksam an. »Sie haben in den letzten zehn Jahren vier Clowns und zwei Zauberkünstler beschäftigt: Das sind die beiden, von denen wir wissen, dass sie involviert sind, und die Brüder Booval. Der andere Zauberer ist letztes Jahr gestorben.« Er hob eine Augenbraue. »Ich habe mit dem Geschäftsführer gesprochen, und der erwähnte, dass das FBI in der vergangenen Woche mehrmals bei ihnen war. Also nehme ich an, dass sie in ganz Montana an der Sache mit dem Pädophilen-Ring arbeiten, ansonsten hätten sie uns bestimmt benachrichtigt.« Er zuckte mit den Schultern. »Demnach gehört anscheinend keiner ihrer Mitarbeiter dem Pädophilen-Ring an.«

Verdammt. Wieder eine heiße Spur, die im Sande verlief. Sie sah Webber an. »Haben Sie etwas zu berichten?«

»Nichts, was meine Liste der vermissten Mädchen betrifft.« Webber räusperte sich. »Ich habe einen Bericht über die Verhaftung von Lizzy Harper gefunden, darin war aber nichts, was wir nicht schon wüssten. Die anderen vermissten Mädchen auf meiner Liste werden noch vermisst. Ich wollte auch die Journalisten kontaktieren, hatte aber kein Glück.« Er seufzte. »In den Akten in Blackwater werden der Fall Angelique Booval und die Verurteilung von Stu Macgregor erwähnt, aber ihre Akte ist ebenfalls unter Verschluss.«

Jenna stieß einen langen, enttäuschten Seufzer aus. »Verdammt, ich hatte gehofft, wir würden etwas finden. Trotzdem danke, dass Sie heute reingekommen sind. Fahren Sie nach Hause und ruhen Sie sich aus. Walters hat heute Bereitschaft und ich melde mich bei Ihnen nur im Notfall.«

Sie bemerkte, dass Kane sitzen blieb.

Sie warf ihm einen Blick zu. »Ist noch was?«

»Ja. Wenn wir jetzt Feierabend machen, kommen Sie dann mit zum Gestüt?«

Sie sammelte die Styroporboxen ein, stopfte sie in den Mülleimer und nickte. »Gerne, eine Pause wird mir gut tun, aber halten Sie das Ganze bitte kurz, okay? Ich möchte alles noch einmal überprüfen, bevor wir morgen nach Blackwater fahren.« Sie sammelte Notizbuch und Handy ein. »Macht es Ihnen etwas aus, auf der Fahrt zur Ranch ein paar Punkte durchzugehen?«

»Nein, Ma'am.« Kane stand auf und streckte sich. »Möchten Sie erst nach Hause und sich umziehen?«

Sie merkte jetzt erst, wie erschöpft sie war. Der Fall machte ihr zu schaffen. Sie sah Kane an. »Dafür ist keine Zeit. Mit dem Ausritt wird es wohl nichts.« Sie blickte auf Duke hinab, der sich zu Kanes Füßen ausgestreckt hatte. »Tut mir leid, Duke, nächstes Mal vielleicht, ja?«

»Ist alles okay mit Ihnen, Jenna?«

»Ja, schon. Mein Kopf schwirrt ein wenig von all dem, was passiert ist.« Sie zuckte mit den Schultern. »Ich weiß auch gar nicht so recht, ob ich Ihnen da jetzt eine große Hilfe sein kann. Ich habe keine Ahnung davon, worauf man achten muss, wenn man Pferde kauft. Viel beitragen werde ich dazu wohl nicht können.«

»Das ist schon okay.« Er hatte seine Stimme gesenkt und sprach in dem fürsorglichen Tonfall, den er immer dann benutzte, wenn sie wütend auf ihn war. »Ich suche Ihnen ein passendes Reittier aus. Welche Farbe mögen Sie am liebsten? Ich will nichts kaufen, das Ihnen nicht gefällt.«

Als sie in sein ernstes Gesicht schaute, musste sie mit einem Mal laut lachen, und in diesem Moment löste sich die Anspannung, die den ganzen Tag auf ihren Schultern gelastet hatte. Sie grinste und tippte sich auf die Unterlippe, als müsse sie eine schwierige Entscheidung treffen. »Nun, lassen Sie mich mal sehen. Schwarz passt ja zu allem, Weiß aber auch.«

»Ich hoffe, wir finden etwas Passendes für Sie.« Jetzt lächelte auch Kane. »Wir können die Tiere übrigens gleich mitnehmen. Der Stall ist fertig und ich habe einen Pferdeanhänger.«

Jenna starrte ihn ungläubig an. »Sie haben einen Pferdeanhänger?«

»Ja, den habe ich am Freitag zu Glorias Ranch liefern lassen.« Er rollte seine breiten Schultern und wirkte plötzlich verlegen. »Sie ist sehr, äh ... hilfsbereit. Rowley hat sie mir neulich bei Aunt Betty's vorgestellt.«

Jenna ging zur Tür. »Ach was? Sie haben gar nicht erwähnt, dass Sie sie kennengelernt haben.«

»Ich fand nicht, dass das für unsere aktuellen Fälle relevant ist, Ma'am.« Er befestigte die Leine an Dukes Halsband und richtete sich auf.

Ihr fiel auf, wie er rot wurde und verkniff sich ein belustigtes Kichern. »Deswegen wollen Sie mich dabeihaben, nicht wahr? Damit sie Ihnen nicht wieder schöne Augen macht.«

Er hatte wieder seinen professionellen Gesichtsausdruck aufgesetzt und ignorierte ihre Frage. Sie arbeitete jetzt fast ein Jahr mit Kane zusammen und konnte inzwischen sehr gut in seinem Gesicht lesen. Und in diesem Moment teilte es ihr mit, dass das Thema Gloria Smithers nicht zur Diskussion stand. *Hmm, vielleicht steht er ja auf sie?*

———

Auf dem Weg zu Gloria Smithers Ranch sah Jenna ihre Notizen durch. Sie hatten keinen Bekannten der Mordopfer aufgetan, der an dem Fall beteiligt gewesen wäre. Die Opfer hatten kein soziales Umfeld, keine Freunde oder Arbeitskollegen, mit denen sie sich nach Feierabend oder am Wochenende getroffen hatten. Jede einzelne Befragung führte sie in eine weitere Sackgasse. Obwohl die beiden Mordopfer bei Party Time gearbeitet hatten, gab es keinen Hinweis darauf, dass sie jenseits des Jobs miteinander zu tun gehabt hätten. Wenn eine Gruppe von Männern die Mädchen regelmäßig vergewaltigt hatte, konnte man davon ausgehen, dass sie seit einer ganzen Weile miteinander befreundet gewesen waren. Die Männer hatten einander vertraut und ganz offensichtlich jedes Treffen sorgfältig geplant. Sie hatten so penibel darauf geachtet, dass man sie auf keinem der Fotos, die sie gefunden hatten, erkannte. Man konnte sich fragen, wie viele Männer wirklich daran beteiligt waren. Die Mädchen hatten vier Männer erwähnt, waren sich aber nicht sicher gewesen, dass es immer dieselben vier gewesen waren. Sie rieb sich die Nasenspitze. Die einzige Schlussfolgerung, zu der sie gelangte, war, dass die Männer sich schon vor Jahren kennengelernt hatten, vielleicht bereits als Teenager. Und doch hatten ihre Deputys nichts entdeckt, das diese Annahme belegen würde. Die einzige Verbindung war, dass die zwei für Party Time gearbeitet hatten. Sie musste tiefgründiger forschen. *Nur wo?*

Jenna sah Kane an. »Glauben Sie auch, dass die Mörderin selbst ein Missbrauchsopfer war? Oder eine Verwandte eines der Mädchen, die die Männer vergewaltigt haben?«

»Bisher haben alle Verwandten, die wir aufgetan haben, für den Todeszeitpunkt beider Opfer stimmige Alibis.« Kane zuckte mit den Schultern. »Wobei wir im Moment davon ausgehen, dass wir aufgrund der sechs vermissten Mädchen das Ausmaß der Aktivitäten der Pädophilen einschätzen können; in Wirklichkeit könnten es noch viel mehr Mädchen sein. Im

Grunde können wir aber auch da nur mutmaßen. Wir haben keine Beweise dafür, dass auch nur eines dieser vermissten Mädchen etwas mit unseren Mordopfern zu tun hatte.« Er seufzte. »Dass die Mörderin selbst Missbrauchsopfer war, kommt mir weitaus wahrscheinlicher vor.«

Jenna überflog ihr Notizbuch, als könne ihr der Beweis, den sie brauchte, plötzlich daraus entgegenspringen. »Rache ist bei Price und Dorsey das einzige Motiv, das mir einfällt. Das Problem ist, dass von allen sechs vermissten Kindern noch keines wieder aufgetaucht ist. Wir kennen also nur drei Frauen, die als Kinder sexuell missbraucht wurden: Lizzy Harper, Angelique Booval und Pattie McCarthy.«

»Aus denen etwas herauszubekommen, dürfte schwierig werden. Vielleicht haben Sie da bessere Chancen. Mit mir wollen sie ja nicht reden.«

Sie stieß einen gewaltigen Seufzer aus. Die Masken hatten etwas zu bedeuten. Falls die Männer immer diese Masken benutzt hatten, dann sicherlich von Anfang an. Das musste bei den Mädchen einen bleibenden Eindruck hinterlassen haben. Ihre drei verdächtigen Frauen besaßen wichtige Informationen über die Identität der anderen Kinderschänder, doch sie wollten ihnen einfach nichts verraten, anhand dessen sie die Beteiligten identifizieren könnten. Ihre Gedanken wanderten zu Angelique Booval. Vielleicht brachte ihre Befragung am nächsten Tag den nötigen Durchbruch, um den Fall zu lösen.

Sie blickte zu Kane hinüber, der tief in Gedanken versunken schien. »Haben die Brüder Booval eigentlich irgendetwas erwähnt, wo sich ihre Schwester während der Morde aufgehalten hat?«

»Sie meinten, sie sei in der Stadt gewesen, aber offenbar meidet sie ihre Brüder, wenn sie in ihren Kostümen stecken. Sie hat Angst vor Clowns.« Kane hielt den Blick starr auf die Straße gerichtet. »An jenem Tag war noch eine Verdächtige in der Stadt. Ich sah Pattie McCarthy, wie sie aus der Menschenmenge heraustrat, die sich um Stu Macgregor versammelt hatte. Vielleicht hat sie auch etwas gegen Clowns. Wobei Macgregor nicht als Clown verkleidet war, sondern als Zauberkünstler.«

Jenna sah ihn erstaunt an. »So oder so ist das ja kaum ein Grund, jemanden umzubringen. Viele Leute hassen Clowns, das ist eine echte Phobie.«

»Weiß ich doch. Das nennt man Coulrophobie, aber ich glaube kaum, dass unsere Mörderin an einer bestimmten Phobie leidet.« Kane sah sie an, und ihre Blick trafen sich für ein paar Sekunden, dann schaute er wieder auf die Straße. »Meiner Meinung nach leidet die Mörderin unter einer Form von PTBS, und irgendetwas hat sie getriggert, dass sie jetzt Leute umbringt.«

»Ich kann das schon nachvollziehen. Im Grunde überrascht es mich auch nicht, dass die Morde passiert sind, während in der Stadt das Herbstfest tobt. Überall sind Kleinkünstler, Clowns und Zauberer. Im Park. An der Straße. Wir sollten nachforschen, ob Price und Dorsey letzte Woche da auch irgendwo gearbeitet haben.« Sie machte sich eine Notiz in ihrem Notizbuch. »Ich werde mal bei Party Time nachfragen.«

»Das habe ich schon getan.« Kane seufzte. »Party Time hat mit solchen Straßenfesten nichts zu tun. Die Stadt engagiert und bezahlt die Straßenkünstler.«

»Okay.« Sie sah Kane an. »Wir wissen also, dass Harper und McCarthy zum Zeitpunkt der beiden Morde in der Nähe waren und dass Angelique Booval an dem Tag in Black Rock Falls war, an dem Ely Dorsey starb. Wir müssen noch herausfinden, ob Booval auch an dem Tag, als Price starb, in der Stadt war.«

»Das fragen wir sie morgen Vormittag«, sagte Kane. »Wir sind jetzt da.«

Jenna blickte auf, als sie in die lange Zufahrt zur Ranch einbogen. Der Weg war zu beiden Seiten von Paddocks gesäumt, die von weißen Zäunen eingefasst waren und auf denen zahlreiche Pferde standen. »Die Anlage ist ja ist riesig.«

»Ja, ich glaube, Gloria züchtet hier mehrere Rassen.« Kane fuhr vor dem Eingang eines imposanten, weiß getünchten Ranchhauses vor. »Sie hat schon ein paar Reittiere herausgesucht, die vielleicht für uns infrage kommen.«

Im selben Moment, als das Auto am Fuße der breiten Treppe hielt, die zum Hauteingang führte, flog die Tür auf, und heraus trat eine üppige Frau Ende zwanzig mit wallender roter Mähne. Wenn die Frau Krampfadern gehabt hätte, dann hätte Jenna es gesehen, so eng saßen die Jeans, die so trug.

Kane glitt vom Fahrersitz, und die Frau packte ihn und küsste ihn auf beide Wangen.

»Dave, was für eine Freude, dich wiederzusehen.« Die Frau hakte sich bei ihm unter, als ob sie ihn schon seit Jahren kannte. »Ich bin so froh, dass du es einrichten konntest.«

»Ich auch. Es stört dich doch nicht, dass ich den Hund dabeihabe?«

»Natürlich nicht, Dummerchen.« Sie strahlte ihn an.

Jenna kletterte aus dem SUV und stellte sich neben Kane. »Sie müssen Miss Smithers sein. Ich habe gehört, wir können bei Ihnen ein paar Pferde kaufen?«

»Ah, ja.« Kane wandte sich Jenna zu und warf ihr einen versteinerten Blick zu. »Gloria, das hier ist Sheriff Jenna Alton.«

Gloria nahm Jennas Anwesenheit kaum zur Kenntnis. Sie bugsierte Kane zu einer großen Scheune, die ein Stück vom Ranchhaus entfernt lag. Jenna konnte sie leise plaudern hören und ihr Instinkt gebot ihr, wieder ins Auto zu steigen und zu warten. Sie unterdrückte jedoch ihren brodelnden Groll dieser Frau gegenüber und schloss zu den beiden auf. Sie zwang sich zu einem Lächeln. »Leben Sie hier allein, Miss Smithers?«

»Natürlich nicht. Wie könnte ich einen Laden wie diesen allein führen?« Gloria wandte ihre Aufmerksamkeit wieder

Kane zu. »Es gibt einen schwarzen Wallach, der meiner Meinung nach perfekt passt und noch zwei Stuten zur Auswahl. Die Braune ist sehr ruhig, die ist eher was für weniger erfahrene Reiter.« Sie warf Jenna einen beinahe mitleidigen Blick zu. »Und dann habe ich da noch eine Araber-Schimmelstute. Die ist zwar ein wenig eigensinnig, aber topfit.«

Jenna berührte Kanes Arm, sie konnte nicht anders. »Ich mag eigensinnige Pferde.«

»Ich sag Arnie Bescheid, dass er sie euch sattelt.« Gloria löste sich von Kane und ging voraus in eine riesige Scheune, wo sie mit einem ihrer Mitarbeiter sprach.

Jenna drehte sich Kane zu. »So eine nette Frau. Ich frage mich, warum sie nicht verheiratet ist.«

»Keine Ahnung.« Kanes Mundwinkel sanken. Er bückte sich, um Duke die Ohren zu rubbeln.

»Sie mag Sie.« Jenna sah Gloria hinterher. »Warum gehen Sie nicht mal mit ihr aus?«

»Sie ist nicht mein Typ, und damit das klar ist, ich habe nicht die Absicht, mit irgendjemandem auszugehen.« Kane rollte mit den Augen. »Ich bin hier, um Pferde zu kaufen.« Seine Lippen zuckten. »Sie kennen ja wohl den Ausdruck, ›Honig um den Bart schmieren‹? Wer zu den Leuten, von denen er etwas will, besonders nett ist, kann nachher besser verhandeln. So macht man das zumindest hier in der Gegend.« Er wandte seinen Blick wieder Gloria zu, die gerade zurückkam und setzte ein breites Grinsen auf. »Vertrauen Sie mir, ich bin da Experte.«

32

Jane Stickler starrte auf die Schatten an der Wand ihres Krankenzimmers. Die drückende Stille machte sie rasend. Der Sheriff hatte das gesamte Stockwerk, in dem sie lag, abgeriegelt und tagsüber saß beim Fahrstuhl ein Deputy, der Dienst schob. Die Krankenschwester hatte ihr versichert, dass sie nachts in Sicherheit wäre, da der Zugang zu den Stationen innerhalb des Krankenhauses beschränkt war. Trotzdem saß die Nacht über lediglich eine Schwester im Schwesternzimmer, die die meiste Zeit in ein Buch versunken war.

Offensichtlich würde sie hier niemand finden können, aber dennoch schmerzte ihr der Magen bei dem Gedanken an die Befragung mit dem Sheriff am kommenden Morgen. Ely war tot, was wollten die denn da noch wissen? Sie kaute an den letzten Überresten ihrer Fingernägel und überlegte, was sie sie wohl fragen würden. Ihr war das alles jetzt schon so peinlich, dass ihr die Hitze in die Wangen stieg. Auf keinen Fall würde sie ihnen alles erzählen – dazu war es einfach zu furchtbar. Irgendwie machten die Medikamente, die ihr die Ärzte gegeben hatten, ihren Kopf langsamer. Sie konnte nicht mehr klar denken und warf einen Blick auf die Digitaluhr über ihrem

Bett. Es war nach Mitternacht, offenbar hatte sie nach Einnahme der Medikamente drei Stunden lang gedöst. Aber jetzt war sie hellwach und wollte nur noch nach Hause.

Ob ihr Zimmer noch so aussah wie früher oder ob ihre Eltern ihre Sachen weggeworfen hatten? Sie hatten ganz seltsam auf sie gewirkt, als sie sie im Krankenhaus besucht hatten. Sie hatten so viel älter ausgesehen, sie hatte sie kaum wiedererkannt. Es war, als hätten zwei Fremde ihr Zimmer betreten. Sie hatte sich so gefreut, sie zu sehen, und wollte so gerne in den Arm genommen werden, aber sie hatten nicht einmal ihre Hand gehalten. Stattdessen war es ihr vorgekommen, als schämten ihre Eltern sich für sie. Sie hatten sich so weit von ihr weg hingesetzt, als hätte sie eine ansteckende Krankheit. Ihre Mutter hatte nicht einmal erwähnt, dass sie sie mit nach Hause nehmen würden, und sie waren wieder gegangen, ohne ihr zu sagen, wann oder ob sie wiederkommen würden.

Zum Glück war da noch Adam. Ihr Bruder war sofort vorbeigekommen, nachdem der Sheriff sie hergebracht hatte. Er hatte sie eine Stunde allein gelassen. Und als er zurückgekehrt war, hatte er alles dabeigehabt, was sie brauchte. Nachthemd, Toilettenartikel und Klamotten. Einige der Sachen waren ihr ein bisschen zu groß, aber es waren eben ihre ersten eigenen Anziehsachen seit acht Jahren. Aus ihrem Bruder war ein liebenswerter Mann geworden und hatte ihr angeboten, bei ihm in Black Rock Falls einzuziehen.

Ein Geräusch im Flur ließ sie aufschrecken. Sie sah durch die Glasscheibe der Tür in der Erwartung, den Deputy zu sehen, der jeden Tag zur vollen Stunde an ihrem Zimmer vorbeiging und nach ihr schaute. Die Panik traf sie wie ein Schlag in die Magengrube, als sie im schwachen Licht das Gesicht eines Clowns sah.

Ely war gekommen und würde sie töten, weil sie dem Sheriff von den anderen erzählt hatte.

Starr vor Schreck sah sie, wie der Mann langsam den Gang entlangging. Nein, das konnte *er* unmöglich sein. Sheriff Alton hatte ihr gesagt, dass Ely tot wäre, aber sie hatte sofort seine Worte im Ohr, so als stünde er neben ihr und würde ihr zuflüstern: *Wenn du zu irgendwem auch nur ein Wort sagst, dann finden wir dich. Du kannst dich nicht vor uns verstecken. Wir finden dich, und dann töten wir dich und deine Familie.*

Ihr Herz raste, sie schnappte nach Luft und rutschte aus dem Bett. Sie musste hier weg. Nachdem sie das Kissen unter die Decke geschoben hatte, um den Anschein zu erwecken, dass sie schlafen würde, duckte sie sich unter das Bett und legte sich auf die kalten Fliesen. Lautlos öffnete sich die Tür und der Mann betrat den Raum. Sie hörte ihn atmen. Mit einem Ruck riss er die Decke vom Bett und der Mann fluchte. »Wo steckst du, du Schlampe?«

Seine Füße waren nur wenige Zentimeter von ihrer Nase entfernt. Unwillkürlich japste sie nach Luft und starrte im nächsten Moment in die scheußlich grinsende Clownsfratze.

»Komm raus da und leg dich ins Bett, oder ich bring dich zurück, wo du hingehörst.«

Sie erkannte die Stimme. Das war einer der Männer, die sie immer besucht hatten, der Böse mit den grünen Augen. Sie wich zurück. »Ich werde schreien, dann kommt die Krankenschwester.«

»Da kommt keiner. Alle Schwestern schlafen tief und fest und du bist die einzige Patientin auf dieser Etage. Das andere Mädel ist schon wieder zuhause.« Er beugte sich vor und packte sie an den Haaren. »Tu, was ich sage, dann bin ich nett zu dir, oder ich mach dich fertig. Deine Entscheidung.«

Zitternd vor Angst kroch sie unter dem Bett hervor. Sein Geruch rief eine ganze Welle schrecklicher Erinnerungen hervor. »Lass mich los, ich mach ja alles, was Du willst.«

»Ich weiß, dass Du das wirst.« Er trat einen Schritt zurück.

Die breit grinsenden roten Lippen auf dem weißen Gesicht ließen sie vor Ekel erschaudern.

Ein Lichtstrahl erhellte plötzlich den Raum und eine kleine, schwarz gekleidete Gestalt stand im Türrahmen, das Gesicht hinter einer Skimaske verborgen.

»Wen zum Teufel willst du denn darstellen?« Er wandte sich um. »Verschwinde hier, Junge.«

Als die Gestalt den Raum betrat, ließ sie die Tür weit offen.

Jane robbte um das Fußende des Bettes herum. Wenn sie es bis zur Tür schaffte, konnte sie auf den Flur rennen und Hilfe holen.

Ohne Vorwarnung stürzte sich die Gestalt auf den Clown. Dann hörte Jane eine Stimme.

»Lauf!«

Ohne nachzudenken, rappelte sie sich auf und hastete zur Tür. Die großen Hände des Clowns griffen nach ihrem Nacht-hemd, griffen aber ins Leere. Sie entkam ihm und war bereits auf den Weg hinaus auf den Flur.

»Lass sie in Ruhe.« Die Gestalt stellte sich ihm in den Weg. »Lauf und schau bloß nicht zurück.«

Der Clown brüllte vor Wut und Jane hörte einen dumpfen Schlag, als er den Unbekannten niederstreckte. »Um dich kümmere ich mich gleich noch, Bursche.«

Erschrocken zwang sie sich, ihre Beine zu bewegen. Sie rannte aus der Tür und sprintete den schwach beleuchteten Korridor entlang in Richtung Schwesternstation. Nirgends war jemand zu sehen, aber hinter sich hörte sie den Clown eine Frau beschimpfen. *Ich muss Hilfe holen.*

Ihre nur mit Socken bekleideten Füße rutschten auf dem polierten Boden aus, sie prallte gegen die Wand. Verzweifelt versuchte sie, weiterzukommen. Die Rettung schien so nah, aber auch meilenweit entfernt. Hier musste doch jemand sein, der ihr helfen konnte! Sie schrie, so laut sie konnte. Irgendwer musste sie in diesem Krankenhaus doch hören. »Hilfe! Hilfe!«

Ihre Schreie hallten durch die leeren Korridore, aber niemand kam. Verzweifelt lief sie an den Türen der anderen Zimmer vorbei und spähte dabei durch die kleinen Fenster, aber alle waren leer. Da fiel ihr ein, was ihr Bruder ihr vorhin erzählt hatte – sie war ganz allein auf ihrer Etage. Zu ihrer eigenen Sicherheit. Atemlos rannte sie um ihr Leben. Vor dem Tresen der Schwesternstation kam sie schlitternd zum Stehen und starrte die Nachtschwester dahinter ungläubig an. Die Frau saß mit geschlossenen Augen zurückgelehnt auf ihrem Stuhl. »Wachen Sie auf, ich brauche Hilfe!«

Die Frau rührte sich nicht.

Jane trommelte mit den Fäusten auf den Tresen und fegte dabei mehrere Blätter Papier zu Boden. »Helfen Sie mir doch.« Sie starrte die Krankenschwester an und wartete darauf, dass sich ihre Brust hob und senkte, aber sie bewegte sich nicht.

Hatte er sie alle umgebracht?

Verzweifelt blickte sie sich in alle Richtungen um. Hinten, am anderen Ende des Flurs, sah sie die schimmernden Metalltüren des Fahrstuhls. Wenn sie es bis dorthin schaffte, konnte sie entkommen. Sie lief los. *Ich kann es schaffen.*

Sie drehte sich um und sah, wie er langsam auf sie zuschritt.

Seine groteske Maske grinste. »Ich komme.« Er stieß ein tiefes Kichern aus. »Und ich werde dich jetzt umbringen.«

Ihre Brust verkrampfte sich und ihr Herz schlug so schnell, dass es fast ihre Rippen sprengte. Sie hörte seine Schritte hinter sich, so langsam, als würde er sie mit jedem einzelnen Schritt verspotten.

»Du kannst mir nicht entkommen.«

Er holte auf, aber noch hatte sie Zeit. Sie rutschte gegen die Wand neben dem Fahrstuhl, holte tief Luft und presste ihre zitternde Handfläche auf den Knopf auf der Tafel neben der Tür. Dahinter begann es zu surren und die Standanzeige leuchtete auf. Der Fahrstuhl befand sich im Erdgeschoss und sie im obersten Stockwerk. »Komm schon, komm schon!« Sie drückte mehrmals auf den Knopf und starrte auf die Anzeige, auf der die Nummern der Etagen im Schneckentempo wechselten.

Noch fünf Stockwerke, noch drei, noch zwei. Jetzt bewegte er sich schneller.

Aber er war schneller.

»Hab ich dich.« Er rammte sie gegen die Wand. Der Stoß presste ihr die Luft aus den Lungen.

Die Fahrstuhltüren glitten auf. Zu spät. Er hatte sie. Sie konnte nicht mehr atmen. Mit seinem Körpergewicht drückte er sie an die Wand, wie man einen Schmetterling an ein Korkbrett heftet. Bevor sie sich wehren konnte, drehte er sie mit einem Ruck zu sich und kugelte ihr den Arm aus. Etwas Scharfes stach ihr in das Fleisch. Sie wollte schreien, aber ihr Mund gehorchte ihr nicht. Sie starrte in seine erbarmungslosen grünen Augen und erschauderte vor Ekel vor seinem roten Grinsen. *Jetzt sterbe ich.* Die Welt kippte und klappte an den Rändern ein.

33

Flach auf dem Fußboden in Janes Krankenzimmer liegend schnappte sie nach Luft und krümmte sich, während ihr der Schmerz in Wellen durch ihren Bauch schoss. Sie hätte wissen müssen, dass Bobby-Joe ihr in den Magen boxen würde wie er es immer tat. Wenigstens war Jane entkommen. Wenn sie sich das nächste Mal begegneten, würde sie ihn kaltmachen. Aber jetzt musste sie hier verschwinden, bevor er zurückkam, um sie zu töten.

Vom Flur her war ein schleifendes Geräusch zu hören. Mit einem Arm um ihre Rippen rappelte sie sich auf und kroch in den Schatten hinter der offenen Tür. Wenige Augenblicke später betrat Bobby-Joe den Raum. Er zog Jane an den Haaren hinter sich her. Er hievte sie aufs Bett, und durch den Türspalt sah sie, wie er die Bettdecke über ihr ausbreitete. Der Mann war vorsichtig. Er trug eine Maske und chirurgische Handschuhe. Offenbar wollte er keine Spuren hinterlassen. Sie hielt den Atem an, als er unter das Bett schaute und sich im Zimmer umsah. Wenn es zum Zweikampf käme, würde sie den Kürzeren ziehen.

»Verdammt, jetzt stellt mir auch noch so ein Knirps nach«,

murmelte er. »Nicht, dass mir das Sorgen macht. Ich bin ein Geist.« Er kicherte, dann ging er zurück zum Bett und starrte Jane an: »Ich hab dir doch gesagt, dass keiner entkommt.« Dann wandte Bobby-Joe sich ab und schlenderte aus dem Zimmer.

Sie wartete, bis sie hörte, wie sich die Fahrstuhltüren schlossen, dann spähte sie vorsichtig um die Tür herum. Entsetzt starrte sie Jane an. Deren Gesicht war kreidebleich. Sie trat an das Bett heran und suchte an Janes Hals nach dem Puls. Nichts. Er hatte sie umgebracht. Die Wut rollte über sie hinweg wie eine Flutwelle. »Es tut mir so leid.«

Ihre oberste Priorität im Moment war dennoch, das Krankenhaus zu verlassen. Sie spähte vorsichtig aus der Tür und wandte sich dann, anstatt den Fahrstuhl zu nehmen, in die andere Richtung und steuerte den Notausgang an. Ihre Rippen schmerzten, aber sie hatte eine wichtige Lektion gelernt. Das nächste Mal, wenn sie auf Bobby-Joe traf, hätte sie definitiv eine Waffe dabei.

34

MONTAG, WOCHE ZWEI

Nachdem er sein Workout mit Jenna beendet hatte, begab sich Kane zum Stall, um die Pferde zu versorgen. Er atmete den angenehmen Geruch des frischen Heus tief in sich hinein. Er erinnerte ihn an seine Kindheit und Jugend, die er in einem Kuhdorf vergeudet hatte, bevor er zu den Marines gegangen war. Ein Lächeln fuhr bei diesen Gedanken an früher über sein Gesicht. Die beiden Pferde schienen die Nacht gut überstanden zu haben und begrüßten ihn mit einem Wiehern. Mit Duke hatten sie sich ebenfalls bereits angefreundet, was das Ganze noch besser machte. Er streichelte den Pferden ihre seidenen Nasen und sprach leise mit ihnen, bevor er sie auf den Paddock führte.

Er war gerade dabei, die Boxen auszumisten, als er hörte, wie Jenna nach ihm rief. »Ich bin hier hinten!«

Als er die Schubkarre zur Scheune schob, kam sie ihm entgegen. »Ist was nicht in Ordnung?«

»Das kann man wohl sagen. Jane ist heute Nacht gestorben.« Jennas Mund war nur ein schmaler Strich. »Die Ärzte haben keine Ahnung, was passiert ist. Als die Krankenschwester ihr vorm Schlafengehen ihre Medikamente gab, ging es ihr noch gut.«

Er rollte die Schubkarre in die Scheune, zog seine Handschuhe aus und ließ sie auf einen Tisch fallen. »Wer war bei ihr? Gibt es Anzeichen eines Kampfes?« Er wischte sich mit dem Unterarm den Schweiß von der Stirn.

»Zumindest sind dem Arzt keine aufgefallen. Es scheint so, als sei sie im Schlaf gestorben.« Jenna stand vor ihm, eine Hand auf der Dienstwaffe. »Mir ist das verdächtig vorgekommen. Ich habe deswegen Wolfe gebeten, sich die Leiche anzusehen. Wenn er meint, dass eine Autopsie notwendig ist, müssen wir die Erlaubnis der Eltern einholen.«

Er nickte. »Das klingt wirklich verdächtig, zumal wir vorhatten, sie bald wieder zu befragen. Das Problem ist nur, wer hat sie getötet? Unsere Mörderin bringt ja die Pädophilen um, nicht die Opfer.«

»Der Gedanke kam mir auch schon.« Jenna biss sich auf die Unterlippe, die eine rosarote Farbe annahm. »Wobei die beteiligten Männer ja, nach dem, was uns die Mörderin erzählt hat, mehrere Kinder ermordet haben. Vielleicht hat einer der Pädophilen Jane getötet?«

Kane begegnete ihrem Blick. »Ja, aber nur wir wissen, was sie uns erzählt hat. Wenn sie ermordet wurde und sich ihr Mörder mit den Abläufen für traumatisierte Patienten im Krankenhaus auskennt, würde er annehmen, dass Jane noch eine ärztliche Freigabe braucht, bevor wir sie befragen können.« Er rieb sich das Kinn. »Und er muss sich nachts Zugang zum Krankenhaus verschafft haben.«

»Das kann nur heißen, dass einer der Männer aus dem Pädophilen-Ring im Krankenhaus arbeitet.« Jenna warf ihm einen besorgten Blick zu und wandte sich zum Gehen. »Ziehen Sie sich an. Ich will in die Klinik und danach müssen wir Angelique Booval in Blackwater besuchen. Am besten nehmen wir ihr Auto.« Sie musste an den Rausch denken, der sie gepackt hatte, als sie das letzte Mal mit seinem Auto gefahren war.

Er bedachte sie mit einem langen Blick. »Wollen Sie fahren?«

»Wie bitte? Sie wollen, dass *ich* das ›Biest‹ fahre?« Ihre Lippen zuckten, beinahe hätte sie gelächelt. »So gerne ich mal auf offener Straße das Gaspedal durchtreten würde – ich weiß nicht, ob Ihre Nerven das aushalten würden.« Sie sah ihn herausfordernd an. »Sie ist ja schließlich Ihr *Baby*.«

Er hob das Kinn. »Meine Nerven sind völlig in Ordnung.«

»Mir ist es lieber, Sie sind mit den Gedanken beim Fall als bei meinen Fahrkünsten.« Sie wandte sich zum Gehen, blieb dann stehen und sah ihn an. »Ich mache uns was Warmes zum Frühstück. Können Sie in einer Viertelstunde bereit für das Essen sein?«

Der Gedanke an ein warmes Frühstück ließ seinen Magen knurren. In letzter Zeit hatte er sich stets mit Cornflakes begnügt. Er lächelte breit. »Wunderbar.«

Nach dem Frühstück fuhren Sie in die Dienststelle. Kane saß am Steuer, Jenna war ungewöhnlich still. Er schaute sie an und bemerkte, dass sie auf ihrer Unterlippe kaute, wie sie es immer tat, wenn sie in Gedanken versunken war. »Beschäftigt Sie etwas?«

»Ich gehe im Kopf gerade noch einmal die Fälle durch. Janes Tod ist einfach ein zu großer Zufall. Sie hat überlebt, dass sie jahrelang an eine verdammte Wand angekettet war, und sobald sie in Sicherheit ist, stirbt sie im Schlaf? Das kann ich nicht glauben. Auf keinen Fall.« Sie sah ihn an. »Das Problem ist nur, falls es sich um ein Verbrechen handelt, ist der Tatort längst kontaminiert. In ihrem Krankenzimmer waren bestimmt schon diverse Schwestern und Ärzte zugange.«

»Das muss nichts heißen. Wolfe ist ein sehr begabter Rechtsmediziner.«

»Ja, ich weiß, aber es hat viel Überzeugungsarbeit gekostet, bis der Arzt willens war, die Leiche an Ort und Stelle so zu lassen, wie sie vorgefunden wurde.« Sie warf ihm einen flüchtigen Blick zu. »Ich habe ihm klargemacht, dass wir jeden Todesfall, der mit einem Verbrechen in Zusammenhang steht, als verdächtig einstufen. Schließlich hat er sich bereiterklärt, den Raum versiegeln zu lassen und auf Wolfe zu warten. Er ist sicher längst da und wird ein paar Antworten für uns haben, wenn wir eintreffen.«

»Zumindest wird er uns sagen können, ob ihm etwas verdächtig vorkommt.«

»Und noch etwas.« Jenna drehte sich in ihrem Sitz zu ihm um. Ihr blumiges Parfüm erfüllte die Luft. »Ich habe so ein Bauchgefühl, dass diese Mörderin mehr auf dem Kerbholz hat als wir annehmen, und ich bin inzwischen auch ganz sicher, dass wir es mit einer Frau zu haben. Das Blut auf Ihrer Türschwelle, der Telefonanruf – je mehr ich darüber nachdenke, desto mehr kommen mir die Morde vor wie die Taten einer rachsüchtigen Frau.«

Kane räusperte sich. »Ja, ich glaube auch, dass das Profil auf eine Frau passt. Sie wollte uns mitteilen, welches ihr Motiv für die Morde ist. Zudem hat sie uns eine Warnung zukommen lassen, die Befragung der Frauen zu unterlassen. Was haben Sie sonst noch?«

»Ich glaube, sie spielt mit uns wie in einem Schachspiel.« Jenna lehnte sich zu ihm hinüber. Sie klang jetzt ganz aufgeregt. »Schauen Sie: Die Frau gibt uns Hinweise und teilt uns mit, dass diese Männer des Mordes schuldig sind und einem Pädophilen-Ring angehören. Aber indem sie das tut, lenkt sie unsere Ermittlungen in eine ganz bestimmte Richtung. Sie legt uns Zeitungsartikel hin und weiß genau, dass wir daraufhin alle Frauen vernehmen werden, die in den letzten zehn Jahren sexuell missbraucht worden sind.« Sie warf die Hände in die Luft. »Wir fahren heute aus der Stadt heraus – und warum? Weil wir mit Angelique Booval reden müssen, einer der Hauptverdächtigen. Aber was, wenn Angelique gar nichts mit den Morden zu tun hat und die Mörderin uns nur aus der Stadt haben will, damit sie weitermorden kann?«

Kane zuckte mit den Schultern. An dem, was Jenna gesagt hatte, war durchaus etwas dran. »Kann sein. Aber falls Jane ermordet wurde und unsere Täterin ihrerseits die betreffenden Männer überwacht, warum hat sie dann den Mord an Jane nicht verhindert?«

»Ich weiß es nicht, aber wenn meine Theorie stimmt, wohnen die anderen beiden Männer, die noch auf ihrer Liste stehen, in Black Rock Falls.«

»Davon können wir wohl ausgehen.« Er lenkte den Wagen auf die Stanton Forest Road und fuhr in Richtung Krankenhaus. Er betrachtete den Wald und die in der Ferne aufragenden Berge und fand es schwer zu glauben, dass im Schatten dieser wunderschönen Aussicht so viele Verbrechen begangen wurden. Seit er nach Black Rock Falls gezogen war, hatte sich die scheinbar harmlose Kleinstadt als Hort zahlloser dunkler Geheimnisse entpuppt, von denen bisher keines zu etwas anderem geführt hat außer dem Tod.

Kane richtete seine Gedanken wieder auf das Hier und Jetzt. »Es ist schon ärgerlich, dass wir noch in die Stadt müssen, um die Dienststelle zu öffnen. Das verlängert unseren Weg nach Blackwater. Ich hatte denen gesagt, dass wir vor zwei Uhr da wären.«

»Ach, das wissen Sie ja noch gar nicht.« Sie ließ sich in ihrem Sitz zurückfallen und lenkte ihre Aufmerksamkeit von ihm weg. »Rowley kümmert sich heute um die Dienststelle, ich habe ihn vorhin angerufen.« Sie räusperte sich. »Ist Ihnen aufgefallen, wie breit er geworden ist? Er hat mich gefragt, ob ich größere Hemden bestellen könnte. Habe ich natürlich sofort getan. Er treibt offenbar Sport. Vielleicht können Sie ihm bei Gelegenheit mal ein paar Ihrer unbewaffneten Kampftechniken zeigen?«

»Nicht nötig.« Er bremste den Wagen ab, als er in eine Kurve fuhr und schaute zu ihr hinüber. »Er trainiert im Fitnessstudio in der Stadt und ist außerdem einem Kampfsport-Dojo beigetreten.«

»Woher kommt denn dieses plötzliche Bedürfnis nach körperlicher Fitness? Er ist ja auch so ein sehr fähiger Deputy.«

Kane verbiss sich ein Grinsen. »Er hat sich wohl in jemanden verguckt und Frauen holen das Beste aus den Männern heraus.«

»Ach, so ist das.« Jenna wurde rot. »Dann ist er wohl immer noch mit Alison Saunders zusammen?«

Kane bog auf das Gelände des Krankenhauses ein und hielt auf einem reservierten Parkplatz neben Wolfes Wagen. Er begegnete ihrem Blick. »Dazu sage ich nichts.«

35

Der Krankenhausgeruch umhüllte Jenna, als sie sich Janes Zimmer näherte. Ihr war mulmig zumute. Auf einem Stuhl im Flur saß ihr Bruder Adam, das Gesicht in den Händen vergraben. Sie trat neben ihn und legte ihm eine Hand auf die Schulter. »Mr. Stickler, Ihr Verlust tut mir so leid. Soll ich irgendjemanden anrufen, der sich um Sie kümmert?«

Er hob sein blasses, tränennasses Gesicht und sah sie an, dann schüttelte er den Kopf. In seinem Blick lag so viel Schmerz, dass sich Jennas Magen zusammenkrampfte.

»Ich will sie nur sehen.« Adam wischte sich über die Augen. »Warum lassen die mich nicht zu ihr?«

Jenna nickte Kane zu, um ihm zu bedeuten, dass er schon einmal hineingehen sollte, um mit Wolfe zu sprechen. Als Gerichtsmediziner von Black Rock Falls County oblag Wolfe die Entscheidung, ob er seine tote Schwester sehen durfte. Sie setzte sich neben Adam und schluckte, um den Kloß im Hals loszuwerden. »Es kam uns sehr merkwürdig vor, dass sie im Schlaf gestorben sein soll. Ich habe es deswegen für angebracht gehalten, unseren Gerichtsmediziner einen Blick auf sie werfen zu lassen, um sicherzustellen, dass ihr niemand etwas angetan hat.«

»Ich habe das schreckliche Gefühl, dass das auch jemand getan hat.« Er wischte sich mit dem Ärmel über die Augen. »Als ich gestern Abend hier fort bin, ging es ihr prima. Sie wollte zu mir ziehen, ich wohne hier in der Stadt.« Seine blutunterlaufenen Augen blinzelten und sein Blick wanderte über ihr Gesicht. »Einer der Männer, die sie entführt haben, hat sie getötet. Sie hat mir erzählt, dass sie ihr gedroht haben und gesagt haben, dass sie alle umbringen würden, die sie liebhat, wenn sie zu irgendwem auch nur ein Wort sagt.«

Jenna staunte, dass Jane mit Adam darüber gesprochen hatte, was sie hatte durchmachen müssen und nutzte die Gelegenheit, um ihm noch ein wenig mehr auf den Zahn zu fühlen. Jede Information konnte hilfreich sein. Ein paar Schritte weiter stand ein Kaffeeautomat. Sie stand auf und holte zwei Pappbecher mit Kaffee, reichte Adam einen und nahm wieder neben ihm Platz. »Ich hoffe, Sie mögen ihn mit Milch und zwei Stück Zucker?«

»Ja, danke.« Adam umklammerte den Pappbecher, als wäre er ein Rettungsring und schaute sie an. »Ich hoffe, die Arschlöcher kommen wirklich und versuchen, mich umzubringen.« Er drehte den Kopf und schaute ihr direkt in die Augen. »Jane hat mir erzählt, was sie ihr angetan haben. Ich kann gar nicht glauben, dass sie acht Jahre bei denen überlebt hat. Die hatten sie an die Wand gekettet, verdammte Scheiße!«

Jenna hielt seinem Blick stand. »Wir wissen, dass mindestens vier Männer beteiligt waren, und zwei von ihnen sind tot. Hat sie Ihnen irgendetwas über die anderen erzählt? Ich weiß, sie trugen Masken, aber jeder kleine Hinweis kann uns helfen, sie aufzuspüren.«

»Einer hatte grüne Augen.« Adam schnaubte zornig. »Als sie sie damals entführten, sagte sie, dass sie dachte, er wäre ein Elf, weil er hellblonde Haare und leuchtend grüne Augen hatte. Smaragdgrün.« Ein Nerv in seiner Wange zuckte. »Und ein Tattoo von einer Spinne im Netz an einer Hand. Nach dem, was sie mir erzählt hat, war er ein gemeiner Mistkerl, grausam und gnadenlos. Sie hatte schreckliche Angst vor ihm.«

Jenna stellte ihren Becher ab, holte ihr Notizbuch hervor, notierte sich ein paar Details und bat ihn, weiter zu erzählen. »Können Sie sich noch an irgendetwas anderes erinnern?«

»Ich werde nie vergessen, was sie gestern Abend zu mir gesagt hat.« Er rieb sich mit der Hand über das Gesicht und blinzelte, als sähe er sie direkt vor sich. »Sie sagte, seit Sie sie gefunden hätten, kämen Fetzen ihrer Erinnerung zurück. Sie meint, dass es wahrscheinlich vier Männer waren. Zwei waren von ähnlicher Statur, von denen war einer sehr ruhig. Die anderen haben immer Witze über ihn gemacht. Sie hat sich an ein wichtiges Detail bei ihm erinnert.«

Den Stift über dem Notizbuch gezückt, lehnte sie sich zu ihm hinüber, hochkonzentriert, um jedes Wort hören zu können. »Und was war das?«

»Er hatte eine Narbe am Knie, so wie ich.« Adam stellte seinen Kaffeebecher auf dem Stuhl neben sich ab und krempelte ein Bein seiner Jeans hoch. Mitten über sein Knie lief eine lange Narbe. »Ich bin als Kind vom Pferd gefallen und habe mir dabei so stark das Knie zertrümmert, dass ich ein neues Kniegelenk brauchte. Die Krankenkasse meines Vaters übernahm die Kosten für die Operation, aber Jane sagte, diese Männer schienen immer knapp bei Kasse zu sein. Sie stritten sich ständig darüber, wer wie viel für ihren Unterhalt beisteuern sollte. Dass er eine so teure Operation bekommen hat, könnte doch wichtig sein.«

Jenna ließ sich diese neuen Fakten durch den Kopf gehen. Zunächst kam ihr ein Rodeo-Reiter in den Sinn, dann schoss ihr ein anderer Gedanke durch den Kopf. »Vielleicht hatte er einen Autounfall.«

»Genau.« Adam krempelte das Bein seiner Jeans wieder

herunter. »Eine Forderung in solcher Höhe wäre bei einer Versicherung doch sicher noch aktenkundig.« Er rieb sich den Nacken. »Sie sagte, alle hätten Masken und Latexhandschuhe getragen, aber das Tattoo konnte sie durch den Handschuh hindurch sehen.« Er schluckte schwer, wandte den Blick ab und ballte die Fäuste. »Sie sagte, die hätten Fotos gemacht. Ekelhafte Missgeburten.«

Der plötzliche Anflug von Aggressivität ließ Jenna zusammenzucken. Sie stand auf. »Okay, vielen Dank. Ich verspreche Ihnen, wir werden diese Männer finden.«

Erleichtert sah sie, wie im selben Moment Kane aus Janes Zimmer kam. Als er sie zu sich herüberwinkte, blickte sie zu Adam hinunter. »Es wird nicht mehr lange dauern. Ich spreche mal eben mit Deputy Wolfe.«

»Er sieht angespannt aus. Probleme?« Kane hob eine dunkle Augenbraue und ging voraus in das Zimmer.

»Er ist wütend, und er glaubt nicht eine Sekunde lang, dass sie im Schlaf gestorben sein soll.« Jenna trat neben Wolfe und schaute hinab auf Jane Sticklers ausgemergelte Gestalt. Sie versuchte, den leichten Geruch des Todes zu ignorieren, der im Raum schwebte. »Sind Sie zu einem Schluss gekommen?«

»Ja.« Wolfe richtete die Lampe über dem Bett so aus, dass sie auf den Leichnam schien. »Sie hat Einstichstellen an den Armen, aber die könnten auch von den Verabreichungen der Medikamente stammen, die die Schwestern ihr gegeben haben. Normalerweise wäre ein komplettes toxikologisches Screening nicht nötig, aber ich vermute, dass ihr jemand eine Überdosis von irgendetwas gespritzt hat. Ich habe die Liste der Medikamente, die sie während ihres Aufenthalts hier bekommen hat. Nichts davon hätte sie umbringen können.«

Jenna warf ihm einen Blick zu. »Eine solche Vermutung ist noch kein Ansatz für einen Mord. Sie haben doch bestimmt noch etwas anderes gefunden.«

»Schauen Sie mal hier.« Wolfe richtete den Schein der Lampe auf Janes Kopf. »Sehen Sie die Hämatome? Die sind ganz frisch und stehen im ersten Bericht nicht drin. Ich nehme an, dass jemand sie an den Haaren gezogen hat. Also habe ich das Zimmer durchsucht und unter dem Bett und neben der Tür zahlreiche Haare von ihr gefunden. Ich schlage vor, dass wir den Flur nach Haaren absuchen und die Schwesternstation und das Bedienfeld des Aufzugs nach Fingerabdrücken einstauben.«

»Okay.« Sie sah Kane an. »Schnappen Sie sich Wolfes Spurensicherungsset und besorgen Sie mir ein paar Beweise.«

»Ja, Ma'am.«

Jenna wandte sich wieder Wolfe zu. »Was haben wir noch?«

»Janes Socken sehen brandneu aus, sind aber verschmutzt, als ob sie herumgelaufen wäre.« Wolfes graue Augen verengten sich. »Auf dem Stuhl dort drüben hat sie ein Bündel ganz frischer Socken. Warum trägt sie dann schmutzige Socken im Bett? Und dann ist da noch das hier ...« Er schlug das Laken zurück und schob das Nachthemd des Mädchens hoch. Auf den Knien sah man rote Flecken. »Klassische Abschürfungen. Sie wurde mit dem Gesicht nach unten über den Boden geschleift.«

Eine Welle des Mitleids überkam Jenna. Sie schluckte. »Glauben Sie, sie hat versucht, vor ihrem Mörder wegzulaufen?«

»Ja, sieht so aus, als hätte er sie gejagt und überwältigt und dann an den Haaren wieder hierher gezerrt. Während des Kampfs hat er ihr eine Giftspritze verabreicht und sie dann wieder ins Bett gelegt.«

Die neuen Erkenntnisse ließen Jennas Kopf schwirren. »Wie zur Hölle konnte sie jemand hier im Krankenhaus umbringen? Wo waren die Schwestern?« Sie ging im Zimmer hin und her und schüttelte ungläubig den Kopf. »Ich will

Antworten. Gibt es wenigstens Überwachungskameras auf jeder Etage?«

»Nein, nur am Haupteingang und am Eingang der Notaufnahme.« Wolfe deckte den Leichnam wieder zu. »Ich habe mich schon erkundigt.«

»Ich will mit der zuständigen Krankenschwester sprechen und mit allen, die vergangene Nacht auf der Station Dienst hatten.« Jenna ging gerade zur Tür, als Kane wieder hereinkam. »Haben Sie etwas gefunden?«

»Nein, die diensthabende Krankenschwester sagte, die Reinigungskräfte hätten den ganzen Bereich bereits geputzt, bevor die Leiche entdeckt wurde. Aber ich habe etwas Interessantes herausgefunden. Eine der Schwestern hat sich im Pausenraum offenbar mit Wasser aus dem Heißwasserbehälter einen Tee gemacht und ist dann eingeschlafen. Sie schläft immer noch, ist nicht wachzukriegen. Die Ärztin geht davon aus, dass ihr jemand Schlaftabletten ins Wasser getan hat. Ich habe ihr gesagt, sie soll dafür sorgen, dass niemand den Behälter berührt, damit wir eine Probe nehmen können.«

»Dann hat also jemand letzte Nacht das gesamte Personal betäubt?«

»Genau, und zwar in diesem Stockwerk und in den beiden darunter. Das ergibt auch durchaus Sinn. Anscheinend macht die Nachtschicht auf diesen Etagen immer um halb zwölf Pause, um sich Kaffee oder Tee zu machen. Nachts hat hier selten mehr als eine Schwester Dienst. Wenn etwas mit einem Patienten ist, ruft sie in der Notaufnahme an, um Hilfe zu holen.« Kane lehnte sich mit seinen breiten Schultern gegen die Wand. »Wer auch immer das getan hat, er kennt die Schichtzeiten und weiß genau, wann die Krankenschwestern Pause machen.«

Jenna kratzte sich am Kopf. So viel zu tun und die Zeit schien ihnen davonzulaufen. *Delegieren ist angesagt!* »Wolfe, wenn Sie allen, die letzte Nacht Dienst hatten und betäubt wurden, Blut abnehmen, können Sie sie dann bitte gleichzeitig fragen, ob sie etwas Ungewöhnliches bemerkt haben?« Sie seufzte. »Das ist eine Nummer zu groß für uns. Wir müssen noch einmal das FBI einschalten, damit es eine vollständige Untersuchung durchführt. Ich will wissen, ob die Tabletten, die wir bei den Opfern gefunden haben und das Medikament, mit denen die Schwestern betäubt wurden, hier aus der Klinik stammen. Man kann doch fehlende Bestände aus der Krankenhausapotheke aufgrund von Verpackungen und Chargennummern zurückverfolgen, oder?«

»Ja, kein Problem. Ich rufe gleich mal beim FBI an, ich werde hier ohnehin stundenlang warten müssen, bis alle Unterlagen bearbeitet werden. Das Krankenhaus muss eine Menge Formulare ausfüllen, bevor sie die Leiche freigeben können.«

Sie stieß einen langen Seufzer aus. »Ich bin überzeugt, dass es jemand von der Belegschaft war. Offensichtlich arbeitet ein Mitglied des Pädophilen-Rings hier oder kennt jemanden, der hier arbeitet.«

»Das wird wohl wahrscheinlich nicht viel weiterhelfen.« Kane räusperte sich und warf ihr einen bedauernden Blick zu. »Jeder Patient, der hier längere Zeit gelegen hat, könnte mitbekommen haben, wann Schichtwechsel ist.«

»Damit wir in die Gänge kommen, werde ich der Krankenschwester, die gestern Nacht Dienst hatte, Blut abnehmen, und dann sollten wir den Heißwasserbehälter beschlagnahmen.« Wolfe rieb sich über seine blonden Stoppeln am Kinn. »Ich werde eine Autopsie durchführen müssen.« Er schob eine Trage neben das Krankenbett und gab Kane ein Paar Handschuhe. »Helfen Sie mir, sie auf die Trage zu legen. Hier drin riecht es. Ich bringe sie in das Zimmer nebenan, damit ihr Bruder sie sehen kann.« Er warf Jenna einen kurzen Blick zu. »Können Sie den Bruder ein paar Minuten lang ablenken? Er ist in ihrer Krankenakte als nächster Angehöriger eingetragen. Scheint, als hätten ihre Eltern ihm die Ehre überlassen. Lassen

Sie ihn ein Erlaubnisformular ausfüllen. Ich habe eines in meinem Koffer.«

»Mache ich. Aber bevor ich es vergesse ... Hatten Price oder Dorsey eine Narbe am Knie? Eine große Narbe, wie von einer OP, um ein künstliches Kniegelenk einzusetzen.«

»Nein, sie hatten keinerlei auffällige Merkmale, abgesehen von der Narbe an Dorseys Bauch und dem Muttermal an seinem Hals, das Zoe identifiziert hat.«

»Dann ist der mit der Narbe am Knie immer noch da draußen.« Sie sah das Mädchen mit tiefem Mitgefühl an. »Ich muss ihren Mörder finden. Sie verdient Gerechtigkeit.«

36

Jenna sah zu, wie ihre beiden Deputys Jane mitsamt ihrem Laken auf die Trage hievten und Wolfe sie mit einem frischen Laken zudeckte und ihr fast ehrfürchtig das Haar glättete.

»Gehen Sie mit Adam zur Schwesternstation, damit er die Formulare unterschreibt. In der Zeit werden wir sie hinüberschieben.« Kane rieb sich das stoppelige Kinn und blickte sie nachdenklich an. »Wobei, vielleicht weigert er sich ja, die Formulare zu unterschreiben.«

»Er wird sie unterschreiben.« Sie beugte sich zu Wolfes Tasche und kramte nach den Unterlagen. »Er will wissen, was mit ihr passiert ist.«

Nachdem sie das Formular gefunden hatte, ging sie auf den Flur hinaus. Adam Stickler saß noch genauso da wie vorhin. Sie berührte ihn an der Schulter. »Sie müssen noch ein paar Formulare ausfüllen, wenn Ihnen das nichts ausmacht? Kommen Sie mit mir zur Schwesternstation.«

Sie seufzte erleichtert auf, als er ihr ohne weiter nachzufragen folgte. Der arme Mann war so blass, dass sie dachte, er würde jeden Moment zusammenbrechen. »Der Gerichtsmediziner hat Bedenken, was Janes Tod angeht, genau wie Sie. Er würde gerne eine Autopsie durchführen, aber wir brauchen dazu die Erlaubnis des nächsten Angehörigen.«

»Ich bin seit gestern ihr nächster Angehöriger.« Adam warf ihr einen wütenden Blick zu. »Meine Eltern schämen sich und waren zu feige, ihr zu sagen, dass sie nicht mehr wollen, dass sie bei ihnen wohnt.« Er stieß ein ersticktes Schluchzen aus. »Jetzt müssen sie sich keine Sorgen mehr machen, oder? Wissen Sie, ich habe mir gar nicht erst die Mühe gemacht, ihnen zu sagen, dass sie tot ist. Ich bin mir nicht sicher, ob ich sie überhaupt nochmal wiedersehen möchte.«

Jenna blinzelte, um die Tränen zurückzuhalten, die ihr in den Augen standen und legte eine Hand auf seinen Arm. Sie wusste nicht, was sie sagen sollte. »Möchten Sie, dass ich mit ihnen spreche?«

»Wenn Sie das tun würden?« Er richtete sich auf und schaute ihr in die Augen. »Deputy Wolfe ist der neue Pathologe hier, oder? Ist er gut? Meinen Sie, er findet heraus, was passiert ist?«

»Bestimmt. Er ist der Beste, den ich kenne.« Sie erreichten den Tresen der Schwesternstation. Jenna breitete die Vordrucke aus. »Unterschreiben Sie bitte diese Formulare, dann bringe ich Sie zu Jane.«

Mit den unterschriebenen Formularen in der Hand führte Jenna Adam in das Zimmer, in dem er seine Schwester sehen durfte und sie offiziell identifizieren sollte. Kane und Wolfe standen mit ernster Miene neben der Trage. Adam ließ seinen Tränen freien Lauf und hielt lange die Hand seiner Schwester.

»Ich werde mich für Sie um sie kümmern.« Wolfe trat einen Schritt vor und legte eine Hand auf Adams Schulter. »Gehen Sie nach Hause und ruhen sich etwas aus.«

»Hat sie sehr gelitten?« Adam verzog den Mund.

»Nein.« Wolfe führte ihn zur Tür, seine Stimme war leise und mitfühlend. »Sie ist einfach eingeschlafen.«

Jenna sah zu, wie die beiden Männer hinausgingen und wandte sich an Kane. »Wissen Sie, was ihr Mord bedeutet?« Sie fuhr sich mit der Hand durchs Haar. »Wir jagen hier nach Rauchschwaden und Schatten. Wer auch immer das getan hat, er hat Angst vor der Mörderin und vor dem Gesetz. Er hat Jane getötet, weil er befürchtet hat, dass sie ihn und vielleicht auch jemand anderen aus seiner perversen Gruppe identifizieren kann.«

»Das heißt, Zoe könnte die Nächste auf seiner Liste sein.«

Jenna zückte ihr Handy. »Ich rufe eben Zoes Vater an, um ihn zu warnen. Und ich werde den Sheriff dort anrufen, um ihn auf dem Laufenden zu halten.«

———

Jenna tätigte die Anrufe auf dem Flur vor Janes Krankenzimmer. Sie beschloss, dem Sheriff von Blackwater mitzuteilen, dass sie in seinem Zuständigkeitsbereich eine potenzielle Verdächtige befragen würde. Sie lächelte Kane an, als der Sheriff von Blackwater ihr seine volle Unterstützung bei der Lösung des Falles anbot. »Ja, ich glaube, der Pädophilen-Ring ist ziemlich weit verbreitet. Und aus der Liste der vermissten Mädchen, die ich Ihnen geschickt habe, geht hervor, dass möglicherweise noch andere Countys beteiligt sind.« Sie stellte den Lautsprecher am Handy an und rückte näher an Kane heran.

»Oh, ich bin an dem Fall dran, Sheriff. Meine Leute haben das ganze Wochenende lang ungeklärte Fälle von vor zehn Jahren überprüft. Ich werde auch Hinweisen auf Straßenkünstler nachgehen. Wir haben ein paar Clowns, die immer mal

wieder hier vorbeikommen. Wenn wir etwas finden, rufe ich Sie an.«

»Vielen Dank.« Sie trennte die Verbindung und wandte sich Kane zu. »Das klingt doch gut. Und wir haben grünes Licht vom Sheriff von Blackwater. Ich will schließlich niemandem auf die Füße treten.«

Als Wolfe mit besorgter Miene auf sie zukam, wurde ihr flau im Magen. *Was denn nun noch?* Sie hob ihr Kinn. »Sie sehen aus, als hätten Sie einen Geist gesehen. Was ist los?«

»Mir ist nur etwas eingefallen, jetzt, wo wir hier im Krankenhaus sind.« Er sah Kane an. »Haben Sie die Fotos da, die Sie von der Tablettenflasche gemacht haben, die wir in Amos Price' Auto gefunden haben?«

»Ja.« Kane holte sein Handy heraus und scrollte durch die Bilder. »Hier.« Er reichte Wolfe das Handy.

»Verdammt, das habe ich übersehen.« Wolfe hielt das Bild einer Flasche hoch, auf deren Vorderseite ein weißes Etikett mit der Aufschrift *Diazepam 5 mg* klebte. »Sehen Sie diese Flasche? Das ist eine Großpackung, wie sie an Krankenhäuser geliefert wird. Wenn ein Arzt einem Patienten ein Medikament verschreibt, stehen auf dem Etikett der Name des Patienten, die Dosierung, die Anzahl der Pillen und der Name des Arztes.«

Jenna schluckte die Galle in ihrer Kehle hinunter. »Wer auch immer Jane getötet hat, hat also Zugang zur Krankenhausapotheke.«

»Das werde ich nachher dem FBI mitteilen, wenn ich die kontaktiere. Wir haben bei unseren beiden anderen Opfern Medikamente vom selben Typ gefunden. Wenn einer aus der Gruppe sie besorgt, würde es das erklären.« Wolfe rieb sich aufgeregt den Nacken. »Und noch etwas. Als ich den Abtransport der Leiche organisierte, informierte mich der Pathologe, dass man das Krankenhaus nach dreiundzwanzig Uhr nur mit einer Magnetkarte betreten kann – oder über die Notaufnahme.«

Jenna spürte ihr Herz klopfen. »Dann wird also jeder, der das Krankenhaus betritt, registriert?«

»Ja und nein.« Wolfe legte die Stirn in Falten. »Man kann uns bestimmt eine Liste der Personen ausdrucken, die das Krankenhaus mit einer Magnetkarte betreten haben, aber nicht die Namen der Notfallpatienten, so etwas fällt unter die ärztliche Schweigepflicht. Aber wir haben die Aufzeichnungen der Überwachungskamera an der Notaufnahme. Um die einzusehen, brauchen wir nur einen Gerichtsbeschluss. Aber wenn Janes Mörder wirklich hier arbeitet, würde er sicherlich die Kamera meiden oder sich verkleiden. Er hat ja einen ziemlichen Aufwand betrieben, um sie zu töten, da können wir davon ausgehen, dass er auch entsprechende Vorsichtsmaßnahmen ergriffen hat.« Er begegnete ihrem Blick. »Ich habe mit der Klinikleitung gesprochen. Sie schicken Ihnen eine Liste der Leute, die letzte Nacht ihre Karte benutzt haben sowie eine Liste mit allen Angestellten.«

»Danke.« Sie kaute auf ihrer Unterlippe. »Wann fangen Sie mit der Autopsie an?«

»Sobald die Leiche drüben bei mir eingetroffen ist, wobei ich die Ergebnisse des toxikologischen Tests erst in etwa drei Wochen haben werde. Wenn sie an einer Überdosis gestorben ist, was ich vermute, deutet das auf jemanden hin, der sich damit auskennt, wie man Medikamente verabreicht. Es muss ja nicht unbedingt eine illegale Droge gewesen sein, eine Überdosis Insulin zum Beispiel wäre ebenfalls tödlich. Aber wir sollten trotzdem die Möglichkeit nicht ausschließen, dass irgendwo in der Stadt illegal Medikamente oder Drogen gehortet werden.«

»Ich weiß, wie der Drogenhandel funktioniert, Wolfe«, sagte Jenna. »Jetzt haben *Sie* es ausnahmsweise mal mit *meinem* Fachgebiet zu tun. Die FBI-Ermittler werden in der Klinik eine komplette Inventur der Arzneimittel durchführen. Stellen Sie sicher, dass wir auf dem Laufenden gehalten bleiben. Ich will wissen, ob die Tabletten von hier stammen.« Sie dachte einen Moment nach. »Wenn Sie sonst nichts mehr auf dem Zettel haben, fahren wir jetzt rüber nach Blackwater, um Angelique Booval zu befragen.«

»Ich bin versorgt, Ma'am.« Wolfe nickte.

»Wenn Sie hier fertig sind, Ma'am, sollten wir los.« Kane trat an ihre Seite. »Wir fahren mindestens eine Stunde und Sie meinten doch, dass Sie auch noch mit der örtlichen Sozialarbeiterin sprechen wollen. Wenn wir jetzt losfahren, haben wir Zeit genug, auf dem Weg zur Befragung von Angelique Booval noch etwas zu essen für unterwegs mitzunehmen.«

»Ich bin abfahrbereit.« Sie hörte, wie sein Magen knurrte, und seufzte. »Ich glaube, ich habe noch nie jemanden kennengelernt, der Kalorien schneller verbrennt als Sie.«

»Ach was, ich esse nur gern.« Kane grinste.

»Ich fahre mit Ihnen im Fahrstuhl nach unten.« Wolfe steckte sich den Papierkram unter einen Arm und schnappte sich seine Tasche. »Ich muss mit der Klinikleitung den Abtransport der Leiche arrangieren.« Als sie die Kabine betraten, wandte sich Jenna an Kane. »Sie sind der Profiler in meinem Team. Wir haben zwei Mörder, die uns im Kreis herumlaufen lassen und kaum Punkte, wo wir ansetzen können. Wir brauchen mehr Informationen. Was können Sie mir über die beiden erzählen?«

»Die Mörderin von Price und Dorsey ist eine Frau, die Rache übt und für niemanden sonst in der Stadt eine Gefahr darstellt. Sie hat nur ein Ziel: die Männer umzubringen, die die Mädchen in den Zeitungen getötet haben.« Ein Nerv in Kanes Wange zuckte. »Der Mann, der Jane getötet hat, ist nicht nur ein Pädophiler oder Kindermörder. Wobei Kinderschänder, die töten, nicht unbedingt Psychopathen sind – oft töten sie ein Kind aus Angst, dass es sie identifizieren kann und empfinden hinterher Reue. Bei dem Mörder von Jane ist das anders. Das muss der fiese Kerl sein, den die Mädchen erwähnt haben. Der ist eine ganz andere Art Mörder und hat eindeutig psychopathische Tendenzen. Er genießt es, seinen Opfern Angst einzujagen, sie zittern zu sehen. Der ist gefährlich und wir müssen ihn aufhalten, bevor er wieder mordet, denn das nächste Mal wird es noch schlimmer werden.«

37

Es war einer dieser Tage, die einfach nicht enden wollten. Sie fühlte sich, als sei sie stundenlang ohne Pause durchgefahren. Ihr war jedoch noch etwas Zeit für ein Mittagessen geblieben, bevor sie nach Hause fahren konnte. Als sie das örtliche Café betrat, empfing sie der Duft von frisch gebrühtem Kaffee und Donuts. Sie ließ sich auf einen Platz in der hintersten Ecke fallen und unterdrückte dabei ein Stöhnen. Von Bobby-Joes Angriff hatte sie mehrere Prellungen davongetragen. Ihre langärmelige Bluse verdeckte die blauen Flecke an ihren Unterarmen. Ihr Bauch tat weh, von seinen Schlägen waren ihre Rippen geprellt, aber sie rang sich trotzdem ein breites Lächeln ab, als sie bei der Kellnerin ihr Essen bestellte.

»Sie sehen aber blass aus heute. Fühlen Sie sich nicht wohl?« Die Kellnerin schenkte ihr Kaffee ein.

»Ach, ich bin nur müde. Ich hatte gestern ein heißes Date.« Sie zwinkerte ihr zu. »Können Sie die Kaffeekanne hierlassen? Ich bin noch im Halbschlaf.«

»Sie Glückliche.« Die Kellnerin stellte die Kaffeekanne auf dem Tisch ab. »Ich bin gleich wieder da mit Ihrer Bestellung.«

Sie lächelte sie an. Zum Glück hatte Bobby-Joe ihr nicht ins Gesicht geschlagen. Er hatte ihr schnell mehrmals in den Bauch geboxt und sie außer Gefecht gesetzt, dann hatte er Jane erwischt und ermordet. Der Trottel musste geglaubt haben, sie würde einfach liegenbleiben und darauf warten, dass er sie auch noch tötete. Die Wut ließ ihre Hände zittern und so klammerte sie sich an die Kaffeetasse. Nur ein Narr würde jetzt blindlings auf Rache aus sein, aber sie war kein Narr. Er würde seine Quittung noch früh genug bekommen. Im Moment war die Polizei in Black Rock Falls am Herumwuseln, da musste sie noch ein wenig abwarten und sich darauf konzentrieren, ein leichteres Ziel zu eliminieren.

Sie nippte an ihrem Kaffee und überlegte, wie sie am besten die nächste Stufe ihres Plans einleiten konnte. Der Sheriff würde wahrscheinlich in ihrer Abwesenheit die beiden neuen Deputys und Rowley die Dienststelle leiten lassen, die mit Sicherheit leicht abzulenken wären. Bei den Deputys Kane und Wolfe war das wohl eine ganz andere Geschichte. *Trotzdem, ein Anruf wird reichen, und der Sheriff und ihre beiden treuen Spürhunde sind beschäftigt.*

Sie hatte mehrere Monate gebraucht, um im Chatroom mehrere Identitäten zu etablieren, mit denen sie die Monster anlocken konnte, aber Bobby-Joe hatte immer noch nicht angebissen. Dafür hatte sie jetzt einen anderen an der Angel und chattete mit ihm, so oft es ging. Die Vorstellung, ihn sterben zu sehen, machte sie ganz erregt. Ein Kribbeln durchfuhr sie, als sie ihn sich vorstellte, wie er sich im Todeskampf windet. Es konnte kein schöneres Gefühl geben, als die Angst in seinen Augen zu sehen, wenn sein Leben entweicht. Sie schnitt in das Steak auf ihrem Teller und hob ein rohes, blutiges Stück an die Lippen. Der Geruch des Blutes stieg ihr in die Nase. Sie lächelte. Sie musste sich eingestehen, dass es ihr Spaß bereitete, die Monster zu töten. *Vielleicht ein wenig zu sehr.* Sie dachte an das Jagdmesser, das sie auf einem Flohmarkt gekauft hatte. Es war scharf wie eine Rasierklinge. *Das wird mir gute Dienste leisten.*

das Jagdmesser, das sie auf einem Flohmarkt gekauft hatte. Es war scharf wie eine Rasierklinge. *Das wird mir gute Dienste leisten.*

38

Im Auto gab Kane gab die Adresse der Sozialarbeiterin, mit der Jenna telefoniert hatte, ins Navi ein, dann brachen sie in Richtung Blackwater auf. Sie fuhren über eine Stunde lang, ohne dass einer von ihnen etwas sagte. Kane begnügte sich damit, der sanften Musik aus dem Radio zu lauschen und die Aussicht zu genießen. Das lange, schwarze Band des Highways zog sich wie eine schwarze Schlange durch die grüne Landschaft. Dann begann auf einer Seite der Straße der Wald. Wie riesige Zaunpfähle bewachten die Kiefern den Weg zu den Bergen. Als sie um eine langgezogene Kurve fuhren, kamen die majestätischen Rocky Mountains in Sicht, deren zerklüftete Gipfel sich in den blauen Himmel reckten. Auf der anderen Seite des Highways war das Terrain flacher. Zwischen Sträuchern wuchsen Wildblumen in Hülle und Fülle, und jeder Windstoß ließ bunte Wellen über das Grasland rollen.

In der Ferne konnte er ein paar Ranchhäuser erkennen, aber jener Teil des Countys war quasi von der Außenwelt abgeschnitten. Er wandte sich zu Jenna, die in ihr Handy versunken war, seit sie losgefahren waren. »Die Aussicht hier draußen ist wirklich spektakulär.«

»Ja, ich weiß, aber allein würde ich hier draußen nicht fahren wollen.« Jenna warf ihm einen entrückten Blick zu. »Ich kann mir nicht vorstellen, wie Sie mitten im Winter den ganzen Weg von Washington, D. C. hierher mit dem Auto fahren konnten. Sie müssen verrückt sein.«

Er gluckste. »So verrückt bin nicht einmal ich. Im Sommer hätte ich vielleicht drei Tage gebraucht, aber im Winter wollte ich es nicht riskieren. Ich war in Helena, bevor ich hierher kam. Ich hatte einiges zu regeln und musste mir einen anständigen fahrbaren Untersatz besorgen. Den habe ich dann noch etwas aufmotzen lassen, bevor ich damit nach Black Rock Falls gefahren bin.« Er begegnete ihrem verwirrten Blick mit einem Lächeln. »Übrigens haben Sie mich nie gefragt, wie lange ich unterwegs war. Es hat länger gedauert, als ich erwartet hatte, weil es kurz zuvor geschneit hatte. Deshalb bin ich so spät in der Stadt angekommen.«

»Ach so. Also ich erfuhr, woher Sie ursprünglich kommen, dachte ich mir, da Sie Ihren SUV so lieben, hätten Sie den schon in D. C. gehabt und wären damit hergefahren.« Sie hielt ihr Smartphone in die Höhe. »Ich bin noch einmal unsere Fallakten durchgegangen. Falls wir beschließen, dass Angelique Booval unsere Mörderin ist, haben wir ein Problem: Wir können sie in Blackwater nicht verhaften, das liegt nicht in unserem Zuständigkeitsbereich.«

Kane trommelte mit den Fingern auf das Lenkrad. »Inwiefern ist das ein Problem?«

»Falls sie die Täterin ist und merkt, dass wir sie verdächtigen, verlässt sie vielleicht den Bundesstaat. Dann haben wir ein noch viel größeres Problem.« Jenna sah ihn mit ernster Miene an. »Vielleicht wirkt es weniger verdächtig, wenn ich sie allein befrage. Ich kann ja mein Funkgerät eingeschaltet lassen, damit Sie das Gespräch mithören können. Dann können Sie mir über den Ohrstöpsel Bescheid sagen, falls ich etwas Wichtiges vergesse.«

»Schön und gut, aber wenn Sie einen Deputy aus Blackwater mitnehmen, könnte der sie, falls erforderlich, sofort verhaften.« Er warf ihr einen Blick zu, dann konzentrierte er sich wieder auf die Straße. »Wir müssen uns ja ohnehin mit denen absprechen, wenn wir sie nach Black Rock Falls mitnehmen wollen. Aber ich bin mir sicher, dass der Sheriff von Blackwater alles tun wird, was in seiner Macht steht, um uns zu helfen.«

»Gute Idee, aber es müsste ein weiblicher Deputy sein.«

Er zuckte mit den Schultern. »Wenn man bedenkt, wie meine Befragung von Lizzy Harper gelaufen ist, könnten Sie recht haben.« Er räusperte sich. »Wir haben doch vorhin über Täterprofile gesprochen und darüber, wer alles verdächtig ist. Lizzy Harper steht bei mir ganz oben auf der Liste. Sie strahlt puren Zorn aus, und sie hat schon einmal jemanden getötet. Wir müssen noch herausfinden, wo genau sie sich zum Zeitpunkt der beiden Morde aufgehalten hat. Wir wissen ja bereits, dass sie währenddessen in der Stadt war.«

»Bei mir steht sie auch ganz oben auf der Liste der Verdächtigen, und direkt dahinter kommt Pattie McCarthy.« Jenna schnaubte. »Sie sieht so fit aus, dass sie sicherlich problemlos die Strecke von meinem Haus bis zur Straße rennen kann. Und beide kommen einem rachsüchtig genug vor, um Ihre Haustür mit Blut zu beschmieren und Sie am Telefon zu bedrohen.«

Die Stimme vom Navi wies Kane an, an der nächsten Kreuzung rechts abzubiegen. Jenna hatte recht: Die beiden Frauen waren in dem Moment, als sie ihn erblickt hatten, sofort in Abwehrhaltung gegangen. Beide wirkten sportlich und schienen in der Lage, einen längeren Sprint einzulegen, wenn nötig. Er nickte. »Ja, und sie wohnen beide in Black Rock Falls.«

Bald erreichten sie die Stadt, und schon verkündete das Navi, dass sie ihr Ziel erreicht hatten. Er hielt vor einem Backsteingebäude und schaute die Hauptstraße hinunter. »Rowley meinte, das Sheriff's Department liegt gegenüber vom städtischen Gesundheitszentrum, und das befindet sich genau hier.«

»Stimmt, da drüben ist es, da links, hinter der Pizzeria.« Jenna schnallte sich ab und drehte sich zu ihm um. »Gehen Sie zu der Sozialarbeiterin rein und reden Sie mit ihr, ich gehe derweil rüber zum Sheriff. So sparen wir Zeit.«

»Okay.« Kane stieß die Autotür auf und trat auf den Bürgersteig. »Rufen Sie durch, wenn Sie fertig sind?«

»Wollen wir uns nicht einfach nachher wieder hier treffen?« Jenna warf ihm einen fragenden Blick zu.

Kane räusperte sich. »Sie kennen doch Sozialarbeiter, die versuchen immer, einen zu analysieren. Vielleicht brauche ich einen Vorwand, um das Gespräch abzubrechen.«

Sie lachte. »Okay, geht klar, ich rufe Sie an.« Während sie die Straße hinunterging, schüttelte sie belustigt den Kopf.

Als Kane das Gebäude betrat, hörte er hinter sich eine Polizeisirene heulen. Er merkte kurz auf, ging dann aber weiter. *Nicht mein Problem.* Er sprach mit der Frau an der Rezeption, dann schlenderte er einen Gang hinunter und hielt Ausschau nach der richtigen Zimmernummer. Zu seiner Überraschung stand die Tür bereits offen. Auf einem Sofa saß eine schlanke Blondine, die in eine Zeitschrift vertieft war. Sie hob ihr sorgfältig geschminktes Gesicht in seine Richtung und schlug die langen, gebräunten Beine übereinander. Einen Moment lang starrte er auf ihre weißen Pumps mit Knöchelriemen und die nackten Unterschenkel, die aus einem engen weißen Rock hervorlugten. Er hob den Blick wieder nach oben und klopfte an die Tür. »Ähm, Miss Simpson? Ich bin Deputy Sheriff Kane aus Black Rock Falls. Hätten Sie kurz Zeit?«

»Ja, natürlich. Deputy Rowley rief mich an und sagte mir, dass heute Vormittag jemand vorbeikommen würde.«

»Jemand in meiner Abteilung hat Anfang des Jahres ein Trauma erlitten. Wir haben in Black Rock Falls keine Einrichtung, die dieser Person helfen kann. Ich habe mich gefragt, ob Sie hier in der Gegend vielleicht irgendwelche Selbsthilfegruppen haben?«

»Das hängt von der Art des Traumas ab.«

Kane faltete die Hände. »Entführung, versuchte Vergewaltigung und Mord.«

»Handelt es sich um einen Mann oder eine Frau?« Sie beäugte ihn kritisch. »Das macht durchaus einen Unterschied. Wissen Sie, viele Frauen öffnen sich nicht gerne in Anwesenheit von Männern.«

Kane warf ihr seinen besten ›besorgten Blick‹ zu und lehnte sich in seinem Stuhl vor. »Eine Frau, und es wird einiges an Überzeugungsarbeit erfordern, sie von der Teilnahme an einer solchen Gruppe zu überzeugen. Aber ich würde es trotzdem gerne versuchen.«

»Dann müssen Sie sie zunächst bitten, einen Termin mit mir zu vereinbaren. Wir haben zwar verschiedene Selbsthilfegruppen, aber was Sie beschreiben, erfordert fachliche Hilfe.« Sie lächelte, aber ihre Augen blieben ernst. »Gruppensitzungen finden, wenn überhaupt, nur unter der Aufsicht eines Therapeuten statt und sind streng vertraulich.«

Kane konnte an ihrer abwehrenden Haltung erkennen, dass er nicht mehr aus ihr herausbekommen würde. »Verstehe. Ich werde mit ihr sprechen und sie bitten, sich bei Ihnen zu melden.« Er stand auf. »Vielen Dank für Ihre Zeit.«

Als er ins Freie trat, hörte er eine tiefe Stimme, die über ein Megafon Befehle bellte. Erst jetzt nahm er das Chaos wahr, das sich nur ein Stück die Straße hinunter abspielte. Streifenwagen der Polizei blockierten die Fahrbahn und mitten auf der Straße stand ein Mann, der Jenna eine Pistole an die Schläfe hielt.

39

Die Zeit schien stillzustehen, als Kane sich durch die dichter werdende Menschenmenge drängte. Die Leute hielten ihre Handys hoch, niemand schien um seine eigene Sicherheit besorgt. »Aus dem Weg.« Er schubste einen Mann zur Seite und boxte sich mit den Ellbogen den Weg frei, bis er ganz vorne stand. Ein Jahr lang hatte Jenna jetzt schon mit den Auswirkungen ihrer Posttraumatischen Belastungsstörung zu kämpfen und das Letzte, was sie brauchte, war ein Verrückter, der ihr eine Waffe an den Kopf hielt. Irgendetwas war im Gange und sie hatte es nicht geschafft, ihn anzurufen. Ihm fiel auf, dass Jennas Glock nicht im Holster steckte. Er knirschte mit den Zähnen. Was zur Hölle war bloß passiert? Auf keinen Fall würde sie freiwillig ihre Waffe aus der Hand geben.

Er erblickte einen grauhaarigen Mann, der ein Megafon über das Dach eines Streifenwagens hielt und drängte sich durch die Umstehenden an dessen Seite. »Sind Sie der Sheriff?«

»Ja.« Der Mann drehte sich um und sah ihn an. »Sheriff Johnson. Sie müssen Deputy Kane sein.«

»Ja, Sir.« Kane ließ Jenna nicht aus den Augen. »Wie ist die Lage?«

»Der Mann mit der Pistole hat den Gemischtwarenladen überfallen und eine Schwangere als Geisel genommen. Sheriff Alton hat mir ihre Waffe gegeben und ist ohne ein Wort der Erklärung hinübermarschiert und hat verlangt, den Platz der Geisel einzunehmen.«

Kane starrte ihn ungläubig an. »Sie hat *was*?«

»Oh ja, die hat ganz schön was auf der Pfanne, oder? Könnte aber böse enden.« Johnson warf ihm einen abschätzigen Blick zu. »Der Mann heißt Rick Horal. Ist vor nicht mal drei Tagen aus dem Gefängnis entlassen worden.«

Kane sah Sheriff Johnson stirnrunzelnd an. »Hat er so etwas schon einmal getan?«

»Ja, er ist ein Wiederholungstäter. Er hat aber noch nie jemandem etwas zuleide getan, er saß wegen eines bewaffneten Raubüberfalls.«

Kane begegnete dem Blick des Sheriffs. »Wenn Sie nichts dagegen haben, würde ich in diesem Fall gerne das Kommando übernehmen. Ich bin für die Sicherheit von Sheriff Alton verantwortlich und im Umgang mit Geiselnehmern geschult.«

»Sie hält große Stücke auf Sie, oder? Meinte, Sie wären garantiert zur Stelle, bevor er sie erschießen kann.« Johnson bedachte ihn mit einem langen, schwer deutbaren Blick. »Hab gehört, Sie haben während Ihrer *Verhandlungen* einen der Jungs der Daniels erschossen. Direkt zwischen die Augen.«

Kane ignorierte den feindseligen Ton und wandte seine Aufmerksamkeit wieder Jenna zu. Sie wirkte ruhig und sah ihn an, dann hob sie einen Ellbogen und machte mit der anderen Hand eine abwehrende Geste. Er schloss daraus, dass Jenna vorhatte, den Bewaffneten allein zur Strecke zu bringen. Da er dem Bewaffneten kein Signal geben wollte, zuckte er bloß mit den Schultern und warf Johnson einen Blick zu. »Ich werde machen, was notwendig ist.«

»Gut, dann machen Sie schon und retten Ihren Sheriff. Meine Männer hören auf Ihr Kommando. Ich habe eine Weste im Auto, die lasse ich Ihnen holen.«

Kane fiel auf, dass die Hand des Geiselnehmers leicht zitterte. Sein Finger ruhte über dem Abzug, und auf der Oberlippe des Mannes glänzten Schweißperlen. *Der dreht langsam durch.* »Dafür ist keine Zeit.«

»Bitte schön, wenn Sie sich ihr eigenes Grab schaufeln wollen.« Er winkte seine Untergebenen zu sich und sagte mit gedämpfter Stimme: »Deputy Kane hat Erfahrung mit Geiselnahmen, also aufgepasst!«

Kane drehte sich zu ihnen um. »Bleiben Sie zurück. Niemand schießt. Überlassen Sie ihn mir. Ich will nicht, dass Sheriff Alton getroffen wird.«

Kane war, als flösse ihm eiskaltes Blut durch die Adern, das seine Wahrnehmung schärfte. Blitzschnell erfasste er die Situation, die Position aller Beteiligten und jeden denkbaren Ausgang der Situation. Er musste sich selbst zur Zielscheibe machen und Jenna damit die Chance geben, das Problem selbst zu lösen. Der Gedanke, dass er ihr *nicht* sein Leben anvertrauen würde, kam ihm gar nicht erst – trotz der Waffe an ihrem Kopf und der jüngsten Flashbacks. *Ich vertraue ihr. Sie kriegt das hin.*

Verdammter Mist, nein, bitte jetzt kein Flashback! Jennas Hemd war nass von kaltem Schweiß und ihre Hand begann immer wieder ohne Vorwarnung zu zittern. Dennoch, sie hatte sich selbst in diese Situation gebracht und war auch in der Lage, sich selbst daraus zu befreien.

Kane in der Menge zu sehen, hatte sie beruhigt. Sie konzentrierte sich auf sein Gesicht und versuchte, ihm auf mentalem Wege zu vermitteln, er möge die Aufmerksamkeit des Bewaffneten auf sich lenken, damit sie ihren Teil des Jobs erledigen konnte. Sie fürchtete, er könne glauben, sie sei in tödlicher Gefahr, was sie in einem gewissen Maße ja auch war und hoffte, dass er ihr Signal verstand, wieder zurückzugehen. Als Kane fast nonchalant hinter dem Streifenwagen hervortrat, ohne eine schusssichere Kevlar-Weste zu tragen, hätte sie ihn dennoch am liebsten angebrüllt, er solle wieder in Deckung gehen. Stattdessen atmete sie tief ein und aus, um sich zu konzentrieren und ihre Nerven zu beruhigen. Ihr fiel auf, dass er vor Anspannung die Lippen zusammenpresste, und musterte die Gesichter der Deputys, die hinter den Streifenwagen standen. Ganz offensichtlich wollte Kane vermeiden, die Deputys von Blackwater in die Sache mit hineinzuziehen.

Sie hatten jetzt fast ein Jahr lang zusammen trainiert und viele ähnliche Szenarien durchgespielt. Sie war durchaus in der Lage, den Bewaffneten ohne fremde Hilfe auszuschalten. Aber mit einer Pistole an der Schläfe brauchte sie jemanden, der den Mann ablenkte. Und genau das hatte Kane offenbar vor. Als er ihrem Blick begegnete und ihr leicht zunickte, wandte sie die Augen kurz nach rechts. Sobald er die Waffe von ihrem Kopf nahm, würde sie sofort zuschlagen.

Zu ihrer Erleichterung verstand Kane ihre verzweifelte Geste. Mit erhobenen Händen bewegte er sich von der Menge weg auf sie zu und hielt sich dabei rechts von dem Mann. Sobald Rick Horal seine Waffe auf ihn richten würde, hatte sie nur den Bruchteil einer Sekunde Zeit. Sie biss die Zähne zusammen und zwang ihre zitternden Knie, sich zu beruhigen. In den letzten Monaten hatte Kane ihr beigebracht, wie sie aktiv ihren Herzschlag verlangsamen konnte, um die Kontrolle zu behalten. Es klappte tatsächlich. *Ich habe die Kontrolle und werde diesen Scheißkerl zur Strecke bringen.*

Als sie bemerkte, dass der Bewaffnete Kane mit dem Blick folgte, hielt sie den Atem an.

»Hey, Rick, was soll das hier werden?« Kane schüttelte

langsam den Kopf. »Ich hab gehört, dass das eigentlich gar nicht dein Ding ist, Geiseln zu nehmen.«

»Sie sind kein Deputy aus Blackwater, Sie haben mir gar nichts zu sagen.«

Der Mann nahm die Mündung der Waffe langsam von ihrer Schläfe. Jenna richtete sich ein wenig auf und hob so beiläufig wie möglich den rechten Ellbogen auf die Höhe von Horals Bauch, dann schloss sie die Handfläche der linken Hand über der Faust. *Bereit, wenn Sie es sind, Kane.* Als Kanes Blick wieder zu ihr wanderte, durchströmte sie eine Welle der Zuversicht. Wenn es Kane gelang, den Bewaffneten so wütend zu machen, dass er die Waffe auf ihn richtete, würde sie sofort zuschlagen.

»Kann sein, aber das ist meine Chefin, die du da hast. Und wenn ich zulasse, dass du sie erschießt, müsste ich dem Bürgermeister von Black Rock Falls meine Polizeimarke in die Hand drücken.« Ohne zu zögern, ging Kane einen weiteren Schritt auf ihn zu. »Es ist noch nicht zu spät. Gib mir die Waffe und der Sheriff wird dafür sorgen, dass dir nicht auch noch Entführung zur Last gelegt wird.«

»Mich lässt keiner einfach so davonkommen. Wenn Sie auch nur einen Schritt näherkommen, bringe sich die Frau um.«

»Das wäre ganz schön dumm, außer du hattest ohnehin vor, heute zu sterben.« Kane ging noch ein paar Schritte nach rechts. »Wir können das jetzt noch klären, aber sobald du den Finger auf den Abzug legst, ist im nächsten Moment dein Gehirn auf der Straße verteilt, bevor du ›Piep‹ sagen kannst.« Er lächelte ihn an. »Das kann ich dir versprechen, und schau mal hinter mich – das gesamte Sheriff's Department von Blackwater wartet nur darauf, dich zu durchlöchern. Du kannst nicht gewinnen.«

»Kann sein, aber vielleicht schalte ich Sie zuerst aus. Die Frau hier hat keine Waffe, die ist keine Gefahr für mich.« Horal trat hinter Jenna, um sie als Schutzschild zu benutzen. »Dass sie erschossen wird, werden Sie kaum riskieren, oder?« Er nahm die Pistole von Jennas Kopf und zielte mit ausgestrecktem Arm auf Kane.

Sie hatte nur den Bruchteil einer Sekunde, um Kane das Leben zu retten. Wie in Zeitlupe sah sie, wie Kane in einer einzigen fließenden Bewegung sich zu Boden fallen ließ und dabei seine Glock aus dem Holster zog. Jenna rammte Horal den Ellbogen in den Bauch. Als der Bewaffnete aufschrie und sich vor Schmerzen krümmte, riss sie blitzschnell den Oberschenkel noch und rammte ihm ihr Knie ins Gesicht. Mit einem lauten Knirschen zersplitterte sein Nasenbein. Sie trat zur Seite, als er zusammenbrach und die Pistole fallen ließ. Der Schlag, den sie Horals Schädelbasis verpasste, ließ mit dem Gesicht nach unten auf dem Asphalt aufschlagen und nach seiner Mama schreien. Angewidert vom Geruch von Urin, der ihr plötzlich in der Nase brannte, tat sie einen Schritt über ihn hinweg und trat gegen seine Waffe, die außer Reichweite schlidderte. Dann bückte sie sich, um ihm die Arme auf den Rücken zu drehen und ihm Handschellen anzulegen.

Nachdem Jenna den Mann auf die Beine hievte und Sheriff Johnson übergab, ignorierte sie die Beglückwünschungen und die verwundert starrenden Blicke der Deputys und holte sich ihre Pistole zurück. Sie nickte dem Sheriff zu. »Ich werde keine Strafanzeige stellen, aber Sie sollten vielleicht die schwangere Frau fragen.«

»Vielen Dank für Ihre Hilfe.« Sheriff Johnson tippte sich an den Hut.

Jenna wartete, bis Kane sich den Staub von der Uniform geputzt hatte, dann sah sie ihn trotzig an. »Haben Sie die Sirenen nicht gehört?«

»Erst als ich aus dem Büro der Sozialarbeiterin kam.« Der Nerv in Kanes Wange zuckte wieder. »Ich bin überrascht, dass Sie sich hier in eine lokale Angelegenheit eingemischt haben.

Wussten Sie, dass der Schütze gerade erst wegen bewaffneten Raubüberfalls im Gefängnis gesessen hatte?«

Verblüfft starrte sie ihn an. »Eine schwangere Frau hatte eine Waffe am Kopf, und Johnson tat so, als wäre das das Normalste von der Welt. Verdammt nochmal, Kane, wenn ich sterbe, würde das niemanden kümmern, aber diese Frau hat Familie.«

»*Mich* würde das kümmern.«

Als ihr auffiel, dass die anderen Deputys sie und Kane interessiert beobachteten, ging sie mit ihm auf die andere Straßenseite, weg von der sich auflösenden Menge. »Was fällt Ihnen eigentlich ein, sich dem Angreifer ohne Weste entgegenzustellen? Sind Sie lebensmüde oder sowas?«

»Nein. Ich habe darauf vertraut, dass Sie ihn zu Fall bringen. Und das haben Sie ja auch getan.« Kane zuckte mit den Schultern und musterte sie besorgt. »Sind Sie jetzt sauer auf mich, Ma'am? Ich dachte, ich hätte nur Ihre Anweisungen befolgt.«

Das Adrenalin pumpte immer noch durch Jennas Adern, und ihr Herz pochte vor Aufregung. Die PTBS-Flashbacks hatten früher dafür gesorgt, dass sie in ähnlichen Situationen komplett handlungsunfähig war. Doch das rigorose Training, das Kane ihr verordnet hatte, hatte sich nun ausgezahlt. Sie blickte zu ihm auf und wusste nicht, was sie sagen sollte. Wie üblich war ihm ihre Sicherheit wichtiger gewesen als seine eigene. »Nein, aber Sie haben trotzdem gegen die Vorschriften verstoßen, die *Sie selbst* uns immer wieder eingebläut haben. Warum zum Teufel hatten Sie keine Weste an?«

»Dafür war keine Zeit, Ma'am.« Kane ging neben ihr den Bürgersteig entlang. »Ich habe halt die Lage eingeschätzt. Der Kerl hat so stark gezittert, wenn er die Waffe auf mich gerichtet hätte, hätte er nicht mal eine Scheunenwand getroffen.« Seine Lippen deuteten ein Lächeln an. »Auf jeden Fall hat er Sie unterschätzt. Und dann zack, zack, zack!« Er schlug in die Luft.

»Haben Sie gesehen, was für Gesichter die Deputys gemacht haben?« Er lachte.

Obwohl Jenna seine Komplimente genoss, blieb ihr Gesicht ausdruckslos. »Na gut, ich muss zugeben, ich *habe* damit gerechnet, dass Sie auftauchen und ihn ablenken.«

»Ich werde Ihnen immer den Rücken freihalten, Jenna.« Er sah sie an. »Sie hätten dasselbe für mich getan.«

40

»Na, das war ja vielleicht eine Zeitverschwendung.« Jenna schaute auf den Teller vor sich. Das Essen im Café in Blackwater konnte nicht annähernd mit den Köstlichkeiten mithalten, die in Aunt Betty's Café serviert wurden.

»Ja, die Sozialarbeiter sind doch alle gleich.« Kane zuckte mit den Schultern. »Ich dachte, sie würde mir wenigstens verraten, welche Selbsthilfegruppen es hier in der Gegend gibt.«

»Machen Sie sich nichts daraus.« Jenna nippte an ihrem Kaffee. »Ich habe mit Sheriff Johnson über Angelique gesprochen und er wird uns um zwei Uhr eine weibliche Deputy zu ihrem Haus schicken. Er hat ihren Fall erwähnt. Vor allem zu dem, was er über ihre Entführung wusste. Er hatte aber keine Ahnung, ob während der Gerichtsverhandlung noch irgendetwas anderes ans Licht gekommen ist, denn die lief unter Ausschluss der Öffentlichkeit. Auch hier sind die Akten unter Verschluss.«

»Und wir haben keine Chance, einen Richter dazu zu bringen, uns Einsicht zu gewähren, da wir gegen unsere Verdächtigen nicht den geringsten Beweis in der Hand haben. Hat er vielleicht erwähnt, ob sich Angeliques Verhalten damals irgendwie verändert hat?«

Der Adrenalinstoß hatte Kopfweh hinterlassen und Jenna rieb sich in einer langsam kreisenden Bewegung die Schläfen. »Ja, er meinte, sie hätte sich *sehr* verändert. Vorher war sie jeden Sonntag mit ihren Eltern in die Kirche gegangen, danach gar nicht mehr. Heute lebt sie sehr zurückgezogen, hat kaum Freunde und arbeitet Teilzeit in der Bibliothek, hier und in Black Rock Falls.« Sie sah Kane an. »Sie zieht es vor, nach Feierabend zu arbeiten, wenn kein Publikumsverkehr mehr ist. Soweit er weiß, ordnet sie die Regale und repariert hin und wieder die Bücher.«

»Deshalb war sie also an dem Tag, an dem ich mich mit ihren Brüdern unterhalten habe, in Black Rock Falls.« Kane schob seinen Teller beiseite und lehnte sich in seinem Stuhl zurück. »Und ich wette, dass sie zum Zeitpunkt der Morde ebenfalls in der Stadt war. Das ist ja leicht zu überprüfen.«

Jenna trank ihren Kaffee aus. »Sehe ich genauso.« Sie stand auf. »Ich habe mich schon gewundert, warum sie mir eine genaue Zeit genannt hat, wann wir mit ihr sprechen können. Ich schätze, sie hat heute frei. Ich wäre mir aber nicht sicher, ob ich wegen eines Teilzeitjobs ständig von hier nach Black Rock Falls pendeln wollen würde, zumal sie da wohl nicht besonders viel verdienen wird.« Sie legte ein paar Geldscheine auf den Tisch und runzelte die Stirn. »Ich mache mir aber Gedanken über ihr Motiv. Soweit wir wissen, war Stewart Macgregor der Einzige, der in ihrem Fall namentlich erwähnt wurde. Wenn sie unsere Mörderin ist, was für einen Grund hatte sie dann, Price und Dorsey zu ermorden? Wenn sie jemanden töten wollte, hätte dann nicht als Erster Macgregor an der Reihe sein müssen?«

»Wir müssen wissen, ob noch jemand an ihrer Entführung beteiligt war. Nach so langer Zeit ist sie vielleicht bereit, darüber zu reden.« Kane zog seine Brieftasche heraus und blätterte den gleichen Betrag hin wie Jenna. »Ich glaube keine Sekunde lang, dass irgendeiner dieser Männer allein gehandelt hat. Sie war in der Lage, Macgregor und sein Haus zu identifizieren. Aber falls noch andere beteiligt waren, hat sie sie vielleicht nicht identifizieren können und deshalb lieber geschwiegen.«

Sie verließen das Lokal, Jenna ging voraus. Draußen schlenderten sie zu Kanes schwarzem SUV.

»Ich habe Sheriff Johnson gefragt, ob sie erwähnt hat, dass damals noch jemand anderes beteiligt war. Sie erinnerte sich nur an den Clown auf der Party. Sie war ja noch ein kleines Mädchen. Stellen Sie sich das mal vor, Kane. Die haben sie drei Tage lang in einem Keller festgehalten. Dort war es dunkel, und für ein kleines, traumatisiertes Kind muss jeder Mann mit Clownsgesicht gleich ausgesehen haben.«

»Darüber könnten Sie ja mit ihr reden. Sie wird wahrscheinlich dichtmachen, das tun sie alle, aber wir müssen herausfinden, ob sie von der gleichen Gruppe von Männern missbraucht wurde wie die anderen.« Kane schloss den Wagen auf und setzte sich hinter das Lenkrad.

Jenna ließ sich auf den Beifahrersitz gleiten. »Ich werde mein Bestes tun.«

Unweit der Hauptstraße von Blackwater bog Kane in eine Seitenstraße voll schmucker Backsteinhäuser ein. Er parkte hinter einem Streifenwagen, der am Straßenrand stand und aus dem eine Deputy mittleren Alters stieg, um sie zu begrüßen.

»Vergessen Sie nicht Ihren Knopf im Ohr!« Kanes legte die Stirn in Falten. »Und sagen Sie der Deputy, sie soll sich zurückhalten, dann wirken Sie nicht so bedrohlich. Vielleicht erzählen Sie einfach, dass die Kollegin dabei ist, weil Sie aus einem anderen County kommen und deswegen nicht befugt sind, sie allein zu befragen.«

Jenna befestigte den Ohrhörer und wartete, bis Kane dasselbe tat, dann testete sie den Empfang. »Okay, dann wollen wir mal loslegen.« Sie stieg aus und ging der Deputy entgegen. »Danke, dass Sie gekommen sind.«

»Ist mir ein Vergnügen. Ich bin Christine Parkes. Worum geht's denn, Ma'am?«

Jenna schilderte kurz die Situation und ging auf die Treppe vor dem schmucken Haus zu. Ein Vorhang bewegte sich, dann hörte sie Schritte. Eine Frau mit grauem Haar öffnete die Tür und musterte sie. »Ja, was möchten Sie?«

»Ich bin Sheriff Jenna Alton aus Black Rock Falls und das hier ist Deputy Parkes. Ich würde gerne mit Angelique sprechen.«

»Ist schon gut, Mama.« Eine zierliche junge Frau mit wallender schwarzer Mähne kam zur Tür. »Pierre hat angerufen und mir gesagt, worum es geht. Kein Grund zur Sorge. Ich gehe mit ihnen ins Wohnzimmer.« Sie hatte einen ganz leichten französischen Akzent. »Kannst du inzwischen aufpassen, dass meine Kekse nicht anbrennen?« Sie blickte Jenna an. »Kommen Sie herein.«

Jenna folgte ihr in ein knallbuntes Zimmer. Leuchtend gelbe Wände und blassblaue Sofas dominierten den Raum. Der Duft von Blumen, die in einer überquellenden Vase auf dem Couchtisch standen, erfüllte die Luft. Die Sitzgruppe war vor einem modernen Kamin angeordnet. Jenna nahm Platz, Parkes blieb an der Tür stehen, um zuzuschauen. Auf dem Kaminsims standen gerahmte Fotos von mehreren Generationen einer großen Familie. Jenna stellte fest, dass sich Angelique, verglichen mit dem Foto, das sie von ihr kannte und auf dem sie zwölf Jahre alt gewesen war, kaum verändert hatte. *Du siehst zu niedlich und unschuldig aus, um eine Mörderin zu sein. Was ist dir widerfahren?*

»Mein Bruder hat erwähnt, dass Sie nach Pädophilen suchen.« Angelique setzte sich in den Sessel ihr gegenüber und runzelte die Stirn. »Wie kommen Sie darauf, dass ich welche kenne?«

Jenna bedachte sie mit einem Lächeln, dann holte sie ihr Smartphone heraus, suchte die Fotos von Price und Dorsey und hielt sie ihr vor die Nase. »Diese Männer wurden vor Kurzem ermordet aufgefunden, und wir haben ermittelt, dass beide als Clowns für dieselbe Firma gearbeitet haben wie Stu Macgregor.« Sie sah, wie die junge Frau blass wurde. »In ihren Häusern haben wir Mädchen gefunden, die sie entführt hatten.«

»Das ist ja furchtbar, aber ich weiß nichts.« Angelique schwankte in ihrem Sessel hin und her. Man sah ihr an, wie aufgeregt sie war.

»Ich weiß, was Sie durchmachen mussten.« Jenna senkte ihre Stimme zu einem verschwörerisch klingenden Flüstern. »Könnte es sein, dass der Mann, der Sie misshandelt hat, mehr als einer war?«

»Was soll das heißen, ›mehr als einer‹? Das verstehe ich nicht.«

Offensichtlich musste Jenna ein wenig direkter sein. »Erzählen Sie mir von dem Mann, der Sie entführt hat. Wie oft hat er Sie pro Nacht besucht?«

»O mein Gott.« Angelique schlug sich die Hände vors Gesicht. »Das habe ich doch schon alles dem Gericht erzählt.«

Jenna bohrte nach. »Das glaube ich gern, aber ich darf die Akten nicht einsehen, und ich habe Grund zu der Annahme, dass mindestens vier Männer immer wieder Mädchen missbrauchen. Zwei sind tot und die anderen müssen wir verhaften. Die tun das schon seit mindestens zehn Jahren, und es kann gut sein, dass Sie wichtige Informationen haben. Es wäre schön, wenn Sie versuchen, an diese Zeit zurückzudenken, um den anderen Mädchen zu helfen.«

»Zwei sind tot? Wenn es schon zehn Jahre her ist, wundert mich das nicht – jeden Tag sterben Leute.«

Der eiskalte Blick in Angeliques Augen jagte Jenna einen Schauer über den Rücken. »Diese Männer wurden ermordet.«

»Vielleicht hatten sie es ja verdient?«

Jenna räusperte sich. »Wo hat Macgregor Sie festgehalten?«

»In einem dunklen Raum, in einem Keller. Wenn er herunterkam, hatte er eine Taschenlampe und leuchtete mich damit an.«

»Sie haben ihn identifiziert, also trug er nie eine Maske?«

»Er hatte eine Clownsmaske auf, aber ich wusste, dass das der Zauberer war, weil er mich doch von der Party mitgenommen hatte.« Angelique stieß einen langen Seufzer aus. »Und er hat ein Tattoo auf dem Arm. Ein blutendes Herz mit einem Pfeil hindurch.« Sie kaute an einem Fingernagel und runzelte die Stirn. »Ich hatte es auf der Party gesehen, und als er mich mitnahm, hatte er die Ärmel hochgekrempelt.«

»Können Sie bitte die Fragen beantworten, die ich vorhin gestellt habe? Es könnte für meine Ermittlungen sehr wichtig sein. Wie oft ist er zu Ihnen gekommen? Ein Mal, zwei Mal? Oder viele Male?«

»Ich kann nicht glauben, dass Sie mich das fragen.« Angelique klammerte sich so fest an die Kante des Sesselpolsters, dass ihre Fingerknöchel weiß wurden. »Dauernd, die ganze Zeit. Manchmal war er nur ein paar Minuten weg und kam dann wieder.«

»Wie oft genau, zum Beispiel in einer Nacht?«

»Ach, ich weiß nicht, vielleicht sechs oder acht Mal.« Angelique blinzelte ein paar Mal. Man sah ihr an, wie sehr die Erinnerung sie peinigte. »So oft kann ein Mann doch gar nicht, oder?« Sie rieb sich über das Gesicht. »Ich hatte solche Angst. Zuerst war ich immr ans Bett gefesselt und hatte die Augen verbunden. Ich flehte ihn an, mir die Augenbinde abzunehmen und sagte, ich könne nicht atmen. Ich bin sicher, dass da ein

Blitzlicht war, bevor er mir die Augenbinde abnahm. Ich glaube, er hat Fotos von mir gemacht, das kranke Arschloch.« Sie hob den Kopf und schaute Jenna zornig an. »Ja, ich schätze, es könnte mehr als ein Mann gewesen sein, aber die hatten nicht solche fetten Bäuche wie die Männer auf den Bildern auf Ihrem Handy. Macgregor war damals, glaube ich, zweiundzwanzig. Wenn noch andere Männer dabei waren, haben sie nichts zu mir gesagt, und alles, was ich sehen konnte, war diese grinsende Clownsmaske.«

»Erinnern Sie sich vielleicht, ob sie unterschiedlich gerochen haben?«

»Unterschiedlich gerochen? Wie kann ein stinkender Mann schon riechen? Die riechen doch alle gleich ... Keine Ahnung.« Angeliques Augen blitzten vor Wut, aber Jenna konnte sehen, dass hinter diesem Blick noch immer ein verängstigtes kleines Mädchen kauerte.

»Okay, das war's jetzt erstmal. Falls Sie sich doch noch an irgendetwas erinnern können, rufen Sie mich bitte an.« Jenna reichte ihr ihre Karte. »Ich habe gehört, dass Sie Teilzeit in Black Rock Falls und hier in der Bibliothek arbeiten. Wann sind Sie denn immer in Black Rock Falls, falls wir Sie noch einmal sprechen müssen?«

»Ab morgen arbeite ich da die ganze Woche über. Bisher war ich immer montags bis mittwochs und freitags da.« Von einer Sekunde auf die andere hatte sich Angelique wieder in die sanftmütige, freundliche junge Frau verwandelt, die sie an der Tür empfangen hatte. »Ich ziehe übrigens morgen Vormittag dorthin um. Meine Brüder haben ein Haus etwas außerhalb der Stadt. Um ständig von hier aus zu pendeln, ist mir die Strecke zu weit.«

»Ziehen Sie bei ihnen mit ein?«

»Nein, ich habe eine Wohnung am Stadtrand gemietet. Wenn ich nicht im Zentrum wohne, kann ich die Stadtfeste vermeiden. Ich habe nach dem Prozess eine Abfindung erhalten, sodass ich eigentlich gar nicht arbeiten müsste, aber ich liebe Bücher, und ich arbeite gerne in der Bibliothek, vor allem wenn sie schon zu hat.«

Jenna lächelte. Angelique hatte gerade zugegeben, dass sie zur Zeit der Morde in Black Rock Falls gewesen war. Jetzt musste sie nur noch herausfinden, wann genau. »Um welche Uhrzeit sind Sie normalerweise in der Stadt?«

»Ach, ich fahre meistens um die Mittagszeit hin. Ich mag Black Rock Falls. Ich bummele durch die Geschäfte und esse etwas in Aunt Betty's Café. Ich muss ja erst zur Arbeit, wenn die Läden zumachen.« Angelique lächelte. »Es ist keine schwierige Arbeit und an manchen Tagen brauche ich nur eine Stunde, um die Regale zu bestücken. Die Leute lesen nicht mehr so viele richtige Bücher, heute sind eBooks der Renner. Wenn ich fertig bin, habe ich Zeit für mich.«

Zeit genug, um einen Mord zu begehen. Jenna rappelte sich auf. Sie hatte längst nicht genug in der Hand, um einen Haftbefehl zu erwirken. »Tja, mehr brauchen wir im Moment nicht. Ich danke Ihnen sehr für Ihre Hilfe. Wir finden schon selbst hinaus.«

———

Jenna bedankte sich bei Parks für ihre Unterstützung, dann kletterte sie auf den Beifahrersitz von Kanes Wagen und sah ihn an. »Was meinen Sie?«

»Sie erfüllt alle Kriterien.«

Sie zog den Knopf aus dem Ohr und seufzte. »Ja, das sehe ich genauso, und ihre Stimmungsschwankungen sind so stark, dass es einem fast vorkommt, als hätte sie eine gespaltene Persönlichkeit. Aber sie ist klein, vielleicht einen Meter siebenundfünfzig. Sie sieht nicht so aus, als wäre sie körperlich in der Lage, jemanden umzubringen, geschweige denn einen Mann von der Größe Ely Dorseys.«

»Sagt die Frau, die gerade einen bewaffneten Verrückten zur Strecke gebracht hat, der mindestens zweihundert Pfund wog.« Kane warf ihr einen amüsierten Blick zu.

Sie lächelte. Kane verteilte nicht oft Komplimente. »Fahren wir zurück zur Dienststelle. Wolfe wird inzwischen mit der Autopsie von Jane begonnen haben. Wenn wir gleich noch die Fallakten auf den neuesten Stand bringen und einen Bericht über die heutigen Ereignisse schreiben« – sie stieß einen langen Seufzer aus – »können wir wohl zur Abwechslung mal um fünf Feierabend machen.«

»Halleluja.«

41

Als sie an diesem Abend in ihrem Schlafzimmer den Computer einschaltete, musste sie unwillkürlich grinsen. Die Webseite der lokalen Nachrichten vermeldete, dass der Sheriff keine weiteren Erklärungen zu den mysteriösen Todesfällen von Amos Price und Ely Dorsey oder dem Tod von Jane Stickler abgegeben hatte. Sie hatte dem Sheriff's Department von Black Rock Falls ganz schön Beine gemacht. Die Polizisten fuhren im ganzen Bundesstaat herum, und es würde sie nur einen Anruf bei Deputy Kane von einem Münztelefon aus kosten, um sie alle auf den Berg fahren und nach vergrabenen Leichen suchen zu lassen. Alles lief nach Plan.

Sie betrat den Chatroom, meldete sich als *Nerdy Girl* an und wartete. Nach ein paar Augenblicken sah sie seinen Benutzernamen, *Eighteen and Lonely*, in der Liste und einen Moment später öffnete sich das Nachrichtenfeld. Sie ließ ihre Finger über das Jagdmesser gleiten und lächelte. Es hatte sich gelohnt, die Klinge so lange und sorgfältig zu schleifen. Sie blitzte unter der Deckenbeleuchtung und zeichnete helle Muster an die Wände. Sie schloss die Hand fest um den Griff und übte eine Stoßbewegung nach oben. Das Messer passte gut in ihre Handfläche. Der Knebel am Ende des Griffs würde verhindern, dass ihre Hand auf die Klinge und in das Blut rutschte.

Und es würde eine Menge Blut fließen.

Sie musste schnell und hart zustechen, denn wenn sie danebenstach, würde er sie töten, ohne zu zögern.

Ich steche nicht daneben.

Während sie sich alle möglichen Szenarien durch den Kopf gehen ließ, befeuchtete sie ihre Lippen. Sie hatte einen Plan, das Monster zu töten, und der Plan würde funktionieren.

Eine Nachricht erschien auf dem Bildschirm.

Hey, Nerdy Girl, magst du Clowns?

42

DIENSTAG, WOCHE ZWEI

Jenna trat auf die Veranda und blinzelte in den Sonnenschein. Sie setzte ihre Sonnenbrille auf und betrachtete ihr Reich. In der Nacht hatte es geregnet und jetzt leuchtete die üppige Vegetation auf ihrem Stück Land in diversen Grüntönen. Der Duft von frisch gemähtem Heu, den sie so liebte, lag in der Luft. Sie atmete tief ein, als sie die Treppe hinunterging, und machte sich auf den Weg zum Paddock. Sie hatte noch keine Zeit zum Durchatmen gehabt, geschweige denn, sich über die beiden Pferde zu freuen, die Kane gekauft hatte. Als sie an den Paddock kam, glänzte das gestriegelte Fell der beiden Tiere in der Sonne, während sie sich durch das überwucherte Gras mümmelten. Sie fragte sich, was passieren würde, wenn sie das ganze Gras aufgefressen hatten. Kane hatte nicht erwähnt, ob sie noch weitere Paddocks benötigen würden.

»Hey, Jenna, bewundern Sie die Ponys?«

Jenna drehte sich um, als sie Kanes Stimme hörte. »Ich muss zugeben, dass es wunderschöne Tiere sind, aber Sie haben damit doch eine ganze Menge zusätzlicher Arbeit, oder?«

»Das macht mir nichts aus. Das Striegeln und Ausmisten dauert gar nicht lange.« Kane stütze seine gebräunten Unterarme auf das oberste Geländer das Holzzauns und lächelte. »Ich komme zur Ruhe, wenn ich bei den Ponys bin, und kann meine Gedanken ordnen.« Er richtete seine Aufmerksamkeit auf die Pferde. »Bei unseren neuen Fällen gibt es so viele Aspekte zu bedenken, dass ich Zeit zum Nachdenken brauche.«

»Das sehe ich auch so, aber nachdenken kann ich am besten im Bett.« Sie lehnte sich neben ihm an den Zaun. »Trotzdem freue ich mich schon darauf, wenn wir mal Zeit für einen Ausritt haben. Übrigens, alle umliegenden Paddocks bis hoch zu den Bäumen liegen auf meinem Grund und Boden. Wenn Sie also noch mehr Platz für die Pferde brauchen, nur zu.«

»Danke.« Er schaute zu ihr hinunter. »Ich bin hier fertig. Wollen wir los?«

»Ja, ich muss nur noch abschließen.« Sie begegnete seinem Blick. »Ich fahre Ihnen hinterher.«

»Okay.« Seine Mundwinkel zuckten. Er fasste sich an den Hut, bevor er zu seinem Auto ging.

Sie schaute ihm hinterher. Ihr gemeinsames Training heute Morgen war so brutal gewesen, dass sie mit zitternden Beinen unter die Dusche getaumelt war. Oft kam Kane nach dem Duschen zu ihr, um mit ihr zu frühstücken oder zumindest Kaffee zu trinken und sich über den aktuellen Fall zu unterhalten, aber heute Morgen war er fortgeblieben. Bei der Arbeit funktionierte sein Gehirn anders als ihres. Er blieb oft schweigsam, bis er alle Fakten verdaut hatte und gab dann seine Schlussfolgerungen in einem langen Monolog zum Besten. Sie hingegen schleuderte allen immer sofort ihre Ideen um die Ohren und erwartete, dass sie losliefen, um ihr die Beweise zu holen, die sie brauchte.

Nachdem sie die Alarmanlage wieder scharfgestellt hatte, schnappte sie sich ihren Thermobecher mit Kaffee für die Fahrt, stieg in ihr Auto und folgte Kanes schwarzem SUV zur Dienststelle.

Als sie auf den Parkplatz einbog, stand Wolfes Wagen bereits da. Hoffentlich hatte die Autopsie von Jane Stickler schon etwas ergeben. Ihr war leicht flau im Magen, als sie ausstieg und auf den Eingang zuging. Der sonnige Tag hatte mit einem Mal etwas Unheilvolles. Von den letzten Momenten im Leben eines jungen Mädchens zu erfahren, stand nicht gerade auf der Liste ihrer Lieblingsbeschäftigungen.

Sie winkte Maggie zu. Eine Menschenschlange stand vorm Empfangstresen – ein ungewohnter Anblick. Mit Ausnahme von Walters, der jetzt in Teilzeit arbeitete, saßen sämtliche Deputys bereits an ihren Schreibtischen, und zu ihrer Überraschung schienen sie alle fleißig bei der Arbeit zu sein. Sie schaute auf die Uhr und fragte sich, ob sie zu spät dran war. Dann bemerkte sie Rowley, der mit beunruhigter Miene an der Tür zu ihrem Büro wartete. *Sind heute alle vor mir da?* »Guten Morgen, wollten Sie mich sprechen?«

»Ja, Ma'am, wenn Sie einen Moment Zeit haben?«

Sie nahm ihre Waffe aus dem Holster und steckte sie zusammen mit ihrem Schlüsselbund in die Schreibtischschublade, dann setzte sie sich und sah zu ihm auf. »Was kann ich für Sie tun?«

»Gestern habe ich Webber losgeschickt, um Beschwerden nachzugehen, dass Leute ihre Hunde in der Stadt frei herumlaufen lassen. Kane meinte wohl, dass das gefährlich wäre.«

»Aha.« Jenna trommelte mit den Fingernägeln auf den Schreibtisch, was Rowley sichtlich einschüchterte.

»Na ja, offenbar hat er mindestens zwanzig Strafzettel geschrieben. Ich hatte gestern Dienst am Notruftelefon. Den ganzen Tag über haben Leute angerufen und sich über ihn beschwert.« Seine Wangen röteten sich. »Ich fand, das sollten Sie wissen, Ma'am.«

Genervt davon, dass Idioten, die zu dumm waren, ihre Hunde unter Kontrolle zu halten, die Notrufleitung mit sinnlosen Anrufen blockiert hatten, stand sie auf. »Gute Arbeit.

Solche Hunde stellen eine Gefahr dar. Und was die Leute betrifft, die warten, um ihr Bußgeld zu bezahlen - um die werde ich mich kümmern.« Sie ging an ihm vorbei zur Tür, blieb aber noch einmal stehen. »Sagen Sie Bradford, sie soll Maggie am Schalter helfen, bis wir den Stau da abgearbeitet haben.«

Die Leute in der Schlange, die mit den Strafzetteln winkten, starrten sie an, als sie sich näherte. Sie räusperte sich. »Alle mal herhören!« Sie wartete, bis alle Augen auf sie gerichtet waren. »Wir führen derzeit eine Blitzaktion durch, weil Hunde unangeleint auf den Straßen herumlaufen. Sie verursachen Unfälle, manche bilden sogar Rudel. Sollte einer ein Kind beißen, werden wir den Halter zur Verantwortung ziehen.« Sie ließ ihren Blick über die Anwesenden schweifen. »Zweitens: Wenn jemand 911 anruft, ohne dass es sich um einen echten Notfall handelt, werde ich ihm persönlich ein Strafmandat wegen Missbrauchs des Notrufs ausstellen. Haben Sie das verstanden?«

Ohne eine Antwort abzuwarten, machte sie auf dem Absatz kehrt. Sie ging quer durchs Büro zur Kaffeemaschine, wo sie Wolfe und Kane erspäht hatte. »Haben Sie schon einen Autopsiebericht über Jane Stickler für mich, Wolfe?«

»Ja, zumindest einen vorläufigen. Die toxikologische Untersuchung dauert noch ein paar Wochen, erst dann werde ich zweifelsfrei die Todesursache bestimmen können. Aber ich habe einige interessante Hinweise entdeckt, die uns Aufschluss über unseren Mörder geben könnten.«

»Okay, wir warten noch, bis Bradford am Empfangstresen fertig ist, dann kommen bitte alle zur Lagebesprechung in mein Büro.« Sie warf Kane einen Blick zu, der gerade Kaffee kochte. »Können Sie mir auch einen bringen?«

»Klar doch.«

Sie begab sich wieder in ihr Büro und ging zum Whiteboard. In die mit *Mörderin* gekennzeichnete Spalte mit Verdächtigen trug sie ein, was sie über Angelique Booval wussten, dann fügte sie eine neue Spalte hinzu, über die sie *Jane Stickler* schrieb. Nachdem sie einen Moment auf die spärlichen Informationen auf der Tafel gestarrt hatte, hörte sie Kanes Stimme hinter sich.

»Die Truppen haben ziemlich geackert, während wir gestern unterwegs waren. Sie haben weitere Informationen über die Opfer gesammelt. Ich meine die ersten beiden Opfer, Price und Dorsey.« Er reichte ihr einen Becher mit Kaffee. »Rowley war besonders fleißig und hat die Leute befragt, die die beiden als Letzte lebend gesehen haben.«

»Das ist großartig.« Sie nippte an ihrem Kaffee und lächelte. »Sind sie also doch keine Phantome.«

Sie blieb am Whiteboard stehen, bis ihre Deputys eingetrudelt waren und Platz genommen hatten. Dann stellte sie ihren Kaffeebecher auf dem Schreibtisch ab. »Okay, Rowley, Sie haben uns einiges mitzuteilen, fangen Sie doch bitte an.«

»Ich habe gestern Abend über die Info-Hotline, die wir mit dem lokalen Nachrichtensender eingerichtet haben, ein paar Anrufe erhalten.« Rowley blätterte auf theatralische Weise in dem Ordner auf seinem Schoß. »Amos Price war am Sonntag vor seinem Tod auf einer Feier. Sam Button hatte ihn für den Kindergeburtstag seines Sohnes engagiert, drüben in Blackwater. Er war ihm von einem Bekannten empfohlen worden, das Ganze lief privat ab und nicht über Party Time. Das zweite Mal wurde er am Montag gesehen. Er ging in den Lebensmittelladen. In der Nähe der Bibliothek auf der Main Street. Da kaufte er Pralinen, eine Flasche Bourbon und Kondome. Der Kassierer Pete Sadler sagte, er habe bar bezahlt. Er erinnerte sich an einen Mann, der sich eine Baseballkappe tief ins Gesicht gezogen hatte. Das sah so verdächtig aus, dass er ihn auf dem Monitor der Überwachungskamera beobachtet hat. Ich habe eine Kopie der Aufnahme, es ist eindeutig Amos Price.« Er räusperte sich. »Er trägt dieselbe Kleidung, in der wir ihn aufgefunden haben.«

»War er allein?« Kane drehte sich in seinem Stuhl um und sah Rowley an.

»Leider ja. Es gab noch eine Überwachungskamera außen am Laden, auf der kann man deutlich seinen Wagen sehen, und drinnen hat niemand auf ihn gewartet.«

Jenna machte sich Notizen auf dem Whiteboard. »Wurde er da zum letzten Mal gesehen?«

»Nein, er wurde auch am Dienstag von der Überwachungskamera aufgenommen. Da ist er aber nur vorbeigefahren.«

Sie sah ihn an. »Haben Sie eine Uhrzeit?«

»Ja, halb drei.« Rowley blätterte wieder in seinem Ordner.

»Das ist großartige Arbeit, Rowley.« Jenna lächelte ihn an. »Sonst noch etwas zu Dorsey?«

»Der Motelbesitzer ist der Letzte, der Ely Dorsey lebend gesehen hat. Er erinnerte sich, dass er sein Fahrzeug am Büro vorbeifahren sah. Auch da war niemand bei ihm. Ich habe mit dem Besitzer von Party Time gesprochen, und der sagte, Dorsey hätte sich ein paar Tage freigenommen. Er meinte wohl, dass er ein paar Dinge in seiner Hütte reparieren wolle. Am Tag seines Todes gegen zehn Uhr hat er zuletzt mit ihm gesprochen.«

»Ich habe auch noch etwas.« Wolfe hob eine blonde Augenbraue. »Ich habe in der Klinik mit allen diensthabenden Krankenschwestern und den Ärzten gesprochen. Jane Stickler hatte drei Besucher: ihre Eltern und ihren Bruder. Die Krankenschwester, die Nachtdienst hatte, holte sich wie üblich um Mitternacht ihren Kaffee und unterhielt sich dann ein paar Minuten mit zwei anderen Krankenschwestern, bevor sie an ihren Schreibtisch zurückkehrte. Sie erinnerte sich, dass sie plötzlich sehr müde war. Dann muss sie eingeschlafen und erst gegen vier wieder aufgewacht sein. Sie hat dann nach Jane gesehen, sie aber nur mit ihrer Taschenlampe angeleuchtet. Sie dachte, dass sie schläft. Erst als sie um fünf Uhr zurückkam, um vor dem Schichtwechsel Janes Werte zu messen, merkte sie, dass sie tot war.«

Während ihre Deputys sprachen, hatte Jenna weitere Notizen auf der Tafel gemacht. »Wir können also davon ausgehen, dass ihr Mörder vor Mitternacht im Krankenhaus war, um das Schlafmittel in den Kaffee zu geben.«

»Ja.« Wolfe legte die Stirn in Falten. »Und genau da liegt das Problem. Ich habe die Krankenhausverwaltung angerufen und mir eine Liste der Leute geben lassen, die mit ihrer Karte das Gebäude betreten haben. Einer von ihnen ist tot, und das schon seit einer ganzen Weile. Ich würde sagen, der Mörder hat dessen Magnetkarte für das Krankenhaus.«

Na toll, noch eine unangenehme Überraschung. Jenna rieb sich die Schläfen. Mit jeder Sekunde sank ihre Laune. Immer, wenn etwas schief gehen konnte, um ihren Fall noch komplizierter zu machen, dann tat es das auch. »Warum haben wir nicht einfach mal einen simplen Mord aufzuklären? Warum ist alles, was in dieser Stadt passiert, so verdammt kompliziert?«

43

Bobby-Joe Brandons Woche hätte gar nicht besser laufen können. Er saß an Chris' Küchentisch, hatte eine Bierflasche in der Hand und rieb mit dem Daumen über das Kondenswasser. Er grinste seinen Freund an. »Es war ganz einfach. Nichts hatte sich geändert. Der diensthabende Deputy ist wie üblich nach Hause gegangen, dann war niemand mehr auf der Station. Mit der Magnetkarte kam ich überall rein. Und genau wie ich gedacht hatte, wirkte das Mittel auch bei den Nachtschwestern in der Etage darunter, und zwar so langsam, dass alle dachten, sie sind ganz normal eingeschlafen. Himmel, das passiert ständig in der Nachtschicht. Meldet doch keiner, dass er im Dienst eingepennt ist, oder?« Er nippte an seinem Bier. »Ich hab das Zimmer mit dem Mädel schnell gefunden. Die Schlampe hat versucht zu fliehen, aber ich hab sie erwischt, bevor sie mit dem Aufzug flüchten konnte. Du hättest ihre Augen sehen sollen, Mann.« Er grinste breit. »Sie hatte eine Scheißangst vor mir. Ich hab ihr einen kleinen Vorsprung gegeben, damit es interessanter wird. Sie kam bis zur Fahrstuhltür und hämmerte auf die Knöpfe. Die Aufzüge da sind eh super langsam. Und als ich mit dem davor hochgefahren war, hab ich auf dem Bedienfeld alle Stockwerke gedrückt, damit er eine Weile braucht, bis er wieder unten ist. Der war so lange unterwegs, ich konnte mir richtig Zeit lassen und sie beobachten. Ich wünschte, es hätte noch länger gedauert, aber ich musste zusehen, dass ich da wieder rauskam. Ich hab ihr die Nadel in den Arm gehauen, und zack, war sie tot.«

»Und was ist mit dem Typen, der plötzlich in ihrem Zimmer war? Wenn der dich identifizieren kann?« Chris sah aus, als ob er sich gleich übergeben würde. »Wir können uns jetzt unmöglich mit neuen Mädchen treffen. Es ist zu früh nach dem Mord. Sobald wir eine entführen, ist das überall in den Nachrichten. Dann wissen sie sofort, dass es eine Verbindung gibt. Scheiße, das war Elys Mädchen, die wissen bestimmt eh schon alles.«

»Benimm dich gefälligst nicht so kindisch. Niemand kann uns mit einem der Morde in Verbindung bringen. Elys Mädchen hat nicht mit den Bullen geredet, dazu hatte sie keine Zeit. Im Krankenhaus hat mich keiner erkannt und ich hab keine Fingerabdrücke hinterlassen. Ich hab mich beim Reinkommen versteckt und extra noch so getan, als muss ich humpeln, nur für den Fall. Sobald ich aus dem Sichtfeld der Überwachungskameras draußen raus war, hab ich mir einen Arztkittel angezogen, die hab ich in der Schmutzwäsche gefunden, und Handschuhe, und im Aufzug hab ich die Clownsmaske aufgesetzt.« Er nippte an seinem Bier. »Wenn du glaubst, dass der Typ uns gefährlich werden kann, bist du dämlicher, als ich dachte. Ich hab dem hart in den Bauch geboxt und ihm klargemacht, dass ich ihn umbringen würde. Aber der hat sowieso nichts gesehen und ist abgehauen, bevor ich das Mädel in das Zimmer zurückgebracht hatte. Das war doch nur ein Junge, der hatte sich wahrscheinlich im Krankenhaus versteckt, bis es dunkel wurde, um dann Medikamente zu klauen. Der wird niemandem was erzählen.« Er schnaubte. »Was soll er schon sagen? ›Ich hab gerade Medikamente geklaut, dann ist ein Arzt gekommen, der als Clown verkleidet war und mich geschlagen hat, weil ich in einem Patientenzimmer war?‹ Wer sollte ihm diese Geschichte schon abnehmen? Die würden wahrscheinlich eher ihn wegen des Mordes verhaften.«

»Na gut. Wenn du wirklich überzeugt bist, dass es sicher ist, sich mit dem Mädchen zu treffen, fahre ich hin. Ich will sie nicht verlieren. Ich habe Tage gebraucht, um sie so weit zu kriegen. Ich habe keine Lust, es jetzt noch zu vermasseln.« Chris wischte sich mit einer Hand über sein verschwitztes Gesicht. »Ich treffe mich heute mit ihr auf dem Weg, der zur Hütte führt. Sie kommt mit dem Fahrrad direkt von der Schule. Ich lasse meine Karre auf dem Forstweg stehen. Sie kann von dort aus zu Fuß gehen, wenn sie mir glaubt, dass ich sie nach Hause fahren will. Und wenn nicht, kann ich sie von dort aus auch tragen.«

»Da stelle ich meinen Pick-up auch ab. Gute Idee.« Bobby-Joe gluckste. »Meine kommt auch mit dem Fahrrad. Die nimmt für den Schulweg immer das Fahrrad, da wird sich keiner was bei denken. Sie sagt ihrer Mutter, dass sie zu einer Freundin fährt. Ich hab ihr gesagt, dass ich sie hinterher nach Hause fahre. Die ist echt heiß drauf, mich zu treffen.« Er leckte sich über die Lippen und stieß einen langen Seufzer aus. »Mann, ist echt lange her, dass wir zwei im Loch hatten. Ich hab mich ein paar Tage krank gemeldet. Ich kann schlecht arbeiten, wenn ich zwei so Schätzchen zu Hause hab.«

»Ich habe nur zwei Tage frei.« Chris beäugte ihn misstrauisch. »Meine wird als Erste da sein. Mach sie nicht schon fertig, bevor ich meinen Spaß hatte. Ich will wenigstens das Wochenende mit ihr haben, bevor du welche von deinen Kumpeln dazu holst.«

Bobby-Joe hob sein Bier wie zu einem Toast. »Geht klar. Aber hör mal, wenn du dir die Zeit genommen hättest, hier in dieser Bruchbude mal einen anständigen Keller einzurichten, könntest du sie auch hier bei dir halten.«

»Ich wohne zu nah an der nächsten Hütte dran. Kann doch sein, dass irgendjemand sie hört oder sieht.«

»Kann sein, vielleicht auch nicht.« Er griff in seine Tasche und holte ein Fläschchen mit Tabletten heraus. »Die wirst du brauchen. Eine macht sie gefügig, die zweite knockt sie aus.« Er schob das Fläschchen über den Tisch. »Weißt du, ich glaube, heute wird der beste Tag der Woche.«

44

Die Lagebesprechung war nur das Vorgeplänkel zu dem grausigen Autopsiebericht. Was es für Jenna noch schlimmer machte, war die Tatsache, dass sie selbst Jane Stickler gerettet hatte und eine Verbindung zu dem Mädchen fühlte. Sie hatte dafür gesorgt, dass sie in der Spezialstation für verletzte Gefangene untergebracht worden war. Sie hatte Walters angewiesen, dort den ganzen Tag über Wache zu schieben. Nachts kam man nur in die Klinik, wenn man eine Magnetkarte besaß – *außer* man schlich sich über die Notaufnahme hinein und verließ das Krankenhaus später unbemerkt über den Notausgang. Das konnte aber auch nicht sein, denn in die Notaufnahme kam man nur, wenn man von einer Krankenschwester als Patient aufgenommen oder von einem Sanitäter eingeliefert wurde.

Nur eine Handvoll Leute wussten, dass Jane im Krankenhaus war, und ihre größte Bedrohung, Ely Dorsey, war tot. Es gab keine Anhaltspunkte und die einzige unbefugte Person, die kurz vor ihrem Tod das Krankenhaus betreten hatte, war bereits seit Monaten gestorben. Jemand musste die Magnetkarte des Toten besitzen, doch er hatte keine lebenden Verwandten und auch sonst hatten sie keine Hinweise darauf, wer sich bei seinen persönlichen Gegenständen bedient haben könnte.

Nachdem sie an ihren Schreibtisch zurückgekehrt war, sich die weiteren Berichte ihrer Deputys angehört und sich vergewissert hatte, dass sie die Fallakten auf den neuesten Stand gebracht hatten, wandte Jenna ihre Aufmerksamkeit Wolfe zu. Sie musste endlich wissen, was Jane widerfahren war. »Sind wir bereit für den Autopsiebericht zu Jane Stickler?«

»Ja, Ma'am.« Stimmen hallten durch den Raum.

»Legen Sie los, wenn Sie so weit sind, Deputy Wolfe.«

Wolfe warf ihr einen seiner eiskalten Blicke zu und platzierte einen Stapel Fotos vor sich auf dem Schreibtisch. »Soll ich Ihnen meinen vollständigen Bericht vorlesen oder wollen Sie die Kurzfassung?«

Sie starrte auf den Stapel Fotos. Das Wenige was sie da sah, ließ sie bereits schlucken. Dann sah sie wieder Wolfe an. »Die Kurzfassung reicht mir.«

»Vorab möchte ich anmerken, dass der toxikologische Bericht mindestens drei Wochen benötigen wird. Des Weiteren spielen die Veränderungen in der Blutchemie nach dem Tod eine Rolle und die im Krankenhaus verabreichten Medikamente. Beides wird es schwierig machen, festzustellen, was für ein Mittel tatsächlich verwendet wurde.« Wolfes Mund bildete einen schmalen Strich. »Dennoch habe ich Grund zur Annahme, dass es sich um ein Tötungsdelikt handelt. Es gibt zu viele Verletzungen, als dass man annehmen könnte, dass eine Krankenschwester im Krankenhaus versehentlich eine Überdosis eines Arzneimittels verabreicht haben könnte.« Er schaute auf seine Notizen. »Ich habe die Fotos nummeriert, damit Sie sich ein genaueres Bild von meinem Befund machen können.« Er reichte Jenna eine Aufnahme von etwas, von dem sie annahm, dass es sich um Janes Hinterkopf handelte. »Ich habe beträchtliche Blutergüsse am Kopf gefunden. Wie Sie sehen können, habe ich einen Teil des Haupthaars entfernt, um das

Ausmaß des Schadens sichtbar zu machen. Die weitere Untersuchung ergab ein erhebliches Hämatom unter der Kopfhaut. Die Verletzung lässt darauf schließen, dass das Mädchen an den Haaren gezogen wurde. Das Ausmaß des Hämatoms, die Schwellung und die Blutgerinnung beweisen, dass dies geschah, als sie noch lebte.« Er schob Jenna ein weiteres Foto zu.

Jenna starrte auf die Bilder und ihr wurde flau im Magen. Das aufgeregte und äußerst lebendige Mädchen, das sie kennengelernt hatte, war nun ein Exponat der Grausamkeit. »Könnte das noch in Gefangenschaft passiert sein?«

»Nein.« Wolfes sah sie ernst an. »In ihrer Krankenakte steht nichts darüber und die ärztliche Eingangsuntersuchung war sehr gründlich. Eine Narbe auf der Kopfhaut wird erwähnt, da hätte man die erheblichen Verletzungen, die ich gefunden habe, kaum übersehen.« Er reichte ihr drei weitere Fotos über den Tisch. »Das Opfer hat Schürfwunden an den Knien, die darauf hindeuten, dass sie über Fliesen geschleift wurde. Ihre Wade ist auf einer Seite schmutzig und ihr Nachthemd hatte Schmutzflecken an der Vorderseite. Ich glaube, der Mörder hat sie an den Haaren festgehalten und mit dem Gesicht nach unten über den Fußboden geschleift, wahrscheinlich war sie da bereits bewusstlos.« Er räusperte sich. »Ich habe mit der diensthabenden Krankenschwester gesprochen. Sie hat ihr um zwanzig Uhr ein Beruhigungsmittel gegeben, aber in Tablettenform, nicht als Injektion. Dennoch hat sie eine frische und ziemlich ausgefranste Einstichwunde am Unterarm. Schon eher ein Riss als eine Einstichstelle. Ich glaube, sie kannte ihren Mörder. Sie ist vor ihm geflohen, er hat sie eingeholt, ihr etwas injiziert, das sie betäubt hat. Dann hat er sie wieder zurück zu ihrem Bett geschleift. Anhand der Schwellung und der Blutung unter der Kopfhaut würde ich sagen, dass der Tod, kurz nachdem ihr Mörder sie wieder ins Bett gelegt hatte, eintrat.« Er begegnete Jennas Blick, doch seine Miene blieb kalt. »Wäre sie noch länger als ein paar Minuten am Leben gewesen, wären die Hämatome und Schwellungen noch wesentlich ausgeprägter.«

Obwohl sich ihr Magen immer mehr zusammenschnürte, schaute Jenna weiterhin die Fotos an und bemühte sich um einen klinischen Blick. Jetzt, wo sie tot war, brauchte Jane ihre Hilfe genauso sehr wie zu Lebzeiten. »Sonst noch etwas?«

»Ja.« Wolfes Lippen verzogen sich, und in seinen Augen blitzte Zorn auf. »Sie wurde nicht nur über einen langen Zeitraum regelmäßig vergewaltigt, sondern hat auch sonst sehr gelitten. Ihr rechter Arm weist schief verheilte, unbehandelte Frakturen an Speiche und Elle auf.« Er deutete auf verschiedene Stellen an seinem Unterarm. »Sie hatte mehrere gebrochene Rippen und Narben von inneren Verletzungen.« Sein Gesicht verfinsterte sich und er legte ein weiteres Foto auf den Tisch. »Und dann habe ich noch das hier.«

Jenna spürte, wie sie ein Brechreiz überkam, als sie die Narben auf dem Rücken des Mädchens sah. »Die Einzigen, die von ihrem Tod profitieren, sind die beiden verbliebenen Männer des Pädophilen-Rings«, stellte sie fest. »Ich nehme an, sie wollten verhindern, dass sie sie identifiziert. Aber alles, was wir haben, sind ein Spinnen-Tattoo und eine Narbe an einem Knie. Hier in der Stadt haben bestimmt viele Männer so eine Narbe, allein die ganzen Eishockeyspieler oder Rodeo-Reiter.«

»Wir haben ausgiebig nach einem Mann mit einem Spinnen-Tattoo gefahndet, aber keine Spur gefunden. Der Motorradclub *Black Widow* hat sich vor zehn Jahren aufgelöst. Man würde denken, wenn jemand mit solch einem Tattoo im Krankenhaus arbeitet, müsste es jemandem auffallen.« Rowley kratzte sich am Kopf, sodass sein braunes Haar in alle Richtungen abstand. »Vielleicht ist das gar kein echtes Tattoo, sondern so eines zum Aufkleben?«

»Das wäre eine Möglichkeit. Damit könnte man uns auf eine falsche Fährte locken wollen.« Wolfe zuckte mit den Schultern und blickte wieder auf seine offene Akte. »Wobei ja alles, was Zoe uns erzählt hat, richtig war: die Blinddarmnarbe und das Muttermal an Dorseys Hals. Sie hat ein erstaunliches Erinnerungsvermögen, wenn man den Stress bedenkt, unter dem sie stand.«

»Trotzdem, ob sie den Unterschied zwischen einer falschen und einer echten Tätowierung erkannt hätte?« Jenna kaute auf ihrer Unterlippe. »Alles deutet darauf hin, dass Janes Mörder etwas mit dem Krankenhaus zu tun hat. Er hat sich nach Dienstschluss ungesehen Zutritt verschafft und ist wieder verschwunden, ohne eine Spur zu hinterlassen. Wir haben alle überprüft, die den Personaleingang benutzt haben, mit Ausnahme der Person, die die Magnetkarte des Toten verwendet hat. Am Personaleingang gibt es keine Überwachungskamera, sodass wir keinen Hinweis darauf haben, wer die Karte des Toten benutzt hat.« Sie überflog ihre Notizen. »Eine andere Spur sind die Medikamente. Der Klinikapotheker hat bestätigt, dass die Tablettenflaschen, die wir in Price' Wagen und Dorseys Haus gefunden haben, aus dem Krankenhaus stammen. Unser mysteriöser Mörder arbeitet also im Krankenhaus und hat Zugang zu den Medikamenten. Wahrscheinlich ist er ein Krankenpfleger. Und dennoch haben unsere ausführlichen Befragungen nichts ergeben: Niemand kennt einen Mitarbeiter mit einem Spinnen-Tattoo. Und falls es sich bei ihm um den anderen der beiden Pädophilen handelt – von dem haben wir ja ohnehin keine Beschreibung.«

»Wir haben jede einzelne Person angerufen, die im Krankenhaus arbeitet.« Rowleys Augen verengten sich. »Und wir haben auch die Zulieferer und sogar den Bestatter gefragt. Dieser Mann ist ein Phantom.«

Jenna schüttelte den Kopf. »Ein Phantom ist er nicht, nur sehr clever. Ich fürchte, wir müssen alle Pfleger dort persönlich unter die Lupe nehmen. Kann ja sein, dass eine der Personen, die Sie angerufen haben, gelogen hat, oder? Ich weiß, das ist eine Menge Arbeit, aber wir haben keine Wahl. Ich bin sicher, dass Janes Mörder einer der Komplizen von Price und Dorsey ist. Rowley, besorgen Sie eine Liste der Krankenhausmitarbeiter, und teilen Sie sie zwischen Ihnen, Bradford und Webber auf.«

»Ja, Ma'am.«

»Zwei Dinge noch.« Kane lehnte sich mit seinem breiten Rücken so weit zurück, dass sein Stuhl ächzte. »Rowley könnte recht haben, dass es eine aufgeklebte Tätowierung war. Viele Kriminelle benutzen so etwas, um falsche Fährten zu legen. Und warum hat er nicht auch versucht, Zoe umzubringen? Wenn er wirklich im Krankenhaus arbeitet, wie Sie sagen, hätte er ihr doch zum Beispiel das Essen vergiften können. Und wenn er Zugang zu den Arzneimitteln dort hat, wie wir annehmen, hätte er ihre Medikamente manipulieren können.«

»Sie bekam aber keine Medikamente.« Wolfe blätterte in seinen Notizen. »Der behandelnde Arzt hat sie direkt an den Hausarzt der Familie in Helena überwiesen. Er wollte nur noch die Ergebnisse der Bluttests abwarten, um sicherzugehen, dass sie keine Geschlechtskrankheiten hatte und empfahl die Weiterbehandlung einer Infektion in der Brust mit einem Antibiotikum.«

»Okay. Aber falls er zu dem Kreis von Kinderschändern gehört, muss sie doch eine Bedrohung darstellen, warum hat er dann nicht wenigstens versucht, sie umzubringen?«

»Guter Punkt.« Jenna trommelte mit den Fingernägeln auf den Tisch. »Jane hatte ein stabiles Umfeld, so dachten wir zumindest, und Walters hat während ihres Aufenthalts jeden überprüft, der zu ihr wollte. Vielleicht bot sich ihm einfach keine Chance, Zoe zu töten.«

»Stimmt, er wird kaum in ihre Nähe gekommen sein.« Kane streckte seine langen Beine aus und seufzte. »Ihre Eltern sind ihr nie von der Seite gewichen. Ich bezweifle, dass er die Möglichkeit gehabt hätte, ihr etwas ins Essen zu tun. Nach dem, was Walters gesagt hat, hat ihr Vater ihr die meiste Zeit

Essen von außerhalb geholt.« Er sah Wolfe an. »Haben Sie sonst noch etwas, das wir über Zoe wissen sollten?«

Wolfe bedachte ihn mit einem Blick aus seinen grauen Augen. »In Anbetracht dessen, was sie durchgemacht hatte und wie abgemagert sie war, schien sie recht stabil und bei klarem Verstand zu sein. Nachdem mir die Eltern die Erlaubnis gegeben hatten, durfte ich die Unterlagen des Arztes einsehen.«

»Ich wüsste zu gerne, wie unsere Mörderin in den Fall verwickelt ist.« Rowley hatte aufmerksam zugehört. Er sah Jenna an. »Zuerst dachte ich, es könnte sich um einen Vater eines der vermissten Mädchen aus den Zeitungsausschnitten handeln, aber die haben alle ein Alibi. Aber warum hat die Mörderin uns die dann zugespielt? Was will sie uns damit sagen?«

Jenna lächelte Kane an. »Das ist doch Ihr Fachgebiet.«

»Sicher.« Kane rieb sich die großen Hände, als ob jemand ihm gleich ein Bündel Geldscheine in die Hand drücken würde. »Ich bin mir ziemlich sicher, dass unser Täter tatsächlich eine Frau ist. Sie hat uns ein Motiv für ihre Morde geliefert, vielleicht damit wir aufhören, ihr nachzustellen. Sie ist für sich überzeugt davon, dass sie das Richtige tut. Sie beseitigt sozusagen den Müll. Sie will, dass wir wissen, wie viele Kinder beteiligt sind und wie lange der Pädophilen-Ring schon aktiv ist. Sie gibt uns Hinweise an die Hand, mit denen wir die Kinderschänder finden, nicht sie.«

»Dann geht sie also davon aus, dass Sie sie mit Samthandschuhen anfassen werden?« Webber schenkte Jenna ein strahlend weißes Lächeln.

»Sie hat zwei Männer getötet, und zwar vorsätzlich, nicht in Notwehr.« Jenna presste beide Handflächen auf den Tisch. »Wir werden sie genauso behandeln wie jeden anderen, den wir des Mordes verdächtigen.«

»Was glauben Sie, wie die Geschworenen ihre Verbrechen später vor Gericht bewerten werden?« Inmitten von Jennas üblicher Versammlung männlicher Deputys plötzlich Bradfords sanfte Stimme zu hören, war immer noch ungewohnt. »Glauben Sie, die billigen ihr mildernde Umstände zu?«

»Es ist nicht meine Aufgabe, mir Gedanken darüber zu machen, was die Geschworenen tun werden und was nicht.« Jenna funkelte ihre neue Deputy an. »Ich weiß, bei diesem Fall ist vieles widersprüchlich. Natürlich wollen wir alle, dass diese Männer vor Gericht gestellt werden. Vergessen Sie dabei aber nicht, dass wir die Verbrecher lediglich verhaften; über ihre Bestrafung entscheiden die Gerichte. Ich kann Sie nur warnen: Wenn einer von Ihnen glaubt, bei der Mördern Nachsicht üben zu müssen, könnte das der letzte Fehler sein, den Sie je begehen werden.«

»Eines ist sicher.« Rowleys Augen musterten ihr Gesicht. »Die Mörderin weiß, wer in den Pädophilen-Ring verwickelt ist.«

Jenna nickte. »Sie hat offensichtlich eine Verbindung zwischen den Männern gefunden, die uns bislang entgangen ist. Was die beiden Opfer angeht, die bei Party Time angestellt waren, so haben wir in deren Bekanntenkreis niemand Auffälligen gefunden. Die Mörderin muss da irgendwie in diese Angelegenheit verwickelt sein, aber außer Zoe und Jane sind alle Mädchen, von denen wir annehmen, dass sie sie entführt haben, immer noch verschwunden. Sie kann also keines ihrer Opfer sein. Wir müssen woanders suchen.« Sie seufzte. »Wenn wir die Namen der anderen Mitglieder des Pädophilen-Rings hätten, könnten wir dem nächsten Mann auf ihrer Liste vielleicht das Leben retten. Aber ich bezweifle, dass jemand zugeben wird, Kinder missbraucht zu haben, damit wir ihn im Gegenzug schützen können.«

Kanes Handy klingelte und unterbrach ihren Gedankengang. Sie starrte ihn an. »Wenn Sie da rangehen müssen, können Sie dafür bitte rausgehen?«

»Ja, Ma'am.« Kane stand auf, und während er durch die Tür

ging, nahm er den Anruf entgegen. Dann blieb er plötzlich stehen, drehte sich um und hob eine Hand, um den Anwesenden zu bedeuten, still zu sein. Mit besorgter Miene trat er wieder in den Raum. »Was wollen Sie?« Er legte das Handy auf den Tisch und schaltete den Lautsprecher ein.

Eine verzerrte Stimme war zu hören. »*Ich nehme an, Sie haben inzwischen herausgefunden, dass die vermissten Mädchen aus den Zeitungen immer noch verschwunden sind?*«

»Das haben wir. Was haben Sie mit diesen Fällen zu tun?« Kane beugte sich über den Tisch und sein besorgter Blick blieb auf Jenna haften.

»*Sie sollten in den Bergen suchen.*«

»Ich bin ganz Ohr.«

»*Fahren Sie nach Craig's Rock und sehen sich auch das Haus vom alten Corkey an. Das ist etwa fünf Minuten bergab von da entfernt.*«

»Haben Sie Amos Price und Ely Dorsey getötet?« Ohne eine weitere Antwort legte der Anrufer wieder auf.

Was zum Teufel ist hier los? Jenna schluckte schwer. »Rowley, haben Sie schon mal was von ›Craig's Rock‹ gehört? Oder vom ›Haus vom alten Corkey‹?«

»Ja, Ma'am, das liegt beides ziemlich weit oben in den Bergen. Viele Wanderer kommen da nicht hin, wegen der Bären. Das ist abseits der üblichen Wanderwege und mit dem Auto kommt man da auch nicht hinauf. Man kann an den Wasserfällen entlanggehen, aber das ist eine ganz schöne Strecke. Reiten wäre vielleicht die beste Option.«

»Okay, Sie kommen mit uns. Instruieren Sie Webber und Bradford, was sie zur Befragung des Krankenhauspersonals wissen müssen. Ich nehme das Navi und das Satellitentelefon mit.« Sie sah Kane an. »Kann Ihre Freundin Gloria uns ein paar zusätzliche Pferde ausleihen?«

»Ich kann sie gerne fragen.« Kane nahm sein Handy in die Hand und verließ das Büro.

»Ich habe mein eigenes Pferd und einen Anhänger«, rief Rowley ihm hinterher. »Wenn Sie noch ein Pferd von Gloria bekommen können, bitten Sie sie um einen Wallach, dann werden die schon zusammen klarkommen.«

»Können Sie reiten, Wolfe?«

»Na klar.« Er stand auf. »Ich hole meine Sachen.«

Jenna richtete sich auf. »Ich rufe Walters an, damit er herkommt und die Stellung hält.« Sie tippte sich auf die Unterlippe, holte tief Luft und sah Rowley an. »Sobald Sie die Gespräche mit dem Krankenhaus organisiert haben, fahren Sie heim und holen Ihr Pferd. Wir treffen uns bei Gloria.« Sie wandte sich an Webber. »Wenn Sie im Krankenhaus fertig sind, bleiben Sie in der Dienststelle, außer es gibt einen Notfall.« Sie schnappte sich ihre Waffe und steckte ihr Handy ein. Dann nahm sie das Schlüsselbund und drückte es ihm in die Hand. »Wenn wir um fünf nicht zurück sind, schließen Sie ab.«

»Geht klar, Ma'am.«

Jenna verließ ihr Büro und blickte Kane an. »Sieht so aus, als würden Sie doch noch zu Ihrem Ausritt kommen.« Sie schob sich das Haar hinters Ohr. »Nehmen Sie den alten Duke mit. Vielleicht kann er uns helfen.«

»Gerne. Eine Bereicherung ist er auf jeden Fall.« Kane sah sie ernst an. »*So* einen Ausritt hatte ich mir eigentlich nicht vorgestellt. Und falls uns da gerade die Mörderin angerufen hat, schickt sie uns vielleicht auf eine ganz sinnlose Suche, nur damit wir die Stadt verlassen.«

Ihr fröstelte. »Sie meinen, damit sie wieder töten kann?«

»Mhm. Genau das meine ich.«

45

Erregung war gar kein Ausdruck für das, was Chris Jenkins nach dem Gespräch mit Bobby-Joe empfand. Plötzlich kam ihm seine schäbige, heruntergekommene Hütte mit der quietschenden Eingangstür und den tropfenden Wasserhähnen gar nicht mehr so schlimm vor. Er trat auf die Veranda hinaus, blickte in den umliegenden Wald und hätte am liebsten laut losgebrüllt. Nachdem der Regen aufgehört hatte, war es jetzt doch noch ein richtig schöner Tag geworden. Perfekt, um sich mit dem Mädchen zu treffen. Er grinste und ging wieder hinein. *Ich bin ein verdammter Glückspilz.*

Falls er Schwierigkeiten haben sollte, sie zu seinem SUV zu bringen, wäre immer noch sein Kumpel in der Nähe. Das würde die Sache erleichtern. Er lachte in sich hinein. Sie würde *ihm* gehören, und das Geld, das er von den Mitgliedern ihrer Gruppe erhalten würde, würde sein Leben ein wenig angenehmer machen. Er würde Ely und Amos kein Stück weit vermissen. Schon als Stu in den Knast gewandert war, waren sie dazu übergegangen, die Mädchen selbst zu entführen und die anderen dafür bezahlen zu lassen, wenn sie bei den Aktionen dabei sein wollten. Jetzt war Chris endlich selbst am Ruder.

Er ging davon aus, dass sein Mädchen heute nur das erste von vielen sein würde. Wenn er erst einmal zwei Mädchen bei Bobby-Joe im Käfig hatte, würde er sich eine Hütte weiter oben in den Bergen kaufen können. Viele alte, renovierungsbedürftige Exemplare standen zum Verkauf und einige verfügten bereits über einen Erdkeller. Wenn er erst einmal zwei oder drei Mädchen in seinem eigenen Keller hatte, würde er richtig reich werden. Er schmunzelte und ging in die Küche, um eine Flasche Limonade zu präparieren. Sein Mädchen hatte ihn ausdrücklich gebeten, Limonade und Bourbon mitzubringen. Eine ungewöhnliche Bitte, aber warum sollte er etwas dagegen haben? Der Alkohol würde das Betäubungsmittel schneller wirken lassen. *Dann gehört sie mir.*

Während er die Pillen zerkleinerte und in das Getränk gab, überlegte er noch einmal, was er alles mitnehmen musste. Er hatte sich mental schon eine ganze Weile auf das Treffen mit ihr vorbereitet. Außerdem wollte er unbedingt ein wenig Zeit mit ihr allein haben, bevor Bobby-Joe dazukam. Er runzelte die Stirn. Es blieb ihm nichts anderes übrig, als sich auf Bobby-Joes seltsames Verhalten einzulassen. Ohne dessen geheimen Keller konnte er sein Mädchen nicht behalten. Er fragte sich, wie sie wohl heißen mochte und seufzte. Das war sowieso egal, denn laut Bobby-Joes Regeln durfte niemand die Mädchen beim Namen nennen. Er meinte, es wäre zu einfach, sich dabei zu vertun, und falls die Bullen doch mal einen von ihnen verhafteten, würde man leichter einen Lügendetektortest bestehen, wenn man den Namen der Mädchen nicht wusste.

Er drehte den Deckel der Flasche wieder zu und stellte sie zurück in den Kühlschrank. Dann ging er in sein Schlafzimmer. Sein Herz klopfte bei dem Gedanken, sich endlich mit ihr zu treffen. Er musste sich zwingen, sich darauf zu konzentrieren, was er für das Treffen alles in seinen Rucksack packen musste. Reinigungsmittel hatte er bereits im Auto. Wenn sie zwei Mädchen in die kleine Hütte brachten, konnten sie nicht riskieren, irgendwelche Spuren zu hinterlassen. Immer wieder kamen Förster vorbei, um nach dem Rechten zu sehen, und wenn zwei Mädchen vermisst wurden und die Förster in der Hütte Spuren eines Kampfes vorfanden, würden sie sofort die Polizei alarmieren. Er zog sich ein Paar OP-Handschuhe an, bevor er die Schachtel in den Rucksack steckte. Er kannte die Prozedur in- und auswendig. Auf allem, was man anfasste, konnte man Fingerabdrücke hinterlassen. Er packte ein paar große Handtücher, Kondome und Kleidung zum Wechseln ein. Eine Schachtel Pralinen und seine Clownsmaske. Er lehnte sich zurück und betrachtete den Raum, dann nahm er seine Kamera und steckte sie ebenfalls in den Rucksack. Das war sicherer als das Handy zu benutzen.

Er wandte sich um und schaute auf die Uhr. Sein Magen knurrte. Er hatte noch Zeit, um etwas zu essen, dann würde er den Berg zu den Black Rock Falls hinunterfahren und die Nebenstraße in den Stanton Forest nehmen. Vor lauter Vorfreude leckte er sich die Lippen und grinste sein Spiegelbild an. *Gleich bin ich bei dir, Mädchen.*

Nachdem sie Rast gemacht hatten, um einen Happen zu essen und den Pferden eine Pause zu gönnen, bestieg Kane sein Pferd und richtete seinen Rucksack. Sie waren nicht allzu schnell geritten, sodass Duke gut hatte mithalten können. Der Hund schien sich prächtig zu amüsieren. Er war ein sehr guter Begleiter und war ihnen keine Sekunde von der Seite gewichen. *Ich bin so froh, dass ich ihn behalten habe.* Als Duke wieder neben ihn lief, lächelte er ihn an. »Guter Junge.«

Der malerische Ritt zum Craig's Rock wäre nicht ganz so beschwerlich gewesen, wenn sie eine Privatstraße hätten benutzen können, die weiter oben den Berg hinaufführte. Die war aber durch ein verschlossenes Tor versperrt, auf dem die unmissverständliche Botschaft prangte: »Scheren Sie sich zum Teufel«. Nachdem Rowley sie darauf hingewiesen hatte, dass die Bergbewohner erst schießen, bevor sie Fragen stellen, hatten sie sich schnell darauf geeinigt, lieber den gefährlicheren Trampelpfad neben den Wasserfällen zu nehmen. Sie ritten im Gänsemarsch auf einem steinigen Weg am Rande eines steilen Abhangs. Manchmal zögerten die Pferde sogar für einen kurzen Moment, weiterzulaufen. Aber als sie sich dem Gipfel näherten, genoss Kane die spektakuläre Aussicht auf das Tal. Weit unter ihnen lag die Stadt, die einem zwischen dem gewaltigen Gebirgszug auf der einen und dem ausgedehnten Kiefernwald auf der anderen Seite geradezu unbedeutend vorkam.

Am oberen Ende des Pfades fiel Kane eine Gruppe von etwa acht Hütten auf, die im Wald dicht beieinanderstanden. Er schloss zu Rowley auf. »Sind das die Anglerhütten, die Bürgermeister Rockford gehörten, als er hier wohnte?«

»Ja, früher hat er sie an Touristen vermietet.« Rowley nahm den Hut ab und fuhr sich mit den Fingern durch das feuchte Haar. »Sie würden staunen, wie viele Leute hierherkommen und im Sommer wochenlang durch den Wald wandern. Ich schätze, die meisten zelten, kommen dann aber hierher und angeln noch ein paar Tage, bevor sie sich auf den Heimweg machen.« Er setzte sich den Hut wieder auf. »Ich nehme an, dass sich das Maklerbüro jetzt um die Buchungen kümmert.«

Kane sah sich die Hütten an und zuckte mit den Schultern. »Kann schon sein, aber den ganzen anstrengenden Weg hier hoch, nur um Angeln zu gehen? Wie weit ist es noch bis Craig's Rock?«

»Falls das GPS richtig funktioniert, ein paar Minuten.«

Sie ritten auf einer von Tieren geschlagenen Schneise durch den Wald, Rowley vorneweg und benutzten das Navigationsgerät, um sich zu orientieren. Im dichten Kiefernwald konnte man sich leicht verirren. Abgesehen von oben oder unten kamen einem hier alle Richtungen gleich vor. Wäre nicht das Sonnenlicht durch die Äste gefallen, hätten die hohen, rauen Stämme ziemlich unheimlich gewirkt. Kane ritt näher an Jenna heran. Sie drehte sich um und warf ihm einen fragenden Blick zu. Seit sie losgeritten waren, hatte sie die meiste Zeit über geschwiegen. Offensichtlich war sie in Gedanken schon wieder in Black Rock Falls und bei der Mörderin.

»Ich muss mit Ihnen reden, Wolfe!« Jenna wartete, bis er zu ihr aufgeschlossen hatte. »Dass wir hier oben noch jemanden lebend finden werden, bezweifle ich. Aber ich schätze, es besteht immerhin eine geringe Wahrscheinlichkeit, dass wir eine vergrabene Leiche finden. In dem Fall brauchen wir einen forensischen Anthropologen. Kennen Sie da jemanden?«

»Ich habe schon ein Team in Bereitschaft.« Wolfe nickte ihr zu. »Keine Sorge, ich habe alles im Griff. Wenn wir etwas finden, werde ich eine erste Einschätzung vornehmen – zum Beispiel, ob es sich um menschliche Knochen handelt und wie alt der Tote ungefähr ist –, und dann das Team in Helena alarmieren, die dann morgen hier eintreffen würden. Mit deren Fachwissen können sie feststellen, wie lange die Knochen dort gelegen haben. Es kann ja auch sein, dass da jemand vor hunderten Jahren begraben wurde.«

»Ah, ich verstehe. Sie selbst arbeiten mit Fleisch und Fingerabdrücken, um die Todesursache und Identität eines Toten festzustellen und die anderen schauen sich zum Beispiel Moos oder Schimmel an den Knochen an. Dabei gucken sie auch, welche Tiere es in der Gegend gibt und bestimmen Geschlecht und Todesursache auf andere Weise.«

»Genau.« Wolfe lächelte. »Ich habe mich mit so etwas auch schon beschäftigt, aber das ist schon eine ganz andere Baustelle. Die sind zum Beispiel in der Lage, aus Zähnen DNS zu extrahieren, wenn die noch intakt sind und bei alten Bestattungen eine Kohlenstoffdatierung durchzuführen.«

Kane blickte in das Dickicht der Bäume, das kein Ende zu nehmen schien. »Ein Team mit der erforderlichen Ausrüstung hierher zu bekommen, dürfte schwierig werden.«

»Nicht unbedingt.« Wolfe kratzte sich an seinen blonden Bartstoppeln. »Ich habe mich während unserer Pause umgesehen und bin mir ziemlich sicher, dass man oben an den Black Rock Falls mit einem Hubschrauber landen könnte. Auf einer Seite des Berges gibt es eine große flache Fläche, die weit genug vom Wasserfall entfernt ist.«

»Ich wünschte, das hätte ich früher gewusst.« Jenna hielt

sich den Rücken und stöhnte. »Wobei, den Bürgermeister zu bitten, uns einen Hubschrauberflug zu bezahlen – das wäre vielleicht etwas zu viel des Guten gewesen.«

Kane trieb sein Pferd an. »Wenn wir etwas finden, das unsere Kräfte übersteigt, ist das nicht mehr unser Problem. Dann übernehmen das die Kriminaltechniker aus Helena. Da die vermissten Mädchen aus dem ganzen Bundesstaat stammen, werden die von Anfang an mit dabei sein wollen, genau wie das FBI.«

»Hauptsache, sie schließen uns nicht von den Ermittlungen aus.« Jenna blickte ihn entschlossen an. »Das ist unser Fall in meinem County, und ich habe vor, ihn selbst zu lösen.« Sie ritt vor ihm auf dem Pfad. »Ich hoffe nur, dass nichts weiter passiert, während wir hier auf unserem Ausflug sind.«

»Walters hat versprochen, sich um die Dienststelle zu kümmern, während wir weg sind. Wir haben drei fähige Deputys im Dienst. Die werden sich sofort bei Ihnen melden, falls etwas passiert.« Kane ritt neben sie. »Wenn wir jetzt unten in der Stadt wären, könnten wir genauso wenig tun. Falls die Mörderin zuschlagen will, wird sie es so oder so tun.« Er zuckte mit den Schultern. »Wenn wir einen Ansatz hätten, wen sie sich als nächstes Opfer ausgesucht hat, hätten wir ihn in Schutzhaft nehmen können, aber wir haben keinen. Wir können nur abwarten und hoffen, dass ihr Amoklauf zu Ende ist.«

»Wenn sie uns wirklich zu der Stelle geschickt hat, wo die Männer die toten Mädchen vergraben haben, finden wir da vielleicht genug Beweise, um die Mörder der Mädchen zu finden und zu verhaften.« Jenna seufzte. »Vielleicht ist sie dann zufrieden und hört auf, die Täter zu ermorden. Aber falls sie glaubt, dass sie selbst einer Anklage entgeht, indem sie uns hierherschickt, irrt sie sich gewaltig.«

Kane nickte. »Wenn sie annimmt, dass Sie jemals aufhören würden, sie zu jagen, dann hat sie Sie gründlich unterschätzt.«

»Genau. Die Opferkarte auszuspielen, zieht bei mir nicht.«

»Da vorne ist Craig's Rock«, rief Rowley, »und die Hütte vom alten Corkey befindet sich ein Stück westlich von hier. Die liegt ganz in der Nähe von einem Privatgrundstück, wir sollten also vorsichtig sein.« Er drehte sich im Sattel um und wischte sich den Schweiß ab, der ihm die Schläfen hinunterlief. »Was sollen wir tun, Ma'am?«

»Wir steigen ab und gehen zu Fuß weiter. Wir verteilen uns, sollten aber in Sichtweite voneinander bleiben. Ich habe gehört, dass es in dieser Gegend Bären gibt, wir sollten also wachsam sein.« Jenna schwang sich von ihrem Pferd und zuckte zusammen, als sie landete. »Nehmen Sie das Bärenspray mit, nur für den Fall.«

Kane stieg ab und nahm die Umgebung in Augenschein. Ein Pfad führte durch die dichten Kiefern, dazwischen lugte die zerklüftete Felswand hervor. »Ich glaube, es geht hier lang. Wenn wir den Pfad nehmen, den die Tiere benutzen, riskieren wir nicht, durch Giftefeu zu laufen.« Er bedachte Jenna mit einem langen Blick. »Warum schickt sie uns an einen dermaßen abgelegenen Ort?«

»Nun, es könnte ein Trick sein, aber das wissen wir erst, wenn wir uns dort umgesehen haben.« Mit geradem Rücken und erhobenem Haupt ging Jenna voraus.

»Ich würde wetten, dass diese Hütten etwas mit den vermissten Mädchen zu tun haben.« Wolfe ging neben Kane, sein Blick verfinsterte sich. »Sie hatten erwähnt, dass Rockfords Sohn wegen Kinderpornografie im Gefängnis sitzt. Vielleicht sollten wir ihm dort einmal einen Besuch abstatten.«

»Das ist im Prinzip ein guter Gedanke, aber die diesbezügliche FBI-Untersuchung hat nichts ergeben. Ich bezweifle, dass er in diesen Fall verwickelt ist. Glauben Sie mir, beim Gerichtsverfahren hätte er seine Seele verraten, um einer Haftstrafe zu entgehen.«

Kane dachte an diesen umfangreichen Besitz und Nachlass

von Bürgermeister Rockford, bevor sein Sohn ins Gefängnis gekommen war, und wandte sich an Rowley. »Hey, Rowley!« Er nahm seine Sonnenbrille ab und steckte sie sich in seine Hemdtasche. »Diese Hütten sind doch meilenweit von der Zivilisation entfernt. Wie hat Rockford sie instandgehalten? Ich kann mir kaum vorstellen, dass er immer wieder den weiten Weg nach hier oben gewandert ist, um die Bettwäsche zu wechseln.«

»Früher gab es auf der anderen Seite vom Wasserfall eine Straße, die den Berg hinaufführte und oben ganz in der Nähe der Hütten aufhörte. Viele Leute verbrachten das Wochenende hier oben, um zu angeln. Und im Sommer kam jedes Wochenende ein Lieferwagen her, der alles Mögliche verkaufte, von Milch bis Hot Dogs.« Rowley nahm seinen Hut ab und trocknete sich das schweißnasse Gesicht mit einem Taschentuch ab. »Ich bezweifle, dass Rockford nach dem Steinschlag überhaupt noch herkam, um sich die Hütten anzusehen. Die Wanderer mussten sich selbst versorgen, nehme ich mal an.« Er runzelte die Stirn. »Hier oben im Gebiet des Nationalparks leben überall vereinzelt Leute, und alle haben ihre Privatwege, die vom Berg aus in Richtung Tal führen. Sie bleiben aber weitgehend unter sich. Die meisten sind Selbstversorger und verlassen ihr Grundstück höchstens ein, zwei Mal im Jahr.«

Eine Erinnerung schoss Kane durch den Kopf. Etwas, das Lizzy Harper gesagt hatte. »Hey, halten Sie mal an.« Er wartete, bis Jenna sich umgedreht hatte. »Wann war das mit dem Steinschlag, Rowley?«

»Ich weiß nicht genau. Vor etwa sechs Jahren, vielleicht auch etwas früher.« Rowleys Stirn runzelte die Stirn. »Warum?«

»Wolfe meinte, die Hütten könnten etwas mit den vermissten Mädchen zu tun haben, und ich erinnere mich, dass Lizzy Harper erwähnte, ihr Vater habe sie an den Wochenenden immer zum Angeln mitgenommen. Dort hat er sie dann sexuell missbraucht und zweifellos waren auch andere Männer daran beteiligt.«

»Wenn wir uns hier umgesehen haben, schauen wir uns noch die Hütte vom alten Corkey an.« Jenna schob ihren Hut zurück und ließ sich das dunkle Haar über die Wangen fallen. Sie zog die Augenbrauen hoch. »Na los, kommen Sie. Es ist schon spät und es wird schwer genug werden, den Berg noch bei Tageslicht wieder hinunterzureiten. Ich habe wenig Lust, den Pfad neben dem Wasserfall im Dunkeln zu bewältigen.«

»Wir könnten ja in einer der Hütten übernachten«, schlug Rowley vor und sah sie erwartungsvoll an.

Kane öffnete den Mund, um etwas zu sagen, aber Jenna kam ihm zuvor. »Haben Sie den Verstand verloren?« Sie starrte Rowley an. »Auf keinen Fall werden wir hier übernachten!«

Duke war vorausgelaufen, die sabbernde Zunge hing ihm seitlich aus dem Maul. Das Knacken im Unterholz hörte auf, und er bellte drei Mal, dann winselte er.

»Ich hoffe, er hat keinen Bären aufgescheucht.« Kane folgte dem Hund durch die Bäume und kam am Rande einer kleinen Lichtung heraus.

Duke stupste sein Bein an. Der Hund war ganz aufgeregt. Kane schaute sich um und musste schlucken. *Ach, du Scheiße!* Die schwarzen Augenlöcher eines Totenschädels starrten ihn an, als würden sie ihn um Hilfe bitten. Der gebleichte Schädel lag auf der Seite, eine Wange war von grünem Moos überwachsen. Kaum einen Schritt entfernt lugte die Spitze eines weiteren Schädels aus dem Laub hervor, als würde er sich verstecken. Lange, dünne Knochen lagen auf der Lichtung unterhalb von Craig's Rock verstreut. Es gab nichts Schlimmeres, als die Überreste ermordeter Kinder zu finden. Als Jenna auf ihn zukam, versuchte er, seine Gefühle im Zaum zu halten und eine möglichst neutrale Miene aufzusetzen. »Ich fürchte, das hier ist ein Massengrab, Ma'am.«

47

Auf dem Weg zum nächsten Monster nahm sie die alte Nebenstraße, die sich zwischen dem Ende der Stadt und am südlichen Rand des Stanton Forest entlangschlängelte. Sie endete in einer großen kreisförmigen Fläche, auf der Autos und LKWs wenden konnten. Die Straße wurde auch von Rettungsdiensten genutzt und diente als Feuerschneise für den Fall, dass ein Waldbrand ausbrach. Nachdem sie den Wanderweg, den er erwähnt hatte, ein Stück hinter sich gelassen hatte, parkte sie hinter einem Gebüsch, stieg aus und holte ihr Fahrrad aus dem Kofferraum. Sie vergewisserte sich, dass sie alles hatte, was sie brauchte und deckte ihr Fahrzeug mit einer Tarndecke ab. Sie ließ den Schlüssel im Zündschloss stecken, für den Fall, dass etwas schiefging und sie sich schnell aus dem Staub machen musste.

Ein Geräusch schreckte sie auf. Wenn er sie ausgerechnet jetzt entdeckte, wüsste er sofort, dass das Ganze eine Falle war. Sie drehte sich langsam um und schaute angestrengt in alle Richtungen, aber es war nichts zu sehen. Alles, was sie hörte, war der Wind, der durch die hohen Kiefern strich. Sie nahm ihre Baseballmütze ab und ließ ihr Haar auf die Schultern fallen, dann setzte sie sie wieder auf und zog sich den Schirm ins Gesicht, um ihre Augen zu bedecken. Mit ihrer großen Sonnenbrille, die den größten Teil ihres Gesichts verdeckte, würde er sie garantiert für vierzehn halten. Wenn ihr Monster – oder *Eighteen and Lonely*, wie es sich nannte – jetzt auf der Straße an ihr vorbeifahren würde, würde es keinen Verdacht schöpfen.

Die Vorstellung, es zu töten, erregte und erschreckte sie zugleich. Dass es ihr solchen Spaß machte, Männer sterben zu sehen, machte ihr manchmal Angst. Sie verdrängte die Angst und konzentrierte sich auf ihr Bedürfnis, die Welt von Kinderschändern zu befreien.

Sie setzte sich den Rucksack auf, stieg auf ihr Fahrrad und fuhr die Straße hinunter. Als sie um die Kurve bog, hörte sie ein Auto und versteckte sich hinter ein paar Büschen am Wegesrand. Ein SUV fuhr an ihr vorbei, und zu ihrem Entsetzen saß Bobby-Joe Brandon am Steuer. *Mit zwei Männern auf einmal kann ich es nicht aufnehmen.*

Unentschlossenheit plagte sie. Sollte sie bleiben oder verschwinden? Sie starrte Bobby-Joe hinterher, aber der Wagen fuhr weiter und verschwand in der Ferne hinter einer Kurve. Sie radelte wieder los und gleich darauf tauchte hinter ihr plötzlich ein SUV auf, der genauso aussah wie der erste. Er wurde langsamer und hielt hinter ihr an. Sie hielt ebenfalls an und drehte sich auf dem Fahrradsitz um. Ein Mann mit einer Clownsmaske kletterte aus dem Fahrzeug und jeder Instinkt in ihr schrie sie an, zu fliehen. Eine Heidenangst überkam sie. Wenn er Bobby-Joe als Verstärkung eingeplant hatte, hatte sie einen fatalen Fehler begangen.

»Ich bin *Eighteen and Lonely*. Bist du *Needy Girl*?«

Obwohl durch die Maske gedämpft, erkannte sie sofort seine Stimme. Dieser Mann, der unbedingt seine Identität verbergen wollte, war Chris Jenkins. Sie versuchte, lässig zu wirken und hielt den Kopf gesenkt, damit der Schirm der

Mütze ihr Gesicht verdeckte und nickte. »Ich dachte, das mit der Clownsmaske ist ein Witz. Ich dachte nicht, dass du echt eine aufhast.«

»Ich wollte, dass du gleich weißt, dass ich der Richtige bin. Hier im Wald lauern viele Gefahren.« Chris ging um die Motorhaube des Wagens herum und musterte sie.

Sie war froh, dass sie die Sonnenbrille trug, und streckte eine Hüfte vor – eine Pose, die sie von vielen Teenagermädchen kannte. »Na gut, jetzt, wo du weißt, dass ich es bin, warum nimmst du sie nicht ab?«

»Na, weil ich gerne Spielchen spiele.« Er gluckste. »Alle Mädchen spielen gerne Spielchen. Du doch auch, oder?«

»Dann behalte ich meine Sonnenbrille aber auch auf.« Sie stemmte eine Hand in die Hüfte und schnaubte. »Ich dachte, wir wollen vögeln. Hast du es dir anders überlegt?«

»Nee, aber ich will, dass du noch lange daran denkst. Einfach so Sex haben wie deine Eltern, das kann doch jeder.« Er kam näher, machte aber keine Anstalten, sie zu berühren. »Ich will etwas Besonderes daraus machen.«

»Okay, dann lass uns loslegen. Ich bin schon total heiß.« Sie zuckte mit den Schultern. »Mir ist warm, und ich hab Durst.« Die Männer waren meistens überrumpelt, wenn sie so tat, als könne sie es gar nicht abwarten. »Ist es noch weit bis zur Hütte?«

»Siehst du den Pfad da drüben?« Chris zeigte auf eine unbefestigte Straße, die ein paar Meter weiter nach rechts von der Straße abzweigte. »Da ein Stück den Waldweg runter, da ist es gleich. Willst du mit mir im Auto mitfahren?«

So dumm bin ich nun auch wieder nicht. »Ich nehme lieber das Fahrrad, wenn es dir nichts ausmacht.« Sie spürte, wie das Messer in seiner Scheide gegen ihren Knöchel drückte. Seine Anwesenheit gab ihr neue Kraft. »Warum gehen wir den Rest des Wegs nicht zu Fuß?«

»Ich mach, was immer du willst, aber ich will meine Karre

nicht hier stehen lassen. Und ich will uns noch die Hütte ein bisschen gemütlich machen. Ich habe den Schnaps, den du wolltest, und die Pralinen.« Er holte seine Umhängetasche aus dem Auto und warf ihr einen langen Blick zu. »Du bist echt hübsch. Ich kann es gar nicht erwarten, mehr von dir zu sehen. Warte hier, ich parke ein Stück weiter oben und komme zu Fuß zurück.«

Er ließ seine Tasche zu Boden fallen, sprang in den SUV und fuhr davon.

Kurze Zeit später sah sie, wie er zu ihr zurückgejoggt kam, auf dem Gesicht immer noch die Clownsmaske, mit der er absolut lächerlich aussah. Er blieb schwer atmend vor ihr stehen und hob seine Tasche auf. »Ich habe doch gesagt, es dauert nicht lange. Und, wollen wir jetzt ein bisschen Spaß haben?«

Sie schluckte die Galle hinunter und zwang ihren Mund zu einem Lächeln. Sie musste sich naiv verhalten und durfte keine Angst zeigen, aber jetzt wäre sie am liebsten so weit wie möglich von ihm weggelaufen. *Verdammt, ich muss mich zusammenreißen und diesen Mistkerl umbringen.*

Chris' Hand zitterte, als er ihren Rücken berührte. »Hier, diesen Weg entlang.« Er ging voraus in den Wald.

Der Gedanke, dass Bobby-Joe in der Nähe war, beunruhigte sie, aber jetzt gab es kein Zurück mehr. Sie stellte die Frage, die ihr auf der Zunge brannte. »Ich hab vorhin einen anderen SUV vorbeifahren sehen. Der Mann da wird uns doch nicht stören, oder?«

»Nein.« Chris' fuhr ihr mit der Handfläche über den Rücken. »Ich verspreche dir, der wird nicht einmal in die Nähe der Hütte kommen. Da sind nur du und ich. Ich werde mich um dich kümmern. Du kannst mir vertrauen, Süße.«

Eine kühle Brise rauschte durch die Bäume und mit einem Mal fühlte sie sich wieder ganz wach und konzentriert. Sie musste jetzt ihre Rolle spielen. Im Kopf ging sie noch einmal ihren Plan durch, Schritt für Schritt. Sie konnte nur hoffen,

dass er sich tatsächlich so verhalten würde, wie sie es voraus-
ahnte. So viele Dinge mussten ineinandergreifen, und wenn sie
einen Fehler beging und nicht bei der ersten Gelegenheit, die
sich ihr bot, zuschlug, würde sie diejenige sein, die sterben
musste.

Sie stieg vom Fahrrad, lehnte es an einen Baum, atmete tief
durch und folgte ihm in die Hütte. Sofort leerte er seine
Umhängetasche. Er bezog das Bett mit einem Plastiklaken und
breitete ein großes Handtuch darauf aus. Als er bemerkte, dass
sie das Bett anstarrte, kicherte er.

»Wir wollen ja keine Unordnung hinterlassen und die
Ranger verärgern. Die sperren dann vielleicht die Hütten zu
und wir könnten uns nicht mehr hier treffen.« Chris kam näher
und sah sie durch die hässliche grinsende Maske an. »Warum
nimmst du nicht die Brille ab? Setz dich hin und entspann dich.
Wir können was trinken.« Wieder kicherte er.

Sie hielt den Kopf gesenkt und tat so, als ziere sie sich noch.
»Na gut, aber ich will erst dich sehen.« Sie nahm ihren Rucksack ab und setzte sich an den Tisch.

»Klar doch.« Er trat zurück und zog sich das T-Shirt über
den Kopf, behielt die Maske aber auf dem Gesicht. »Alles, was
du willst.« Er warf das T-Shirt auf den Tisch und zog sich ganz
aus. Dann ging er zu dem kleinen Tisch und holte eine Flasche
Limonade aus dem Kühlschrank. Er öffnete sie und hielt sie ihr
hin. »Du solltest was trinken, dann kannst du dich besser
entspannen.«

Sein Geruch, eine Mischung aus Aftershave und Schweiß,
stieg ihr in die Nase. Sie nahm die Limonadenflasche und tat so,
als würde sie daran nippen. »Das ist aber stark.« Sie hustete
dramatisch. »Du siehst irgendwie anders aus als auf dem Foto,
älter.«

»Tut mir leid, dass du enttäuscht bist. Trink noch was. Je
mehr du schluckst, desto besser wird es.« Er beäugte sie. »Dann

nimm endlich die Sonnenbrille ab, ich bin gespannt, wie du aussiehst.« Er kam näher und stellte sich vor sie.

»Alles gut, aber die Brille bleibt, wo sie ist, genau wie deine doofe Maske.« Sie setzte die Flasche wieder an die Lippen, beobachtete ihn genau und stellte sie dann auf dem Tisch ab. »Ich muss mir erstmal die Schuhe ausziehen.« *Ich will sie nicht mit deinem Blut besudeln.*

Als seine Hände ihre Schultern streichelten, durchfuhr sie eine Welle des Ekels. Direkt vor ihm bückte sie sich, um ihre Schnürsenkel zu lösen, zog die Schuhe aus und warf sie ein Stück weit weg. Bevor sie sich wieder aufrichtete, schloss sie die Hand um das an ihrem Knöchel befestigte Messer. Der knöcherne Griff in ihrer Handfläche fühlte sich warm und angenehm an. Mit einem Brüllen fuhr sie hoch und stieß ihm das Messer mit der ganzen Wucht ihres über acht lange Jahre aufgestauten Zorns unterhalb der Rippen in die Brust. Die lange scharfe Klinge glitt in ihn hinein wie in Butter und fuhr ihm an den Knochen vorbei direkt ins Herz. Sie zog das Messer heraus und stieß erneut zu, so tief es ging. Während ein warmer, scharlachroter Strahl ihr Hemd durchnässte, spürte sie, wie ein lautes Lachen in ihr hochstieg. Sie zog ihm die Maske vom Gesicht.

»Hallo, Chris.«

Er gab ein gurgelndes Geräusch von sich, Blut tropfte aus seinem Mund. Er taumelte und klammerte sich mit seinen rauen Händen an ihr fest. Sie zuckte zusammen, als sich seine Finger tief in ihre Schultern bohrten, und jetzt nahm sie die Sonnenbrille ab. »Schau mich an, du Scheißkerl. Ich will sehen, wie in deinen Augen das Leben erlischt.«

Er stieß ein Stöhnen aus, das wie der Schrei eines Tieres klang. Seine Augen weiteten sich vor Erstaunen. Sie drehte das Messer. »Na, tut das weh?«

Ohne weiter nachzudenken, stellte sie sich gerade hin, zog die scharfe Klinge heraus und stieß sie ein drittes Mal tief in seinen Körper hinein. Seine Augen waren auf ihr Gesicht gerichtet, konnten sie aber nicht mehr fixieren, und sein Griff lockerte sich. Sie sah, wie sein Mund versuchte, Worte zu formen, aber ihr war völlig egal, was er sagen wollte. Seine Lungen füllten sich mit Blut und sein Leben schwand dahin.

Sie zog das Messer heraus und grinste ihn an. »Sag's nicht deiner Mami, das soll unser kleines Geheimnis bleiben.«

48

Jenna war auf alles gefasst, als sie die malerische Lichtung erreichte. Dennoch hoffte sie, dass Kane sich geirrt hatte und die Knochen, die er entdeckt hatte, von irgendwelchen Tieren stammten. Die Temperatur sank merklich, als sie ein schattiges, hufeisenförmiges Areal betrat, das von einer steilen Felswand umgeben war, die Dutzende Meter in den Himmel ragte. Die Luft stand still und war erfüllt von einem feuchten, erdigen Duft. Unter ihren Schuhen knirschte bei jedem Schritt eine Schicht aus Zweigen und Kiefernnadeln. Sie spähte in die Dunkelheit und wartete darauf, dass sich ihre Augen daran gewöhnten. Hier war man vor der Witterung geschützt. Diese abgelegene Gegend würde sich hervorragend zum Zelten eignen, dachte sie geistesabwesend. Dann fiel ihr Blick auf die weißen Knochen, die im hohen Gras verstreut lagen. »O mein Gott. Treten Sie bitte alle zurück. Wolfe, schauen Sie bitte, womit wir es hier zu tun haben.«

Ihr Blick wanderte zu Kane, der vor etwas kniete und aufmerksam beobachtete. Sein Hund saß gehorsam an der Baumgrenze und blickte auf sein Herrchen, als würde er auf ein Kommando warten.

»Was haben Sie da, Kane?«

»Hier liegt ein Medaillon.« Kane schaute düster drein. »Ich erkenne es von einem der Fotos der vermissten Mädchen wieder.« Er schaute zu Wolfe hinüber, der sich gerade einen Schutzanzug anzog. »Vielleicht sollten Sie hier anfangen.«

»Ich werde eine vorläufige Untersuchung durchführen, aber anhand der Verwitterung der Knochen, die wir hier sehen, werde ich nicht in der Lage sein, das genaue Alter der Überreste mit den üblichen Methoden bestimmen zu können. Man riecht auch nichts, weshalb ich vermute, dass diese menschlichen Überreste schon seit einigen Jahren hier liegen.« Wolfe warf Kane ein Bündel mit Schutzanzügen zu. »Ziehen Sie sich die bitte an. Wir müssen ein Raster abstecken, eine Skizze des Areals anfertigen und Fotos machen. Ich schlage vor, dass wir anschließend die Hütte des alten Corkey suchen.«

Während sich ihre Deputys an die Arbeit machten, suchte Jenna das Gebiet langsam mit den Augen ab. Dann wandte sie sich an Rowley. »Kommen Sie, wir sperren den Tatort ab.« Sie ging hinüber zu ihrem Rucksack und holte eine Rolle Tatortband heraus. »Fangen Sie dort drüben an, befestigen Sie das Band und kommen Sie dann zu mir zurück.«

Als sie damit fertig waren, das Band an den umliegenden Bäumen zu befestigen, wartete Wolfe bereits darauf, mit ihr zu sprechen. Sie ging auf ihn zu. »Wie viele?«

»Dafür ist es noch zu früh, aber es sind drei Schädel zu sehen, also haben die Mörder sie nicht besonders tief vergraben. An einigen Stellen sieht man Plastik durch das Gras ragen, und sie haben jedes Grab mit einem Stein markiert. Es sind drei Steine.« Wolfe stemmte die Hände in die Hüften. Sein Gesicht war ausdruckslos, eine Fassade, die er erst aufzugeben schien, wenn er intensiver in eine Untersuchung eintauchte. »Sobald wir alles fotografiert haben und ich eine grobe Skizze von der Position der Leichname angefertigt habe, werde ich ein Raster erstellen. Einen Ort von dieser Größe auszugraben ist einfacher, wenn man eine Bezugsgröße hat.« Sein Blick glitt zu den Knochen und dann wieder zurück zu ihr. »Sobald wir die vorläufige Untersuchung abgeschlossen haben, werde ich genauere Informationen haben, die ich an die Kriminaltechniker in Helena weitergeben kann.«

Auch wenn sie das Grauen dessen, was nur wenige Meter vor ihr lag, zutiefst erschütterte, versuchte Jenna, ihre professionelle Haltung beizubehalten und nickte. »Okay, aber wenn Sie noch den anderen Ort unter die Lupe nehmen wollen, müssen wir die Zeit im Auge behalten. Nach Einbruch der Dunkelheit sollten wir nicht mehr unterwegs sein, die Gräber hier werden auch morgen früh noch da sein. Sagen Sie Kane und Rowley, wie sie das Raster abstecken wollen. In meinem Rucksack habe ich Rollen mit Klebeband, Schnur und orangefarbene Fähnchen.« Sie trat mit der Spitze ihres Schuhs gegen den Rucksack. »Ich werde die Fotos machen.«

»Ja, Ma'am.« Wolfe wandte sich ab und sprach mit Rowley.

Kane kam herüber und drückte ihr einen Beweismittelbeutel in die Hand. »Das Medaillon gehört einem Mädchen namens Jodie King.« Er hielt sein Handy hoch, um ihr ein Foto zu zeigen. »Auf diesem Bild trägt sie es, und auf der Rückseite steht: *Für Jodie, in Liebe, Mom und Dad.*« Er räusperte sich. »Sie wird seit acht Jahren vermisst.«

Ungefähr eine Viertelstunde später hatte sie ihre Fotos gemacht und die Deputys das Raster abgesteckt. Jenna stand mit Rowley am Rand der Lichtung und beobachtete, wie Wolfe und Kane von einem Feld des Rasters zum nächsten gingen. Sie hatte schon früher an solchen forensischen Ausgrabungen teilgenommen, aber nicht in dieser Größenordnung. Dabei empfand sie eine fast schon morbide Faszination für die Art und Weise, wie Wolfe arbeitete. Wie er mit einer kleinen Kelle und einem Pinsel von jedem Grab herabgefallenes Laub und andere Verunreinigungen entfernte, sich Notizen machte, alle Knochen vermaß, die an der Oberfläche lagen und seine

Kommentare in ein kleines Aufnahmegerät sprach. Sie schaute auf die Uhr. Schon wieder war eine Stunde wie im Flug vergangen. Als Wolfe und Kane die Umrisse der drei Gräber mit Fähnchen markiert hatten, stand die Sonne bereits tief am Himmel.

Zu ihrer Erleichterung stand Wolfe nun auf und verließ mit Kane vorsichtig den Tatort. Sie wartete, bis die beiden ihre Schutzanzüge und Handschuhe ausgezogen hatten und ging dann auf sie zu. »Haben Sie schon ein paar vorläufige Erkenntnisse?«

»Drei flache Gräber, drei Schädel sind sichtbar, zwei zeigen keine Anzeichen von Traumata, einer trägt Spuren von Gewalteinwirkung mit einem stumpfen Gegenstand. Dass die Knochen über den gesamten Bereich verstreut sind, deutet auf Einwirkung von Tieren hin. Es gibt auch ein paar Verletzungen, die jenen gleichen, die ich bei Jane Stickler gefunden habe: unbehandelte Knochenbrüche. Das deutet darauf hin, dass die Mörder mindestens zwei dieser Kinder eine Zeitlang festgehalten haben, mindestens sechs Wochen nach der Verletzung.« Wolfe stieß einen langen, müden Seufzer aus. »Die Ausgrabung wird einige Zeit in Anspruch nehmen. Und die Identität dieser Kinder festzustellen, kann Monate dauern.«

Als sie von den Grausamkeiten hörte, die die Kinder erlitten hatten, fühlte sie Wut in sich aufsteigen, aber sie unterdrückte das Gefühl. *Ich muss die Männer finden, die das getan haben.* »Kontaktieren Sie Helena und sagen Sie den Kollegen Bescheid, dass wir bei der Ermittlung ihre Hilfe brauchen.

»Ja, Ma'am.«

Das Medaillon von Jodie King wog schwer in ihrer Hand. Sie hob den Blick und sah Kane an. »Woher kannte die Mörderin diesen Ort?« Jenna starrte auf das schmutzverschmierte Medaillon, ihre Gedanken rasten. »Sie muss irgendwie darin verwickelt gewesen sein. Ich frage mich, ob einer der Männer sie entführt hat. Soviel wir wissen, war Lizzy

Harper regelmäßig mit ihrem Vater irgendwo hier oben. Er hat sie in eine Anglerhütte mitgenommen. Vielleicht wurde sie Zeugin, wie Jodie umgebracht wurde und hat mitbekommen, wo sie ihre Leiche vergraben wollten.«

»Meinen Sie, wir haben unsere Täterin gefunden, Ma'am?« Rowleys dunkle Augenbrauen hoben sich. »Ich meine, glauben Sie, dass Lizzy Harper unsere Täterin ist?«

»Alles deutet darauf hin, dass sie zumindest involviert ist.«

»Sie steht ganz oben auf meiner Liste, aber vielleicht hat sie nur *einen* der Morde an diesen Kindern miterlebt.« Kane rieb sich das Kinn, sein Gesicht wirkte nachdenklich. »Zeitlich passt es nicht mit Jodie, aber wir wissen auch nicht, wie lange Lizzys Vater sie missbraucht hat oder wie lange sie Jodie am Leben gelassen haben, bevor sie sie getötet haben. Lizzy will uns ja keine Informationen zukommen lassen.«

»Mit dem, was wir bis jetzt haben, kann ich den Staatsanwalt vielleicht dazu überreden, einen Haftbefehl auszustellen. Wenn nicht, werde ich zumindest veranlassen, dass sie überwacht wird.« Jenna bückte sich und holte einen großen Beweismittelbeutel aus ihrem Rucksack, beschriftete ihn mit *Jodie King* und steckte dann den kleineren Beutel hinein. »Wenn sie es ist, will ich keinen weiteren Mord mehr. Nicht unter meiner Aufsicht.«

»Wenn wir den Rest des Pädophilen-Rings finden, können wir die Mörderin vielleicht stoppen, bevor sie wieder zuschlägt.« Kane rieb sich den Nacken und stieß einen müden Seufzer aus. »Wenn wir nur eine Verbindung zwischen unseren Mordopfern hätten, eine einzige, dann hätten wir vielleicht eine Chance.«

»Sie können nicht weit weg wohnen, wenn die Mörderin ihnen in Black Rock Falls nachstellt. Bei all diesen Fällen sind die Hütten der gemeinsame Nenner, und alle befinden sich im Stanton Forest.« Jenna kaute auf ihrer Unterlippe. »Was haben wir sonst noch für Anhaltspunkte? Wir haben zwei Mädchen in

Hütten in den Bergen gefunden. Kane, Lizzy Harper hat Ihnen erzählt, dass ihr Vater sie zum Angeln mitgenommen hat und dass sie in einer Hütte oben am Wasserfall übernachtet haben.« Mit einer unbestimmten Handbewegung wies sie rund um sich. »Die Anglerhütten kann man von hier aus zu Fuß erreichen. Ich bin überzeugt, dass sie ganz in der Nähe ein Versteck haben.« Sie starrte in das schwindende Tageslicht. »Verdammt, wir bräuchten mehr Zeit.«

»Wenn wir direkt zur Hütte vom alten Corkey gehen und dort nachsehen, haben wir noch genug Zeit, zu den Anglerhütten zu reiten und uns dort umzuschauen.« Kane sah Rowley an und hob fragend eine seiner schwarzen Augenbrauen. »Das ist kein großer Umweg. Zehn Minuten, schätze ich.«

Rowley holte das Navigationsgerät aus seinem Rucksack und betrachtete den Bildschirm. »Vielleicht sogar weniger, wenn wir reiten. Die Hütte vom alten Corkey liegt in dieser Richtung.« Er deutete in den Wald. »Die Anglerhütten sind oberhalb von uns, auf der rechten Seite. Ich schaue mich mal um, ob es einen Pfad gibt.« Er machte sich auf zu seinem Pferd.

Wie immer konnte Jenna sich auf Rowleys Ortskenntnis verlassen. Sie wandte sich Wolfe zu. »Haben Sie die Kriminaltechnik in Helena kontaktiert?«

»Ja, Ma'am. Sie holen uns morgen früh um sieben am Hubschrauberlandeplatz des Black Rock Falls Hospital ab und fliegen mit uns hierher.« Wolfe deutete in Richtung der Gräber. »Ich habe alle Überreste abgedeckt. Der Tatort sollte über Nacht ungestört bleiben. Hier ist nichts, das für Wildtiere von Interesse wäre.«

Als Rowley kurz darauf angeritten kam, ging Jenna ihm entgegen. »Haben Sie einen Pfad gefunden?«

»Ja, Ma'am. Er ist keine fünf Minuten entfernt. Wir haben ihn nur nicht gesehen, weil er von Bäumen verdeckt ist.«

Jenna sammelte ihre Sachen ein, richtete sich auf und sah ihre Deputys an. »Los, meine Herren, worauf warten Sie noch?

Schnappen Sie sich Ihre Ausrüstung. Ich will vor Einbruch der Dunkelheit bei den Anglerhütten sein.«

Rowley ritt voraus, bald kam eine verfallene Hütte in Sicht.

Jenna schaute sich um. »Sieht aus, als wäre sie verlassen.«

»Zweifellos.« Kane war abgestiegen und folgte Wolfe zur Eingangstür. »Wir sehen uns das mal an, Ma'am.« Er wandte sich an Duke. »Bleib, Junge!«

Jenna wartete und beobachtete erwartungsvoll die Tür.

Wolfe war der Erste, der wieder herauskam. Er zog seine OP-Handschuhe aus. Sogleich folgte Kane. Er schloss die Tür hinter sich und kam auf sie zu. »Da sind in Plastikfolie eingewickelte Leichen unter den Dielen, aber dem Staub nach zu urteilen, war schon seit einiger Zeit niemand mehr hier.«

»Ich werde morgen früh mit Licht wiederkommen müssen, es ist stockdunkel da drin.« Wolfe legte die Stirn in Falten. »Soweit ich sehen kann, sind es drei Leichen. Ich werde noch mehr Hilfe benötigen. Die beiden Experten, die Helena im Hubschrauber mitschickt, werden nicht reichen. Kann sein, dass es ein, zwei Tage dauert, um das alles zu organisieren. Wir brauchen zwei Teams mitsamt der jeweiligen Ausrüstung. Man darf so etwas nicht überstürzen.«

»Besorgen Sie sich jede Hilfe, die Sie brauchen.« Sie warf einen Blick auf ihre Uhr. »Ich bezweifle, dass sich hier über Nacht jemand zu schaffen macht. Wir sollten uns auf den Weg machen, sonst haben wir keine Zeit mehr, die Anglerhütten in Augenschein zu nehmen.«

Sechs Leichen. Ob das die vermissten Mädchen aus den Zeitungsartikeln sind? Jenna schluckte schwer und dirigierte ihr Pferd wieder in Richtung Berg.

49

Warmes Blut durchtränkte ihr Hemd und tropfte an ihrer Jeans herunter. Sie starrte auf das Messer, das an ihrer Handfläche klebte. Es hatte nur Sekunden gedauert, ihn zu töten, und doch stank es bereits jetzt im ganzen Raum nach Tod. Zu ihren Füßen lag Chris Jenkins Körper, der in letzten Zuckungen sein Leben aushauchte. Er lag ausgestreckt auf dem Rücken und blickte starr und erschrocken an die Decke. Sie beugte sich über ihn und sah ihm in die leblosen Augen. »Jetzt schau dir nur mal an, wozu du mich getrieben hast. «

Sie überkam eine plötzliche geistige Klarheit, die den Hass beiseiteschob, den sie für das Monster empfand. Jetzt, wo es tot war, schmolz ihre nagende Wut dahin wie Eis in der Sonne und hinterließ ein angenehmes Gefühl der Zufriedenheit. Sie richtete sich auf, schaute sich im Raum um und versuchte, ihre Schritte zurückzuverfolgen. Die Polizei würde die Hütte durchsuchen, und sie musste sicherstellen, dass sie keinen Hinweis darauf hinterließ, wer sie war. Kein einziges Haar, kein Fingerabdruck durfte zurückbleiben. Sie fand einen Eimer, zog ihre blutverschmierte Kleidung aus und stopfte sie hinein. Ein fadenscheiniges Handtuch hing über den Rand der Spüle. Sie wickelte es sich um die Hand, um den Wasserhahn aufzudrehen. Die Rohre gaben ein gurgelndes Geräusch von sich, bräunliches Wasser lief in das Becken. Sie wusch sich mit einem Stückchen Seife, das jemand liegengelassen hatte. Ohne Spiegel jedoch konnte sie nicht feststellen, ob sie noch Blut im Gesicht hatte. Sie suchte den Boden ab, befeuchtete das Handtuch und rieb damit ihre blutigen Fußabdrücke fort, dann ließ sie das Wasser noch eine Weile laufen, um sicherzugehen, dass im Siphon keine Spuren zurückblieben. Dann drehte sie den Wasserhahn wieder ab, ließ das Handtuch in den Eimer fallen, holte saubere Kleidungsstücke aus ihrem Rucksack und zog sie an.

Nachdem sie den Stuhl mit dem T-Shirt des Monsters abgewischt hatte, stellte sie noch die Limonadenflasche in den Eimer. Sie warf einen letzten Blick in die Hütte, zog sich die Mütze tief ins Gesicht und setzte ihre Sonnenbrille auf. Mit dem Rucksack über der Schulter nahm sie den Eimer und ging zur Tür. Sie nahm das T-Shirt, um den Türknauf zu drehen, ließ es zu Boden fallen und stieß die Tür mit dem Ellbogen auf.

Kaum war sie draußen, starrte sie in das erschrockene Gesicht eines jungen Mädchens, das ein Fahrrad schob. Sie ließ die Tür hinter sich zufallen und wedelte mit der Hand in Richtung des Mädchens. »Hau ab! Der Mann da drinnen hat ein Messer. Er hat versucht, mich umzubringen!«

Voller Angst, erkannt zu werden, drängte sie sich an dem verängstigten Mädchen vorbei und schnappte sich ihr eigenes Fahrrad. Aber noch bevor sie aufsteigen konnte, fuhr das Mädchen schon in Windeseile davon. Als sie selbst am Ende des Trampelpfads den Waldweg erreichte, sah sie, dass das Mädchen bereits vorne an der Straße war. Aber es fuhr nicht dorthin, wo sie ihr Auto abgestellt hatte, sondern in die entgegengesetzte Richtung. Sie bekam eine Gänsehaut auf ihrer Haut, als eine Welle der Beunruhigung sie überspülte. Das Mädchen radelte genau in die Richtung, in die Bobby-Joe gefahren war. Soweit sie wusste, hörte die Straße dort einfach auf. Vielleicht hatte er inzwischen umgedreht und war nach Hause gefahren. Der Gedanke nagte an ihr, dass Bobby-Joe möglicherweise doch noch in der Nähe war. *Warum ist er auch im Wald? Hatten sich die Monster heute mit zwei Mädchen zugleich verabredet?*

Als sie selbst die Straße erreichte, sah sie erleichtert, dass das Mädchen nach links in einen versteckten Pfad einbog und im nächsten Moment vom Wald verschluckt wurde. Durch den Stanton Forest schlängelten sich zahlreiche Tierpfade. Womöglich kannte das Mädchen eine Abkürzung zurück zur Hauptstraße. Sie selbst bog in die andere Richtung ab, trat kräftig in die Pedale und war heilfroh, als sie die kleine Lichtung wiederfand, wo sie ihr Auto versteckt hatte. Sie verstaute das Fahrrad und den Eimer im Kofferraum ihres Wagens unter einer Plane, dann nahm sie die Baseballkappe ab und bürstete sich das Haar. Sie überprüfte im Spiegel, ob ihr Gesicht sauber war, trug etwas Lippenstift auf und fuhr zurück in die Stadt.

Die schwere Last, die sie so lange mit sich herumgetragen hatte, wurde endlich leichter. *Nur noch einer ist übrig.*

50

Bobby-Joe wartete jetzt schon seit einer halben Stunde und wurde unruhig. Sie würde bald eintreffen, und er wollte eigentlich in der Hütte auf sie warten. Er trommelte mit den Fingern auf das Lenkrad seines Pick-ups und beschloss, Chris einen Besuch abzustatten. Wenn er ihn und sein Schätzchen beim Vögeln erwischte, na und? Er schnappte sich eine der präparierten Limonadenflaschen, stieg aus und drückte auf den Schlüssel, um die Türen zu verriegeln. Nachdem er sich kurz umgesehen hatte, um sicherzugehen, dass niemand im Schatten lauerte, stiefelte er zur Hütte. Als er um die Kurve bog, sah er in der Ferne eine weiße Limousine, die mit hoher Geschwindigkeit davonfuhr. Er fluchte leise vor sich hin. Wenn Chris noch jemanden zur Party eingeladen hatte, ohne ihm Bescheid zu sagen, dann würde er dafür bezahlen. *Ich hab hier das Sagen, nicht du, du Arschloch.*

Er bemerkte eine Bewegung im dichten Wald, und über das Vogelgezwitscher hinweg hörte er ganz deutlich, wie jemand weinte. Er drehte sich langsam um und spähte in alle Richtungen. »Hallo, ist da jemand?«

»I-ich ... ich bin hier.« Ein Mädchen trat aus dem Gebüsch,

Tränen liefen ihr über das Gesicht. »Sie k-kommen nicht von der Hütte, oder?«

Bobby-Joe starrte sie ungläubig an. *Heute muss mein Glückstag sein.* »Ich? Nein, ich habe ein Stück die Straße runter meinen Truck geparkt.« Er deutete mit dem Daumen hinter sich. »Ich suche meinen Hund, der ist da hinten aus dem Wagen gesprungen und in diese Richtung gelaufen. Du hast nicht zufällig einen braunen Hund gesehen?«

»Nein.« Das Mädchen rieb sich die Augen.

»Was ist denn mit dir passiert?« Bobby-Joe blieb auf Abstand, um sie nicht zu erschrecken. »So junge Mädchen wie du sollten nicht ganz allein durch den Wald laufen.«

»Ich war mit jemandem verabredet, da in der Hütte.« Sie schniefte und ihre tränennassen Augen musterten ihn. »Und dann hab ich da hinten bei der Hütte ein Mädchen getroffen. Sie meinte, ein böser Mann mit einem Messer wäre da drin, also bin ich weggelaufen, aber dann bin ich vom Fahrrad gefallen. Das eine Rad ist total verbogen.«

Bobby-Joe runzelte die Stirn. Er fragte sich, was zur Hölle Chris da trieb. Auf jeden Fall war er ihm gegenüber jetzt im Vorteil: Das verängstigte Mädchen konnte ihn identifizieren, aber Chris hatte sicherlich seine Clownsmaske getragen. Seine eigene hing ihm hinten aus der Gesäßtasche. Er seufzte. *Jetzt ist es zu spät. Sieht so aus, als wird die hier bei mir bleiben müssen.*

Er überlegte, was er jetzt mit ihr machen sollte und spielte im Kopf mehrere Szenarien durch. Sie hatte Angst, also musste er den Anschein erwecken, dass sie bei ihm in Sicherheit war. Er musste sie nur dazu überreden, in seinen Wagen einzusteigen. »Ja, hier in der Gegend gibt es ein paar böse Männer. Wie gesagt, junge Mädchen sollten hier nicht allein herumlaufen. Nach meinem Hund suche ich wohl besser in der anderen Richtung. Nicht, dass der noch nvon einem Verrückten erstochen wird.« Er wandte sich ab, blieb dann aber stehen und sah sie an. »Oder willst du mitkommen?«

»Na gut.« Sie folgte ihm. »Wie heißt denn Ihr Hund?«

»Deefer.«

»Das ist aber ein blöder Name.« Sie putzte sich mit einem Taschentuch die Nase und hustete.

Bobby-Joe konnte sein Glück gar nicht fassen. Das hier musste das Mädchen sein, dem er jetzt monatelang Honig ums Maul geschmiert hatte, aber offenbar hatte Chris sie irgendwie verschreckt. Ihr klarzumachen, dass er der Typ war, mit dem sie sich hatte treffen wollen, war reine Zeitverschwendung. Sie würde ihn sofort mit dem Verrückten in der Hütte in Verbindung bringen. Nur die Ruhe. Er hielt ihr die Flasche Limonade hin. »Willst du was trinken? Keine Bange, die ist noch zu.«

»Danke, ich hab echt Durst.« Sie schraubte die Flasche auf und nahm einen großen Schluck. »Es wird bald dunkel. Kommen wir denn in dieser Richtung aus dem Wald raus?« Sie hielt ihm die Flasche hin.

Bobby-Joe schüttelte den Kopf. »Nee, nimm du mal. Ich hab noch mehr in meinem Truck.«

»Wie komme ich denn jetzt nach Hause?« Sie trank noch einen Schluck, dann sah sie zu ihm auf. »Ich verlaufe mich hier draußen bestimmt und dann treffe ich vielleicht noch den Mann mit dem Messer.«

»Kann schon sein.«

»Können Sie mir nicht helfen?« Sie kam näher und ergriff seinen Arm. »Bitte?«

Er spürte, wie die Erregung Besitz von ihm ergriff. Sie war ihm direkt in die Arme gelaufen. Er konnte sein Glück gar nicht fassen. Sein Wagen war nur ein paar Meter entfernt. Das Betäubungsmittel würde schon bald wirken. Und dann gehörte sie ihm.

Er lächelte sie an und hielt ihr seine Hand hin. »Mach dir keinen Kopf, Schätzchen. Ich kümmere mich um dich.«

»Danke schön. Aber was ist mit Ihrem Hund?« Sie blickte ihn mit großen, unschuldigen Augen an.

Er schluckte schwer und zwang seinen Körper, sich zu entspannen. *Sei nett, du hast sie schon am Haken.* »Ich bin sicher, er kann auf sich selbst aufpassen. Es ist wichtiger, dass ich dich nach Hause bringe.«

»Soll ich vielleicht morgen wiederkommen und Ihnen helfen, ihn zu suchen?«

Bobby-Joe verbiss sich ein triumphierendes Grinsen. »Das wäre toll.« Er winkte mit einer Hand in Richtung seines Fahrzeugs. »Mein Wagen steht da drüben. Komm, ich fahr dich heim.«

Als sie seine Hand nahm und ihn anlächelte, überkam ihn ein Anflug von Euphorie. Diese hier würde er für immer behalten.

51

MITTWOCH, WOCHE ZWEI

Am folgenden Morgen saß Kane an seinem Schreibtisch, starrte auf die Akten, die vor ihm lagen und fragte sich, ob er seinen Verstand verloren hatte. Die Mörderin war ihm bislang durch die Lappen gegangen, und von den Männern, die in den Pädophilen-Ring verwickelt waren, fehlte jede Spur. Jeder Schritt, den sie hier bei der Ermittlung genommen hatten, hatte in einer Sackgasse geendet. Genau wie Jenna hielt er Lizzy Harper für die Hauptverdächtige. Obwohl sie von der Statur her recht klein war, war sie durch ihre körperliche Arbeit als Reinigungskraft sicherlich gut in Form. Lizzy Harper hatte ihren Vater ermordet, also konnte kein Zweifel daran bestehen, dass sie skrupellos genug war, jemanden zu töten. Außerdem gab es eine Verbindung zu den Anglerhütten. Er ging zum dritten Mal die Abschrift ihrer Befragung durch. Ja, sie hasste Männer, schien aber eben *alle* Männer zu hassen. Wenn sie die Mörderin war, was war dann ihr Motiv? Den Mann, der sie vergewaltigt hatte, hatte sie ja bereits getötet.

Die einzige Erklärung, die ihm einfiel, war, dass ihr Vater Teil des Pädophilen-Rings gewesen war und sie auch von anderen Männern missbraucht worden war. Zwar hatten sie in den alten Anglerhütten keine geheimen Kellerräume gefunden und auch sonst nichts, das darauf schließen ließ, dass eine Gruppe von Kinderschändern sie benutzt hatte, aber nach so vielen Jahren war alles möglich. Er bezweifelte, dass Lizzy jetzt noch die Hütte identifizieren würde, in der ihr Vater sie missbraucht hatte. Sie hatte ja schon während des Gerichtsverfahrens Gelegenheit gehabt, andere Männer zu belasten, aber hatte beharrlich geschwiegen. Und doch musste mindestens ein anderer Mann beteiligt gewesen sein, denn Lizzys Vater war nicht der Vater ihres Sohns. *Aber wer dann?* In der vagen Hoffnung, dass inzwischen die DNS-Ergebnisse der beiden Opfer ihrer Mörderin eingetroffen waren, überprüfte er erneut seinen E-Mail-Posteingang. Wenn es eine Übereinstimmung mit Lizzys Sohn gab, dann hatten sie einen Grund, sie vorläufig festzunehmen.

Normalerweise hätte er jetzt Wolfe angerufen, doch den hatte Jenna mit Webber und den Kriminaltechnikern aus Helena zu den Kinderleichen auf dem Berg geschickt. Da die Mörderin nach wie vor frei herumlief, hatte sie darauf bestanden, dass er und Rowley in der Dienststelle bleiben und Hinweisen nachgehen sollten. Er scrollte durch die Kontakte auf seinem Handy, fand die Nummer des Pathologielabors, das Wolfe benutzte und rief dort an. Er gab die erforderlichen Informationen durch und wartete. Und wartete. Etwa zehn Minuten später war der Labortechniker wieder in der Leitung.

»Ich werde die Ergebnisse jetzt gleich an den Gerichtsmediziner von Black Rock Falls mailen.«

Jetzt wurde Kane langsam sauer. »Dann setzen Sie bitte das Black Rock Falls Sheriff's Department ins CC. Ich brauche diese Information so schnell wie möglich, am besten gestern, und der Gerichtsmediziner ist gerade irgendwo in den Bergen.«

»Gerne, dann maile ich das jetzt.«

Kane starrte auf den Computerbildschirm und aktualisierte drei Mal seinen Posteingang, bevor die E-Mail eintraf. Er öffnete die Datei im Anhang und unterdrückte einen Freudenschrei. Endlich – da war der Beweis, den sie brauchten. Der Vater von Lizzy Harpers Sohn war Amos Price. Er stand auf, ging zu Rowley und packte ihn an der Schulter. »Mitkommen.«

———

»Wir haben einen Durchbruch bei der Mörderin.« Als Jenna den Blick hob, musste er grinsen. »Wir haben genug Beweise für einen Haftbefehl gegen Lizzy Harper. Die DNS-Ergebnisse sind eingetroffen und Amos Price ist der Vater ihres Sohns. Das beweist, dass er beteiligt war, also haben wir ein Motiv. Sie war zum Zeitpunkt seines Mordes in der Gegend und hat einen Schlüssel zu dem Haus, in dem Alison Saunders seine Leiche gefunden hat.«

»Gott sei Dank. Dann können wir sie aufhalten, bevor sie wieder mordet. Gute Arbeit.« Jenna lächelte ihn an. »Füllen Sie den Antrag für den Haftbefehl aus und geben Sie ihn Rowley, der soll ihn zum Gericht bringen. Ich rufe inzwischen den Staatsanwalt an, um die Sache zu beschleunigen. Kümmern Sie sich darum, wo sich Lizzy gerade aufhält.«

»Ja, Ma'am.« Zufrieden mit sich und der Welt verließ Kane Jennas Büro und setzte sich wieder an den Schreibtisch. Für den Papierkram brauchte er nicht lange, dann händigte er Rowley das Dokument aus und schickte ihn los.

Nachdem er eine Stunde lang Anrufe getätigt und seine Akten auf den neuesten Stand gebracht hatte, sah er plötzlich, wie Maggie, sichtlich aufgeregt, den Empfangstresen verließ und in Jennas Büro stürmte. *Was ist denn jetzt schon wieder passiert?*

Jenna trat auf den Flur und winkte ihn zu sich in ihr Büro. Er nahm sein Notizbuch, betrat den Raum und schloss die Tür hinter sich. Jenna war am Telefon und gab den Medien offenbar gerade Informationen über ein verschwundenes Kind durch. Er bekam nur noch das Ende des Gesprächs mit und wartete auf ihre Erklärung. Nachdem sie den Hörer aufgelegt hatte, ließ sie den Kopf in die Hände sinken und sah ihn mit einem Gesichtsausdruck an, als habe sie ein schlechtes Gewissen. Sie blieb stumm.

Er runzelte die Stirn. »Wer ist denn verschwunden?«

»Ein dreizehnjähriges Mädchen, Sandra Doig. Ich habe das National Crime Information Center benachrichtigt, um sie in die Vermisstenliste aufzunehmen und eine überregionale Fahndung einzuleiten. Alle Countys im Umkreis werden einbezogen. Außerdem habe ich das Schnelleinsatzteam für Kindesentführungen beim FBI angerufen, die sind bereits auf dem Weg.« Sie stieß einen müden Seufzer aus. »Gerade eben habe ich mit den Medien gesprochen. Sie werden die Vermisstenmeldung sofort veröffentlichen, also hoffen wir, dass man sie schnell findet. Sie hat gestern ihren Eltern erzählt, dass sie bei einer Freundin übernachten würde, war war heute Morgen nicht in der Schule erschienen.« Jenna fuhr sich mit den Fingern durch ihr dichtes schwarzes Haar. »Ihre Mutter hätte noch gar nicht gemerkt, dass sie weg ist, wenn sie nicht zufällig zur Schule gefahren wäre, um ihr ihr Essensgeld zu bringen. Ihre Freundin sagte, sie sei gar nicht bei ihr gewesen.«

Dieser Ort wird langsam zur Hauptstadt des Verbrechens. Kane richtete sich auf. »Hat sie andere Freundinnen angerufen?«

»Ja, als Mrs. Doig anrief, hat Maggie zum Glück die richtigen Fragen gestellt. Die Mutter sagte, dass Sandra oft bei Peta Braun übernachtet, das ist ihre beste Freundin. Mrs. Braun sorgt immer dafür, dass die beiden nicht die ganze Nacht aufbleiben.« Jenna kaute auf ihrer Unterlippe. »Der Schuldirektor hat alle Kinder über die Sprechanlage gefragt, wer Sandra gesehen hat, und ein paar haben gesagt, sie sei gestern nach der Schule in Richtung der Straße geradelt, die in den Stanton Forest führt.«

Die Erinnerung an die Morde, die sie Anfang des Jahres aufgeklärt hatten, schoss ihm durch den Kopf. »Das ist gar nicht gut. Hoffentlich treibt im Wald nicht noch ein Mörder sein Unwesen.«

»Ich mache mir eher Sorgen wegen des Pädophilen-Rings.«

»Nicht zu vergessen der Pädophile, der beim Herbstfest in der Stadt gearbeitet hat.« Kane schluckte die Galle hinunter, die ihm die Kehle hochstieg. »Bitten Sie Maggie, bei der Familie des Mädchens anzurufen, dass sie etwas herbringen, das Sandra getragen hat. Den Wald zu durchsuchen, wird ziemlich schwierig sein, aber mit einer Geruchsprobe kann Duke ihre Spur aufnehmen.«

»Der Vater ist schon auf dem Weg, mit einem Paar Socken von ihr. Ich hatte auch schon an Duke gedacht.« Jennas Augen verengten sich. »Wir müssen sofort da weitermachen, wo wir aufgehört haben. Ich gehe davon aus, dass Sandra von denselben Männern entführt wurde, nach denen wir bereits suchen. Jetzt, wo sie Zoe nicht mehr haben, brauchen sie ein anderes Mädchen. Ich rufe Rowley an und sage ihm, er soll so schnell wie möglich wieder herkommen.« Sie schürzte die Lippen. »Stu Macgregor ist im Moment der einzige Kinderschänder in der Stadt, von dem wir wissen. Finden Sie ihn.«

»Ja, Ma'am.« Er rieb sich das Kinn. »Ich rufe gleich mal bei der Stadtverwaltung an und frage nach, ob er im Moment irgendwo in der Gegend arbeitet.«

»Okay. Haben Sie Lizzy Harper ausfindig gemacht?«

Er konnte fast sehen, wie sich Jennas Gedanken überschlugen. Sie hatte so viele verschiedene Dinge zu bedenken und setzte in erstaunlichem Tempo Prioritäten. »Ja, sie und ihre Mutter putzen in einem ein Haus am Clifton Drive. Sie ist voraussichtlich bis fünf Uhr dort.«

»Gut, und sie hat keine Ahnung, dass wir sie auf dem Radar haben. Sobald wir den Haftbefehl haben, werde ich jemanden rüberschicken, der sie abholt. Aber im Moment hat Sandra

Doig für uns oberste Priorität. In fünf Minuten will ich mit Macgregor sprechen.« Jenna winkte ihn fort und griff nach ihrem Telefon.

Da die Deputys Wolfe und Webber gerade mit dem Forensiker-Team aus Helena am Craig's Rock waren, war die Dienststelle unterbesetzt. Kane kehrte an seinen Schreibtisch zurück und rief bei der Gemeindeverwaltung an. Nachdem die Telefonistin ihn von einer Abteilung zur nächsten durchgestellt hatte, erfuhr er, dass Macgregor gerade in einer Straße hinter dem Park als Zauberkünstler arbeitete, gar nicht weit von ihrer Dienststelle. Kane lehnte sich zurück und dachte an sein früheres Gespräch mit dem Mann. Er erhob sich gerade von seinem Bürostuhl, als Rowley mit einer Mappe durch die Vordertür kam und direkt in Jennas Büro ging.

Kane ging ihm hinterher. In Jennas Büro wartete er, bis sie mit Rowley gesprochen hatte. Als sie den Blick auf ihn richtete, räusperte er sich. »Stu Macgregor arbeitet auf der anderen Seite des Parks. Das scheint sein Stammplatz beim Stadtfest zu sein. Genau da habe ich mich letzte Woche schon mit ihm unterhalten.«

»Okay, mit dem werden wir als Allererstes sprechen.« Sie wandte sich an Rowley. »Ich bin jetzt weg. Bradford soll Maggie am Empfangstresen bei den eingehenden Anrufen über das vermisste Mädchen helfen und dafür sorgen, dass sie mich über alle Entwicklungen auf dem Laufenden hält. Rowley, Sie reden mit Mr. Doig. Er ist auf dem Weg hierher mit etwas von Sandra, das wir als Geruchsprobe für den Hund benutzen können.«

»Ja, Ma'am.« Rowley marschierte aus dem Raum.

Sie warf ihrem Telefon, bei dem mehrere Lämpchen blinkten, einen besorgten Blick zu. »Das könnten Information über das vermisste Mädchen sein. Gehen Sie rüber und sprechen Sie mit Macgregor. Zu Fuß, das geht schneller.«

»Jawohl.« Er hob eine Hand. »Ich brauche noch die Beschreibung des Mädchens.«

»Ich habe Ihnen bereits alle Informationen auf Ihr Handy geschickt.« Sie hob ihr Kinn und sah ihn durchdringend an. »Ich hole Sie im Park ab. Wenn ich hier fertig bin, gehen wir von dort aus, wo Sandra zuletzt gesehen wurde, von Tür zu Tür und befragen die Leute. Ich sage Wolfe und Webber Bescheid, die können Lizzy Harper herbringen.«

»Okay.« Kane wandte sich um und verließ das Büro.

———

Die Sonne traf ihn direkt in die Augen, als er auf die Straße trat. Er setzte seine Sonnenbrille auf und bahnte sich den Weg durch die Besucher des Herbstfestes. In der vergangenen Woche war ein Tag schulfrei gewesen, dennoch waren wieder erstaunlich viele Kinder unterwegs. Er wich einer Gruppe von Kindern aus der örtlichen Vorschule aus, die mit klebrigen Fingern winkten und ihn mit von Liebesäpfeln rotgefärbten Zähnen anlächelten. In dieser Woche hatten sich auf den Parkplätzen vor den Geschäften besonders viele Kleinkünstler, Straßenmusiker, Clowns und Zauberer niedergelassen. Er entdeckte Stu Macgregor, der von Kindern umringt war und versuchte, seinen Zorn zu verdrängen. Würde so jemand wie immer zur Arbeit gehen, wenn er gerade ein Kind entführt und bei sich im Keller eingesperrt hatte? Oder beschaffte er Kinder für andere Pädophile? *Kann gut sein.*

Kane wusste, dass Psychopathen und Pädophile nach außen hin oft wie ganz normale Menschen wirkten, oft schienen sie sogar besonders vertrauenswürdig und sympathisch. Der Unterschied war, dass Psychopathen keinerlei Gefühle für ihre Opfer hegten, während die meisten Pädophilen wirklich glaubten, dass sie die Kinder liebten, die sie missbrauchten. Sie lebten ihre sexuelle Perversion aus. Sein

Problem als Profiler war, dass sich die beiden Persönlichkeitstypen oft überschnitten. So gab es zum Beispiel Pädophile mit psychopathischer Persönlichkeit, die Sex mit Kindern haben wollten, aber kein Problem damit hatten, diese Kinder zu verletzen oder zu töten.

Er drängte sich durch die Menschen, die Stu Macgregor bei seiner Vorführung zusahen. Der bemerkte ihn sofort, und Kane sah, wie dem Mann bei seinem nächsten Zaubertrick leicht die Hände zitterten. Macgregor verkündete, dass er jetzt eine kurze Pause einlegen würde, was die Umstehenden mit einem enttäuschten Raunen quittierten. Die Menge zerstreute sich. Kane ging auf ihn zu und baute sich vor ihm auf, die Hände in die Hüften gestemmt. »Fahren Sie eigentlich jeden Tag von Blackwater hierher oder haben Sie eine Wohnung hier in der Stadt?«

»Ich habe ein Häuschen gemietet. Ziemlich baufällig. Liegt außerhalb der Stadt, auf dem Weg zum Wasserfall.« Macgregor wich Kanes Blick aus, während er seine Requisiten ordnete. »Wieso?«

Kane beobachtete aufmerksam die Körpersprache des Mannes. *Er ist beunruhigt.* »Ich dachte, die Stanton Road wäre eine vornehme Gegend.«

»Nicht an der Stanton Road, weiter hinten am Highway, in der Nähe der Triple Z Bar. Es ist eine alte Behelfsunterkunft an der Weller's Road.«

Kane beugte sich zu ihm. »Haben Sie gestern Abend dort ein kleines Mädchen hingebracht?«

»Nein.« Macgregor vermied es immer noch, ihn anzuschauen. »Ich weiß nichts davon, dass ein Mädchen vermisst wird.«

»Ich habe doch gar nicht erwähnt, dass das Mädchen vermisst wird.« Kane starrte ihn an. »Packen Sie Ihre Sachen zusammen. Sie kommen mit aufs Revier. Da können Sie in einer Zelle warten, während wir Ihr Haus durchsuchen.«

»Sie haben doch gar keinen Durchsuchungsbefehl.«

Kane trat so nah an den Mann heran, dass er dessen Schweiß riechen konnte. »Sie sind auf Bewährung, da brauche ich keinen, und ich habe genug gegen Sie in der Hand, um Sie wegen Verdachts auf Entführung festzunehmen.«

Er holte sein Handy heraus und sagte Jenna Bescheid. »Geben Sie mir Ihre Schlüssel. Sie sind ein registrierter Sexualstraftäter, und ein Mädchen wird vermisst.« Er gab ihm einen Schubs in Richtung Dienststelle. »Kommen Sie in die Gänge, sonst lege ich Ihnen hier vor allen Kindern Handschellen an.«

52

Ausnahmsweise war sie gut gelaunt. Sie hatte heute frei und konnte über das Herbstfest bummeln. Nachdem sie durch die Stadt geschlendert war und dabei den größeren Menschenansammlungen aus dem Weg gegangen war, hatte sie Stu Macgregor entdeckt, aber der stellte im Moment das geringste ihrer Probleme dar. Er hatte weder sie noch eines der Mädchen angerührt und seit seiner Zeit im Gefängnis ein gebrochener Mann. Das Gerichtsverfahren hatte sein gesamtes Barvermögen verschlungen und seine Familie wollte nichts mehr mit ihm zu tun haben. Die Polizei hatte ihn im Visier. Trotzdem hatte sie ihn natürlich in ihrem Tagebuch erwähnt. Sie hatte jedes Detail festgehalten, an das sie sich aus jener Zeit erinnern konnte, ebenso wie auch alle Einzelheiten über ihre jüngsten Morde, denn mit Sicherheit würde Sheriff Alton sie nicht mehr lange frei herumlaufen lassen.

Beim Mittagessen bei Aunt Betty's genoss sie die Erinnerung daran, wie Chris' Leben entschwand. Mit hämischer Freude ließ sie jedes Detail in ihrem Kopf Revue passieren. Ihn zu töten war befriedigend gewesen und sie hatte es genossen, wie sein warmes Blut über sie floss. Der Geruch des Todes mit seinen vielen Facetten faszinierte sie. Fast wünschte sie sich, sie hätte Zeit gehabt, sich in seinem Blut zu wälzen wie eine barbarische Heidin. Sie stieß einen zufriedenen Seufzer aus. Ja, ihr Plan, die Monster zu töten, lief wie am Schnürchen.

Sie blickte hoch zum Fernseher, und die lärmende Menge, die hier ihr Essen genoss, schien aus dem Blickfeld zu verschwinden. Ihr Stuhl fiel laut klappernd zu Boden und sie stürzte an den Tresen, um die neuesten Nachrichten im Fernsehen zu sehen. Sie starrte auf das Bild des jungen Mädchens auf dem Bildschirm, das sie gestern vor der Hütte gesehen hatte. Als unter dem Foto die Worte »Mädchen vermisst« erschienen, kribbelte es in ihrem Bauch und ihre Hände zitterten. Ihr Herz raste, sie konnte den Blick nicht vom Fernsehgerät abwenden, bis die Stimme von Susie Hartwig sie in die Realität zurückholte.

»Du lieber Gott, schauen Sie sich doch nur das arme Kind an.« Susie blickte stirnrunzelnd auf den Fernseher. »Ich hoffe, sie ist nicht in eines dieser Wasserlöcher gefallen und ertrunken.«

Es gibt deutlich schlimmere Dinge, die einem Mädchen hier in Black Rock Falls passieren können. Sie nahm sich zusammen und schaute Susie an. »Das hoffe ich auch. Würden Sie bitte den Ton lauter stellen, damit man hören kann, was passiert ist?«

»Klar doch.« Susie ging hinter den Tresen.

Das ernste Gesicht des Nachrichtensprechers füllte den Bildschirm aus. »Die dreizehnjährige Sandra Doig wurde zuletzt gestern gesehen, als sie auf ihrem Fahrrad die Black Rock Falls Middle School durch das rückwärtige Schultor verließ. Falls Sie Sandra gesehen haben, rufen Sie bitte die eingeblendete Telefonnummer an.«

Verdammte Scheiße, was ist mit ihr passiert? Chris war tot, der konnte ihr nichts mehr antun. Der Wald war menschenleer gewesen, als sie losgefahren war, die Straße ebenfalls. Sandra hätte es bis zum Highway schaffen müssen. Im Grunde hatte sie gar nicht mehr an das Mädchen gedacht, seit sie den Stanton Forest verlassen hatte. Erst jetzt fiel ihr wieder ein, dass auch Bobby-Joe vorbeigefahren war. Am liebsten hätte sie vor Verzweiflung aufgeschrien. *O Scheiße, Bobby-Joe hat sie in seine Hütte mitgenommen.*

Während ihr der Schweiß als Rinnsal zwischen den Schulterblättern hinunterlief, konnte sie die Augen kaum vom Fernseher abwenden. Ein kurzer Seitenblick verriet ihr, dass Susie sie verwirrt anschaute. Sie versuchte, sich zu entspannen und ihre Gedanken zu ordnen. Sie hatte sich für Bobby-Joe etwas ganz Besonderes ausgedacht, aber wenn die Polizei unweit seiner abgelegenen Hütte in den Bergen herumkletterte, würde sie kaum Gelegenheit haben, ihn zu Tode zu foltern, und anders durfte er nicht sterben. Er würde für das, was er getan hatte, bezahlen.

Sie lockerte ihren angespannten Kiefer, zwang sich zu einem betont gelassenen Gesichtsausdruck und begegnete Susies Blick. »Meinen Sie, der Sheriff wird dazu aufrufen, dass sich Freiwillige melden, die sich an der Suche zu beteiligen?«

»Kann schon sein, aber die haben doch die Ranger.« Susie zuckte mit den Schultern und zog einen Bleistift hinter dem Ohr hervor. »Sorry, Tisch drei will bestellen.« Sie eilte davon.

So lässig, wie sie nur konnte, kehrte sie zu ihrem Tisch zurück, stellte ihren Stuhl wieder hin und setzte sich. Sie musste Bobby-Joe heute noch zur Strecke bringen. Und das würde ihr letzter Racheakt sein.

Nachdem sie ihren Kaffee ausgetrunken hatte, legte sie ein paar Scheine auf den Tisch und ging zur Tür. Sie hatte einen Anruf zu erledigen.

———

Als sie hinter dem Steuer ihres Wagens saß, heulten in der Ferne die Sirenen. Offenbar waren die Einsatzwagen des

Sheriff's Department bereits in Richtung Stanton Forest unterwegs. Der Gedanke, Deputy Kane zu manipulieren, amüsierte sie. Sie ließ den Motor an und fuhr nach Hause, um sich ihre Outdoorkleidung anzuziehen. Dieses Mal würde sie das Messer, ihre Pistole und einen Elektroschocker benötigen. Das Bild von Bobby-Joe blitzte in ihrem Kopf auf. Er war grausam und berechnend, aber letztlich war er auch nur ein Mann. Sie hatte längst bewiesen, dass jeder Mann eine Schwachstelle hatte. Ihn zu töten, würde etwas ganz Besonderes sein. Auch wenn seine eigenen Qualen kaum im Verhältnis zu dem Leid stehen würden, das er anderen zugefügt hatte: Er würde für die Leben, die er ausgelöscht hatte, büßen.

Ich werde dich ganz langsam töten, Bobby-Joe.
Ich werde dich schreien lassen.

53

Jenna beschloss, Bradford und Rowley loszuschicken, um Macgregors Hütte zu durchsuchen, sobald Kane eintraf. »Blaulicht und Sirenen. Rufen Sie mich an, sobald Sie dort sind. Wenn Sie sie nicht finden, kommen Sie sofort wieder her.«

Sie blickte von ihrem Schreibtisch auf und sah mit Genugtuung, wie Kane Stu Macgregor zu den Zellen führte. »Kane«, rief sie, »geben Sie Rowley die Schlüssel zu Macgregors Haus.«

»Ja, Ma'am.«

Wenige Augenblicke später kam er zurück und informierte sie über einen Anruf, den er gerade wegen des vermissten Mädchens erhalten hatte. Diese Informationen ließen den Fall in einem ganz neuen Licht erscheinen.

»Wie verlässlich ist der Hinweis?«

»Die Anruferin wusste Details zu ihrem Fahrrad und ihrer Kleidung.« Kane hob eine Augenbraue. »Sie sagte, sie habe das Mädchen gestern Nachmittag einen Waldweg in Richtung der Forsthütte hinunterradeln sehen. Dass sie freiwillig dorthin gefahren war, würde passen, vor allem, wenn es sich um einen Pädophilen-Ring handelt. Sie wissen ja, wie diese Kinderschänder arbeiten. Sie umgarnen die Kinder vorher. Wahrscheinlich hat er sie überredet, sich mit ihm bei der Hütte zu treffen.«

Verdammt noch mal! »Dann hält Stu Macgregor sie also vielleicht in einer Hütte im Wald gefangen, in der Nähe von da, wo die Zeugin sie zuletzt gesehen hat, und gar nicht in seinem Haus?«

»Das ist möglich, aber zumindest haben wir einen Ort, wo wir mit der Suche beginnen können.« Er stützte sich mit den Händen auf ihrem Schreibtisch ab. »Der Wald ist verdammt groß, sie könnte überall sein. Macgregor streitet ab, dass er überhaupt etwas damit zu tun hat. Im Moment können wir uns einzig und allein auf die Informantin stützen.«

Sie stöhnte innerlich auf. Sollten sie sofort zum Wald fahren oder erst warten, bis ihre Deputys Macgregors Haus durchsucht hatten? *Wenn ich Wolfe und Webber hier hätte, wäre das alles kein Problem.* »Wir warten, bis Rowley und Bradford sein Haus durchsucht haben. Es ist der logischste Ort. Er könnte sich mit ihr im Wald getroffen und sie dann zu sich nach Hause gebracht haben, genau wie die anderen. Wenn wir dort kein Glück haben, fahren wir zu der Stelle, wo sie zuletzt gesehen wurde. Ich alarmiere die Medien und organisiere einen Suchtrupp. Sie wissen ja, dass die ersten achtundvierzig Stunden entscheidend sind, wenn ein Kind vermisst wird. Ich habe ein Paar Socken von Sandra. Meinen Sie, Duke wird ihre Fährte aufnehmen können?«

»Ja.«

Jenna ging zum Schrank und holte ihren Notfallrucksack heraus. »Schnappen Sie sich Duke und fahren Sie auf der Nebenstraße zum Stanton Forest. Blaulicht und Sirene. Ich schicke Ihnen die Koordinaten. Walters soll hier das Kommando übernehmen. Wir treffen uns dann an der Straße, die zur Forsthütte führt.«

»Verstanden.« Kane ging zur Tür hinaus.

Sie folgte ihm. Aus Sorge um Sandra krampfte sich ihr

Magen zusammen. Sie blieb am Empfangstresen stehen und bat Maggie, Walters herzubeordern. Er sollte Lizzy Harper verhaften, sobald der Haftbefehl eintraf.

Ihr Mobiltelefon klingelte. »Sheriff Alton.«

»*Wir haben keine Spur von dem Mädchen gefunden. Es ist ein winziges Häuschen mit nur zwei Zimmern, kein Keller.*« Während Bradford sprach, hörte sie im Hintergrund die Sirene des Streifenwagens. »*Wir sind in fünf Minuten wieder im Revier.*«

Jenna seufzte enttäuscht. »Okay, danke.«

Sie sagte Kane Bescheid, kehrte in ihr Büro zurück und verließ es gleich wieder, um zum Empfangstresen zu gehen, wo sie ungeduldig auf Rowleys Wagen wartete. Als Bradford zur Tür hereinkam, stürzte Jenna sofort auf sie zu. »Wo ist Rowley?«

»Gleich da, Ma'am.«

Rowley betrat direkt hinter seiner Kollegin die Dienststelle. »Holen Sie Ihre Rucksäcke und kommen Sie mit.«

Wenige Augenblicke später ging sie mit Rowley und Bradford zu ihrem SUV. Als ihre Deputys eingestiegen waren, lenkte sie ihren SUV vom Parkplatz und fuhr in hohem Tempo und mit Sirene und Blaulicht in Richtung Stanton Forest. »Rufen Sie Wolfe an und sagen Sie ihm, dass ich ihm die Koordinaten der Straße schicke, sobald wir sie gefunden haben. Sie sollen uns dort treffen. Ich will, dass alle, die verfügbar sind, nach diesem Mädchen suchen.«

»Ja, Ma'am.« Rowley tätigte den Anruf. »Sie sind auf dem Weg.«

Als der Waldrand in Sicht kam, lenkte sie den Wagen um eine Kurve und fuhr nach Westen. Die Reihen der hohen Kiefern zogen als grüne Streifen an ihnen vorbei. Immer wieder blitzte zwischen den Bäumen das Sonnenlicht auf und ließ die Straße aussehen wie in einem flackernden Stummfilm. Sie fuhr langsamer und suchte in der nicht enden wollenden Reihe dunkelbrauner Stämme nach dem Zugang zur Straße. Mit seinem Reichtum an Wildblumen, den Bergen und dem azurblauen Himmel im Hintergrund sah der Wald wunderschön aus, doch sie wusste nur zu gut, welche potenziellen Gefahren in seinen dunklen Tiefen lauerten.

Zunächst hatte sie den noch Waldweg übersehen, so hoch stand auf beiden Seiten das Gras. Dann wendete sie und fand eine unbefestigte Straße vor, die im düsteren Wald verschwand. Nachdem sie den SUV abgestellt hatte, überprüfte sie die GPS-Koordinaten auf dem Navi und schickte sie per SMS an Kane und Wolfe. »Stellen Sie sicher, dass Sie Ihre Empfänger eingeschaltet und Ihre Stöpsel im Ohr haben. Ich möchte, dass wir alle miteinander kommunizieren.« Jenna stieg aus und hörte in der Ferne die Sirene eines Einsatzwagens. »Das wird Kane sein. Dann können wir genauso gut warten, bis er hier ist.«

»Sie sollten vielleicht noch ein Stück die Straße runterfahren, Ma'am.« Rowley runzelte die Stirn. »Auf der Karte ist eine Hütte eingezeichnet, etwa eine Viertelmeile den Weg hinunter, am Ende eines Pfades, der zwanzig Meter in den Wald hineinführt.«

»Okay. Wenn Kane hier eintrifft, fahren wir in seinem SUV mit und lassen meinen hier stehen. Dann weiß Wolfe gleich, wo er abbiegen muss, wenn er kommt.«

Ein paar Minuten später blitzte das Sonnenlicht in der Windschutzscheibe eines Wagens auf, der um die Kurve gerast kam. Es gelang der Sirene nicht, den satten Sound des Motors von Kanes Fahrzeug zu übertönen. Als er neben ihrem SUV zum Stehen kam, riss sie sofort die Beifahrertür auf. »Wir fahren mit Ihnen. Die Hütte ist da den Waldweg runter.« Sie drehte sich zu Bradford um. »Holen Sie die Rucksäcke aus meinem Auto.« Sie warf ihr die Schlüssel zu. »Rowley, Sie nehmen ein Gewehr mit.«

»Ja, Ma'am.« Bradford sammelte die Rucksäcke ein, schleppte sie zu Kanes SUV und warf sie in den Kofferraum. »Geht das da so drinnen mit dem Hund?«

»Klar, der rührt die nicht an«, bestätigte Kane. »Stellen Sie sie neben meinen.«

Sie bestiegen alle den Wagen und Jenna sagte Kane, wie weit er fahren sollte, nachdem er in den Wald eingebogen war. Sie sah ihn an. »Das ist ein verängstigtes Kind. Schalten Sie die Sirene aus, aber lassen Sie das Blaulicht an. Ein Kind, das sich verlaufen hat, wird sich am ehesten einem Polizeiauto nähern.«

»Ich glaube, da auf der rechten Seite müsste gleich der Pfad kommen.« Rowley lehnte sich gespannt nah vorne.

»Okay.« Kane hielt an. »Hier rein?« Rechts vom SUV zweigte ein schmaler Trampelpfad von der unbefestigten Straße ab.

»Ja, ich würde sagen, das ist es.« Rowley warf einen Blick auf die Karte und dann wieder auf den Weg. »Hey, schauen Sie mal, da ist ein Wegweiser.« Jenna sprang aus dem Auto. »Okay, jeder schnappt sich seinen Rucksack. Das Gewehr lassen wir erst einmal hier. Wer etwas findet, markiert das Areal mit einer Flagge und sagt mir Bescheid.« Sie holte eine Plastiktüte aus ihrem Rucksack Tasche und sah Kane an. »Holen Sie Duke.«

»Ja, Ma'am.« Kane ließ den Hund aus dem Auto und befestigte am Halsband eine lange Leine. Er setzte seinen Rucksack auf und kam mit dem Hund zu ihr. »Lassen Sie ihn an der Geruchsprobe schnüffeln, damit er die Fährte aufnehmen kann. Dann können wir nur noch in Richtung der Stelle gehen, wo das Mädchen zuletzt gesehen worden ist, und das Beste hoffen.«

Jenna öffnete die Plastiktüte und hielt sie dem Hund hin. Zu ihrer Überraschung bellte er zwei Mal kurz, dann senkte er den Kopf und begann, auf dem Erdboden herumzuschnüffeln.

Im nächsten Augenblick lief er die Straße hinunter, weg von der Hütte. »Oh, das kann nichts Gutes bedeuten. Wir wissen doch, dass sie bei der Hütte war.«

»Aber vielleicht ist sie in diese Richtung gefahren, nachdem die Frau sie gesehen hatte.« Kane versuchte, Duke zurückzuhalten, aber der Hund bellte laut und zerrte an der Leine. »Sieht so aus, als ob er unbedingt in diese Richtung will. Soll ich ihn laufen lassen und ihm folgen?«

»Ja, und nehmen Sie Bradford mit.« Jenna warf Rowley einen Blick zu. »Kommen Sie mit mir, wir sehen uns die Hütte an.« Sie drehte sich um und rief Kane hinterher: »Halten Sie mich auf dem Laufenden, Kane!«

»Verstanden.« Er nickte ihr zu und ging mit Bradford dem Hund hinterher.

Ohne zu zögern, betrat Jenna den Trampelpfad, der zur Hütte führte. Zum Glück hatte sie Rowley an ihrer Seite. Sie konnte sich nicht vorstellen, dass ein junges Mädchen freiwillig diesen Weg hinunterging. Hier, tief im Wald, schienen die Kiefern und das dichte Gestrüpp eine undurchdringliche Mauer um sie herum zu bilden. Lange Schatten lagen wie Gitterstäbe einer Gefängniszelle über dem Weg und, wie zur Warnung, stellten sich ihr die Nackenhaare auf. Abgesehen von ihren leisen Schritten und dem Knarren der Bäume herrschte um sie herum eine unheimliche Stille. Jeder einzelne Muskel in ihrem Körper spannte sich an, als ihr klar wurde, dass das übliche Vogelgezwitscher fehlte. Jenna verlangsamte ihr Tempo und blickte sich in alle Richtungen um. Sie spürte, dass irgendwo in den Schatten eine Gefahr lauerte. Sie senkte ihre Stimme und flüsterte: »Hier stimmt etwas nicht. Keine Vögel.«

»Da oben sitzen ein paar Krähen.« Rowley runzelte die Stirn. »Die beobachten uns.« Er erschauderte. »Unheimlich.«

Jenna schnupperte und zuckte mit den Schultern. »Ich kann nicht Totes riechen, aber Krähen sind ein sicheres Zeichen dafür, dass hier etwas tot ist.« Sie bedeutete ihm, weiterzugehen. »Die Hütte muss hinter der nächsten Kurve sein. Bleiben Sie in der Nähe der Bäume. Wer weiß, was uns da erwartet.«

Sie gingen weiter, und als die Blockhütte in Sichtweite kam, hörte sie ein leises Summen. Erstaunt starrte sie auf die Eingangstür. Die Holzbretter bewegten sich, als würden sie in der Mittagshitze Flimmern. Sie ging ein paar Schritte weiter, und mit einem Schaudern erkannte sie, dass sich die Bretter gar nicht bewegten – sie waren voll mit Fliegen. Sie krabbelten über die Vorderfront der Hütte und bedeckten die Fenster, als hätte jemand die Läden geschlossen. »O mein Gott, sind das Fliegen?«

»Ja.« Rowley wischte sich mit der Hand über den Mund, als ekele er sich. »Das verheißt nichts Gutes.«

Der Klang von Kanes Stimme in ihrem Ohr ließ sie aufschrecken, aber sie gewann ihre Fassung schnell wieder. »Was haben Sie gefunden?«

»*Ein Kinderfahrrad, auf das die Beschreibung von Sandras Fahrrad passt. Das Vorderrad ist verbogen. Ich habe die Fundstelle markiert. Es lag an einem Pfad, der von der Hauptstraße abzweigt. Dann hat uns Duke weiter bis zum Ende der Straße geführt. Hier wird sie breiter, ich vermute, dass die Feuerwehr sie als Wendemöglichkeit genutzt hat. Hier hat jemand einen SUV abgestellt. Die Motorhaube ist kühl, also steht er schon eine Weile hier.« Kane räusperte sich. »Ich habe das Kennzeichen überprüft. Er gehört einem Mann namens Chris Jenkins, und wissen Sie was? Der wohnt in den Bergen. Leider hört Sandras Fährte hier auf. Ich nehme an, sie ist in ein anderes Fahrzeug gestiegen. Möglicherweise sind es zwei Typen, die zusammenarbeiten, vielleicht ein Zuhälter und sein Kunde?*«

»Verstanden.« Jenna suchte weiterhin die Umgebung ab, eine Hand an ihrer Pistole. »Ich glaube, wir haben hier auch etwas Wichtiges.« Sie berichtete von den Fliegen und der eigenartigen Stille. »Ich lasse das Mikrofon an und sehe mir jetzt das Innere der Hütte an.«

»Okay. Wir sind auf dem Weg zu Ihrer Position.«

Jenna zog ihre Glock aus dem Holster und wandte sich an Rowley. »Wir wissen nicht, ob uns jemand beobachtet oder wer sich in der Hütte befindet, falls da überhaupt jemand ist. Drinnen sind wir ungeschützt. Ich werde allein hineingehen. Stellen Sie sich da hinten auf sechs Uhr mit dem Rücken an einen Baum und beobachten Sie mich.«

»Ja, Ma'am.« Rowley zog seine Waffe, nickte ihr zu und zog sich in den Schatten zurück.

Sie wusste, was sie zu tun hatte: Sich in der Nähe der Bäume halten, dann zu einer Ecke der Hütte vorrücken und durch ein Fenster spähen. Schutzhütten wie diese bestanden hier in der Gegend in der Regel nur aus einem einzigen Raum. Falls sich jemand darin befand, sollte sie ihn gleich sehen können. Sie erreichte die Seite der Hütte und lauschte, ob sich drinnen etwas bewegte.

Nichts.

Als sie sich dem Fenster näherte, stieg eine Wolke Fliegen auf, die verärgert summten. Sie landeten auf ihr und krabbelten über ihr Gesicht, als wäre sie ihre nächste Mahlzeit. Sie wedelte die Viecher fort und warf einen Blick durch das Fenster, doch es war zu dunkel, um wirklich etwas zu erkennen. Das einzige Licht im Raum kam durch die kleinen Fenster, und die waren schwarz von Fliegen. Sie klopfte an die Holzwand, was erneut die Fliegen aufschreckte. »Sheriff's Department, ist da drinnen jemand?«

Stille.

Scheiße! Sie steckte ihre Waffe kurz ins Holster, um sich ein Paar Latexhandschuhe anzuziehen, dann sprach sie in ihr Mikrofon: »Sieht leer aus. Ich gehe jetzt zur Tür.«

Jennas Herz pochte bei dem Gedanken, dass sie vielleicht

gleich ein ermordetes Mädchen finden würde. Sie schlich an der Wand entlang zur Vorderseite der Hütte, erreichte die Tür und drehte mit zitternden Fingern den Knauf. Sie stieß die Tür auf, und eine ganze Wolke Fliegen strömte hinein. Der Gestank des Todes stieg ihr in die Nase. Tageslicht fiel durch die Tür auf den Körper eines Mannes, der auf dem Rücken in einer Blutlache lag. Mehrere Stichwunden klafften in seiner nackten Brust, und seine Augen starrten mit einem entsetzten Ausdruck, der ihr noch lange im Gedächtnis bleiben würde, ins Nichts.

Ein Fliegenschwarm gesellte sich zu den Ameisen, die über das Gesicht des Toten krabbelten. Jenna spürte, dass ihr übel wurde, und entfernte sich von der Tür. Der Mann war ganz offensichtlich tot, und je weniger Leute den Tatort kontaminierten, desto besser. Sie sprach in ihr Mikrofon und nahm allen Mut zusammen, um sich die Leiche noch einmal anzusehen. »Wir haben eine nackte Leiche, männlich, Ende dreißig. Stichwunden in der Brust. Ich sehe deutlich eine Narbe an seinem Knie, er könnte also eines der Mitglieder des Pädophilen-Rings sein. Ich würde sagen, er ist seit etwa zwölf Stunden tot.« Sie seufzte. »Ich werde Wolfe benachrichtigen und die Umgebung absuchen, aber wenn es sich um ein weiteres Opfer unserer Mörderin handelt, bezweifle ich, dass wir etwas finden werden.«

Sie hörte einen Hund bellen und war erleichtert, als sie Duke mit Kane im Schlepptau auf sich zukommen sah. Sie holte ihr Handy heraus und rief Wolfe an. »Wir haben schon wieder einen Mord.«

54

Nichts lief nach Plan. Irritiert zerrte Bobby-Joe das Mädchen vom Bett. »Zurück mit dir in den Käfig, und keinen Mucks, verstanden?«

»Ich will nach Hause.« Das Mädchen reckte das Kinn vor und sah ihn trotzig an. »Sie haben gesagt, dass Sie mich nach Hause bringen.«

Er packte ihr Haar, drehte es in seiner Faust und genoss, wie die Angst in ihren Augen aufblitzte. »Du *bist* zu Hause. Du tust jetzt das, was ich will, wann ich will und wie ich es will.« Er lachte, als sich ihre Augen vor Schreck weiteten. »Du kannst nie mehr nach Hause, und wenn du versuchst, wegzulaufen, finde ich dich, und dann hol ich mir deine hübsche kleine Schwester. Und wenn ich schon mal da bin, schlitze ich deiner Mutter die Kehle auf.«

———

Mit einem Handtuch um die Taille trat er aus der Dusche, stieg die Kellertreppe empor und ging pfeifend durch die Speisekammer in die Küche. Der Ton erstarb auf seinen Lippen beim

Anblick einer jungen Frau, die an der Küchentheke lehnte und eine Pistole auf ihn richtete. Er starrte auf die Waffe, die sie kampflustig in beiden Händen hielt. Sie wirkte viel zu groß für ihre kleinen Fäuste. Ihr Gesicht kam ihm irgendwie bekannt vor. Wer zur Hölle war das, und was wollte sie? Als er sich nach einer Waffe umsah, entdeckte er ein Messer auf dem Tresen. Er war überzeugt, dass er sie überwältigen konnte. Also hob er die Hände und bewegte sich in Richtung Tresen. »Was ist dein Problem?«

»Zu mir hast du genau das Gleiche gesagt.« Die Frau hielt die Waffe in aller Seelenruhe, sie zitterte kein bisschen. »Dass du mich finden und meine Eltern umbringen wirst. Aber du hast mich nicht gefunden, oder?«

»Ich weiß nicht, wovon du redest, aber ich weiß, dass du dich hier auf einem Privatgrundstück befindest. Mein Tor ist aus gutem Grund verschlossen und mit einem Schild versehen.«

»Das Tor war gar kein Problem. Du hättest eine stabilere Kette kaufen sollen. Mein Bolzenschneider ging durch die Kette wie durch Butter.« Sie lächelte ihn an. »Du hast doch nicht im Ernst geglaubt, dass ich den ganzen Weg hierher zurücklaufe, oder?«

»Okay. Du warst also offensichtlich schon mal hier. Und was willst du? Mir mitteilen, dass ich Vater geworden bin?«

»Nein.« Ihr Blick war jetzt eiskalt. »Eines muss ich dir lassen – du und deine Freunde, ihr wart immer sehr vorsichtig.« Ein leichtes Lächeln umspielte ihre Lippen. »Aber ich schätze, die Freunde gehen dir jetzt langsam aus, hm?«

Er wurde immer nervöser. Woher wusste sie, dass kürzlich zwei seiner Kumpels gestorben waren, und wo zum Teufel steckte Chris? Er hatte gestern Abend vorbeikommen sollen, um sein Mädchen in den Käfig zu stecken. Vielleicht hatte er beschlossen, sich bis auf Weiteres in der Hütte zu verkriechen, nachdem er sein, Bobby-Joes, Mädchen im Wald erschreckt hatte. Er zuckte mit den Schultern und versuchte, lässig zu wirken. »Du erzählst hier aber eine Menge Scheiße, Lady.«

»Tue ich das?« Sie hob das Kinn, und ihr kalter Blick bohrte sich in ihn hinein. »Lass mich mal überlegen ... Amos ist tot, dann Ely. Chris habe ich ganz in der Nähe der Stelle getroffen, wo du Sandra mitgenommen hast. Der wird heute kein Mädchen mehr herbringen.«

Panik überkam ihn und ließ sein Herz unangenehm schnell pochen. *Woher weiß sie von dem Mädchen, das ich im Wald getroffen habe?* »Ich kenn keine Sandra.«

»Ach ja, stimmt, du fragst sie ja nie nach ihren richtigen Namen, oder?« Sie kräuselte die Lippen und sah ihn voller Abscheu an. »Steckt sie in dem Käfig im Keller?« *Woher weiß sie von dem Käfig?* Nur *eines* seiner Mädchen war jemals entkommen. Stu war ebenfalls eines abhandengekommen, der hatte dann auch den Preis für seine Dummheit bezahlt. Aber als sein Mädchen verschwunden war, hatte er monatelang die Zeitungen durchforstet, doch nirgends eine einzige Zeile über sie gefunden. Jetzt, wo er sich die Frau, die vor ihm stand, so ansah, war sie vielleicht tatsächlich das Mädchen von damals; ja, sie war es, die Ähnlichkeit war nicht zu übersehen. »Soll das ein Witz sein?«

»Sehe ich aus, als würde ich Witze machen?« Die Waffe war nach wie vor auf ihn gerichtet, ihre Hände blieben regungslos.

Sie wusste zu viel, und sie hatte das Selbstvertrauen einer Polizistin mit reichlich Rückendeckung. Für den Bruchteil einer Sekunde wandte er den Blick von ihr ab und schaute aus dem Fenster, in der Erwartung, draußen mehrere Polizeiwagen zu sehen, aber da war nur der Wald.

Die Frau lächelte. »Falls du nach dem Sheriff Ausschau hältst, die ist nicht zur Party eingeladen.« Konnte die Gedanken lesen? »Ich habe große Pläne für dich, Bobby-Joe. Du weißt doch jetzt bestimmt, wer ich bin, oder?«

Die Puzzleteile fügten sich zusammen. Sie musste das Mädchen von damals sein. Ein Glück, dass sie der Polizei nie ein Wort gesagt hatte. *Bestimmt hat es ihr hier gefallen.* »Wenn ich dich jetzt so ansehe, kommst du mir tatsächlich bekannt vor.« Er räusperte sich. »Was willst du?«

Ihr Blick blieb auf seinem Gesicht ruhen, aber ihre Mundwinkel zuckten, als wäre es lustig, ihn mit einer Waffe zu bedrohen. »Ich war unterwegs, um alte Bekannte zu besuchen und dachte, ich schau mal bei dir rein. Ich muss heute noch oft an die Zeit denken, die wir miteinander verbracht haben.«

Erleichtert setzte er sein bestes »Komm-und-hol's- dir«-Lächeln auf. »Du hattest nie wieder einen, der dir's so gut gemacht hat wie ich, was? Du musst doch keine Knarre auf mich richten, du musst nur bitte sagen.«

Er breitete die Arme aus und streckte den Bauch vor, sodass sein Handtuch zu Boden fiel. Wenn er sie nur einen Moment lang ablenkte, würde er nach dem Messer greifen können. Aber die Frau schaute ihm weiterhin unverwandt ins Gesicht. Ihre Augen bewegten sich keinen Millimeter. »Na, gefällt dir, was du siehst?«

»Ich sehe das Böse. Eine Person, die sich hinter einer Maske versteckt.« Ihr Gesicht verzog sich zu einer hässlichen Fratze. »Du bist ein erbärmlicher kleiner Wurm und gar nicht wert, dass man dich einen Mann nennt. Ein echter Mann *beschützt* Kinder.«

»Warum bist du dann hier?«

»Um es dir heimzuzahlen.« Sie leckte sich über die Lippen, als könne sie ihre Worte schmecken. »Ich weiß, was du bist, und ich war im Krankenhaus, als du Jane ermordet hast. Jetzt wirst du bezahlen. Aber zuerst will ich dein Notebook, all die Fotos von den Mädchen, die du hier eingesperrt hast, und die Masken.«

»Vergiss es.«

Es gab einen ohrenbetäubenden Knall. Eine Kugel zischte

dicht an seinem Ohr vorbei und schlug hinter ihm in die Wand ein. Er spürte Holzsplitter auf seine nackte Haut regnen, warf einen Blick über eine Schulter und starrte auf das riesige Loch in der Wand. *Verdammte Scheiße, die benutzt Hohlspitzgeschosse!* Seine Knie schlotterten und kalter Schweiß trat ihm auf die Stirn. Er hob die Hände. »Okay, okay. Das ist alles in der Vorratskammer versteckt.«

»Hol es raus. Und wenn du glaubst, du könntest mich überrumpeln oder nach einer Waffe greifen, bist du schief gewickelt. Bevor du nochmal Luft holen kannst, hab ich dich abgeknallt.« Ihr Blick fixierte ihn, sie lächelte. »Es wird so einen Spaß machen, dich umzubringen.«

Die nackte Angst packte ihn. Mit erhobenen Händen näherte er sich langsam der Tür der Vorratskammer. »Ich muss eine Hand runternehmen, um die Tür zu öffnen.«

»Die andere Hand bleibt am Kopf.«

»Klar, alles, was du willst.« Er öffnete die Tür, betrat die Kammer und schob mit zitternden Fingern die geheime Rückwand auf. Ein Auge auf die Verrückte mit der Pistole gerichtet, öffnete er den Safe und holte sein Notebook heraus. Er legte den Karton mit Bildern und USB-Sticks darauf und stopfte die Clownsmasken hinein. Er blickte über die Schulter. »Wo soll ich das hinstellen?«

»Auf den Küchentisch. Dann öffnest du das Notebook und zeigst mir, was auf den Sticks ist.« Ihre dunklen Augen musterten ihn. »Eine Bewegung, nur eine winzige Bewegung in meine Richtung und du hast keinen Kopf mehr.«

Er gehorchte und drehte das Notebook so, dass sie die Bilder sehen konnte. »Und was jetzt?«

»Jetzt machen wir einen kleinen Spaziergang.« Sie holte ein paar Kabelbinder aus ihrer Tasche und ließ sie auf den Tresen fallen. »Dreh dich um. Hände hinter den Rücken.«

Die Wut schnürte ihm die Kehle zu. »Vergiss es. Willst du mich verarschen? Erschieß mich, du Schlampe. Du musst mich schon umbringen, bevor ich mit dir barfuß und nackt irgendwo hingehe.«

Er stürzte sich auf das Messer auf dem Tresen. Im nächsten Moment durchfuhr ihn ein glühender Schmerz. Seine Glieder wurden steif, sein Herz raste. Er schlug mit dem Gesicht auf dem Boden auf und hörte das typische Knacken eines Knochens, als sein Nasenbein brach. Der metallische Geschmack von Blut rann ihm die Kehle hinunter. Er konnte keinen einzigen Muskel mehr bewegen. *Verdammte Scheiße, das war ein Elektroschocker.*

»Wie fühlt sich das an, Bobby-Joe?« Die Frau beugte sich vor und band ihm hinter seinem Rücken die Hände mit Kabelbindern zusammen. Dann schlang sie mehrere Kabelbinder ineinander und fesselte seine Fußknöchel, sodass er gerade noch Platz hatte, um mit den Füßen zu schlurfen. »Ich hab einen schönen Baum in der Nähe vom Wasserfall für dich ausgeguckt.« Sie grinste ihn an, aber ihre Augen waren kalt wie Eis. »Wenn du den Elektroschocker das nächste Mal nicht an den Eiern spüren willst, schlage ich vor, du tust, was ich sage. Aber eines verspreche ich dir: Bevor du stirbst, werde ich dich schreien lassen. Versprochen.«

55

Auf dem Trampelpfad bemerkte Kane den Geruch von verwesendem Fleisch bereits, bevor die Hütte in Sicht kam. Duke zog heftig an der Leine und gab seltsame Bellgeräusche von sich, dann blieb er auf einmal stehen und begann zu jaulen. Kane drehte sich zu Bradford um und betrachtete ihr aschfahles Gesicht. »Waren Sie schon einmal am Tatort eines Mordes?«

»Nein, Sir.« Sie richtete sich auf, als wolle sie besonders tüchtig wirken und schloss zu ihm auf. »Es riecht ziemlich übel.«

»Und es wird noch schlimmer. Nehmen Sie eine der Gesichtsmasken aus Ihrem Rucksack. Wenn Sie jemand bittet, den Tatort zu betreten, müssen Sie sich vorher Schutzanzug und Handschuhe anziehen. Fassen Sie niemals etwas ohne Handschuhe an.« Er schaute sich um und spähte durch die Wand aus Bäumen. »Seien Sie wachsam. Wir wissen nicht, ob das Umfeld sicher ist. Der Wald ist so dicht, der Mörder könnte direkt neben uns stehen, und wir würden ihn nicht sehen.«

Als sie um eine enge Kurve gingen, hörte er Jennas Stimme. »Wann können Sie hier sein?«

Kane schloss, dass sie gerade am Handy war und mit Wolfe

sprach. Er rief Duke herbei und befahl dem Hund, unter einen Baum sitzen zu bleiben. Dann ging er zu Rowley hinüber, zusammen marschierten sie zur Hütte. Kane hielt sich mit einer Hand die Nase zu und spähte hinein. Eine klebrige dunkle Blutlache umgab den Körper, den ein schwarzes Leichentuch aus Fliegen und anderen Insekten bedeckte. Er trat zur Seite und sagte zu Rowley: »Keine blutigen Fußabdrücke, aber ich sehe einige Schmierspuren auf dem Boden, so als ob der Mörder versucht hätte, seine Spuren zu verwischen.« Er holte sein Notizbuch heraus und notierte sich ein paar Stichpunkte. »Haben Sie einen Blick auf die Leiche werfen können, bevor die Fliegen kamen?«

»Schon, aber dem, was der Sheriff Ihnen erzählt hat, habe ich nichts hinzuzufügen.« Rowley kratzte sich am Kopf. »Übrigens kenne ich den Mann, und ich weiß sogar noch seinen Namen. Das ist Chris Jenkins, ich habe ihm vor etwa einer Woche einen Strafzettel verpasst, weil er mit einem kaputten Rücklicht herumgefahren ist.«

»Das wird sich ja leicht überprüfen lassen.«

Kane drehte sich um, als er Jennas Stimme hörte. »Waren Sie schon drinnen, Ma'am?«

»Nein, Wolfe ist in fünf Minuten hier, wir werden auf ihn warten. Wir haben aber noch ein anderes Problem: Walters kann Lizzy Harper nicht finden.« Sie nahm ihren Hut ab und wischte sich mit einem Taschentuch den Schweiß von der Stirn. »Ihre Mutter sagte, sie sei heute nicht zur Arbeit erschienen und zu Hause ist sie auch nicht.«

Kane schaute sich um. »Ich bezweifle, dass sie sich noch hier in der Nähe aufhalten würde.«

»Ich habe keine Spur von ihr gefunden. Wir haben die unmittelbare Umgebung abgesucht, aber außer den Fahrradspuren dort drüben nichts Interessantes entdeckt.« Sie deutete auf den Rand der Lichtung. »Da drüben ist der Boden weicher, und es sieht so aus, als hätte jemand sein Fahrrad gegen einen Baum gelehnt.«

Kane ging hinüber, zückte sein Handy und machte Fotos von den Reifenspuren. »Ich glaube nicht, dass das Sandras Fahrrad ist. Die Spuren sind schmaler, sieht eher aus wie ein Rennrad.«

»Dann könnte es also der Mörderin gehören?« Der Hardrock-Klingelton von Jennas Handy ertönte, worauf sie es aus der Tasche zog. »Ja, Walters, was gibt's? Einen Moment, ich stelle Sie auf laut.«

»*Immer noch keine Spur von Lizzy Harper, aber ich suche weiter. Sie weiß ja nicht, dass wir nach ihr suchen. Falls sie nicht die Stadt verlassen hat, werde ich sie schon finden.*«

»Maggie soll Ihnen helfen. Rufen Sie ein paar Geschäfte im Ort an, irgendwer muss sie ja gesehen haben. Gibt es sonst noch etwas?«

»*ich habe etwas Interessantes herausgefunden.*«

»Schießen Sie los.« Jenna legte die Stirn in Falten.

»*Ich habe die Liste der Angestellten des Krankenhauses mit den Namen der Leute abgeglichen, die in den Hütten in der Nähe vom Craig's Rock wohnen. Ich habe vier Personen gefunden. Bei dreien war nichts, aber der vierte, Bobby-Joe Brandon, arbeitet in der Klinik immer nachts und hat sich ein paar Tage frei genommen, angeblich wegen Grippe. Er war auch in der Nacht, als Jane Stickler starb, zum Dienst eingeteilt, hatte sich aber krankgemeldet. Ziemlich praktisch, finden Sie nicht?*« Er hielt ein paar Sekunden inne. »*Ich habe seine Handynummer herausgefunden und ihn angerufen, aber es ging nur seine Mailbox ran. Ich glaube, es besteht eine geringe Chance, dass er einer der vier Männer vom Pädophilen-Ring ist, die die Mädchen erwähnt haben. Und wenn das stimmt, könnte er auch das Mädchen entführt haben. Da er nicht ans Telefon geht, hat die Mörderin ihn vielleicht bereits getötet.*«

Kanes Haut kribbelte. »Wo genau wohnt er denn?«

»*Als Sie zum Craig's Rock hochgefahren sind, sind Sie da an einer Privatstraße mit mehreren Schildern vorbeigekommen?*«

»Ja, ich erinnere mich.« Jenna warf Kane einen besorgten Blick zu.

»*Nun, Ma'am, seine Hütte liegt etwa eine halbe Meile die Straße hinauf. Sie müssen bis zum Tor fahren und dann zu Fuß gehen. Er hat das ganze Grundstück eingezäunt, wie mir gesagt wurde.*«

»Okay, danke. Aber vielleicht ist er ja auch gerade unter der Dusche oder so, versuchen Sie es weiter auf seinem Handy.« Jenna biss sich auf die Unterlippe. »Irgendwelche relevanten Hinweise zum vermissten Mädchen?«

»*Nicht wirklich. Wir hatten einige Anrufe, ein paar Bekloppte, die anderen überprüfe ich immer, sobald sie eingehen. Die meisten haben nichts Neues zu berichten. Einige haben sie noch gesehen, wie sie in Ihre Richtung geradelt ist. Einer hat sie auf der Straße erkannt, als er in die Stadt reinfuhr. Sie wurde zuletzt nach Schulschluss gesehen, soviel ist sicher.*« Er hielt inne und sie hörte, wie er auf seiner Tastatur tippte. »*Und noch etwas: Mrs. Dempsy hat gestern am frühen Nachmittag eine weiße Limousine gesehen, ein ziemlich neues Modell, die ebenfalls in Ihre Richtung fuhr. Sie hat aber nicht darauf geachtet, wer am Steuer saß.*« Er holte tief Luft. »*Wir haben außerdem einige Freiwillige, die einen Suchtrupp bilden und jetzt gerade vom Schulhaus aus den Wald durchkämmen. Die Ranger haben das gut organisiert.*«

»Okay, danke. Wenn sich jemand meldet, der sie gesehen hat, rufen Sie mich an, und suchen Sie weiter nach Lizzy Harper. Irgendjemand muss sie gesehen haben.«

»*Ja, Ma'am.*«

Nachdem Jenna aufgelegt hatte, starrte sie Kane einen Moment lang ausdruckslos an, während sie nachdachte. Schließlich räusperte sie sich. »Was, wenn die Mörderin diesen Mann hier reingelegt hat? Sie haben doch erwähnt, dass sich

Pädophile im Internet das Vertrauen von Kindern erschleichen. Kann doch sein, dass sie sich als junges Mädchen ausgegeben hat und sich auf diese Weise allein mit ihren Opfern treffen konnte.« Sie machte eine ausladende Handbewegung. »Sehen Sie sich diese Hütte hier an: Sie ist rund eine Meile von der Stadt entfernt, nah genug, um mit dem Fahrrad herzufahren, und trotzdem komplett ab vom Schuss.«

»Ja.« Rowley blinzelte die Fliegen weg, die um sein schweißnasses Gesicht schwirrten. »Wenn die Opfer davon ausgegangen sind, dass sie sich mit einem jungen Mädchen treffen, wären sie auch nicht übermäßig vorsichtig gewesen. Im Gegenteil. Sie würden erst einmal alles tun, was das Mädchen möchte.«

»Wenn die Mörderin sich als Kind ausgibt, macht das definitiv Sinn.« Jenna seufzte. »Und wenn Bobby-Joe Brandon etwas damit zu tun hat, ist er wahrscheinlich schon tot.«

Eine Erkenntnis traf Kane wie ein Schlag auf den Kopf. »Da ist trotzdem noch etwas, das wir übersehen. Wenn der Anruf bei mir, dass das Mädchen hier gesehen wurde, von der Mörderin kam, dann hat sie diesmal ihre Stimme nicht verzerrt. Vielleicht, damit ich ihr glaube, dass es ernst ist.«

»Stimmt, das hat sie noch nie getan. Warum ausgerechnet jetzt?« Jenna hob eine Augenbraue.

»Ich glaube, sie hat uns hin- und hergeschoben wie Figuren auf einem Schachbrett. Denken Sie mal zurück. Sie hat an meinem Haus eine Blutlache mit Zeitungsausschnitten hinterlassen, um ihre Morde zu rechtfertigen, und vielleicht auch, um uns dazu zu bringen, die Ermittlungen ruhen zu lassen. Und sie hat mich angerufen und mir von den toten Kindern bei Craig's Rock erzählt, damit wir aus der Stadt verschwinden und sie Zeit hat, Jenkins zu töten.«

»Dann hat sie Jenkins hierhergelockt.« Jenna hatte bereits einen Schritt weitergedacht. »Offenbar wusste sie, wer dem Pädophilen-Ring angehört. Und wenn Bobby-Joe Brandon unser vierter Mann ist, dann ist er der nächste auf ihrer Liste. Ich gehe davon aus, dass sich Bobby-Joe hier ebenfalls mit einem Mädchen treffen wollte.« Sie sah zu Kane auf, ihre Augen blitzten vor Aufregung. »Vielleicht hat sie erst Chris getötet, hat dann Bobby-Joe mit Sandra gesehen und ist ihm gefolgt. Wir wissen, dass noch jemand anderes hier war. Da sich Sandras Spur verliert, muss sie in ein zweites Fahrzeug gestiegen sein.«

Kane rieb sich den Nacken. »Die Mörderin hat Sandra aber nicht mitgenommen, sonst wäre sie längst zu Hause.«

»Ja, sie benutzt diesen Tatort als Köder. Ich glaube, ihr eigentliches Ziel ist der vierte Mann.« Jenna starrte ins Leere, dann richtete sie ihren Blick wieder auf Kane. »Craig's Rock liegt in der Nähe von Bobby-Joes Hütte, also ruft sie Sie an, um Ihnen mitzuteilen, dass sie Sandra hier gesehen hat. Sie wird davon ausgegangen sein, dass ich alle Ressourcen einsetzen werde, um das vermisste Mädchen zu finden und obendrein den Gerichtsmediziner alarmiere, sobald wir die Leiche hier finden. Und damit hat sie freie Bahn mit Bobby-Joe.«

»Ach, du Scheiße!« Rowley machte vor Entsetzen große Augen. »Sie meinen, sie wollte uns von Craig's Rock fernhalten, damit sie Bobby-Joe Brandon ermorden kann?«

Kane nickte. »Ganz genau. Wir müssen sofort dorthin.«

56

Als Duke bellte und so wild auf und ab sprang, wie es ihm als Jagdhund eben möglich war, drehte sich Jenna um und sah Wolfe und Webber die Lichtung betreten. Sie hatten eine Menge Ausrüstung dabei. Jenna lief ihnen entgegen und erklärte ihnen die Situation. »Ich fahre hoch zu Bobby-Joe Brandons Hütte. Ich glaube, wir vergeuden nur unsere Zeit, wenn wir hier nach dem Mädchen suchen.«

»Wenn Sie Webber hierlassen, können wir uns allein um den Tatort kümmern. Ich habe ein großes Team aus Helena und den umliegenden Countys organisiert, die die sterblichen Überreste der Kinder am Craig's Rock ausgraben werden. Die kommen gleich morgen früh.« Wolfe ging zur Hütte und spähte durch die Tür. »Ich habe bereits den Bestatter angerufen, damit er die Leiche abtransportiert.«

»Wir glauben, dass es sich um einen Mann namens Chris Jenkins handelt. Die Beschreibung auf seinem Führerschein passt so weit. Kane hat seinen Wagen ein Stück weiter oben an der Hauptstraße geparkt gefunden. Schauen Sie nach, ob wir Jenkins' Fingerabdrücke in der Datenbank haben. Sie müssen noch seine Identität bestätigen und herausfinden, ob er Angehörige hat.« Sie rieb sich unwillkürlich den Mund, als sie an die Fliegen und Ameisen dachte, die über das Gesicht des Opfers krabbelten. »Bevor Sie ihn identifizieren können, sollten Sie ihn wohl ein wenig säubern.«

»Alles klar, Ma'am.« Wolfe sah sie leicht genervt an.

Wenn sie so viele Fälle gleichzeitig im Kopf hatte, dachte sie manchmal nicht daran, zu ihren Kollegen nett zu sein. »Das war unhöflich, ich möchte mich dafür entschuldigen, Wolfe. Ihnen muss ich wirklich nicht erklären, wie Sie Ihren Job zu erledigen haben.« Sie wandte sich an ihre anderen Deputys. »Wir fahren mit Ihrem SUV, Kane. Rowley und Bradford, Sie kommen mit uns.« Sie warf Webber ihre Schlüssel zu. »Sie fahren bitte meinen Wagen zurück in die Dienststelle, wenn Sie hier fertig sind.«

»Ja, Ma'am.« Webbers Gesicht war kreidebleich.

Ein Mädchen war in Gefahr, da hatte Jenna leider keine Zeit, sich um die Moral ihrer Truppe zu kümmern. Dennoch schenkte sie Webber ein kurzes Lächeln. »Ich weiß, dass Sie hier an Ihren ersten Tagen in Black Rock Falls schon eine ganze Menge mitmachen müssen, aber das ist nicht immer so. Ehe Sie sich versehen, werden Sie wieder Strafzettel ausstellen.«

»Ich habe schon tote Menschen gesehen, Ma'am, aber einfach ist es nie.«

»Er macht einen guten Job.« Wolfe klopfte Webber auf den Rücken. »Ziehen Sie sich den Schutzanzug an, wir haben einiges zu tun.«

Jenna wandte sich Kane zu. »Fahren wir!«

Ihre oberste Priorität war jetzt die Sicherheit von Sandra Doig, sie durften keine Zeit mehr verlieren. Jenna joggte den Trampelpfad hinunter zu Kanes schwarzem SUV, die Deputys folgten ihr. Als Kane sie einholte, sah sie ihn an. »Blaulicht und Sirene. Ich will so schnell wie möglich zu Bobby-Joes Hütte.«

Sie riss die Beifahrertür auf, warf ihren Rucksack auf die Rückbank und kletterte auf den Sitz. »Los, Tempo!«

»Geht klar.« Kane hievte Duke auf den Rücksitz und schob sich hinter das Lenkrad, dann warf er Rowley und Bradford einen Blick zu. »Schnallen Sie sich besser an, das wird eine wilde Fahrt.« Sein Blick blieb auf Rowley haften. »Mein Scharfschützengewehr liegt unter dem Sitz in einer Kiste. Holen Sie es bitte für mich heraus.«

»Verstanden.« Rowley nickte ihm knapp zu und schloss seinen Gurt.

Jenna wurde in ihren Sitz gedrückt, als der mächtige SUV einen Satz machte. Sie legten eine scharfe 180-Grad-Drehung hin und im nächsten Moment rasten sie die Hauptstraße hinunter. Sie vertraute Kane und wusste, dass er sie stets beschützen würde, aber dennoch beunruhigte sie sein grimmiger Blick. Was er von Pädophilen hielt, wusste sie, und falls nötig, würde er auf ihren Befehl hin ohne mit der Wimper zu zucken jemanden töten. Aber falls Bobby-Joe Brandon noch lebte und das vermisste Mädchen in seiner Hütte gefangen hielt, würde sie ihre Deputys fest im Griff haben müssen.

»An der Kreuzung geradeaus und dann die Erste rechts.« Rowley lehnte sich in seinem Sitz vor. »Die Straße verläuft parallel zur Stanton Road und umgeht den Stadtverkehr. Sie verläuft durch ein Wohngebiet, führt aber in der Nähe vom College in einer Schleife zurück auf die Stanton Road.«

»Okay.« Kane trat aufs Gaspedal, und der Motor brüllte wie ein wütender Stier.

Jenna konzentrierte sich auf die Straße vor ihnen. Die Sirene heulte, und der Wald wurde zu einem grünen Fleck, als Kane die Geschwindigkeit nochmal erhöhte. Sogar in den Kurven ging er kaum vom Gas. Hinter sich hörte sie, wie Rowley seine Waffen überprüfte und Kanes Gewehr zusammensetzte. Sie rasten an Autos vorbei, von denen die meisten anhielten, um sie passieren zu lassen und überquerten mit sechzig Meilen pro Stunde eine Kreuzung. »Verdammte Scheiße, Kane, fahren Sie langsamer, sonst bringen Sie noch jemanden um.«

»Alles gut. Ich hatte in alle Richtungen freie Bahn.« Seine blauen Augen ruhten den Bruchteil einer Sekunde auf ihr. »Vertrauen Sie mir.«

Als sie an Wohnhäusern vorbeifuhren, kamen Leute aus ihren Häusern, um ihnen mit offenem Mund hinterherzuschauen. Das Ende der Straße hatten sie schnell erreicht. Kane gab dort mit einem kurzen Blick in beide Richtungen wieder Gas, dann rasten sie über den Highway. Jenna starrte gebannt auf die Nadel des Tachometers: achtzig, neunzig. Als sie hundertzwanzig Meilen pro Stunde erreichten, holte sie tief Luft und wandte den Blick ab. Jedes Mal, wenn sie, ohne langsamer zu werden, ein Auto oder einen LKW überholten, hörte sie ein ungewohntes Zischen. Die Ausfahrt zum Craig's Rock und zum Wasserfall kam schnell näher.

Der letzte Regen hatte Schotter auf das Ende der Zubringerstraße gespült. Der schlammige Fleck auf der schwarzen Fahrbahn reichte bis an den Highway heran. Jenna hielt den Atem an. Der Wagen wurde langsamer, der Motor dröhnte. Sie kniff die Augen zusammen, als Kane den Wagen auf dem Schotter um die Haarnadelkurve herumlenkte. Die Räder drehten durch und der SUV geriet kurz ins Schlittern, doch er gewann die Bodenhaftung schnell zurück und beschleunigte die Bergstraße hoch wieder. Jetzt hatte sie wirklich eine Heidenangst. Trotz ihres klopfenden Herzens versuchte sie, lässig zu wirken. »Sie sollten mal bei Driftwettbewerben mitmachen, Sie würden garantiert gewinnen.«

»Nein, danke, das ist etwas für ausgemachte Idioten. Für so etwas Dummes würde ich niemals mein Leben riskieren.«

»Das ist sehr beruhigend.« Sie warf ihm einen Blick zu.

»Schalten Sie Blaulicht und Sirene aus, damit man nicht allzu früh weiß, dass wir im Anmarsch sind.«

»Ja, Ma'am.«

Während sie immer höher ins Gebirge fuhren, suchte Jenna den Wald nach Hütten ab. Ihre romantische Vorstellung davon, hier durch die Berge zu wandern, um Kraft zu tanken und die Natur zu genießen, hatte in letzter Zeit einen deutlichen Knacks bekommen. Es gab Hunderte dieser Blockhütten, die über den ganzen Wald verteilt waren, und sie fragte sich, wie viele davon für illegale Aktivitäten genutzt wurden. Die Straße schlängelte sich in allen Richtungen voran und Jenna musste schlucken, als der SUV so nahe an den Rand des Wasserfalls fuhr, dass Kieselsteine die Felswand hinunterregneten. Dann bog Kane zu ihrer Erleichterung in eine Seitenstraße ein. Als sie tiefer in diesen dichten Wald hineinfuhren, tauchten die Schatten der hohen Kiefern den strahlenden Sommertag in ein dämmriges Licht. Kurze Zeit später erreichten sie die Zufahrt zu dem Privatgrundstück, das laut Walters Bobby-Joe Brandon gehörte. Sie starrte auf das offene Tor, an dem mehrere Schilder hingen, die darauf hinwiesen, dass der Zutritt verboten war. »Als wir hier das letzte Mal vorbeikamen, war das noch mit einem Vorhängeschloss gesichert.«

»Das kann nichts Gutes bedeuten.« Kane fuhr langsam durch das Tor, lehnte sich aus dem Fenster und untersuchte die Eisenkette, die am Tor hing. »Jemand hat die Kette durchgetrennt.«

»Das könnte Lizzy Harper sein. Sie könnte zu Fuß unterwegs sein.« Ein Adrenalinstoß durchzuckte Jenna und ließ ihre Hand zittern. »Wir halten Ausschau, ob wir etwas Ungewöhnliches sehen. Rowley, Sie links, ich rechts. Kane, fahren Sie langsam weiter.«

»Da vorne abseits der Straße parkt eine weiße Limousine.« Kane verlangsamte den Wagen und hielt an. »Soll ich halten oder weiterfahren, Ma'am?«

Jenna schüttelte den Kopf. »Nein, fahren Sie weiter und stellen Sie den Wagen kurz vor der Kurve ab. Von dort aus gehen wir zu Fuß. Rowley, prüfen Sie das Kennzeichen.«

»Jesus und Maria!«, brach es aus Rowley heraus. »Er hat Alison. Das ist ihr Auto!«

57

Jenna staunte immer wieder, wie Kane von einer Sekunde auf die andere von seiner Rolle als Deputy in den Kampfmodus schlüpfen und sich vorwärtsbewegen konnte, ohne den geringsten Laut von sich zu geben. Alles an ihm veränderte sich, sein Gesichtsausdruck wurde starr, fast roboterhaft, aber seine Augen waren ständig in Bewegung und scannten die Umgebung. Ihm würde niemand entgehen, der sich im Wald versteckte und auf eine Gelegenheit wartete, auf sie zu schießen.

Als ihr kleiner Trupp um die Kurve bog, tat sich eine Lichtung auf, in deren Mitte die Blockhütte stand. Kane ging vorneweg, Jenna hörte plötzlich eine Stimme in ihrem Ohrhörer: *»Wenn wir den Weg überqueren, können wir uns der Hütte von hinten nähern.«*

»Verstanden.« Sie sah, wie er mit seinem Fernglas die Hütte absuchte. »Sehen Sie da drinnen irgendeine Bewegung?«

»Nein, da ist ein Truck davor geparkt«

Ein erstickter Schrei drang aus dem Wald, der einen Schwarm Vögel aufschreckte und hoch in die Luft fliegen ließ. Vor ihr erstarrte Kane in seiner Bewegung und suchte die

Gegend mit dem Fernglas ab. Jenna winkte den beiden anderen Deputys und bedeutete ihnen, bei den Bäumen Schutz zu suchen. Sie selbst rückte weiter vor, bis sie Kane erreichte, und ging hinter einer breiten Kiefer in Deckung. »Vielleicht ein Luchs?«

Ein weiterer Schrei ertönte, ein Jammern, das die Stille zerriss. »Aufhöööööören!«

Jenna war zwiegespalten. Was war wichtiger – in der Hütte nachzuschauen, ob dort ein entführtes Mädchen gefangen gehalten wurde oder einen Pädophilen vor einer Mörderin zu schützen? Sie sah Kane an. »Schauen Sie nach, wer da schreit. Falls Alison in Gefahr ist, handeln Sie sofort. Ich nehme Rowley und Bradford und sehe mir die Hütte an.«

Kane nickte ihr kurz zu und verschwand auf einem Fußweg zwischen den Bäumen, ohne dass auch nur ein Zweig knackte. Sie drückte die Sprechtaste am Funkgerät. »Rowley, Bradford, Sie kommen mit mir. Wir überqueren hier vorne den Weg, einer nach dem anderen und gehen dann hinten um die Hütte herum. Kane kümmert sich um die Person, die da drüben schreit.«

Ohne auf die anderen zu warten, ging sie voraus und schlüpfte in den Schutz der Bäume. Sekunden später waren Rowley und Bradford bei ihr, aber ohne den Hund. »Wo ist Duke?«

»Ich habe ihm befohlen, liegen zu bleiben. Er ist da drüben im Gebüsch.« Bradford sah sie ängstlich an. »Ich dachte, er könnte uns vielleicht im Weg sein.«

»Ist gut, folgen Sie mir.«

Jenna näherte sich vorsichtig der Hintertür. Aus dem Inneren der Hütte drang kein Geräusch. Falls jemand drinnen war, hatte ihn das Geschrei offenbar nicht gestört. Die Tür stand offen, dahinter konnte man die Küche sehen. »Sheriff's Department! Mr. Brandon, sind Sie da?«

Sie warf einen kurzen Blick auf die Tür, zog ihre Waffe und

ging vorsichtig ein paar Schritte hinein. Ein durchdringender Gestank stieg ihr in die Nase, eine Mischung aus ungewaschenem Mann und schalem Bier. Die Küche war leer, aber ihr Blick fiel sofort auf ein klaffendes Loch in der Wand. Der Fußboden davor war mit Holzsplittern übersät. Das waren eindeutige Spuren eines Pistolenschusses. Sie drückte auf ihr Mikrofon. »Kane, hier ist ein Loch in der Wand, so groß wie Texas.«

»Blut?«

»Ich sehe keins und alles ist still.« Sie holte tief Luft und ging in die Küche. »Die Hintertür war offen. Sieht aus, als wäre ein Schuss gefallen, vielleicht ist dann jemand weggelaufen und der Schütze hinterher.«

»Ich kann von meiner Position aus niemanden sehen. Die Schreie kommen aus der Nähe des Wasserfalls. Ich denke mal, Sie können die Hütte durchsuchen.«

»Okay.« Sie konnte in das kleine Wohnzimmer sehen. Rechts von ihr stand eine weitere Tür offen. »Mr. Brandon?«

Rowley dicht hinter ihr, schlich sie an der Wand entlang und spähte ins Schlafzimmer. Die schmutzige Bettwäsche konnte sie schon von der Tür aus riechen. Mit klopfendem Herzen betrat sie den Raum und schaute in das kleine Badezimmer, das sich anschloss. »Gesichert!«

Es schien niemand zu Hause zu sein, und doch stand ein Pick-up-Truck in der Einfahrt, zudem war Alisons Auto an der Straße geparkt. Ihr wurde flau im Magen. *Wo sind die bloß?* Sie ging in die Küche und öffnete Schränke, um nach einem versteckten Kellereingang zu suchen. Sie wandte sich an Rowley. »Suchen Sie nach einer Kellerluke. Vielleicht unter einer Matte.«

»Ja, Ma'am.«

»Kane, im Haus ist niemand. Ich suche noch nach Alison und dem Mädchen.« Jenna winkte Bradford herein.

»Das Schreien hat aufgehört. Das war keine Kinderstimme,

es klang wie ein Mann. Ich denke mal, die Mörderin würde einem Kind nichts antun. Sandra und Alison müssen noch im Haus sein. Ich klettere jetzt ein Stück höher.«

Jenna war froh, dass Kane ihnen draußen den Rücken freihielt und steckte ihre Waffe in das Holster. »Verstanden.«

Bradford stand mit einer Hand vor den Mund gepresst in der Küche und starrte auf ein Notebook, das auf dem Tisch stand.

Jenna fragte sich, was das aschfahle Gesicht ihrer Deputy zu bedeuten hatte und trat neben sie. »Was ist?«

»Sehen Sie mal, hier.« Bradford verzog das Gesicht und wandte sich kopfschüttelnd ab.

Abscheu und Zorn überkamen Jenna, als sie die Fotos auf dem Bildschirm sah. Mit dem Ellbogen schloss sie den Deckel. Sie holte Latexhandschuhe aus ihrer Tasche und zog sie über, dann untersuchte sie einen Karton, der auf dem Tisch stand. Darin befanden sich Clownsmasken, zwanzig oder mehr USB-Sticks und ein Haufen Fotos. Sie zwang ihren Geist, alles außer den Gesichtern der Opfer auszublenden. »O mein Gott, ich erkenne einige dieser Mädchen wieder, von den Zeitungsartikeln.«

»Glauben Sie, er hat das Mädchen getötet?« Bradfords Hände zitterten.

»Nein, Männer wie er lassen ihre Opfer so lange wie möglich am Leben. Er muss das Mädchen und Alison hier irgendwo in der Nähe versteckt haben.«

Verzweifelt blickte sie sich um, dann hatte sie plötzlich wieder Kanes Stimme im Ohr.

»Ich bin den Pfad weiter hinaufgegangen, aber ich sehe immer noch niemanden. Weiter oben ist ein Felsvorsprung, da werde ich jetzt hinaufsteigen und die Gegend mit meinem Fernglas absuchen. Haben Sie Sandra und Alison inzwischen gefunden?«

Sie drückte die Taste am Funkgerät. »Nein. Die Hütte ist

leer, wir suchen jetzt nach einem Keller. Sie müssen hier irgendwo sein. Brandon ist auf jeden Fall einer der Pädophilen. Er hat ein Notebook mit Kinderpornos offen auf dem Küchentisch stehen lassen. Und hier steht ein Karton mit Clownsmasken, USB-Sticks und Fotos drin. Auf den Fotos habe ich einige der vermissten Mädchen aus den Zeitungen wiedererkannt.«

»Verstanden. Moment noch. Oben auf dem Berg bewegt sich etwas und das Rauschen des Wassers wird lauter. Ich bin jetzt ganz nah am Wasserfall und kann mehrere Gestalten ausmachen.«

»Okay, bleiben Sie auf Ihrer Position. Wir suchen weiter nach einem Keller und kommen dann zu Ihnen.«

»Ma'am«, meldete sich Rowley. »Ich habe einen Safe gefunden, er steht offen. Scheint leer zu sein.« Er ging in die Vorratskammer und wies auf eine in die Rückwand eingelassene Tür. »Das könnte die Kellertür sein. Ich schaue mal nach.«

»Warten Sie!« Jenna trat neben ihn und drückte ihn an die Wand. »Gehen Sie bei jeder Tür davon aus, dass dahinter jemand mit einer Waffe lauert. Bleiben Sie mit dem Rücken an der Wand und öffnen Sie vorsichtig die Tür.«

Die Tür schwang geräuschlos auf, dahinter führte eine Treppe nach unten. Dort war es stockdunkel. »Hier ist Sheriff Alton. Kommen Sie an den Fuß der Treppe, damit ich Sie sehen kann!«

»Ich kann nicht.« Die Stimme klang nach einem jungen Mädchen.

Jennas Herz setzte einen Schlag aus. Endlich ein Hoffnungsschimmer. »Bist du das, Sandra?«

»Ja.«

Sie sah Rowley an, in dessen Augen eine Wut aufblitzte, wie sie sie noch nie gesehen hatte. Sie holte tief Luft. »Ist Alison bei dir?«

»Nein. Ich kenne keine Alison.«

Jenna musterte Rowleys besorgtes Gesicht und rief: »Bist du allein?«

»Ja.«

Es kostete sie all ihre Willenskraft, nicht sofort die Treppe hinunterzustürmen. Sie trat zurück in die Vorratskammer und löste ihre Taschenlampe vom Gürtel. »Ich kann da unten nichts erkennen. Sehen Sie hier irgendwo ein Lichtschalter?«

»Nein, der muss innen sein.« Rowley schaltete seine Taschenlampe ein. Sie wandte sich an Bradford. »Behalten Sie die Tür im Blick. Rowley, Sie kommen mit mir.«

Mit Rowley dicht hinter sich, stieg sie die Treppe hinab. Beide hielten die Taschenlampe an die Pistole und leuchteten in den Keller hinein. Jenna seufzte erleichtert, offenbar war das Mädchen allein. Trotzdem konnte Bobby-Joe sich immer noch unter dem Bett oder im Schatten versteckt halten, daher schlich sie die knarrende alte Treppe Stufe für Stufe hinunter. »Ich kann dich sehen, Sandra. Wenn sich hier jemand versteckt: Wir sind bewaffnet, kommen Sie mit erhobenen Händen heraus.«

»Ich bin allein. Sonst ist hier keiner.« Sandras Stimme klang schwach und zittrig.

Jenna steckte ihre Waffe in den Halfter und lief zu dem Käfig, in dem das Mädchen eingesperrt war. »Ist gut, wir holen dich da raus.« Sie sprach in ihr Mikrofon. »Kane, wir haben Sandra, es geht ihr soweit gut. Von Alison oder Bobby-Joe keine Spur.«

»*Verstanden.*«

»Geh an die Rückwand des Käfigs, Sandra.« Rowley hatte eine Axt gefunden und hieb auf die Tür ein. Nach ein paar Schlägen hatte er sie geöffnet. Als Jenna das zusammengekauerte, zitternde Mädchen betrachtete, das die Augen aufriss, zersprang ihr Herz in tausend Stücke. *Was für ein Monster tut einem Kind so etwas an?* »Du bist jetzt in Sicherheit.« Behutsam half sie Sandra aus dem Käfig und schirmte ihren Blick vor

Rowley ab, während sie sich nach einer Wolldecke oder etwas Ähnlichem umsah, in das sie sie wickeln konnte. »Geben Sie mir ein paar von den Badelaken da, und gehen Sie wieder hoch.«

Nachdem sie Rowley die gefalteten Handtücher abgenommen hatte, wandte sie sich wieder dem Mädchen zu. Nur mit Mühe hielt sie ihre Gefühle im Zaum. »Ich werde den Mann erwischen, der dir das angetan hat. Ich möchte, dass du ein paar Minuten lang oben bei Deputy Bradford, äh, Paula, bleibst. Sie wird sich um dich kümmern, okay?«

»Ich will nach Hause.«

Jenna wickelte sie in die Handtücher. »Ganz bald, versprochen.«

In der Küche wies sie Bradford an, für Sandra etwas zu essen zu suchen, dann verriegelte sie die Vordertür und verließ die Hütte mit Rowley durch die Hintertür. Sie lief zu den Bäumen, um Duke zu holen – sie war überzeugt, dass der Hund sie direkt zu Kane führen würde. Als sie im Laufschritt den Bergpfad erklommen, drückte sie auf die Sprechtaste am Mikrophon, um mit Bradford zu sprechen. »Sandra muss untersucht werden. Was auch passiert, verhindern Sie, dass sie sich wäscht, okay? Und bleiben Sie wachsam. Wir wissen nicht, wo Bobby-Joe im Moment ist, und Alison ist immer noch verschwunden.«

»Ja, Ma'am.«

»Kane, wie sieht's bei Ihnen aus?«

»*Ich habe mich westlich und oberhalb des Pfades hinter einem Felsen in Position gebracht. Ich sehe einen Mann, der an einen Baum gefesselt ist. Wie sein Zustand ist, kann ich nicht erkennen, aber er hat viel Blut verloren. Sieht so aus, als hätte ihm jemand die Kehle durchgeschnitten. Warten Sie, ich nehme das Gewehr und werfe einen Blick durch das Zielfernrohr.«* Einige Sekunden lang herrschte Schweigen war es still in Jennas Ohr. »*O Scheiße!*« Kane hielt inne, sie konnte hören, wie er tief einatmete. »*Alison ist die Mörderin, ich wiederhole, Alison Saunders ist die Mörderin.*«

Die Erkenntnis traf Jenna wie ein Fausthieb. Sie versuchte den Kloß in ihrem Hals hinunterzuschlucken, während sich in ihrem Kopf die letzten Puzzleteile des Falles zusammenfügten.

»Alison würde niemandem ein Haar krümmen.« Rowley sah sie besorgt an. »Das muss ein Irrtum sein.«

Jenna warf ihm einen Blick zu, verlangsamte ihr Tempo aber nicht. »Das werden wir noch früh genug herausfinden. Haben Sie gehört, Kane?«

»*Ja, sorry, Mann, sie ist es, definitiv. Sie ist blutüberströmt und läuft vor einer grausig zugerichteten Leiche auf und ab. Sie hat eine Pistole in der Hand und schaut die ganze Zeit auf den Weg, als ob sie darauf wartet, dass jemand kommt.*«

»Okay, wir bleiben außer Reichweite.« Jenna blieb stehen und sah sich um. »Wir gehen links vom Hauptweg rein. Können Sie uns von Ihrer Position aus Deckung geben?«

»*Ja, ich habe eine klare Sicht auf das Ziel.*«

»O Gott, erschießen Sie sie nicht, Kane.« Rowleys angsterfüllte Stimme wurde lauter, als er in sein Mikrofon sprach. »Das muss ein Irrtum sein.« Seine Augen schauten Jenna flehentlich an.

Die Panik trieb Jenna an, sie beschleunigte ihren Schritt. Wenn Sie es Kane befahl, würde er Alison, ohne zu zögern, ausschalten. Der Gedanke daran ließ ihr die Galle in den Mund schießen. »Halten Sie sich zurück«, presste sie heraus, »es sei denn, sie stellt eine Bedrohung für Leib und Leben dar. Wir haben keine Ahnung, wie die Situation im Moment ist. Wenn sie die Mörderin ist, will ich sie lebendig, damit sie uns Fragen beantwortet.«

»*Ja, Ma'am.*« Kanes knappe Antwort zerrte an ihren zerrütteten Nerven. »*Ich erwarte Ihre Befehle.*«

58

Im Schatten verborgen, lag Kane flach auf den Bauch. Er hatte dem Lauf des Scharfschützengewehrs auf einen Felsen abgestützt und verfolgte durch das leistungsstarke Zielfernrohr jede Bewegung von Alison Saunders. Ihr sonst so ordentlich frisiertes Haar war zerzaust und ihr weißer Rock und die rosa Bluse waren über und über mit Blut bespritzt. Verwirrt sah sie aus, fand er. Falls Jenna und Rowley den Pfad zum Wasserfall weiter hinaufgingen, würden sie direkt in ihre Schusslinie laufen. Er sah sich den blutüberströmten nackten Körper von Bobby-Joe Brandon genauer an. Er hatte mehrere Stichwunden am Oberkörper, ein Messer steckte in seiner Brust und sein Kopf hing ihm auf die Brust.

Jenna sprach in sein Ohr. *»Ich kann den Wasserfall rauschen hören, wo sind Sie? Duke zieht mich nach rechts.«*

Kane rollte auf die Seite und suchte mit dem Fernglas den Wald ab, bis er Jenna erspähte. »Ich sehe Sie. Ich bin rechts von Ihnen, hoch oben im Schatten. Alison starrt immer noch auf den Pfad, als ob sie auf jemanden wartet.«

»Wenn wir links weitergehen, laufen wir ihr also in die Falle?«

»Genau. Ich schlage vor, dass Sie einen Bogen machen und sich hinter den Bäumen verbergen, bis Sie näher an ihr dran sind.« Er holte tief Luft. »Ich werde nicht zulassen, dass sie auf Sie schießt, Jenna.«

»*Verdammt, Kane, wir wissen doch noch gar nicht genau, ob sie die Mörderin ist.*«

Er schüttelte langsam und verzweifelt den Kopf. »Nach dem Zustand von Bobby-Joe zu urteilen, hat sie ganze Arbeit geleistet, so gründlich war sie bisher noch nie. Und damit das klar ist: Ich muss sie nicht unbedingt töten.«

»*Ich werde sie dazu bringen, zu kooperieren.*«

Kane beobachtete durch das Zielfernrohr die Frau, die am Wasserfall herumlief und mit aufgerissenen Augen um sich starrte. Sie zur Räson zu bringen, war keine Option. »Wie ich sie einschätze, kann man nicht mehr mit ihr reden.«

Rowleys Stimme drang durch seinen Ohrhörer. »*Ich werde mit ihr reden. Auf mich wird sie hören.*«

Kane schüttelte den Kopf. »Das ist keine gute Idee.«

Zu seinem Entsetzen kämpfte sich Rowley im nächsten Moment dennoch durch die Bäume, trat ins Freie und ging auf Alison zu.

Er konnte den Dialog durch seinen Ohrhörer mithören.

»*Was willst du, Jake?*« Alison legte ihre Pistole auf einen Felsbrocken. »*Keine Sorge, ich habe nicht vor, dich zu erschießen.*«

»*Ich würde gerne wissen, was du hier oben mit Bobby-Joe Brandon machst.*« Rowley klang vollkommen beherrscht.

»*Um den müsst ihr euch jetzt nicht mehr kümmern. Ich nehme an, Sheriff Alton ist bei dir?*« Alison stieß ein kurzes Lachen aus. »*Ich habe damit gerechnet, dass sie mir auf die Schliche kommt. Ich hätte nur nicht gedacht, dass es so lange dauert.*«

»*Ja, sie ist hier. Warum hast du mir nichts gesagt?*«

»*Du hättest es nicht verstanden. Ein Mann kann das nicht*

verstehen.« Alison breitete ihre blutigen Hände aus. »*Und du hättest gewollt, dass ich mich ergebe. Und das wird nicht passieren, Jake.*«

Jenna schaltete sich in das Gespräch ein. »*Ich bin hier, lassen Sie uns reden.*«

»*Klar doch, kommen Sie hoch, aber Jake soll wegbleiben, und richten Sie keine Waffe auf mich. Ich tue Ihnen nichts.*«

»*Okay, aber wenn Sie nach der Pistole greifen, wird Kane auf Sie schießen.*« Jennas Stimme war so fest wie die Felsen um sie herum. »*Haben Sie das verstanden?*«

»*Klar hab ich das.*« In einer lässigen Pose verschränkte Alison die Arme vor der Brust.

Kane sprach in sein Mikrofon: »Sorgen Sie dafür, dass Sie im Schussfeld bleibt.«

»*Verstanden.*« Als Jenna sich den Weg zwischen den Bäumen hindurch bahnte, hörte Kane, wie sie scharf einatmete. »*Ich kann das Opfer sehen. Sie hat ihm die Kehle durchgeschnitten. Kane, falls sie nach ihrer Waffe greift, dürfen Sie Gewalt anwenden, aber im Rahmen der Verhältnismäßigkeit. Ich lasse mein Mikro eingeschaltet. Rowley, geben Sie mir Rückendeckung, aber bleiben Sie außer Sichtweite.*«

»*Ja, Ma'am.*«

Kane richtete sein Gewehr auf Alison. »Ich habe die Zielperson im Visier.«

Sein Herzschlag verlangsamte sich, sein Atem ging komplett gleichmäßig. Die Ruhe überkam ihn, die nötig war, um einen Schuss abzugeben, der die Zielperson außer Gefecht setzen würde.

Jenna bahnte sich ihren Weg durch die Bäume. Das Rauschen des Wassers übertönte jetzt die Geräusche des Waldes. Sie behielt Alison im Auge und war darauf gefasst, dass sie jeden Moment nach ihrer Waffe griff, doch Alison ging einen Schritt von der Pistole weg und näher an den Rand des Wasserfalls. Jenna konnte kaum verstehen, was sie sagte. Sie musste näher herankommen und darauf vertrauen, dass Kane schnell genug war, sie zu beschützen, falls Alison eine Waffe hinterm Rücken versteckt hatte. »Kommen Sie näher, ich kann Sie nicht hören.«

»Sie müssen schon zu mir kommen«, rief Alison. »Wissen Sie, ich traue niemandem bei der Polizei, und Sie haben einen Deputy, der eine Waffe auf mich richtet.«

Jenna schrie sie über den Lärm hinweg an. »Sie können mir vertrauen. Und wenn Bobby-Joe Ihnen als Kind etwas angetan hat, dann hatten Sie sicher allen Grund dazu, sich an ihm zu rächen.« Sie betrachtete Alisons beinahe ausdrucksloses Gesicht und ging auf sie zu. Sie konnte keine offensichtliche Bedrohung erkennen. »Lassen Sie uns reden, aber behalten Sie die Hände da, wo ich sie sehen kann.«

»Sie werden nicht zulassen, dass Kane mich erschießt.« Alison streckte die Hände aus. »Ich bin unbewaffnet.«

»Sie wollen reden, also kommen wir gleich zur Sache. Warum haben Sie Bobby-Joe Brandon ermordet? Hat er Sie als Kind missbraucht?«

»›Missbrauchen‹ ist so ein nettes, harmloses Wort, nicht wahr? Lassen Sie mich mal Klartext reden, Sheriff. Vor acht Jahren hat er mich entführt, mich vergewaltigt und mich in einem Käfig unter seinem Bett eingesperrt. Ich war dazu da, dass er und seine Freunde ihren Spaß haben. Ich habe zusehen müssen, wie er und seine Freunde unschuldige Mädchen vergewaltigt und ermordet haben.« Sie warf Jenna einen kalten Blick zu. »Bobby-Joe war ein bösartiger Hurensohn, und wenn sie schrien, hat er gelacht. Sie bedeuteten ihm gar nichts.« Sie schnaubte. »Wenn ein Mädchen tot war, haben sie sich darüber unterhalten, dass sie es bei Craig's Rock verbuddeln oder unter den Dielen der Hütte vom alten Corkey verstecken würden.«

Ein Schauer lief Jenna über den Rücken, als sie an die ausgebleichten Knochen auf der Lichtung dachte. »Warum sind Sie damit nicht zum Sheriff gegangen?«

»Ich war sicher, dass er auch etwas damit zu tun hatte.«
Alison stieß ein hysterisches Lachen aus. »Er war bestimmt
einer der anderen, die Masken trugen, also habe ich meinen
Mund gehalten. Sobald ich konnte, habe ich ihn umgebracht.«
Ein beinahe zärtliches Lächeln umspielte ihre Lippen. »Als ich
Amos Price in der Stadt sah, war das wirklich eine Überra-
schung. Bald darauf stellte ich fest, dass auch die anderen nach
Black Rock Falls zurückgekehrt waren. Es hat einige Zeit
gedauert, bis ich sie in den Online-Chatrooms fand, aber ich bin
eine geduldige Frau.«

»Und wer sind die anderen Männer? Sagen Sie es mir und
ich sperre sie weg, für sehr lange Zeit.«

»Dafür ist es zu spät. Amos Price habe ich mit Nikotinsulfat
ermordet. Ely Dorsey, der im Motel, dem habe ich einen Spieß
ins Ohr gerammt. Und den guten, alten Chris Jenkins habe ich
erstochen.« Sie deutete auf die Leiche von Bobby-Joe. »Wie
Bobby-Joe bezahlt hat, sehen Sie ja.« Sie fuhr sich über den
Mund, als würde sie sich ihren Männerhass abwischen. »Ich
habe in meinem Haus ein Tagebuch, in dem ich alle Details
notiert habe, an die ich mich erinnern kann: Namen, Daten und
die Mädchen, bei denen ich gesehen habe, wie sie getötet
wurden.«

Jenna konnte nicht fassen, wie kühl und distanziert Alison
davon berichtete, dass sie fünf Männer ermordet hatte, und
schluckte die Galle in ihrer Kehle hinunter. Sie musste dafür
sorgen, dass Alison weiterredete und so viele Informationen wie
möglich preisgab, solange sie noch so redselig war. »Hatte Stu
Macgregor auch etwas mit dem Pädophilen-Ring zu tun? Wir
wissen, dass er wegen der Entführung von Angelique Booval im
Gefängnis saß, und sie erwähnte, dass noch andere Männer
daran beteiligt waren.«

»Er war der Beschaffer. Immer wenn Bobby-Joe ihm den
Auftrag dazu gab, besorgte er ihm ein Mädchen. In der Zeit, in
der ich bei Bobby-Joe war, hat Macgregor nie mitgemacht. Ich

glaube, nachdem er aus dem Gefängnis kam, hat er keine Mädchen mehr entführt. Ich habe gelesen, dass sie ihn chemisch kastriert haben. Das ist der einzige Grund dafür, dass er nicht wie die anderen tot ist.« Alison breitete die Arme aus. »Die Monster, die mir wehgetan haben, habe ich beseitigt, aber das Netzwerk ist größer als Black Rock Falls. Ich habe Bobby-Joe gezwungen, mir all seine Fotos und USB-Sticks zu geben. Er wird aber im Keller eine Kamera haben, auf der noch die Bilder von seinem letzten Opfer sind. Haben Sie das Mädchen schon gefunden? Bestimmt hat er sie in seinem Käfig einge-sperrt. Ich hätte auch noch nach ihr geschaut, aber ich war beschäftigt.«

Jenna starrte sie ungläubig an. »Ja, Sandra ist in Sicherheit.«

»›In Sicherheit?‹ Was für ein dummes Wort.« Alison schnaubte. »Die Erinnerung an eine Vergewaltigung geht nie mehr ganz weg. Aber ich nehme an, Sie wissen, wie das ist, wenn Männer Sie gegen Ihren Willen festhalten, nicht wahr, Sheriff? Können Sie sich vorstellen, wie es ist, in einer dreckigen Hütte gefangen zu sein, wo die Männer buchstäblich Schlange stehen, um Sie zu vergewaltigen?«

Jenna verstand, was sie meinte. Ja, sie hatte die Männer töten wollen, die sie entführt hatten und versucht hatten, sie zu vergewaltigen. Sie empfand keine Reue; andererseits hatte sie die Männer in Notwehr getötet. Sie hatte niemanden gejagt, um Rache zu nehmen, sondern sich lediglich verteidigt. Diese Erkenntnis jagte ihr einen weiteren kalten Schauer über den Rücken. Vor ihr stand eine kaltblütige Mörderin, die versuchte, sie zu manipulieren. Sie spürte, dass sie kurz davor war, in einen lähmenden Flashback zu fallen, doch gerade als die Umgebung um ihren Augen zu verschwimmen begann, drang Kanes ruhige Stimme in ihr Ohr.

»Jenna, sie will Ihr Mitgefühl wecken und benutzt das, was Sie erlebt haben, gegen Sie. Behalten Sie einen klaren Kopf!«

Der Flashback verschwand. Sie tippte zwei Mal auf ihr

Mikrofon, um zu signalisieren, dass es ihr gut ging. Im nächsten Moment sah sie im Augenwinkel, wie Rowley auf sie zukam. *Was zum Teufel macht der da?*

»Ma'am«, flehte Rowley sie durch den Ohrhörer an. *»Lassen Sie mich noch einmal mit ihr reden.«*

Jenna flüsterte ihre Antwort ins Mikrofon und hoffte, dass es laut genug war, damit Rowley es verstand. »Bleiben Sie, wo Sie sind, sie hat doch deutlich gemacht, dass sie nicht mit Ihnen reden will. Sie machen alles nur noch komplizierter.«

Ganz langsam ging sie ein paar Schritte auf Alison zu. Wenn sie ihr Vertrauen gewann, konnte sie sie vielleicht dazu bringen, sich zu stellen. In der Zwischenzeit würde sie auf ihr Verhandlungsgeschick bauen und die Frau reden lassen. »Kennen Sie die Namen weiterer Männer, die in den Pädophilen-Ring verwickelt sind, oder weiterer Opfer, die nicht in Ihrem Tagebuch stehen?«

»Nein, aber von Lizzy Harper, Angelique Booval, Pattie McCarthy wissen Sie ja bereits. Jane Stickler muss nach mir gekommen sein, aber die habe ich ebenfalls erwähnt. Ich war in der Nacht, in der Bobby-Joe sie getötet hat, im Krankenhaus, er hat mich niedergeschlagen. Ich konnte fliehen, aber sie starb quasi vor meinen Augen, genau wie die anderen. Wussten Sie, dass er die Magnetkarte eines Toten benutzt hat, um ins Krankenhaus zu kommen? Er war schlau, aber Psychopathen sind nun mal intelligent.« Sie stieß ein sarkastisches Lachen aus. »Ich wollte Rache für all die Mädchen, die sie getötet haben, für all die Leben, die sie zerstört haben.« Sie rieb sich den Mund. »Sie können den anderen mitteilen, dass sie jetzt in Sicherheit sind. Ich habe alle Clowns getötet.«

Die Schweißperlen an ihren Schläfen verwandelten sich in Rinnsale und liefen Jenna über die Wangen. Sie hatte immer noch Angst, dass sie die Kontrolle über die Situation verlieren könnte. Sie schluckte schwer und zwang sich, so ruhig wie möglich zu sprechen. »Das werde ich. Aber kommen Sie jetzt bitte mit mir mit, dann sorge ich dafür, dass Sie Gelegenheit haben, Ihre Geschichte zu erzählen.«

»Oh ja, meine Geschichte erzählen ...« Alisons Blick glitt über sie hinweg, ihr schwarzes Haar bewegte sich im Wind fast wie in Zeitlupe. Hinter ihr wölbte sich ein Regenbogen über den Rand des Wasserfalls. Ihre Lippen deuteten ein Lächeln an. Dann breitete sie die Arme aus, ließ sich rückwärts fallen und verschwand im Nebel.

Jenna eilte zum Rand des Wasserfalls, aber alles, was sie sah, war das tosende Wasser, das den Berghang hinunterrauschte. Ungläubig presste sie sich eine Hand auf den Mund. Hinter sich hörte sie Schritte, aber sie konnte den Blick nicht vom Wasserfall abwenden.

»Gott, nein!« Rowley rannte an ihr vorbei. Der Hut fiel ihm vom Kopf. »*Alison.* O Gott. Nein!«

Jenna ergriff seinen Arm. »Sie ist tot.«

59

Als sie in die Dienststelle zurückkehrten, entließ Jenna als Erstes einen sehr verärgerten Stu Macgregor aus seiner Zelle. Nach der deutlichen Warnung, die Kane ihm erteilt hatte, bezweifelte sie, dass er sich in nächster Zeit in der Stadt würde blicken lassen. Sie überließ dem FBI Kopien von sämtlichem Beweismaterial, das sie in Bobby-Joes Hütte sichergestellt hatten, und das FBI stellte fest, dass der Pädophilen-Ring im ganzen Land aktiv war. Die Männer, die Alison ermordet hatte, waren lediglich die Spitze des Eisbergs. Als sie Alisons Tagebuch las, wurde ihr immer wieder übel. Noch Jahre, nachdem sie aus Bobby-Joes Hütte geflohen war, hatte die Frau unter immensen psychischen Qualen gelitten. Da sie niemandem vertrauen konnte, hatte sie geduldig nach den Männern gesucht, die sie missbraucht hatten, und dann das Gesetz in die eigenen Hände genommen.

Donnerstag, Woche zwei

Jenna musterte die Deputys, die vor ihrem Schreibtisch Platz genommen hatten. »In Brandons Hütte gab es Material von vermissten Mädchen aus dem ganzen Bundesstaat. Ich habe alle unsere Informationen an das FBI weitergegeben. Wir werden nach wie vor bis zu einem gewissen Grad involviert sein, aber das Ganze übersteigt bei Weitem unsere Möglichkeiten. Ich glaube, Bobby-Joe hat viele der Bilder benutzt, um sich abzusichern, vielleicht sogar, um Leute zu erpressen. Ich habe auf den Fotos mehrere prominente Männer wiedererkannt.« Sie sah Wolfe an. »Was haben Sie herausgefunden?«

»Alles, was Alison Ihnen gesagt hat, stimmt. Das verwendete Gift, der Metallspieß, und das Messer, mit dem Chris Jenkins getötet wurde, hat sie in Bobby-Joe stecken lassen. Die Kriminaltechniker arbeiten daran, die Überreste der anderen Mädchen zu bergen.« Wolfe räusperte sich. »Das Einzige, was wir nicht wissen, ist, wie sie den letzten Sheriff getötet hat. Bisher ist man davon ausgegangen, dass er eines natürlichen Todes gestorben ist.«

»Und er wurde eingeäschert, wir haben also keinerlei Anhaltspunkte. Ich schlage vor, dass wir es dabei bewenden lassen.« Jenna rieb sich die Schläfen. Der Tag dauerte ewig, und es war noch nicht einmal Mittag. »Als ich ihr Tagebuch las, fügten sich einige Puzzleteile zusammen. Als wir die Akten von vermissten Mädchen aus dem Bundesstaat überprüften, las ich eine alte Akte über ein Mädchen hier aus der Gegend, das von zu Hause weggelaufen war und fünf Monate später mit Kratzern und blauen Flecken wieder auftauchte. In dem Bericht stand, dass sie unter Gedächtnisverlust litt, wahrscheinlich aufgrund einer Kopfverletzung, aber nirgends war erwähnt, wie sie ganz allein oben in den Bergen überlebt hatte. Ich habe mich gefragt, warum in der Akte kein medizinischer Bericht enthalten war, der sexuellen Missbrauch ausgeschlossen hätte. Der damalige Sheriff meinte, das Mädchen sei lediglich von zuhause ausgerissen. Er schloss den Fall ab und schwärzte die Namen, ich denke mal, um sie zu schützen. Ich nehme an, das war Alison.«

»Die Beweise lagen alle direkt vor unserer Nase.« Kanes
Blick begegnete ihrem. »Sie besaß einen weißen Ford neueren
Datums, der kleine Flecken auf dem Lack hatte. Wissen Sie
noch? Rosa, die Putzfrau im Motel? In der Nacht, in der Ely
Dorsey ermordet wurde, war ihr eine weiße Limousine aufgefallen, die unter Bäumen geparkt war, von denen immer Beeren
herunterfallen.« Er seufzte. »Sie war zur Zeit der Morde in der
Stadt und hatte Schlüssel zum Haus, in dem Amos Price starb.
Ihr Auto wurde auf dem Weg dorthin, wo wir Chris Jenkins
gefunden haben, gesehen.« Er runzelte die Stirn. »Was wir
nicht hatten, war ein Motiv, daher sind wir gar nicht erst auf sie
gekommen.«

»Ich hatte keine Ahnung, dass sie schon einmal hier
gewohnt hat. Ich dachte, sie wäre neu in der Stadt.« Jenna
lehnte sich in ihrem Stuhl zurück und versuchte, Rowleys
gequälten Gesichtsausdruck zu ignorieren. »Kam sie nicht aus
Blackwater?«

»Ja, aber als sie klein war, hat sie in Black Rock Falls
gewohnt. Sie hat nie erwähnt, dass sie missbraucht wurde.«
Rowley rieb sich das Kinn. Ihm ging das alles immer noch sichtlich nahe. »Sie kam zurück, als sie erfuhr, dass die Rockfords
ihre Immobilien verkauften. Sie hatte eine Maklerlizenz und
kontaktierte Davis, als er eine Stelle ausschrieb.«

»Wann war das?« Jenna sah ihn an. »An dem Tag, als wir
Amos Price' Leiche gefunden haben, schienen Sie beide sich ja
bereits ziemlich gut zu kennen.«

»Ein paar Wochen vorher, glaube ich.« Rowley wurde rot.
»Wir sind ein paar Mal zusammen Essen gegangen, das war
alles.«

*Also waren ihre Zuneigung und ihre Tränen nur gut
gespielte Show.* Alison hatte die Leiche ›gefunden‹, weil sonst
niemand vorbeigekommen war, und die Welt endlich hatte
wissen sollen, dass er tot war. Sie räusperte sich. »Alisons
Leiche ist leider immer noch nicht aufgetaucht. Ich habe alle

Leute, die in der Nähe vom Fluss wohnen, benachrichtigt, aber die Freiwilligen haben bislang erfolglos gesucht.«

»Sie kann das nicht überlebt haben.« Kane blickte ernst drein. »Es ist wahrscheinlich das Beste so.«

»Ihr glaubt alle, dass sie eine gefühllose Mörderin war, aber ich weiß, dass das nicht stimmt.« Rowley hob stur das Kinn. »Ich weiß, dass sie für das, was sie getan hat, bezahlen musste. Aber wenn man bedenkt, was sie alles durchgemacht hat, frage ich mich, wie die Geschworenen wohl entschieden hätten, wenn sie vor Gericht gekommen wäre.«

Kane warf Rowley einen mitfühlenden Blick zu. »Offenbar hat sie sich das Leben genommen, damit keine der an diesem Fall beteiligten Frauen vor Gericht aussagen und das alles noch einmal durchmachen muss.«

»Kann sein.« Rowley fuhr sich mit der Hand übers Gesicht. »Sie fand wohl, die hätten schon genug gelitten.«

Jenna stand auf. Ihr Team nach diesen schrecklichen Verbrechen wieder zu motivieren, war keine einfache Aufgabe. »Okay, Webber und Bradford, Sie gehen auf Patrouille. Kane, Sie erkundigen sich bei unserem Kontaktmann beim FBI und stellen sicher, dass er alle notwendigen Unterlagen hat.«

»Und ich, Ma'am?« Rowley hob den Kopf und sah sie mit seinen braunen Augen an.

Sie schenkte ihm ein mitfühlendes Lächeln. »Sie dürfen früher in die Mittagspause.« Jenna bedeutete Kane, noch dazubleiben, während die anderen den Raum verließen. »Ich hoffe, dass es in Black Rock Falls jetzt eine Weile ruhig bleibt. Ich brauche unbedingt eine Pause.«

EPILOG

Als am darauffolgenden Sonntag die Leiche von Alison Saunders am Flussufer angespült wurde, organisierte Jenna eine Bestattung in ungeweihtem Boden. Rowley war immer noch so erschüttert über den Tod seiner Freundin, dass sie darauf bestanden hatte, Alison unter dem einzigen Baum auf dem kleinen Friedhof beizusetzen, ein ganzes Stück weit weg von den Gräbern der Mörder, die inzwischen mehr als hundert Jahre zurückreichten.

Als sie zufällig zwei Wochen später mit Kane am Friedhof vorbeifuhr, sah sie Lizzy Harper, Angelique Booval und Pattie McCarthy, die sich über Alisons Grab beugten und den Friedhof anschließend schnell wieder verließen. »Was machen die denn da?«

»Ich habe die Kunst des Gedankenlesens noch nicht gemeistert, Ma'am, aber ich könnte mir vorstellen, dass sie ein Grab besuchen.« Kane lächelte sie an. »Soll ich anhalten und sie fragen?«

Sie ignorierte seinen trockenen Humor. »Okay, halten Sie an, aber ich möchte nicht mit ihnen sprechen. Eine von ihnen hat etwas auf Alisons Grab gelegt. Ich will nur sehen, was es ist.«

Jenna wusste, dass Rowley einen Grabstein hatte aufstellen lassen und Blumen auf Alisons Grab gelegt hatte, doch die anderen drei Opfer von Kindesmissbrauch dort zu sehen, weckte ihre Neugier. Alle waren vor Alisons Geständnis verdächtig gewesen, die brutalen Morde begangen zu haben, und sie hatte sich immer gefragt, ob die Frauen einander kannten.

»Jenna. Ich *weiß*, was Sie denken.« Kane berührte ihren Arm. »Das ist keine Verschwörung. Diese Frauen waren nicht an den Morden beteiligt. Sie sind unschuldig. Alison hat allein gehandelt.«

»Ich dachte, Sie können keine Gedanken lesen?«

Sie stieg aus und ging mit Kane zur Grabstätte. Ihr Blick fiel auf den Stein aus weißem Marmor, in den in schmuckloser Schrift Alisons Name eingraviert war. Jake Rowleys Blumen waren in der Sonne bereits verwelkt, aber auf der trockenen Erde stand jetzt eine hübsche rosa Vase mit einem kleinen Blumenstrauß darin.

Daran hing eine Karte, auf der lediglich ein Wort stand: *Danke.*

EIN BRIEF VON D.K. HOOD

Liebe Leserinnen, liebe Leser,

vielen Dank, dass ihr euch für meinen Roman entschieden und mich in *Niemand hört dich* auf ein weiteres spannendes Abenteuer mit Kane und Alton begleitet habt. Wenn euch das Buch gefallen hat und ihr euch über alle meine neuesten Veröffentlichungen informieren möchtet, könnt ihr euch gerne unter dem folgenden Link in meine Mailingliste eintragen. Eure E-Mail-Adresse wird nicht an Dritte weitergegeben und ihr könnt euch jederzeit abmelden.

www.bookouture.com/bookouture-deutschland-sign-up

Diese Geschichte hat mir beim Schreiben selbst Angst eingejagt. Aber ich hoffe, dass sie meinen Leserinnen und Lesern die Gefahren deutlich macht, denen Kinder in scheinbar harmlosen Online-Chatrooms ausgesetzt sind. Wenn euch meine Geschichte gefallen hat, wäre ich euch sehr dankbar, wenn ihr eine Rezension hinterlasst und mein Buch Freunden und Familie empfehlt. Ich freue mich sehr, von meinen Leserinnen und Lesern zu hören, also zögert bitte nicht, mir jederzeit Fragen zu stellen. Ihr könnt über meine Facebook-Seite, Twitter oder meinen Blog gerne Kontakt zu mir aufnehmen.

Vielen Dank für eure Unterstützung!

BLEIB IN KONTAKT MIT D.K. HOOD

www.dkhood.com

facebook.com/dkhoodauthor
twitter.com/dkhood_author
instagram.com/d.k.hood

DANKSAGUNG

Vielen Dank an all die wunderbaren Leserinnen und Leser, die sich die Zeit genommen haben, so tolle Rezensionen zu meinen Büchern zu schreiben, und an die großartigen Menschen, die in ihren Blogs über mich geschrieben haben.

Außerdem danke ich Daniel und Gary dafür, dass sie mir immer so unverblümt sagen, was sie von meinen Ideen halten, und Veronica und Wes für ihre Liebe und Unterstützung.

www.ingramcontent.com/pod-product-compliance
Lightning Source LLC
Chambersburg PA
CBHW051157190726
48288CB00006B/1699